はじめに

『ウォーク万葉』は、扇野聖史氏の『万葉の道』が契機となって、これが全国の万葉故地にまで広げられたらという壮大な構想の下で発刊された万葉の季刊誌である。この誌の編集方針は、万葉故地の紹介や万葉歌の解説をするだけではなく、万葉故地の周辺の詳細な地図を付けて、史跡、寺社、古墳なども紹介して、万葉故地周辺の風土、地理、風習、人々の暮らしなど、風土的観点からも理解を深め、万葉歌をより深く鑑賞して戴くようにするものであった。この季刊誌は、残念ながら、六〇号で廃刊となったが、この編集方針は、万葉通信『たまづさ』に引き継がれ、四九号まで発刊された。

これらの季刊誌の最も特徴的なことは、この季刊誌を手にして万葉故地を訪ねると、地図なしで、万葉故地のみならず、その周辺の寺社、史跡めぐりをすることが出来ることである。これまでに、万葉故地を紹介する数多くの文献が出版されているが、それらは万葉故地をスポット的に紹介したものがほとんどであるので、万葉故地を訪ねると、その周辺をどのようにめぐってよいのか困惑することをしばしば経験した。これらの季刊誌は、この問題を一気に解決してくれる利点があるだけでなく、万葉故地周辺の風土的、歴史的背景まで誘われて、万葉歌をより深く鑑賞することが出来る利点があった。

この本では、『ウォーク万葉』『たまづさ』のこのような優れた編集方針を生かし、長年、それらの季刊誌に寄稿してきた経験から、万葉故地、万葉歌碑を中心に、ほぼ一日でめぐることが出来るコースを設定し、万葉故地、万葉歌碑の紹介のみならず、その周辺の寺社、史跡、古墳なども紹介し、その土地の歴史、信仰、習慣などの風土的観点からの探求も加えて、万葉歌をより深く鑑賞することが出来るように試みた。

近年の住宅地の開発や道路の建設などにより、万葉の風土的景観は大きく変化し、消滅しつつあるところが多くなっているので、万葉の時代の風土を呼び戻すことは年々難しくなっている。このため、万葉の故地めぐりでは、周辺の寺社や史跡をフィルターにかけて、近代的・現代的要素を取り除いて、万葉の時代の歴史的景観を呼び戻し、万葉の時代の地理的景観を想像し、その地の伝統的な行事や習慣などに思いを寄せて、万葉の時代や風土を偲ばざるを得なくなっている。

『万葉集』の歌は、それぞれの風土に深く根ざして、それぞれの風土とともにある。近年、全国の自治体は、町づくり運動を展開しており、自治体によっては、自らの地の万葉歌に着目し、万葉歌を中心とした町づくりに努めているところもある。武蔵国の万葉のゆかりの地を自らの足で歩き、万葉と歴史の接点に基点を置いて、万葉の時代の風土を想像しながら、歌のふるさとをめぐって戴ければ、万葉歌がより親しみやすいものとなり、歌の心に近づくことが出来るのではないかと思われる。

筆者は、万葉の歌が詠まれた風土に直に接し、万葉の時代の風土を想像しながら楽しむことが、万葉故地めぐりの本質ではないかと考えている。この書が、万葉の愛好者の万葉故地めぐりのみならず、歴史愛好者の史跡めぐりにおいても、散策を楽しむ一助になることを願っている。

※本書の現地調査は主として一九九三年十月から二〇〇五年七月ごろにかけて行い、地図はこの間に発行された国土地理院二万五千地図に基づいて作成しました。掲載した地名や施設、鉄道路線等に変更があった場合にはご容赦ください。

目次

武蔵国の万葉を歩く（下）—万葉故地・歌碑と寺社・史跡めぐり—

第二章　東京メトロ沿線……61

第三章　JR京浜東北線・高崎線沿線……89

許我の渡しコース（茨城県古河市・埼玉県加須市）……393

装幀／横山 典子　　本文ＤＴＰ／虻川 陽子

第一章　東急電鉄沿線

祥泉院の万葉歌碑コース（神奈川県横浜市青葉区）

祥泉院

『万葉集』巻二〇に武蔵国都筑郡《むさしのくにつづきのこおり》の防人《さきもり》夫妻の歌が掲載されている。都筑郡は、現在の横浜市青葉区、都筑区周辺の多摩丘陵の一帯であるといわれている。この付近には、数多くの小さな河川の堆積地があり、各所に農耕の遺跡、古墳が点在している。また、武蔵国には、石川牧《いしかわまき》、小川牧《おがわまき》、立野牧《たてのまき》など、朝廷へ馬を献上する御牧《みまき》があった。石川牧は、都筑郡にあり、現在の元石川、美しが丘、あざみ野辺りであると推定されている。今回の散策では、都筑郡の防人の歌の万葉歌碑がある祥泉院《しょうせんいん》を訪ね、その周辺の古墳や史跡をめぐることにする。

■祥泉院

渋谷駅で東急田園都市線の電車に乗ると、約三〇分で藤が丘駅に着く。街路樹が美しいバス通りを北へ進むと、左側に多摩丘陵の自然が色濃く残るもえぎ野ふれあい樹林があり、しばらく進むと、祥泉院バス停がある。交差点で右折してしばらく進むと、祥泉院がある。

祥泉院境内の万葉歌碑

祥泉院は、長谷山《はせさん》と号する曹洞宗の寺で、本尊は阿弥陀如来《あみだにょらい》である。開山は藤沢市遠藤の宝泉寺《ほうせんじ》の第二世・碧岑東全大和尚《へきしんとうぜんだいおしょう》、開基は村田太《むらたた》郎左衛門祥本《ろうざえもんしょうぼん》である。

『新編武蔵風土記稿』には、「除地、三段五畝三歩、村の中央にあり、禅宗曹洞派、相州高座郡遠藤村寶泉寺《そうしゅうこうざぐんえんどうむらほうせんじ》の末、開山碧岑東全天文十七年十月十七日寂す、本尊は十一面観音、木の坐像長六寸ばかりなるを安せり、客殿八間半に六間東向なり」とある。

祥泉院には、鉄町《くろがねちょう》にあって廃寺となった常光庵《じょうこうあん》より移された西国三十三霊場の観世音菩薩像《かんぜおんぼさつぞう》、付近から集められた数多くの板碑が保存されている。

■祥泉院境内の万葉歌碑

祥泉院の山門を入った左側に、『万葉集』巻二〇に掲載された武蔵《むさしの》国都筑郡《くにつづきのこおり》の防人《さきもり》夫妻の次の歌が刻まれた万葉歌碑がある。

和加《わが》ゆ起乃《きの》　息《いき》つくし可婆《かば》　足柄能《あしがらの》
峰延保雲越《みねはほくもを》　見登《みと》ゝ偲《しの》は祢《ね》

二〇・四四二一

わが背《せ》なを　筑紫《つくし》へ遣《や》りて　愛《うつく》しみ
帯《おび》は解《と》かなな　あやにかも寝《ね》も

二〇・四四二二

一首目の歌は、防人の都筑郡上丁《じょうてい》・服部於田《はとりのおゆ》の作で——わたしの旅が嘆かれるときには、足柄山にかかる雲を、見ながら偲んでおくれ——、二首目の歌は、妻の呰女《あさめ》の作で——わたしの夫を、筑紫へ旅立たせて、恋しくて帯も解かずに心乱れて、案じながら寝ることであろうか——という意味である。これらの歌から、防人としての旅立ちにあたって、夫婦が別れを悲しみ、嘆いている切々たる感情が伝わってくる。

祥泉院の万葉歌碑は、郷土史家の戸倉栄太郎《とくらえいたろう》氏の揮毫により、昭和三三年（一九五八）に建立された。碑陰には、「喜寿並さつき厳書刊行記念」という文字、戸倉栄太郎氏の歌なども刻まれている。

建碑の由来については、戸倉栄太郎氏の『都筑《つづき》の丘《おか》の万葉歌碑《まんようかひ》』に次のように記されている。「今年は喜寿にあたる。それにこれまで筆をとった『さつき厳書』はこの春で第七編を刊行した。それを記念してささやかなものでも、ゆかり深き港北区に残しておきたいと考えて、選んだのがこの万葉歌碑である。建立の場所については、古代の官道

武蔵国都筑郡　武蔵国にあった郡名の一つで、現在の鶴見川と帷子川の上流地域で、横浜市緑区・旭区、港北区・保土ヶ谷区、川崎市麻生区の一部の地域が該当する。『万葉集』巻二〇、天平勝宝七年（七五五）の「筑紫に遣はさる諸国の防人等の歌」に「都筑郡上丁服部於田」と見えるのが史料上の初見。『続日本後紀』の承和五年（八三八）の条には、「武蔵国都筑郡茅ヶ崎、杉山神社」とある。また、武蔵国の国分寺瓦の中には、「都筑」の文字が彫られているものが残されている。

が通じ、この地が都筑郡の道筋の中央にあたり、祥泉院の境内に縄文時代の住居跡があったので、昔を偲んでここに決定した」と。

万葉歌碑のある祥泉院の地は、都筑郡上谷本町《つづきぐんかみやもとちょう》であったが、横浜市に編入されたときに、青葉区みたけ台となり、この付近から都筑という『万葉集』ゆかりの地名が消えたのは残念である。

ふるさとの森の遊歩道

■杉山神社

祥泉院の南側の路地を北に進み、みたけ台中学校の北側に廻ると、住宅の中に杉山神社《すぎやまじんじゃ》がある。祭神は、五十猛命《いそたけるのみこと》、誉田別命《ほむたわけのみこと》である。社名の由来については、杉山に祀られていたという説、樹木の神である五十猛命と杉林に因むという説、船舶材として使用されていた杉の木に因むという説、などの諸説がある。鶴見川水系沿いを中心に、その周辺地域に住む民衆の信仰により拡大したといわれる。

杉山神社は、武蔵国に二三社あり、謎の多い神社である。『続日本《しょくにほん》後紀《こうき》』には、「枌山神社《すぎやまじんじゃ》、承和五年（八三八）二月に官幣を賜り、また、承和一五年（八四八）五月に従五位下を授かった」とある。『延《えん》喜式《ぎしき》』神名帳《じんみょうちょう》には、「武蔵国都筑郡一座、小社杉山神社」とある。し

熊野神社

かし、その本社は詳らかではなく、横浜市緑区西八朔町《にしはっさくちょう》、都筑区中川、茅ケ崎中央、港北区新吉田町にある杉山神社が有力視されている。

子の神社

杉山神社からもと来たバス通りに出て、この通りに沿って住宅地の中を西へ進む。やがて青葉台駅から北に延びる大通りに出る。これを横切ってしばらく進むと、左手の高台に子《ね》の神社《じんじゃ》がある。祭神は、大《おお》国主命《くにぬしのみこと》、木花開耶姫命《このはなさくやひめのみこと》である。都筑郡成合村《つづきのこおりなりあいむら》の鎮守として崇敬されてきたと伝える。

熊野神社

子の神社から住宅が密集した中を西へ進むと、鴨志田《かもしだ》に通じる大通りに出る。ここで右折して北へ進む。鴨志田緑小学校の前を通り、鴨志田公園を経て、鴨志田中学校を過ぎると、周辺の景観は住宅地から一転して、多摩丘陵の田園風景となる。

坂を下って左折すると、右手の田圃の向こうに「ふるさとの森」と

寺家ふるさと村

呼ばれる丘陵がある。この丘陵には、雑木、草花、池などの多摩丘陵の自然が残されており、遊歩道に沿って歩くと森林浴が楽しめる。

この丘陵の東端に熊野神社《くまのじんじゃ》がある。祭神は、伊弉冉命《いざなぎのみこと》、伊弉冉命《いざなみのみこと》、大日孁命《おおひるめのみこと》である。往古、和歌山県の熊野本宮《くまのほんぐう》から勧請し、慶応三年（一八六七）に再建されたと伝える。

■寺家ふるさと村

熊野神社の北に寺家《じけ》ふるさと村がある。この村には、多摩丘陵の自然を残した中に、郷土文化館、陶芸舎、水車小屋などの施設がある。春はスミレ、レンゲ、桜などの春の花々が色を織りなし、夏は緑溢れる青葉の清涼感が漂い、秋は暮色あふれる刈り入れ風景、冬は雪景色の広がりなど、四季折々の日本の自然の風景が楽しめる。

「四季の家」では、寺家の自然を背景に、農業、自然、人文関係の展示、天然記念物のミヤコタナゴの飼育展示、ふるさと村諸施設の案内があり、手造り味噌の実習をしたり、レストランで食事が楽しめる。

宗英寺

■宗英寺

集落の中の道を東へ進む。やがて右手に田畑が開け、ふるさと村の入口がある。さらに進むと、鶴見川があり、寺家橋を渡って、川に沿って下流へ進む。常盤橋を通り過ぎて、一つ目の道で左折し、県道横浜上麻生線を横切って集落の中を進む。この集落の奥まったところに金刀比羅神社《ことひらじんじゃ》と宗英寺《そうえいじ》がある。

宗英寺は、一抽山《いっちゅうさん》と号する曹洞宗の寺で、本尊は釈迦牟尼仏《しゃかむにぶつ》である。本堂は、茅葺きであったが、昭和六一年（一九八六）に再建され、銅板葺きになった。宗英寺には、山門と勅使門の二つの門があり、勅使門の蟇股《かえるまた》には菊の紋章が刻まれている。その裏面には、「正日歳慶應第三龍舎丁卯季冬、一抽山宗英寺現住三十世泰岳叟《はたがくそう》建焉、助力惣旦方中、工匠下石川斉藤菊五郎、中鉄　三堀榮之助」とある。

『新編武蔵風土記稿』には、「除地、二町八段四畝、村の西にあり、禅宗曹洞派、江戸渋谷長谷寺末、一抽山と號す、開山仁嶺寅怒元和三年五月二一日寂す、開基は此の村の地頭加藤権右衛門景正なり、法名を大樹院一抽宗英と云、寛永七年八月卒す、客殿七間半に五間半未、坤の方に向かう、本尊釈迦木の座像にして長一尺ばかり」とある。

鐵神社

■鐵神社

宗英寺の背後の丘陵に登っていくと、石川牧があったと伝えるあざみ野方面を展望することが出来る。県道まで戻り、左折してしばらく進むと、桐蔭学園への進入道がある。左折してしばらく進むと鐵神《くろがねじん》社《じゃ》がある。

祭神は、伊弉諾命《いざなぎのみこと》、五《い》十《そ》猛命《たけるのみこと》である。『新編武蔵風土記稿』によると、天文年間（一五三二〜一五五五）に勧請・創建されたと伝える。昭和四年（一九二九）、それまで二殿あった本殿を改築し、相殿とした。旧社名は「青木明神・杉山明神合社」と称していたが、明治初年、上・中・下鐵村の三ヶ村が合併して鐵村となった際、社名が「鐵神社」と改称された。鉄町の総鎮守として篤く崇敬されている。この神社には、高麗駒《こうらいこま》の獅子頭を被った高麗踊りが伝承されている。

■佐藤春夫の田園の憂鬱碑

県道まで戻り、さらに進むと、佐藤春夫の「田園《でんえん》の憂鬱《ゆううつ》由縁《ゆえん》の地《ち》」と刻まれた碑の前に出る。佐藤春夫は、二四歳のとき、東京からこの

田園の憂鬱由縁の地碑

地へ移ってきた。都会での複雑な人間関係から離れ、静かな農村で生活を送り、自分を見つめ直すのが目的で、『田園の憂鬱』には、そのときの心境が次のように記されている。

「息苦しい都会の真ん中にあって、柔らかに優しいそれ故に平凡な自然の中へ、溶け込んで了ひたいといふ願望を、可なり久しい以前から持つやうになっていた。（中略）いや理屈は何もなかった。ただ都会のただ中では息が屏った。人間の重さで圧しつぶされるのを感じた」と。

この地で雑誌「黒潮《くろしお》」に『病《や》める薔薇《ばら》』を執筆した。その後、『続病める薔薇』を書き上げたが、編集者から拒否されたため遺棄した。その後、大正七年（一九一八）、『田園の憂鬱』として全編を書きあげ、同年九月、雑誌「中外《ちゅうがい》」に掲載されたが、自身が作品に不満を持っていたため、推敲を重ね、大正八年（一九一九）に出版された。

『田園の憂鬱』は、自らの田園生活の中で、自身の心境を赤裸々に吐露し、憂鬱と倦怠に象徴されるような病的な当時の心境を綴ったものである。文体は、写実的で、自身が持っている深い感情に裏打ちされているとともに、抒情的文体に昇華されている。この作品には、日本人が共通して持っている古き良き時代へのノスタルジアや感情が秘められている。

佐藤春夫が住んでいたといわれる茅葺き屋根の民家は、取り崩されて跡形もない。碑の前の道路には、頻繁に車が通り、騒音と排気ガスがひどく、佐藤春夫は墓の中で田園の変貌を嘆いているように思われた。

稲荷前古墳群

■稲荷前古墳群

田園の憂鬱碑からさらに南東へ進むと、前方に木々に覆われた丘陵が見えてくる。この丘陵に稲荷前古墳群《いなりまえこふんぐん》がある。この古墳群は、前方後円墳二基、円墳四基、方墳三基、横穴墓群で構成され、五世紀から七世紀後半に築造されたと推定されている。古墳の様式は、畿内の古墳と同様であるので、大和朝廷に繋がっていた首長、豪族が君臨していたことを物語っているように思われる。とくに、前方後円墳は、前方部と後方部の二つの方墳を結びつけた形式で、東京都、神奈川県では他に類例を見ない貴重なものである。現在、前方後円墳を含む三基の古墳が保存され、公開されている。

この付近には、市ヶ尾横穴古墳群《いちがおおうけつこふんぐん》、上谷本横穴墓群《かみやもとよこあなぼぐん》、朝光寺原遺跡《ちょうこうじはらいせき》、鹿ヶ谷遺跡《かがやいせき》、郡衙跡《ぐんがあと》と推定される長者原遺跡《ちょうじゃはらいせき》などがあるので、この古墳の上に立って周囲を眺めると、万葉の時代の都筑郡にいるような錯

市ヶ尾横穴古墳群

覚にとらわれる。

市ヶ尾横穴古墳群

稲荷前古墳群から南東に進み、上市ヶ尾の三叉路で左に分かれ、そば処更科で左折して、住宅の中の坂を登っていくと、右手に木々に覆われた丘陵が見えてくる。この丘陵に市ヶ尾横穴古墳群がある。二つ目の筋で右折して、丘陵へ登っていく。

市ヶ尾横穴古墳群は、粘土砂岩に横穴があけられたA群一二基、B群七基の計一九基の横穴古墳で構成され、六世紀後半から七世紀後半にかけて築造された有力な農民の墓と考えられている。

この横穴古墳群から、直刀《ちょくとう》、鉄鏃《てつやじり》、棗玉《なつめだま》、須恵器《すえき》の長頸壺《ながくびつぼ》、金環《きんかん》、琥珀《こはく》、水晶切子玉《すいしょうきりこだま》、平瓶《ひらか》などの鬼高式土器《おにたかしきどき》、杯などの真間式土器《まましきどき》などが発掘されており、六世紀後半から七世紀前半に築造された墓群であると推定されている。横穴入口には、一段低く岩盤を掘り下げた広場が設けられており、そこから土器、刀が発掘されているので、祭祀跡と推定されている。

地蔵堂

■地蔵堂

市ヶ尾横穴古墳群から三叉路まで戻り、市ヶ尾駅の方へ進むと、地《じ》蔵堂《ぞうどう》がある。千日間の托鉢によって集められた浄財をもとに建立されたので、別名「千日堂《せんにちどう》」とも呼ばれる。開山は法誉西雲大徳《ほうよせいうんだいとく》、中興は法誉順西《ほうよじゅんせい》と伝える。地蔵堂の前の道が旧大山街道《きゅうおおやまかいどう》で、道中でもかなり厳しい場所であったので、往古、この道を旅する人たちが、休憩して祈りを捧げ、喉を潤し、旅立ったことが想像される。

この地蔵堂には、「お十夜《じゅうや》」と呼ばれる法要が伝わる。大善寺《だいぜんじ》の住職が地蔵菩薩を納める厨子を開扉し、南無阿弥陀仏の六字結びなどの開帛式《かいはくしき》に続いて、「双盤《そうばん》」と呼ばれる法要が行われるという。

ここから、東急田園都市線市ヶ尾駅に出て、帰途についた。今回は、多摩丘陵、古墳群などが残る万葉の時代の都筑郡の原風景に接したように思われる散策となった。

交通▼渋谷駅で東急田園都市線中央林間行きの電車に乗車、藤ヶ丘駅で下車。

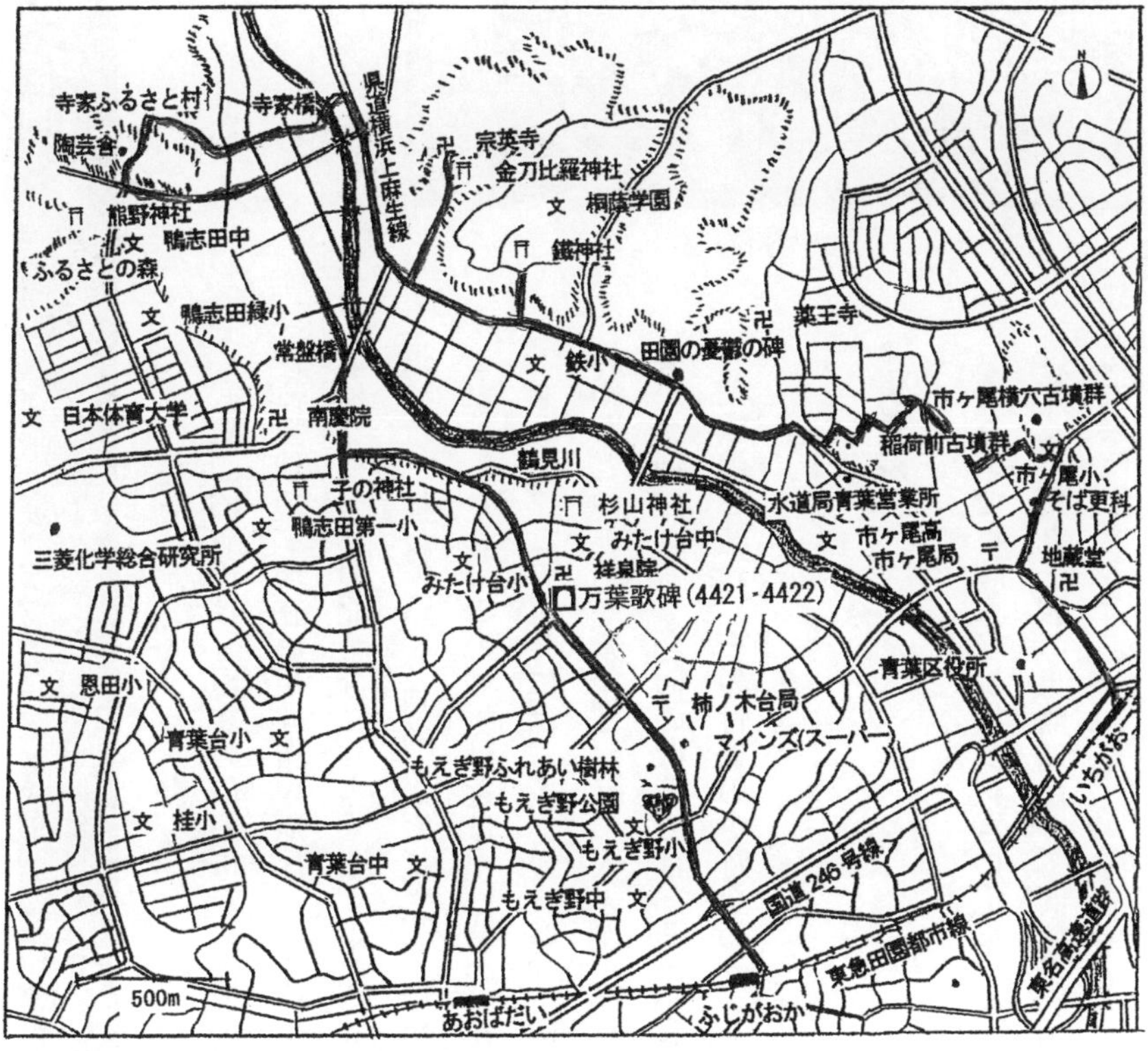

祥泉院の万葉歌碑コース

橘の古婆コース（神奈川県川崎市中原区）

大乗院

武蔵国橘樹郡《むさしのくにたちばなのこおり》は、現在の川崎市から横浜市鶴見区、神奈川区にまたがる地域で、現在の川崎市中原区、高津区多摩区の多摩川に沿った地域は、橘樹郡の北半分に該当する。中原区と高津区の境の野川台地付近には、橘村《たちばなむら》という地名があったが、川崎市に編入された際に消滅した。しかし、この橘村付近は、万葉の時代の武蔵国橘樹郡の中心地であった。この辺りには、多くの貝塚、古墳が点在し、また、麻生《あそう》、馬絹《まぎぬ》などの地名が残っており、人々が生活し、織物の生産をしていた姿が想像される。今回の散策では、その少し下流の等々力緑地《とどろきりょくち》にある万葉歌碑を訪ね、その付近の史跡をめぐることにする。

■大乗院

渋谷駅で東急東横線横浜行きの電車に乗ると、約二〇分で新丸子駅に着く。新丸子駅の東側に出て、商店街の中をしばらく進むと、正面に大乗院《だいじょういん》がある。

日枝神社

大乗院は、今井山《いまいさん》と号する曹洞宗の寺で、本尊は聖観世音菩薩《せいかんぜおんぼさつ》、准秩父三十四札所観音霊場九番である。寛永二年（一六二五）の創建で、開山は鶴見区の寶泉寺《ほうせんじ》七世・盧州呑匡《りょしゅういんきょう》、開基は松平土佐守の息女の泡《ほう》影院観窓幻夢大姉《けいいんかんそうげんむだいし》である。寛政年間（一七八九〜一八〇一）、本堂、庫裡を全焼し、その後、存亡の日々が続いたが、天保一四年（一八四三）、実道明宗《じつどうめいしゅう》が中興の祖となって本堂を再建した。本尊の聖観世音菩薩は、恵心僧都《えしんそうず》の作と伝える。境内には、築造年が不詳の地蔵菩薩像（庚申塔）がある。

『新編武蔵風土記稿《しんぺんむさしふどきこう》』には、「村の中央にあり。曹洞宗末吉村寶泉寺末。今井山と号す。開山は本山第五世盧州呑匡寛永二〇年九月一三日寂せり。開基は松平土佐守の女泡影院観窓幻夢大姉なり。故ありて此一寺を建立せり。この人は延宝八年六月二八日卒す。本尊聖観音長一尺一寸木の坐像なり。恵心僧都の作なりといひ傳ふ。客殿は八間に五間にて西向なり」とある。

■日枝神社

大乗院から南へ進み、東海道新幹線の高架を潜ると、日枝神社《ひえじんじゃ》があ

多摩川河畔

る。祭神は大己貴命《おおなむちのみこと》である。この神社は、「大黒様《だいこくさま》」として地元の人々から崇敬され、医薬、農業、商工業、漁業、縁結び、福の神として広く信仰されている。

この神社は、大同四年（八〇九）、桓武天皇《かんむてんのう》の御子の貞恒親王《さだつねしんのう》の次男の恵恒僧都《えこうそうず》が、近江国坂本の日吉大社の分霊を稲毛荘河崎村《いなげそうかわさきむら》へ勧請し、丸子庄《まるこしょう》の総鎮守の「丸子山王権現《まるこさんのうごんげん》」を創建したのに始まる。治承二年（一一七八）、小松内大臣《こまつないだいじん》・平重盛《たいらのしげもり》により祭殿が再建され、そのときに社宝として伝わる小太刀が奉納されたと伝える。明治二年（一八六九）、日枝神社に改称された。

北条氏の虎《とら》の印判状《いんばんじょう》二点、徳川連署奉書《とくがわれんしょほうしょ》など、近世の文書が多数所蔵されている。この神社には、弓矢で的を射て、その年の豊作を占う「びしゃ祭」と呼ばれる行事が伝わる。

■丸子の渡し

日枝神社の北側の細い道を東へ進むと、多摩川の河畔に出る。堤防の上の道を上流に向かって進む。やがて堤防が断ち切られて河原に出る通路になったところがある。この辺りに丸子《まるこ》の渡《わた》し場があった。

丸子の渡し場は、中原街道《なかはらかいどう》の多摩川の渡し場で、『新編武蔵風土記稿』には、「船四艘をもて常に往来の人を渡せり、そこを丸子の渡しと云う」とある。昭和一〇年（一九三五）、丸子橋が架橋されるまで、中原街道の主要な交通手段として重要な役割を果たしていた。

■等々力緑地

丸子の渡しから、東急東横線の鉄橋を潜り、堤防を上がって、上流に向かって進む。対岸には、亀甲山《きっこうやま》古墳《こふん》がある多摩川台公園《たまがわだいこうえん》、田園《でんえん》調布《ちょうふ》の美しい家並みが、また、眼下には、蘆の繁った河原を多摩川がゆったり流れているのが見える。やがて、藤棚の下にベンチが設けられた「一里塚」と呼ばれるところに出る。

その先の堤防の下の多摩川沿線道路の信号機のあるところから南へ下っていくと、等々力緑地《とどろきりょくち》がある。この緑地には、陸上競技場、硬式野球場、テニスコート、サッカー場、とどろきアリーナなど多数の運動施設がある。陸上競技場は、サッカーJリーグの川崎フロンターレのホームスタジアムとなっており、試合開催日には多くの人々で賑わう。また、釣池、四季園、ふるさとの森など自然とのふれあいを深め

中原街道　武蔵国・相模国を結ぶ街道で、古代に発祥を持つ。相模国国府から、橘樹郡郡衙を通り、丸子で多摩川を渡り、江戸へ至る。一部は延喜式によって定められた東海道に含まれていたといわれるが、詳細は不明。江戸時代に東海道が整備された後は、江戸虎ノ門と平塚中原とを結ぶ脇街道となり、「中原街道」と呼ばれるようになった。別称には、相州街道、お酢街道、江戸間道、小杉道、こやし街道などがある。

る施設も充実し、緑地内には芸術空間・市民ミュージアムがある。

等々力緑地の万葉歌碑

ふるさとの森の中の遊歩道に沿って、市民ミュージアムの方へ進む。この森の西端に東屋があり、その北端の市民ミュージアムに面したところに、次の歌が万葉仮名で刻まれた万葉歌碑がある。

橘の　古婆《こば》の放髪《はなり》が　思ふなむ
心愛《こころうつく》し　いで我《あれ》は行かな
一四・三四九六

この歌碑は、吉村良治《よしむらりょうじ》氏の揮毫により、昭和五三年（一九七八）に建立された。碑陰の右側には訓下の歌が、また、左側には建碑の由来が次のように刻まれている。

「この辺りに広がる原始林や一面の荒野は、こういう素朴な若者たち、おおぜいの手で長い日数を掛けて開かれていった。この碑は近藤俊郎、榎本弘、安藤原季子、吉村良司の主唱により中根嘉市の献石を受け、川崎ライオンズクラブが建てた」と。

等々力緑地の万葉歌碑

春日神社

この歌は、『万葉集』巻一四の東歌《あずまうた》未勘国《みかんこく》相聞往来《そうもんおうらい》百十二首のうちの一首で——橘の、古婆《こば》の里《さと》の振り分け髪の乙女が、私のことを思っているだろう、その心がいとおしい、さあ会いに行こう——という意味である。橘については、地名説と枕詞説に、また、古婆については、地名説と植物の色説に分かれている。『万葉集私注《まんようしゅうしちゅう》』では、橘は枕詞で、古婆は小葉の意で、幼いものを呼ぶ方言かも知れないとしている。また、『萬葉代匠記《まんようだいしょうき》』では、橘の古婆は、武蔵国橘樹郡の地名であるとしており、『万葉集古義《まんようしゅうこぎ》』でも地名としている。これに対して、橘の葉は緑が濃いことから、古婆は濃い髪の毛を意味するという説もある。

■春日神社

万葉歌碑から、市民ミュージアムの前を通り、とどろきアリーナを巻くようにして等々力緑地《とどろきりょくち》の西側に出て、住宅の中を少し進むと、鬱蒼とした森があり、その一角に春日神社《かすがじんじゃ》がある。祭神は、天児屋根命《あめのこやねのみこと》である。創建年代は詳らかではないが、承安元年（一一七一）の『稲《いな》毛荘検注目録《げそうけんちゅうもくろく》』には、「平治元年御検注定、春日新宮免二町」「稲毛荘が成立したときに、この荘園の領主となった九条家が藤原氏の五摂家

常楽寺

であったことから、奈良の春日社の分霊を祭祀した」とあり、これがこの神社の始まりとされる。

『新編武蔵風土記稿』には、「村の東の方字高瀬と云所にあり。村の鎮守なり。勧請年歴をしらず。社五間に三間南向なり。神体は赤童子なり。木の立像二尺許。この神体昔は画像にていと古き物なりしを、近き頃其形を彫刻せしと云。例祭は年々一〇月一日なり。社頭に木の鳥居をたつ。本地堂。本社に向て左にあり。本地薬師木の坐像長三尺許。堂は一間半に二間なり。末社八幡牛頭天王稲荷合社。本社に向て右にあり」とある。

社伝によれば、境内に鹿を放し、「関東《かんとう》の春日様《かすがさま》」と呼ばれ、多くの参拝者で賑わったと伝える。この神社には、応永一〇年（一四〇三）、藤原氏影《ふじわらうじかげ》・繁森《しげもり》から寄贈された鰐口《わにぐち》がある。本殿の裏から石棺が発掘され、勾玉、菅玉、高坏、須恵器などの祭祀遺物が出土している。

■常楽寺

春日神社に隣接して常楽寺《じょうらくじ》がある。常楽寺は、春日山医王院《かすがさんいおういん》と号する真言宗智山派の寺で、本尊は聖観世音菩薩《せいかんぜおんぼさつ》である。奈良時代に、聖武天皇の御願所として行基菩薩によって開基されたと伝える。

『新編武蔵風土記稿』には「新義真言宗小杉村西明寺の末。春日山医王院と号す。開山は行基菩薩《ぎょうきぼさつ》なりと云。本堂十一間に七間南向なり。本尊大日木の坐像にて長二尺許。縁起もあれどもつとも信ずべからざることのみなればはふぎて載す。されど応永年中の鰐口等ものこりしを見れば、古社なることは疑ふべからず」とある。

この寺には、室町時代前期の木造聖観世音菩薩立像《せいかんぜおんぼさつりゅうぞう》、木造釈迦如来《しゃかにょらい》坐像《ざぞう》、木造十二神将立像《じゅうにしんしょうりゅうぞう》などがある。十二神将像の胎内に納められていた数多くの銘札は、当地の信仰のあり方を知ることができる非常に貴重な資料となっている。

本堂は、元禄年間（一六六八～一七〇四）に再建されたが、昭和四三年（一九六八）に解体修理された際に、襖などに「マンガ」の絵が描かれたことから、「マンガ寺」と呼ばれている。

境内には、徳川夢声《とくがわむせい》の筆によるまんが筆塚、この地の歴史を知る上で貴重な薬師堂の遺跡がある。また、寺の周囲には、スジダイ、シラカバなどの常緑樹が生い茂り、堆積地における樹叢として貴重な緑になっており、県の天然記念物に指定されている。

春日神社の社叢　等々力緑地の西側近くの春日神社には、ケヤキ・シラカシなどの高木が繁る神奈川県指定の天然記念物の社叢がある。この地域は、多摩川に近い沖積地で、社叢は自然堤防とみられる小高い所に発達している。二〇メートル以上に生長した高木層から数センチメートルの草本層まで、大小さまざまな草木が多層群落を形成しており、鎮守の森としての風格を備えている。周辺は住宅地となっているが、屋敷林をともなう農家の面影を残す住宅も見られ、かつては畑や水田が広がっていたものと推測される。

二ヶ領用水

常楽寺から南へ進むと、バス通りに面した角に、「薬師如来　行基菩薩作　春日山　右　小すぎ　川さき　左　みぞのくち　八わうじ」と刻まれた文政七年（一八二四）銘の道標がある。

バス通りを横切って直進すると、二ヶ領用水《にかりょうようすい》に出る。この用水は、慶長年間（一五九六～一六一五）、用水奉行・小泉次大夫《こいずみじだゆう》の差配で、多摩川沿岸諸村の農民たちが切り開いた。多摩川を水源とし、神奈川県川崎市多摩区から川崎市幸区までを流れる全長約三二キロメートルの神奈川県下で最も古い人工用水路である。この用水の名は、江戸時代の川崎領と稲毛領にまたがって流れていたことに由来する。

高願寺

二ヶ領用水の下流に向かってしばらく進むと、高願寺《こうがんじ》がある。高願寺は、覺王山《かくおうさん》と号する浄土真宗本願寺派の寺で、本尊は阿弥陀如来《あみだにょらい》である。新田義貞《にったよしさだ》の子・義興《よしおき》、義宗《よしむね》らが上野で兵を挙げて、鎌倉へ進軍し、足利尊氏《あしかがたかうじ》と戦ったが、家臣に多くの戦死者が出たので、その霊を

高願寺での寺子屋教育　江戸時代中期以前から、高願寺にこの地域で最も古い寺子屋が開設され、広い地域から通う民衆の子弟の教育が行われた。明治六年（一八七三）、寺子屋は「宮内学舎」と名付けられた。当時の記録によると、一ヶ月四銭六厘の授業料で、生徒数 男一五人 女三八人 計五三人の生徒が学んでいた。後に、「宮内学校」と改称され、明治三四年（一九〇一）、「小杉学校」「丸子学校」が合併されて「尋常中原小学校」が創設された。

文政7年銘の道標

弔うために草庵が建立された。

寛永一五年（一六三八）、西本願寺の第一三世・良人上人《りょうにんしょうにん》に随喜した福専坊・順徹法師《じゅんてつほうし》が、この草庵を改めて浄土真宗の高願寺が創建された。本堂は、宮内村の棟梁・清水喜右衛門《しみずきえもん》による建立で、本堂の内外陣を分かつ一枚彫りの欄間は、「雲水龍《うんすいりゅう》」と呼ばれていた。しかし、宝暦三年（一七五三）、本堂・庫裡は、火災によって灰燼に帰した。

宝暦四年（一七五四）、当山第七代・南順《なんじゅん》によって本堂は再建され、寺号が高元寺《こうげんじ》に改号された。しかし、昭和五七年（一九八二）、再び罹災して本堂は焼失し、昭和六二年（一九八七）に再建された。平成一七年（二〇〇五）、寺号が「高元寺《こうげんじ》」から「高願寺《こうがんじ》」に改称された。

この寺は、この地域の学校教育の発祥地でもあり、江戸時代中期以前から、この地域で最も古い寺子屋が開設され、広い地域から通う民衆の子弟等の教育にあたっていた。境内にある宝暦一〇年（一七六〇）に没した手習い師匠の寿毫堂《じゅごうどう》の墓には、筆弟二〇一人と刻まれている。

■泉澤寺

高願寺から二ヶ領用水に沿って進み、バス通りで右折すると泉澤寺《せんたくじ》

泉澤寺

がある。泉澤寺は、宝林山運光院《ほうりんさんうんこういん》と号する浄土宗の寺で、本尊は阿弥《あみ》陀如来《だにょらい》である。準西国稲毛三十三観世音霊場一七番札所である。

泉澤寺は、延徳三年（一四九一）、世田谷領の領主・吉良家《きらけ》の菩提寺として烏山に創建された。その後、戦火に遭って焼失し、天文一九年（一五五〇）、吉良頼康《きらよりやす》によって現在地に再建された。

本堂は、安永七年（一七七八）の再建で、正面五間、側面六間、入母屋造、銅板葺である。内陣は、天井絵がある格天井《ごうてんじょう》で、小壁《こかべ》、頭貫《かしらぬき》より上に彩画、彩色が施され、荘厳な空間を構成している。内陣の欄間の彫刻や廊下の欄間の彫刻には彩色が施されていない。

江戸時代に、歴代将軍より、寺領二〇石が下附され、幕府によって手厚い保護がなされた。本堂の須弥壇の上に安置されている多聞天《たもんてん》、広目天《こうもくてん》、梵天《ぼんてん》、帝釈天《たいしゃくてん》の木造四天王像は、将軍・徳川綱吉《とくがわつなよし》の供養のために造立されたと伝える。この寺には、領主・吉良頼康の直筆など、古文書一〇通が残されている。

旧中原街道の庚申塔

泉澤寺から旧中原街道に沿って進む。交差点を直進してしばらく進

西明寺

むと、民家の角に小祠があり、庚申塔《こうしんとう》が祀られている。台座には、「南大師、東　江戸、西　大山」と刻まれている。さらに進むと、左側の附木屋商店の横に供養塔《くようとう》がある。供養塔の表には、「南妙法蓮華経日蓮大菩薩国土安穏成就供養」「武州橘樹郡稲毛郷小杉駅　弘化五戊申正月」と刻まれている。

この辺りは、中原街道の宿駅の中心地であったので、その名残である。供養塔から少し進んだところで、道路は鍵状に曲がっており、小《こ》杉《すぎ》御殿《ごてん》の警備の厳しさの名残が見られる。そこには、土塀の民家なども残され、中原街道の面影がわずかに漂っている。

■西明寺

供養塔の先の角の奥に西明寺《さいみょうじ》がある。西明寺は、龍宿山金剛院《りゅうしゅくさんこんごういん》と号する真言宗智山派の寺で、本尊は大日如来《だいにちにょらい》である。玉川八十八ヶ所霊場二〇番札所、東国八十八ヵ所霊場九番札所、準西国稲毛三十三観世音霊場一八番札所、川崎七福神の大黒天である。

創建年代は詳らかではないが、弘法大師が勅命を受けて東国を巡化した際に留錫し、高弟の泰範上人《たいはんしょうにん》に命じて堂宇を建立し、弘法大師が

旧中原街道の供養塔

唐渡した際の宿坊にちなんで西明寺としたと伝える。その後、北条時《ほうじょうとき》頼《より》の篤い信仰を受け、龍宿山として堂宇を修復し、最明寺《さいみょうじ》と改号し、江戸時代には、徳川秀忠《とくがわひでただ》が小杉御殿を造営した際に、西明寺に改号し、境内を殺傷禁制の地と定め、一〇石の朱印地が付与された。

境内の左手に鏡ノ池がある。この池は、北条時頼の母の夢に弁財天が立ち現れたときに、時頼が誕生したので、「時頼産湯《ときよりうぶゆ》の池《いけ》」といわれ、弁財天が祀られ、「出世弁財天《しゅっせべんざいてん》」と呼ばれている。

参道入口に、文政三年（一八二〇）銘の「南無大師遍昭金剛《なむたいしへんじょうこんごう》」の大石塔がある。この石塔は、木喰上人観正《もくじきしょうにんかんせい》の教化を記念したもので、徳川将軍家から橘樹郡の全域の有志に至るまでの寄進者名が刻まれているのは興味深い。

■小杉御殿跡

西明寺の参道入口に「史跡　小杉御殿跡《こすぎごてんあと》」と刻まれた石碑が建っている。西明寺の北側一帯が小杉御殿の跡である。二代将軍・徳川秀忠は、家康を駿府から出迎えるために、小杉村の妙泉寺《みょうせんじ》を利用していたが、江戸城の拡張工事の完成にともなって、西国大名の参勤が増えた

小杉御殿跡の稲荷神社

ために、慶長一三年（一六〇八）、小杉仮御殿をこの地に建設した。寛永一七年（一六四〇）、正式に小杉御殿として改築した。総面積は、四万平方メートルの広大なものであった。

その後、東海道が発達して御殿が不要になり、万治三年（一六六〇）、廃止となった。現在、小杉御殿を偲ぶものはまったくなく、西明寺の北側の住宅地の中に、小杉御殿の御主殿跡《ごしゅでんあと》、御殿跡《ごてんあと》、御蔵跡《おくらあと》が点在して残るだけで、栄華の跡に小さな稲荷社の祠が寂しげに佇んでいる。

小杉御殿跡から中原街道に沿って東進し、東急東横線新丸子駅に出て、今回の散策を終えた。

交通▼渋谷駅から東急横浜線横浜行きの電車に乗車、新丸子駅で下車。

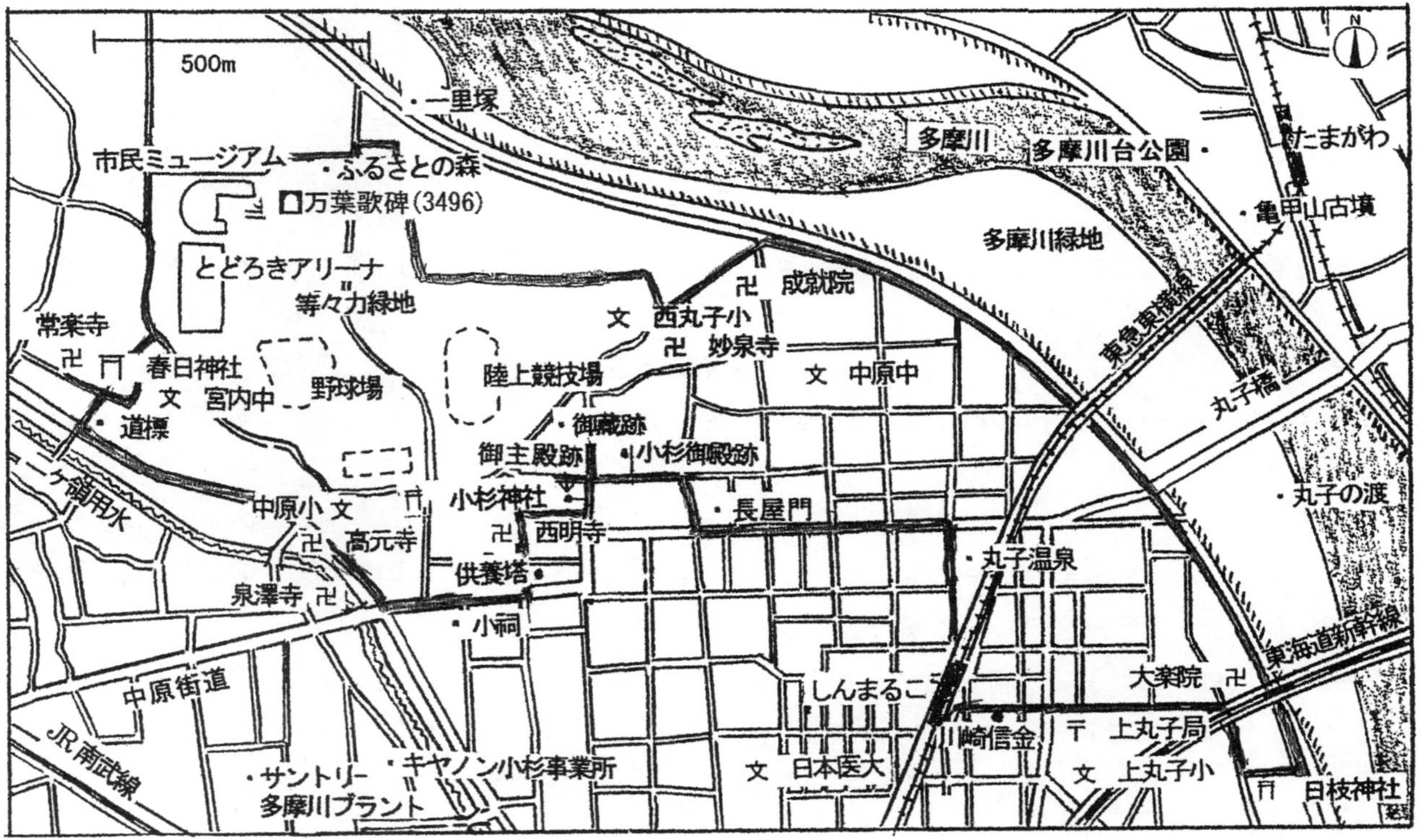
500m
一里塚
市民ミュージアム
ふるさとの森
万葉歌碑(3496)
とどろきアリーナ
等々力緑地
常楽寺
春日神社
宮内中
野球場
道標
二ケ領用水
陸上競技場
御蔵跡
御主殿跡
小杉御殿跡
中原小
小杉神社
西明寺
高元寺
供養塔
泉澤寺
小祠
中原街道
JR南武線
サントリー
多摩川プラント
キヤノン小杉事業所
多摩川
多摩川台公園
たまがわ
亀甲山古墳
多摩川緑地
成就院
西丸子小
妙泉寺
中原中
東急東横線
丸子橋
丸子の渡
長屋門
丸子温泉
東海道新幹線
大楽院
しんまるこ
川崎信金
上丸子局
上丸子小
日本医大
日枝神社

橘の古婆コース

荏原郡の防人歌コース（東京都世田谷区）

『万葉集』の武蔵国荏原郡《むさしのくにえばらのこおり》に関係する歌として、多摩川に布を曝す歌と防人《さきもり》夫婦の歌がある。荏原郡は武蔵国の東南部に位置し、現在の東京都大田区、品川区、港区、千代田区、世田谷区の一部にあたる。荏原郡の南部には、多摩川が流れ、その川岸には、縄文時代の遺跡、古墳時代の大型古墳、横穴古墳が分布し、万葉の時代以前から大集落があったと想像される。この付近には、調布《ちょうふ》という地名も残されており、人々は布を生産し、多摩川で布を曝して生活していたことが想像される。今回の散策では、荏原郡の多摩川沿いの布の生産地を探索し、併せてその周辺の史跡をめぐることにする。

秋葉の黒松

■秋葉の黒松

渋谷駅で東急東横線の電車に乗ると、約一五分で田園調布《でんえんちょうふ》駅に着く。田園調布駅から正面の道を南西に進む。この辺りは、明治時代の初期に、渋沢栄一《しぶさわえいいち》が欧米の田園と住宅を一緒にした理想的な住宅街として

八幡神社

開発した高級住宅街である。大邸宅の間の美しい街路樹に沿って進む。多摩川沿いの崖に面した所に、秋葉《あきば》の黒松《くろまつ》がある。この松は、樹齢約三〇〇年と推定される高さ約一七メートル、幹周り約四メートルの黒松の巨木で、主幹は地上から七メートル付近で四方に大きく枝を広げ、傘状の樹形をしており、東京都の天然記念物に指定されている。

六郷用水

秋葉の黒松から少し戻り、崖を下っていくと、「六郷用水《ろくごうようすい》」と呼ばれる用水堀に出る。六郷用水は、慶長年間（一五九六〜一六一五）、川崎の代官・小泉次大夫《こいずみじだゆう》によって開削された。和泉村（現狛江市）で取水し、世田谷領、下丸子《しもまるこ》を経て、矢口で二流に分かれ、一つは池上、新井宿《あらいじゅく》（北用水《きたようすい》）に、他の一つは鎌田《かまた》、六郷方面《ろくごうほうめん》（南用水《みなみようすい》）に流れる延長約二三キロメートルの灌漑用水路である。

八幡神社

この水路に面した崖の中程に八幡神社《はちまんじんじゃ》がある。祭神は誉田別命《ほむたわけのみこと》であ

照善寺

る。創建は鎌倉時代の建長年間（一二四九～一二五六）と伝える。当時は、「篭谷戸《ろうやと》」と呼ばれる多摩川の水が滔々と打ち寄せる入江があり、物資を積んだ舟が盛んに出入りしていた。高台部分には、東より西へ貫いて鎌倉街道が通り、交通の要衝の地であった。神社の鎮座地は、舟の出入りが監視できる港の入口に突き出した台地にあり、その場所に祠を建て、八幡神社を勧請したのが始まりと伝える。

■照善寺

八幡神社から水路の下流方向に進むと、照善寺《しょうぜんじ》がある。照善寺は、常光山無量院《じょうこうさんむりょういん》と号する浄土宗の寺で、本尊は阿弥陀三尊《あみださんぞん》である。天正一四年（一五八六）、この地の芝山を開いて草庵が結ばれたことに始まる。寛永一六年（一六三九）、相蓮社廣誉全公《こうよぜんこう》が開山となり、照善寺が創建された。

『新武蔵風土記稿』には、「村の中央より少し西にあり。常光山無量院と号す。浄土宗橘樹郡小田中村泉澤寺末、開山は相蓮社廣誉全公、寛永一七年八月朔日寂す。開基の人を詳にせず。本堂。七間半に五間、南向。本尊阿弥陀佛を安ず。木の立像にて長三尺ばかり。表門。両柱

蓬莱山古墳

の間九尺、南向、門外は石階八級ほどあり。地蔵堂。向て本堂の左にあり。木像は迦羅陀山《からださん》の像を安ぜりと」とある。

この寺には、古墳時代の人物埴輪が保存されている。この埴輪は、文官の上半身で、右手、鼻、首飾りの一部が欠損している。境内には、延慶三年（一三一〇）銘の板碑、寛文五年（一六六五）、寛文一二年（一六七二）、元文元年（一七三六）銘の庚申塔がある。

■蓬莱山古墳

照善寺から六郷用水路に沿って進み、下の橋を渡って坂を登っていくと、兼松江商の社宅の敷地の崖に面した所に、露出した石室がある。この石室は、「穴八幡《あなはちまん》」と呼ばれ、七世紀前半の円墳の一部であると推定されている。洞窟内には、大日如来の石像が安置されている。

穴八幡から住宅の間を東に進むと、蓬莱山古墳《ほうらいさんこふん》がある。全長九七メートル、高さ一一メートル（後円部）の前方後円墳で、四世紀末の築造であると推定されている。この古墳から、倣製四獣鏡《ほうせいしじゅうきょう》、勾玉、ガラス製丸玉、鉄剣などが出土している。倣製四獣鏡は、中国製の獣帯鏡を模倣した日本製の鏡である。これらは、剣、玉、鏡の「三種の神器」

亀甲山古墳

と同様のもので、この古墳が初期大和政権と強い関係にあったと考えられている。

■亀甲山古墳

蓬莱山古墳から多摩川に沿った一帯に多摩川台《たまがわだい》古墳群《こふんぐん》があり、多摩川台公園になっている。ここには、五世紀頃の築造と推定される八基の円墳と亀甲山《かめのこやま》古墳《こふん》がある。全長約一〇七メートル、前方部の幅約四九メートル、高さ約七メートル、後円部の直径約六六メートル、高さ約一〇メートルの前方後円墳で、この地方では最大の古墳である。この古墳名は、横から見た墳形が亀に擬されたことに由来する。墳丘は二段築成で、墳丘の表面には葺石や埴輪は認められていない。発掘調査が行われていないために出土品はない。古墳時代中期の四世紀末葉から五世紀初頭頃の築造と推定されている。

■武蔵国荏原郡の万葉歌

この壮大な景観を眺めていると、万葉の時代には、すでにこの付近

多摩川台古墳群

で人々が布を生産していた様子が想像され、次の歌が想起される。

多摩川《たまがは》に　さらす手《て》作《づく》り　さらさらに
なにそこの児《こ》の　ここだかなしき　　一四・三三七三

この歌は――多摩川で、布を曝している娘子の活発な様子を、見れば見るほど、どうしてこの娘は、こうも愛しいのであろうか――という意味である。古墳の下の多摩川で、娘子が布を曝している情景が浮かんでくる。

この歌は、武蔵国を流れる多摩川のどこかで詠まれたことには異存はないが、場所を比定するのが難しい。万葉の時代の税制の租《そ》、庸《よう》、調《ちょう》のうちの調である布を朝廷に進貢した調布という地名を多摩川沿いに求めると、上流の青梅市、中流の調布市、下流のこの田園調布の三箇所である。この地方は、古墳群が密集して、往古、多くの人々が暮らしていたことを想像すると、有力な候補地であると考えられる。

この地は、武蔵国の荏原郡《えばらのこおり》になるので、『万葉集』に荏原郡の歌を求めると、次の防人歌三首が挙げられる。

丸子橋から亀甲山古墳展望

白玉《しらたま》を　手に取り持《も》して　見るのすも
家なる妹《いも》を　また見てももや　　二〇・四四一五

草枕《くさまくら》　旅ゆく背《せ》なが　丸寝《まるね》せば
家《いは》なる我《われ》は　紐解《ひもと》かず寝《ね》む　　二〇・四四一六

我《わ》が門《かど》の　片山椿《かたやまつばき》　まこと汝《なれ》
我《わ》が手触《てふ》れなな　地《つち》に落ちもかも　　二〇・四四一八

一首目の歌は、荏原郡の主帳《しゅちょう》・物部歳徳《もののべのとしとこ》の作で——白玉を、手に取り持って、しげしげと見るように、家にいる妻を、再び眺めたいものだ——、二首目の歌は、歳徳の妻・椋椅部刀自売《くらはしべのとじめ》の作で——旅行く夫が、丸寝をするのであろうから、家にいるわたしは、紐を解かないで寝よう——、三首目の歌は、物部広足《もののべのひろたり》の作で——わたしの家の門の傍の、山の斜面に生えた椿よ、ほんとうにお前は、わたしの手の触れない間に、地に落ちて台無しにならないだろうか——という意味である。

物部歳徳が再び妻をしげしげと眺めたいものだ、といっているのに対して、妻は旅先の夫と同じく、丸寝して、貞操を守り、辛苦を偲ぼ

浅間神社

うといっている。物部広足の歌は、相手の女を椿に喩えて、自分の留守中に、女が他人に奪われることはないだろうか、と案じている。歳徳や広足が荏原郡のどこに住んでいたのかは不明であるが、古墳群が存在し、多くの人々が暮らしていたと想像されるこの付近であるとしても決して誤りではなかろう。

■浅間神社

亀甲山古墳の東で崖を下り、東急東横線のガードを潜ると、左手の浅間神社《せんげんじんじゃ》古墳《こふん》の上に浅間神社《せんげんじんじゃ》がある。祭神は木花咲耶姫命《このはなさくやひめのみこと》である。社伝によると、文治年間（一一八五～一一九〇）、源頼朝《みなもとのよりとも》が豊島郡滝野川松崎に出陣した際に、妻の北条政子《ほうじょうまさこ》は夫の身を案じてこの地まで来て、富士山が見える墳丘に登り、富士吉田の自護本尊の浅間神社を遙拝して、夫の武運長久を祈り、持仏の聖観世音菩薩を祀った。それ以来、村人たちはこの像を「富士浅間大菩薩《ふじせんげんだいぼさつ》」と呼び、これを祀ったのが、この神社の起源であると伝える。この神社には、用地を整地中に出土した動物と人物の頭部の形象埴輪《けいしょうはにわ》が保存されている。

境内には、富士講中興の祖である食行身禄《じきぎょうみろく》の石碑がある。明治一五

東光寺

年（一八八二）、地元の講社が三三回目の登山を記念して建てた。この石碑の揮毫者は勝海舟《かつかいしゅう》である。

■東光寺

浅間神社の先に丸子橋がある。この橋の上に立つと、散策してきた亀甲山古墳、多摩川台公園、多摩川などの万葉の原風景の大パノラマが楽しめる。丸子橋の袂の東角から階段を降りると、再び六郷用水に出る。しばらく進むと、東光寺《とうこうじ》がある。

東光寺は、有慶山《ゆうけいざん》と号する真言宗智山派の寺で、本尊は聖観世音菩《せいかんぜおんぼ》薩《さつ》である。この菩薩については、北条政子が源頼朝の武運長久を祈願した仏像、小泉次大夫《こいずみじだゆう》が六郷用水を開削したときに、土中より発掘した仏像、浅間神社の古木から出現した仏像、などの諸説がある。

■密蔵院

東光寺からさらに六郷用水に沿って進むと、密蔵院《みつぞういん》がある。密蔵院は、明楽山森立寺《めいらくさんしんりつじ》と号する真言宗智山派の寺で、本尊は大日如来《だいにちにょらい》であ

密蔵院

る。玉川八十八ヶ霊場五六番札所である。

境内には、観音堂（大慈閣）があり、「雷《かみなり》よけ観音《かんのん》」と呼ばれる観世音菩薩像が安置されている。この観音堂は、この寺から約二〇〇メートル西の多摩川の傍にあったが、多摩川の洪水で流され、安置されていた七体の観世音菩薩像も流失したが、そのうちの二～三体が光明寺池に流れ着いていた。その後、観音堂は、この寺の境内に再建され、観音堂の傍にあった榎が枯れたので、この木を使って、流失した観世音菩薩像が造られて、七体の仏像がこの堂に祀られた。この観音像には、次の伝承がある。

「新田義興《にったよしおき》が延文四年（一三五九）、矢口の渡しで謀殺されたとき、義興の怨念が雷火となって、竹沢、江戸の将兵をおびやかした。そのとき、将兵はこの観音堂に逃げ込んだところ、この観音の加護で難を逃れることが出来た。それ以来、この仏像は、『雷よけ観音』と呼ばれるようになった」という。

さらに、境内には、金剛尊院があり、江戸時代初期の作と推定される青面金剛像《しょうめんこんごうぞう》が安置され、「沼部《ぬまべ》の庚申《こうしん》」と称して尊崇されている。また、五基の板碑、中興開山の法印権大僧都《ほういんごんだいそうず》法意《ほうい》の五輪塔の墓がある。

観蔵院

女堀

密蔵院からさらに六郷用水に沿って進む。道は次第に左へカーブしながら緩やかな登りになる。坂を登り切った所に「女堀《おんなぼり》」の説明板がある。六郷用水を開削した小泉次大夫《こいずみじだゆう》は、この高所にぶつかり、工事が難航した。小休止して思案をめぐらしていたところ、女神が現れて、お告げがあり、それにしたがって工事を進めると、進捗したので、この付近の用水を「女堀」と称したという。

観蔵院

女堀の西に観蔵院《かんぞういん》がある。観蔵院は、峯松山正善寺《ほうしょうさんせいぜんじ》と号する真言宗智山派の寺で、本尊は大日如来《だいにちにょらい》である。玉川八十八ヶ所霊場五七番札所、東海三十三観音霊場二九番札所である。

創建年代は詳らかではないが、鵜の木の光明寺《こうみょうじ》が真言宗寺院であった頃、その加行道場として創建されたと伝える。慶長元年（一五九六）、中興一世・宥忠法印《ゆうちゅうほういん》が本堂を建立し、大日如来を安置した。

境内には薬師堂がある。寛文元年（一六六一）、中興三世・順宥《じゅんゆう》が

光明寺

三河国秋葉山の薬師如来を勧請して薬師堂を建立しようとしたが果たせず、正徳三年（一七一三）、中興六世・宥海《ゆうかい》が順宥の遺志を継いで薬師堂を建立した。堂内には、寛文元年（一六六一）銘の薬師如来像が安置され、俗に「峯《みね》の薬師堂《やくしどう》」と呼ばれている。

さらに、五基の板碑、樹齢三〇〇年と推定されるツゲの巨木がある。

■増明院

観蔵院から元の道に戻り、さらに六郷用水に沿って進む。六郷用水の水路がなくなり、植え込みに沿った道になる。環状八号線で右折してしばらく進むと、増明院《ぞうみょういん》がある。増明院は、青林山金剛寺《せいりんざんこんごうじ》と号する真言宗智山派の寺で、本尊は大日如来《だいにちにょらい》である。玉川八十八ヶ所霊場五八番札所である。寛永二年（一六二五）、高野山より下向した長誉阿《ちょうよあ》闍梨《じゃり》が開山、青山因幡守《あおやまいなばのかみ》が開基となって創建されたと伝える。

山門は、備前池田氏の武家屋敷門の移築である。境内には、享保一二年（一七二七）銘の供養塔がある。

蓮光院の武家屋敷門

■光明寺

増明院から環状八号線を横切り、住宅の間を少し登ると、八幡神社《はちまんじんじゃ》がある。祭神は誉田別命《ほむたわけのみこと》である。交差点を渡り、右に少し進むと、光《こう》明寺《みょうじ》がある。光明寺は、大金山法幢院《だいきんざんほうどういん》と号する浄土宗の寺で、本尊は阿弥陀如来《あみだにょらい》である。

天平年間（七二九～七四九）、行基《ぎょうき》が開創し、弘仁年間（八一〇～八二四）、空海《くうかい》が再興して、関東高野山宝幢院《かんとうこうやさんほうどういん》と称した古刹で、七堂伽藍を備えた大寺であった。寛喜年間（一二二九～一二三二）、浄土宗西山派の祖・善慧証空《ぜんねしょうくう》の教化により、浄土宗に改宗して、関東弘通《かんとうこうつう》念仏《ねんぶつ》最初の道場となり、大金山宝幢院光明寺と称するようになった。

第三世・行観覚融《ぎょうかんかくゆう》は、空海の興した密教の道場が浄土宗にかわったため、空海の興した密教の道場が消滅してしまうことを惜しみ、別に真言宗高畑宝幢院《たかはたほうどういん》を創建し、前者は寺号を光明寺とし、創建した真言宗寺院は宝幢院《ほうとういん》としたと伝える。

この寺には、藤原時代の仏師で、名匠・定朝《じょうちょう》の父といわれる康知《こうち》の作と伝える阿弥陀如来立像《あみだにょらいりゅうぞう》、御影堂に安置された善導大師立像《ぜんどうたいしりゅうぞう》、その厨子の周囲に立つ四天王立像《してんのうりゅうぞう》、十一面観世音菩薩像《じゅういちめんかんぜおんぼさつぞう》、地蔵菩薩立像《じぞうぼさつりゅうぞう》な

六郷用水

ど、数多くの仏像がある。

境内には、享保二年（一七一七）銘の梵鐘がかかる鐘楼、江戸氏一族の墳墓と伝える荒塚、体空法院《たいくうほういん》供養塔《くようとう》、江戸時代銘の板碑などがある。

■蓮光院

光明寺から東急目蒲線下丸子駅の傍を通り、南へ進むと、蓮光院《れんこういん》がある。蓮光院は、壽福山円満寺《じゅふくさんえんまんじ》と号する真言宗智山派の寺で、本尊は大日如来《だいにちにょらい》、玉川八十八ヶ所霊場五九番札所である。創建年代は詳らかではないが、源清が中興開山したと伝える。

山門は、一重、入母屋造、桟瓦葺、片番所格子付の武家屋敷門である。明治三一年（一八九八）、備前国池田氏から馬込中丸の河原久輝《かわはらひさてる》が譲り受け、表門として使用していたが、昭和一四年（一九三九）、当院に移築された。

境外仏堂には、三体地蔵菩薩像《さんたいじぞうぼさつぞう》を祀る。これは、矢口の渡しで起こった新田義興《にったよしおき》の謀殺事件の際に、討ち死にした従臣三人を供養したものである。境内には、承応四年（一六五五）銘の念仏供養塔がある。

新田義貞の鎌倉攻め　元弘三年（一三三三）五月八日、新田義貞は、上野国の氏神明神社前で鎌倉幕府打倒の兵を挙げた。鎌倉幕府は、迎撃の兵を向けたが、小手指が原、久米川、分倍河原の戦いで敗北した。新田勢は鎌倉に侵攻したが、鎌倉の東西は、山に囲まれた天然の要害となっていたので、混戦が続いた。とくに、化粧坂、極楽寺坂は激戦地となった。鎌倉中心部の攻撃は、五月一八日から開始され、二二日に稲村ガ崎から鎌倉へ突入し、鎌倉は火の海となり、東勝寺で北条一族が自害し、一五〇年続いた鎌倉幕府は滅亡した。

■六所神社

蓮光院の南に六所神社《ろくしょじんじゃ》がある。祭神は、伊弉諾命《いざなぎのみこと》、大己貴命《おおなむちのみこと》、瓊瓊《にに》杵命《ぎのみこと》、素盞嗚命《すさのおのみこと》、大宮比売命《おおみやひめのみこと》、布留大神《ふるのおおかみ》の六神である。鎌倉時代、文暦元年（一二三四）、茬原左衛門義宗《えばらさえもんよしむね》が多摩川下流のこの下丸子の地に、六柱の神々を奉斎したのが当社の創祀であると伝える。

■長福寺

六所神社の南に長福寺《ちょうふくじ》がある。長福寺は、長明山《ちょうめいさん》と号する真言宗智山派の寺で、本尊は観世音菩薩《かんぜおんぼさつ》である。玉川八十八ヶ所霊場六〇番札所である。

■花光院

長福寺から南の大通りを東に進む。キヤノンの工場で右折すると、その先にガス橋がある。この橋から堤防の上を多摩川の下流方向に進み、東京都清掃工場の東側へ下り、住宅の中を北に進むと、花光院《かこういん》が

新田神社

ある。花光院は、福田山蓮華寺《ふくたさんれんげじ》と号する真言宗智山派の寺で、本尊は大日如来《だいにちにょらい》である。玉川八十八ヶ所霊場六二番札所である。

『新編武蔵風土記稿』には、「境内二段三畝、村の西北の間にあり。新義真言宗、同郡高畑村宝幢院末、福田山蓮華寺と号す。開山法印権大僧都快智延宝二年九月二七日示寂す。客殿七間に五間半、本尊大日如来を安ず」とある。

■氷川神社

花光院から北へ進むと、氷川神社《ひかわじんじゃ》がある。祭神は素盞嗚命《すさのおのみこと》である。昭和二〇年（一九四五）、空襲で社殿など一切を焼失したため、創建年代・由緒は不明である。

■新田神社

氷川神社から一つ目の筋を左折すると、新田神社《にったじんじゃ》がある。祭神は、新田義興《にったよしおき》である。義興は、新田貞義《にったさだよし》の次子で、南朝方の武将であった。足利方は、義興を退けるために、配下の者を義興のもとへ潜入させ、延文三年（一三五八）、鎌倉を攻めるチャンスであると奸言《かんげん》した。これを信用した義興は、わずか三騎の少勢でこの地に到り、矢口の渡しで多摩川を渡るために舟に乗ったところ、船頭が船底に仕掛けた栓を抜き、謀略を知った義興は、自刃して果てた。その後、矢口の渡しでは、夜毎に光り物が出て、往来の人々を悩ませた。義興の祟りであると評判になり、この地の人々が義興を埋葬した塚に社を建てたのがこの神社の始まりと伝える。

この神社には、延宝四年（一六七六）、松平政種《まつだいらまさたね》が寄進した義興の一生を描いた新田大明神縁起絵《にっただいみょうじんえんぎえ》がある。境内には、延享三年（一七四六）銘の矢口新田神君之碑《やぐちにったしんくんのひ》がある。

新田神社から東急目蒲線武蔵神田駅に出て、今回の散策を終えた。万葉の時代には、すでに古墳が連なり、人々が集落を形成して、布の生産などをして生活していた様子を偲びながらの散策となった。

交通▼渋谷駅で東急東横線横浜行きの電車に乗車、田園調布駅で下車。

新田大明神縁起絵巻　延宝四年（一六七六）、松平政種によって新田神社に寄進されたもので、『太平記』の新田義興の自害の記述をもとに、新田神社の祭神の新田義興の事蹟と新田神社の由縁を図絵に纏め、簡単な伝記文を添えたもの。詞書撰文は林大学頭春斎、画師は上野加卜、書は上野左兵衛である。画図は、金紙に極彩色の図絵が描かれ、筆致は絶妙、優美、華麗で、書体は世尊寺様の和風行草体の仮名交じり文字で、画面とよく調和している。

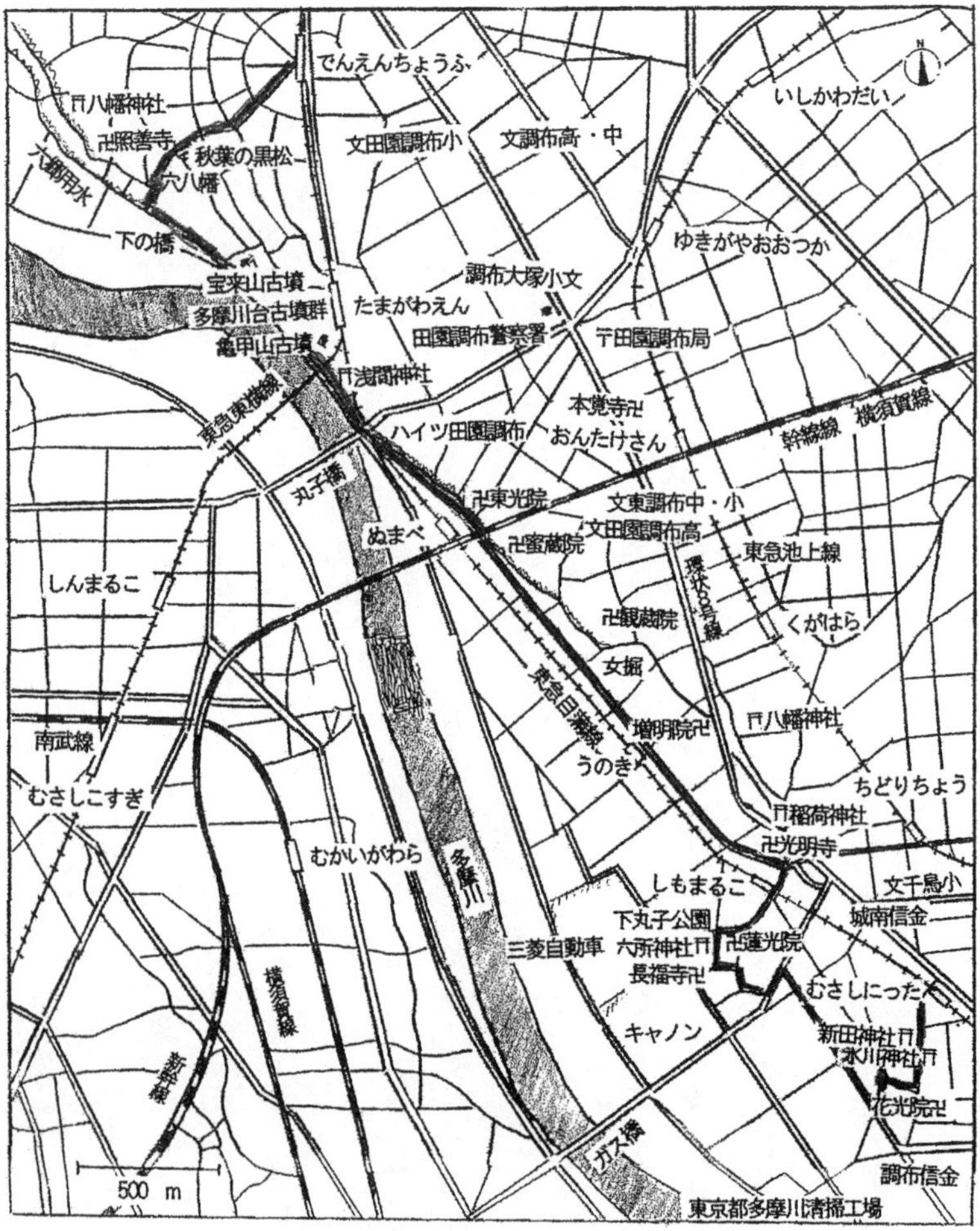
でんえんちょうふ
八幡神社
照善寺
秋葉の黒松
六郷用水
穴八幡
下の橋
宝来山古墳
多摩川台古墳群
亀甲山古墳
浅間神社
文田園調布小
文調布高・中
いしかわだい
ゆきがやおおつか
調布大塚小文
たまがわえん
田園調布警察署
田園調布局
本覚寺
おんたけさん
ハイツ田園調布
東急東横線
幹線線
横須賀線
丸子橋
東光院
文東調布中・小
文田園調布高
ぬまべ
蜜蔵院
東急池上線
しんまるこ
観蔵院
環状8号線
くがはら
女塚
東急目蒲線
増明院
八幡神社
南武線
うのき
ちどりちょう
むさしこすぎ
稲荷神社
光明寺
むかいがわら
多摩川
しもまるこ
文千鳥小
下丸子公園
城南信金
六所神社
蓮光院
三菱自動車
長福寺
むさしにった
横須賀線
キャノン
新田神社
氷川神社
新幹線
花光院
ガス橋
500 m
調布信金
東京都多摩川清掃工場

荏原郡の防人歌コース

第二章　東京メトロ沿線

久世の鷺坂コース（東京都文京区）

東京の都心の真ん中に「久世《くせ》の鷺坂《さぎさか》」と呼ばれる坂がある。この坂には、山城国の鷺坂で詠まれた歌を刻んだ万葉歌碑が建っている。この坂は、文京区小日向《こひなた》という地にあり、この地名は『和名抄《わみょうしょう》』の武蔵《むさしの》国《くに》豊島郡《としまのこおり》日頭郷《ひのとごう》にあたるとされる。この坂の南を流れる神田川沿いには、往古、武蔵国のあった府中から、東京都の杉並区天沼、台東区浅草を経て、下総国の国府があった現在の市川市へ通じる官道があったといわれる。今回の散策では、鷺坂にある万葉歌碑を訪ね、その近くにある芭蕉庵やその周辺の史跡をめぐることにする。

鷺坂の万葉歌碑（正面）

■鷺坂の万葉歌碑

東京メトロ有楽町線の江戸川橋駅で下車し、高速五号線の下を潜り抜け、音羽通りの東側を北へ進む。交差点から二つ目の筋を右折してしばらく進むと鷺坂がある。この坂を登っていくと、正面の曲がり角に万葉歌碑がある。

鷺坂の万葉歌碑（左面）

この歌碑は、万葉歌碑と坂名の標識を兼ねており、昭和七年（一九三二）、堀口《ほりぐち》九万一《くまいち》氏の揮毫により建立された。その正面に鷺坂の坂名が、右側の面に万葉仮名、左側の面に仮名文字で次の歌が刻まれている。

山背《やましろ》の　久世《くせ》の鷺坂《さぎさか》　神代《かみよ》より
春は萌《は》りつつ　秋は散りけり　九・一七〇七

この歌は——山背国の、久世の鷺坂では、大昔の神代の時代から、春には木立が芽吹き、秋には黄葉が散ることが繰り返されていることだ——という意味である。久世の鷺坂を往還していた人が、季節に応じてその周辺の景色が変化するのを見て、一貫して変わらない様子に感動しているのが想像される。

この歌は、山背国にある久世の鷺坂で詠まれた。久世の鷺坂については、次の二つの説がある。その一つは、釈白慧《しゃくはっけい》の『山州名跡志《さんしゅうめいせきし》』などによる城陽市大字富野《とみの》の鷺坂である。他の一つは、吉田東伍《よしだとうご》の『大《だい》日本《にっぽん》地名《ちめい》辞書《じしょ》』、井上道泰《いのうえみちやす》の『万葉集追巧《まんようしゅうついこう》』などによる久世神社が鎮座している丘陵の鷺坂山《さぎさかやま》である。

神田上水大洗堰跡

このため、何故に山背国の久世の鷺坂で詠まれた歌の歌碑がこの地に建立されたのかという疑問が湧いてくる。これに対して、歌碑の傍の説明板が次のように答えている。

「鷺坂のある高台には、幕府の老中職を勤めた旧関宿《せきじゅく》（千葉県）の藩主・久世《くせ》大和守《やまとのかみ》の下屋敷があり、土地の人はこの地を『久世山《くせやま》』と呼んだ。この久世山は、明治以降住宅地となり、詩人の堀口大学《ほりぐちだいがく》、その尊父・堀口九万一らが住んでいた。近くに住む詩人の三好達治《みよしたつじ》、佐藤《さとう》春夫《はるお》らが相談して、『久世の鷺坂』に結びつけて、久世山の坂を『鷺坂』と命名した。それ以来、この坂名は地元の人々に自然に受け入れられ、愛称となった。このような経緯から、この万葉歌碑は、『久世の鷺坂』に結び付けて建立された」と。

この歌碑を訪ねると、この付近に住んでいた文人たちの粋な生き様に感心させられる。

■神田上水大洗堰跡

来た道を戻り、音羽通りを横切り、江戸川公園の入口から神田川に沿って遊歩道を進む。明治維新以降、神田川に沿って護岸工事の際に

関口芭蕉庵

桜が植栽され、「神田川の桜堤」と呼ばれる桜の名所になった。右側の崖には、武蔵野台地を思わせるように雑木が繁り、まるで都心のオアシスのような雰囲気が漂っている。しばらく進むと、神田上水大洗堰跡《かんだじょうすいおおあらいぜきあと》がある。

『天正日記《てんしょうにっき》』には、「此江戸上水道は乃今《いま》の神田上水是なり。蓋当時《がいとうじ》此水道を設くるとて目白台下に堰を築き、(中略)関口の名も実にこれより起こり、元和・寛永の間には巳に村名となれり」とある。天正一八年(一五九〇)、大久保藤五郎《おおくぼとうごろう》が徳川家康の命により江戸水道の工事を受け賜って完成させた。この堰で取水した水は、小石川の水戸藩邸内を経て、神田方面に送水され、江戸城の東北の地域で水道水として利用されていた。承応三年(一六五四)、玉川上水《たまかわじょうすい》が竣工した後には、細々と命脈を保っていたが、明治三四年(一九〇一)に廃止された。

■関口芭蕉庵

神田川に沿ってさらに進むと、関口芭蕉庵《せきぐちばしょうあん》がある。この庵は、歌川《うたがわ》広重《ひろしげ》の『名所江戸百景』に描かれている。

松尾芭蕉《まつおばしょう》は、延宝五年(一六七七)、伊賀から江戸に出てきた。延

さみだれ塚

宝八年（一六八〇）、深川六間堀《ふかがわろくけんぼり》の芭蕉庵に住むまでの約四年間、当地付近にあった「龍隠庵《りゅうげあん》」と呼ばれた水番屋に住んでいた。この間、藤堂家の下級武士として、神田上水の改修工事の監督に従事した。その後、「龍隠庵」は、いつしか人々から「関口芭蕉庵」と呼ばれるようになった。芭蕉が神田上水工事の監督に従事したのは、芭蕉が伊賀国藤堂藩の武士であったことや、藤堂藩が築城土木・水利の技術に長じていて、幕府から神田上水の改修工事を命じられていたことによる。

芭蕉庵の廷内には、芭蕉堂《ばしょうどう》、さみだれ塚、瓢箪池《ひょうたんいけ》がある。芭蕉庵にある建物は、第二次世界大戦による戦火で焼失し、現在の建物は、戦後に復元されたものである。

芭蕉堂は、桁行四間、梁行四間の宝形造、銅板葺で、その内部に、芭蕉翁《ばしょうおう》、嵐雪《らんせつ》、去来《きょらい》、丈草《じょうそう》の像が安置されている。芭蕉翁の像は、享保一一年（一七二六）、芭蕉の三三回忌に納められた。芭蕉堂の横にさみだれ塚がある。寛延三年（一七五〇）、宗瑞《そうずい》、馬光《ばこう》らの俳人たちが

五月雨に　かくれぬものや　瀬田の橋

という芭蕉の句の短冊を埋めて塚を築き、これを「さみだれ塚」と称

芭蕉の句碑

して、芭蕉の墓とした。石碑の表面には、「芭蕉翁之墓　夕可庵馬光《ゆうかあんばこう》書」、裏面には、「祖翁瀬田のはしの吟詠を以てこれを建てさみだれ塚と称す。寛延三年八月一二日夕可庵門生園露什酒芬路《もんせいそのろじゅうさかふんろ》」と刻まれている。

芭蕉堂の前の大銀杏の傍に、寛政一一年（一七九九）に建てられた朱楽菅江《あけらかんこう》の次の辞世歌が刻まれた歌碑がある。

執着《しゅうちゃく》の　心や娑婆《しゃば》に　残るらん
吉野の桜　さらしなの月

朱楽菅江は、本名山崎景貫《やまざきかげつら》といい、和漢の学に通じ、太田蜀山人《おおたしょくさんじん》とともに聞こえた狂歌の大家である。

正門を入った右側に、歌川広重の『名所江戸百景』に描かれた夜寒《よさむ》の松《まつ》の根株がある。その傍の小高いところに、宝暦三年（一七五三）に建てられた次の慶紀逸《けいきいつ》の句が刻まれた夜寒《よさむ》の碑《ひ》がある。

二夜鳴く　一夜は寒し　きりぎりす　　**四時庵慶紀逸**

紀逸は、稲津祇空《いなづぎくう》より俳諧を伝承し、『歳花集』『武蔵玉川十六編』

肥後細川庭園（新江戸川公園）

を著した。瓢箪池の傍には、芭蕉の次の句を刻んだ句碑がある。

古池や　蛙《かわず》とび込む　水の音

この句碑は、芭蕉翁の二八〇回忌に、関口芭蕉庵保存会によって、昭和四八年（一九七三）に建立された。碑の文字は、芭蕉文庫所蔵のこの句の軸より模刻したもので、芭蕉の筆跡を後世に伝える貴重なものである。

■肥後細川庭園（新江戸川公園）

関口芭蕉庵の隣に簡素な社の水神社《すいじんしゃ》がある。土地の人たちが水神の祟りを鎮めるために祀ったという。さらに神田川に沿って進むと、肥《ひ》後細川庭園《ごほそかわていえん》（新江戸川公園《しんえどがわこうえん》）に出る。ここは『嘉永新鐫《かえいしんせん》　雑司ヶ谷音《ぞうしがやおと》羽絵図《わえず》』の細川越中守抱屋敷跡《ほそかわえっちゅうのかみかかえやしきあと》である。目白台地が舌状に延びた先端に屋敷があり、その前面の神田川を隔てて、早稲田の田圃が広がる景勝地として描かれている。

この屋敷跡には、素朴な佇まいを見せる武家屋敷庭園が残されてい

椿山荘の庭園

る。細長く東西に延びる背後の台地を山と見做し、麓の低地を利用して池を配した回遊式泉水庭園《かいゆうしきせんすいていえん》である。泉水源と池との間には鑓水が見られ、池の周囲の周遊道が踏み分け道になっているところに風情がある。また、細川家の学問所の松聲閣《しょうせいかく》が再建されている。

■椿山

水神社まで戻ると、その横に「胸突坂《むなつきざか》」と呼ばれる坂がある。『御《ご》府内備考《ふないびこう》』には、「胸突坂は牛込の屋敷脇なり。此の坂を下れば上水のはたなり。あまりの坂のけはしくて胸をつくばかりなれば名付とという」とある。

胸突坂を登り目白通りに出ると、右側に椿山荘《ちんざんそう》がある。この辺りは、かつて「椿山《つばきやま》」と呼ばれ、江戸時代には、江戸の町民の遊山の地であった。椿山荘は、江戸時代には、黒田豊前守《くろだぶぜんのかみ》の下屋敷であった。明治維新後に、山縣有朋《やまがたありとも》の別邸になり、屋敷の呼称として「椿山」という佳名がつけられた。大正時代になって、藤田家の所有となり、「椿山荘」という名称になった。

庭園は、二段の池と三つの丘で構成されている。丘には林泉を整え、

東京カテドラル

その中心には小さな三重塔を配置し、台地の斜面を巧みに生かした自然風景庭園である。三重塔は、広島県豊田郡入野村の竹林寺から移築したもので、東京都内で見られる古塔は、寛永寺《かんえいじ》の五重塔（江戸時代）、本門寺《ほんもんじ》の五重塔（桃山時代）とこの塔の三つであり、三重塔で室町時代の作としては珍しいものである。椿山荘には、山縣有朋時代の旧規が保存されており、藤田家が収集した貴重な文化財も見られる。

椿山荘に面して、東京カテドラル聖マリア大聖堂がある。昭和三九年（一九六四）に西ドイツのケルン市民の善意により建てられた。聖堂奥の木陰に切支丹夜泣石《きりしたんよなきいし》がある。

■館柳湾の住居跡

東京カテドラルから西へ進むと、胸突坂を登り切った付近に北へ入る筋がある。ここで右折して少し進むと、館柳湾《たちりゅうわん》の住居跡がある。館柳湾は、江戸時代後期の役人で、漢詩、短歌書画に優れ、とくに漢詩を本領とした。中・晩唐風の温雅清純な抒情・叙景詩を得意とし、杜牧《とぼく》、温庭筠《おんていいん》、李商隠《りしょういん》、韓偓《かんあく》などの影響がみられ、才気をてらわず、清純温雅な風に徹した。詩集に『柳湾漁唱《りゅうわんぎょしょう》』、編著に漢詩歳時記『林園《りんえん》月令《げつれい》』がある。

■ 窪田空穂の住居跡

館龍湾の住居跡から少し北へ進むと、東大医学部付属病院の分院がある。その南側で左折し、三つめの筋で右折してしばらく進むと、左手に窪田空穂《くぼたうつぼ》の住居跡がある。

窪田空穂は、歌人として活躍し、一見地味ではあるが、自在な表現力と深い心境を詠み込むことで定評があった。その一方で、『万葉集』『新古今集』などの評釈、『源氏物語』の現代語訳を著した。

この住居には、明治四五年（一九一二）より居住し、この地区の様子を詠んだ次の歌を残している。

秋日ざし　明るき町の　こころよし
何れの路に　曲りて行かむ

この歌では、秋の清々しい気候と楽しい心持ちが詠まれている。

窪田空穂の住居跡

日本女子大学成瀬記念館

■日本女子大成瀬記念館

窪田空穂の住居跡から、再び音羽通りに出て西へ進むと、日本女子大があり、その一角に成瀬記念館《なるせきねんかん》がある。この建物は、日本女子大の創設者の成瀬仁蔵《なるせじんぞう》を記念して、明治三八年（一九〇五）、森村財団の寄付で造立された。外壁は木造壁、内部と化粧小屋組は木造で、当時としては、最新式の教会風の木造の西洋建築である。

日本女子大から音羽通りをさらに西へ進み、JR目黒駅に出て今回の散策を終えた。今回は、都心の真ん中にある道標風の鷺坂の万葉歌碑を訪ね、文人たちの粋な計らいに感服しながら、芭蕉庵などを訪ねる散策となった。

交通▼東京メトロ有楽町線江戸川橋駅下車。

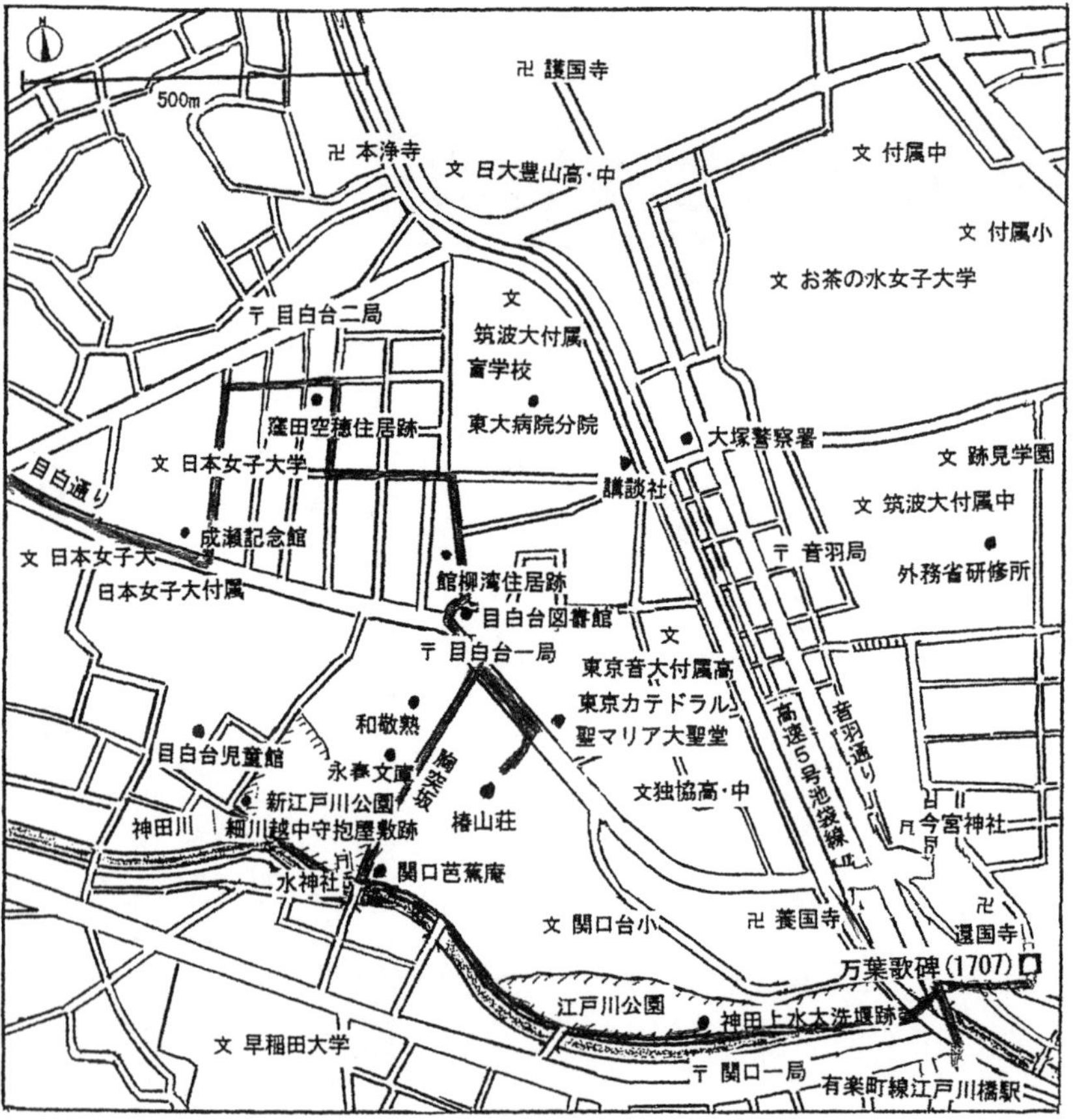
500m
護国寺
本浄寺
日大豊山高・中
付属中
付属小
お茶の水女子大学
目白台二局
筑波大付属
盲学校
窪田空穂住居跡
東大病院分院
大塚警察署
跡見学園
日本女子大学
講談社
筑波大付属中
目白通り
成瀬記念館
音羽局
外務省研修所
日本女子大
日本女子大付属
館柳湾住居跡
目白台図書館
目白台一局
東京音大付属高
東京カテドラル
聖マリア大聖堂
和敬熟
目白台児童館
永春文庫
胸突坂
高速5号池袋線
音羽通り
新江戸川公園
椿山荘
独協高・中
神田川
細川越中守抱屋敷跡
今宮神社
水神社
関口芭蕉庵
関口台小
養国寺
還国寺
万葉歌碑(1707)
江戸川公園
神田上水大洗堰跡
早稲田大学
関口一局
有楽町線江戸川橋駅

久世の鷺坂コース

向島百花園コース（東京都墨田区）

東京都墨田区の地域は、旧利根川の河口に土砂が堆積して形成された。江戸時代には、江戸の市街地へ供給する蔬菜類の生産地として発展し、また、隅田川を中心に、江戸の歓楽地としても栄えた。関東大震災の被害をほとんど受けなかったので、江戸の下町情緒が残り、多くの文人墨客が居住した。このため、各所に文人墨客の住居跡が残り、町内の神社には、多くの歌碑、句碑が見られる。今回の散策では、その中心にある向島百花園《むこうじまひゃっかえん》にある山上憶良《やまのうえのおくら》の万葉歌碑を訪ね、その周辺の史跡をめぐることにする。

■万葉の時代の墨田

往古には、東京湾は大きく内陸部に入り込み、旧利根川《きゅうとねがわ》は今の綾瀬《あやせ》川筋《かわすじ》を流れていた。このため、武蔵国の国府から下総国の国府へは、相模国の走水《はしりみず》を経て、東京湾を上総国《かずさのくに》の木更津《きさらづ》へ舟で渡り、北上して下総国《しもふさのくに》の国府へ至る経路を辿っていた。その後、旧利根川の河口付近

東京湾　東京湾は、万葉の時代には、呼称がなく、西は武蔵野台地、東は下総台地、北は大宮台地まで深く入り組んで、その中に沢山の州や島が形成された低湿地帯であった。江戸時代になって、「江戸前」「江戸前海」と呼ばれるようになり、明治維新後、江戸が東京と改称され、複数の令制国に囲まれた湾であることから、湾岸における最大の都市名から「東京湾」と命名された。地形図では「東京湾」、海図では「東京海湾」の表記であったが、最近になって「東京湾」に統一された。

に州や島が発達し、上総・下総への官道は、宝亀二年（七七一）、現在の墨田区を通る陸路に変更され、武蔵国は東海道に組み入れられた。承和二年（八三五）の『太政官符《だじょうかんぷ》』には、「武蔵下総両国堺、住田河四艘、右岸二艘今加二艘、右岸等崖岸広遠、不得造橋、仍増件船」とあり、川が広くて橋が架けられないので、渡し船を利用していた様子が窺える。

旧隅田、向島の地域は、州、島として出来たので、この付近には、汐入、真崎、石浜など、陸地の生成に繋がる地名が多く見られる。隅田川の名前も住田（州田、隅田）を流れることに由来する。

その後、在原業平《ありわらのなりひら》が著した『伊勢物語』の東下りの一節に「武蔵と下総の中に、いと大きなる河あり、それをすみた河といふ、（中略）、名にし負はば　いざ言問はむ　都鳥　わが思ふ人は　ありやなしやと」とあり、業平も隅田川の渡しを渡ったようである。

■向島百花園

浅草から東京メトロ浅草線経由で京成押上線の電車に乗ると、約一〇分で京成曳舟駅に着く。明治通りに出て北西に進む。東武伊勢崎線

太政官府　古代の律令制のもとで太政官が管轄下の諸官庁・諸国衙へ発令した正式な公文書。官符ともいう。太政官とは、律令制における司法・行政・立法を司る最高国家機関を指し、符とは、上級官庁から下級官庁へ出された文書をいう。太政官以外の官庁でもこれを出すことが出来たが、太政官は原則として他の全ての官庁に対して符が出せたこと、格のような重要な法令も太政官符の書式を用いて出されることがあったことから、極めて重みがあった。

向島百花園の万葉歌碑

のガードを潜り、しばらく進むと、左手に向島百花園《むこうじまひゃっかえん》がある。
向島百花園は、文化元年（一八〇四）、町人・佐原鞠塢《さはらきくう》によって梅園として開かれた。鞠塢は、仙台生まれで、浅草中村座の芝居茶屋に奉公し、後に日本橋住吉町に骨董屋を開き、財をなした。生来、風流気質があり、江戸の文人と交わった。本所中之郷に移り、多賀藤十郎《たがとうじゅうろう》の陣屋跡地を手に入れ、菊屋兵衛と改めた。人々は「菊屋」と呼び、隠居、剃髪して「鞠塢」と称した。広く交わる人たちから梅の木を集め、また、詩歌にゆかりの深い草木類も屋敷に栽培した。梅は百花に先駆けて咲くという意味から、屋敷は「百花園」と呼ばれた。その後、洪水で荒廃したが、昭和一三年（一九三八）に東京都に寄付され、向島百花園として整備された。

■向島百花園の万葉歌碑

向島百花園の正面からしばらく直進すると、山上憶良《やまのうえのおくら》の次の歌が刻まれた万葉歌碑がある。

秋の野に　咲きたる花を　指折り《およびお》

秋の七種の歌壇

かき数《かぞ》ふれば　七種《ななくさ》の花　　八・一五三八
萩の花　尾花葛花《おばなくずはな》　なでしこが花
をみなへし　また藤袴《ふじばかま》　朝顔《あさがほ》が花　　八・一五三九

一首目の歌は――秋の野に、咲いている花を、指折り、数えてみると、七種の花だ――、二首目の歌は――萩の花、尾花葛花、なでしこの花、をみなへし、また藤袴、朝顔の花――という意味である。この歌碑は、文政四年（一八二一）、薫堂敬義《くんどうたかよし》の揮毫により建立された。この歌碑は、山上憶良の万葉歌碑というより、薫堂の絶筆となった秋の七草の書を残すために建立されたという。薫堂は、江戸時代の書家で、字は伯直《はくじか》と称し、『小笠山房詩鈔《おがささんぼうししょう》』『春星閑語《しゅんせいかんご》』などを著した。

この歌碑の隣の歌壇には、秋の七種が植えられ、傍に憶良の一五三八番歌が書かれた歌板が建てられている。

百花園の園内には、松尾芭蕉の

春もや〵　けしきととのふ　月と梅

法泉寺

の句碑をはじめ、三〇基の石碑が建てられており、四季折々の野草を楽しみながら、歌碑、句碑めぐりをすることが出来る。

■法泉寺

向島百花園から明治通りまで戻り、左折してしばらく進むと、アイビーボウル向島の看板がある。ここで左折して西へ進むと、法泉寺《ほうせんじ》がある。法泉寺は、晴河山《せいかさん》と号する曹洞宗の寺で、本尊は釈迦牟尼仏《しゃかむにぶつ》である。創建年代は詳らかではないが、寺伝によると、今から約八〇〇年前、奥州を支配していた葛西三郎清重《かさいさぶろうきよしげ》が父母の追善供養のため真言宗の寺を創建し、壮麗な伽藍を整えた。その後、戦火で堂宇を焼失し、天文元年（一五三二）、大州安充《おおすやすみつ》が中興開山し、曹洞宗に改宗したと伝える。

境内には、都天然記念物の樹齢三〇〇～四〇〇年のタブの木、寛政九年（一七九七）銘の短冊塚、文政四年（一八二一）銘の尚左堂俊満《しょうさどうしゅんまん》の碑、貞和三年（一三四七）～元禄一一年（一五六八）銘の八基の板碑、寛文二年（一六六二）銘の石造地蔵菩薩像、享保二年（一七一七）銘の銅造地蔵菩薩像、寛文六年（一六六六）～延宝八年（一六八〇）銘

白髭神社

の三基の庚申塔など多くの石造物がある。

■白髭神社

法泉寺からさらに西へ進み、堤通りで左折してすぐの所に白髭神社《しらひげじんじゃ》がある。主祭神は猿田彦大神で、相殿神は天照大御神《あまてらすおおみかみ》、高皇産霊神《たかみむすびのかみ》、神皇産霊神《かみむすびのかみ》、大宮能売神《おおみやのめのかみ》、豊由気大神《とようけのおおかみ》、建御名方神《たけみなかたのかみ》である。社伝によると、天暦五年（九五一）、慈覚大師が関東に下った際に、近江国志賀郡境打颪（現滋賀県高島市）の琵琶湖湖畔に鎮座する白鬚神社の分霊を祀ったのに始まると伝える。

猿田彦大神は、天孫降臨の際に道案内をしたという神話から、人々を案内する神として、千客万来、商売繁盛、交通安全などでご利益があるとされて広く信仰されている。境内には、白鬚神社縁起碑、墨多《すみた》三絶《さんぜつ》の碑、鷲津毅堂《わしづきどう》の碑など一九基の石碑がある。

■子育地蔵堂

白髭神社から堤通りに沿って南へ進むと、左手に子育地蔵堂《こいくじぞうどう》がある。

堂内に祀られている子育地蔵尊は、文化年間（一八〇四～一八一七）、墨田堤の改修の際に土中から発見され、次の伝承がある。
「この地の植木屋・平作《へいさく》に雇われていた夫婦が川沿いの田地で殺害された。犯人は分からなかったが、この地蔵が村の子供の口を借りて犯人の名前を告げた。その後、平作はこの地に地蔵を安置して、朝夕供養した。天保三年（一八三二）、徳川家斉《とくがわいえなり》がこの地へ鷹狩りに来て参拝したので、平作はこれを記念して、地蔵堂を建て、地蔵像を安置した」と。

地蔵堂の周辺には、寛文三年（一六六三）銘の笠付型十ヶ年庚申奉持塔、元禄七年（一六九四）、元禄一一年（一六八九）銘の青面金剛掌六手の庚申供養塔、万延元年（一八六〇）銘の自然石の庚申塔がある。

子育地蔵堂

■幸田露伴住居跡

子育地蔵堂から地蔵通りに入り、柳原茶園の前で右折してしばらく進むと、幸田露伴住居跡《こうだろはんじゅうきょあと》に出る。幸田露伴が向島で二番目に居を構えたところで、「蝸牛庵《かぎゅうあん》」（カタツムリの家）と称していた。幸田露伴は、明治三〇年（一八九七）から大正一三年（一九二四）までここに住ん

幸田露伴文学碑

でいた。幸田露伴は、この地で、『二日物語』『太郎坊』『天うつ波』などの作品を執筆した。露伴の寓居は、愛知県犬山市の明治村に移され、その跡地は、現在、露伴遊園地になり、その一角に幸田露伴文学碑が建てられている。

■墨堤植桜之碑

幸田露伴住居跡から南へ進み、堤通りに出ると、正面に区立体育館がある。この南側の交差点で隅田川の堤の方へ進むと、左側に墨堤植《ぼくていしょく》桜之碑《おうのひ》がある。篆額は榎本武揚《えのもとたけあき》、撰文書浜村大澥《はまむらたいかい》である。明治一六年（一八八三）、成瀬柳北《なるせりゅうほく》、大倉喜八郎《おおくらきはちろう》が相談して、一千本余りの桜の木を補植したのを記念して、明治二〇年（一八八七）に建立された。

■長命寺桜もち

墨堤植桜之碑の先に言問団子《ことといだんご》の店がある。この店の創業は、幕末から明治の初めといわれている。在原業平《ありわらのなりひら》の都鳥の歌にちなんで「言問団子」と命名されたもので、三色の珠玉の味わいは格別である。

長命寺

堤の方へ進むと、長命寺《ちょうめいじ》桜もちとして有名な山本屋がある。長命寺で働くうちに、墨堤の桜の葉で桜もちを作ることを思いつき、享保三年（一七一七）、創業された。以来、今日までその製法が伝わる。滝《たき》沢馬琴《ざわばきん》の『兎園小説《とえんしょうせつ》』には、「一年の仕込高桜葉漬込三十一樽、葉数しめて七十七万五千枚、ただし餅一つに葉三枚あてなり、餅数しめて三十七万五千五百、一つの価四文づつ、この代締めて千五百五十四貫文なり」とある。

■長命寺

墨堤の下に長命寺《ちょうめいじ》がある。長命寺は、宝樹山遍照院《ほうじゅさんへんしょういん》と号する天台宗の寺で、本尊は阿弥陀如来《あみだにょらい》である。隅田川七福神の弁財天、東京三十三観音霊場三二番札所である。境内の「長命水《ちょうめいすい》」の石碑によると、「寛永の頃、徳川家光が鷹狩りに出て急病になり、この寺に立ち寄って、境内の井戸水で薬を服用すると、快癒したので、宝樹山長命寺の寺号を賜ったという。もとは宝樹山常泉寺と号していたが、江戸幕府三代将軍・徳川家光の命により現名に改められた」という。

古くは、境内には、宝暦年間（一七五一～一七六四）、俳人・祇徳《ぎとく》が建てた「自在庵《じざいあん》」の芭蕉堂があり、堂内には芭蕉の木像が安置されていたが、関東大震災の火災で焼失し、大震災以後復旧されていない。

境内には、松尾芭蕉の

いざさらば　雪見にころぶ　所まで

の「雪見」の句碑など、五二基の石碑がある。

■橘守部の墓

長命寺の境内には、江戸時代の『万葉集』の研究で知られる橘守部《たちばなもりべ》とその子息・冬照《ふゆてる》の墓がある。橘守部は、天明元年（一七八一）、伊勢に生まれ、一七歳で江戸に出て国学を志した。日光参拝の折に、内国府間村（現幸手市）の名主の食客となったのが縁で、内国府間村に住み、約二〇年間この地方の教育に携わりながら、その後の国文学の基礎を培った。

文政一二年（一八二九）、江戸の本所（現墨田区）に移り住み、『古事記』『万葉集』などの研究を行った。『万葉集』の研究では、歌格、

橘守部の墓

弘福寺

体調の優劣を論じた『万葉集摘翠集《まんようしゅうてきすいしゅう》』『訓詁注釈《くんこちゅうしゃく》』、古代地理に独自の考察を施した『万葉集墨縄《まんようしゅうすみなわ》』『万葉集檜嬬手《まんようしゅうひのつまで》』を著した。伴信友《ばんのぶとも》、平田《ひらた》篤胤《あつたね》、香川春樹《かがわはるき》とともに、「天保四大家」と呼ばれている。

■弘福寺

長命寺の南に弘福寺《こうふくじ》がある。弘福寺は、牛頭山《ぎゅうとうさん》と号する黄檗宗の寺で、本尊は釈迦如来《しゃかにょらい》である。延宝二年（一六七四）、鐵牛禅師《てつぎゅうぜんじ》が葛飾郡須田村香盛島にあった香積山弘福寺の堂宇を葛西一族の城跡に移し、弘福寺を創建した。開基は稲葉美濃守正則《いなばみののかみまさのり》である。

境内の祠には、石造の爺像と婆像からなる「咳《せき》の爺婆尊《じじばそん》」が祀られている。風邪やインフルエンザの予防にご利益があるといわれる。また、境内には、一〇基の石碑がある。

■三囲神社

弘福寺からさらに西へ進むと、三囲神社《みめぐりじんじゃ》がある。祭神は宇迦御魂命《うかのみたまのみこと》である。文和年間（一三五二～一三五六）、近江国三井寺の僧・源慶《げんけい》

三囲神社

が東国を遍歴したとき、牛島の壊社を改築しようとしたところ、白狐にまたがる老翁の像が土中より出た。そのとき、白狐が現れて、神像の周りを三回廻ったことから三囲の名が起こったと伝える。

宝井其角《たからいそかく》の『五元集《ごげんしゅう》』に、「牛島みめぐりの神前にて、雨乞いするものにはかりて、ゆふだてや　田をみめぐりの　神ならば」とあり、元禄六年（一六九三）、其角がこの神社で雨乞いをしたことから、三囲神社は、『江戸砂子《えどすなご》』『江戸名所図会《えどめいしょずえ》』などに載せられた。

境内には、五七基の石碑があり、神社が石碑で埋め尽くされている。

■牛島神社

三囲神社からさらに南へ進むと、牛島神社《うしじまじんじゃ》がある。祭神は、素盞嗚命《すさのおのみこと》、天之穂日命《あめのほひのみこと》、四品貞辰親王《しほんさだときしんのう》である。古くは牛御前社《うしのごぜんしゃ》と称していた。貞観二年（八六〇）、慈覚大師《じかくだいし》による勧進と伝える。『江戸名所図会』には、「牛島の出崎に位置することから、牛島の御崎と唱えたのを御前と転生称した」とある。また、『武蔵志料《むさししりょう》』には、「昔の尊称である大人《うし》、主《ぬし》に基づき、牛島の神がこの地に久しく鎮座する地主の神であることから、主御前《ぬしごぜん》と称していたが、牛を借字して牛御前《うしごぜん》とした」とある。

牛島神社

境内には、六基の石碑がある。本殿の傍には、安政六年（一八五九）銘の一対の牛像、享保一〇年（一七二五）銘の一対の狛犬がある。

■堀辰雄住居跡

牛島神社の南側は元水戸邸跡で、現在、隅田公園になっている。その東側の中央に近いところに、堀辰雄《ほりたつお》住居跡《じゅうきょあと》がある。堀辰雄は、明治三七年（一九〇四）、麹町平河町で生まれたが、二年後に母とともに家を出て、向島小梅町の母の妹の家に移った。二、三回家を替わっているが、昭和一五年（一九四〇）、杉並区成宗に移るまで、この向島に住んでいた。ここで、『聖家族《せいかぞく》』『美しい村』『風立ちぬ』『菜穂子』などの作品を執筆した。

堀辰雄住居跡からさらに南へ進み、墨田区役所の前を通って、吾妻橋を渡り、東京メトロ浅草駅へ出て、今回の散策を終えた。

交通▼浅草駅で東京メトロ押上線経由高砂行きの電車に乗車、京成曳舟駅下車。

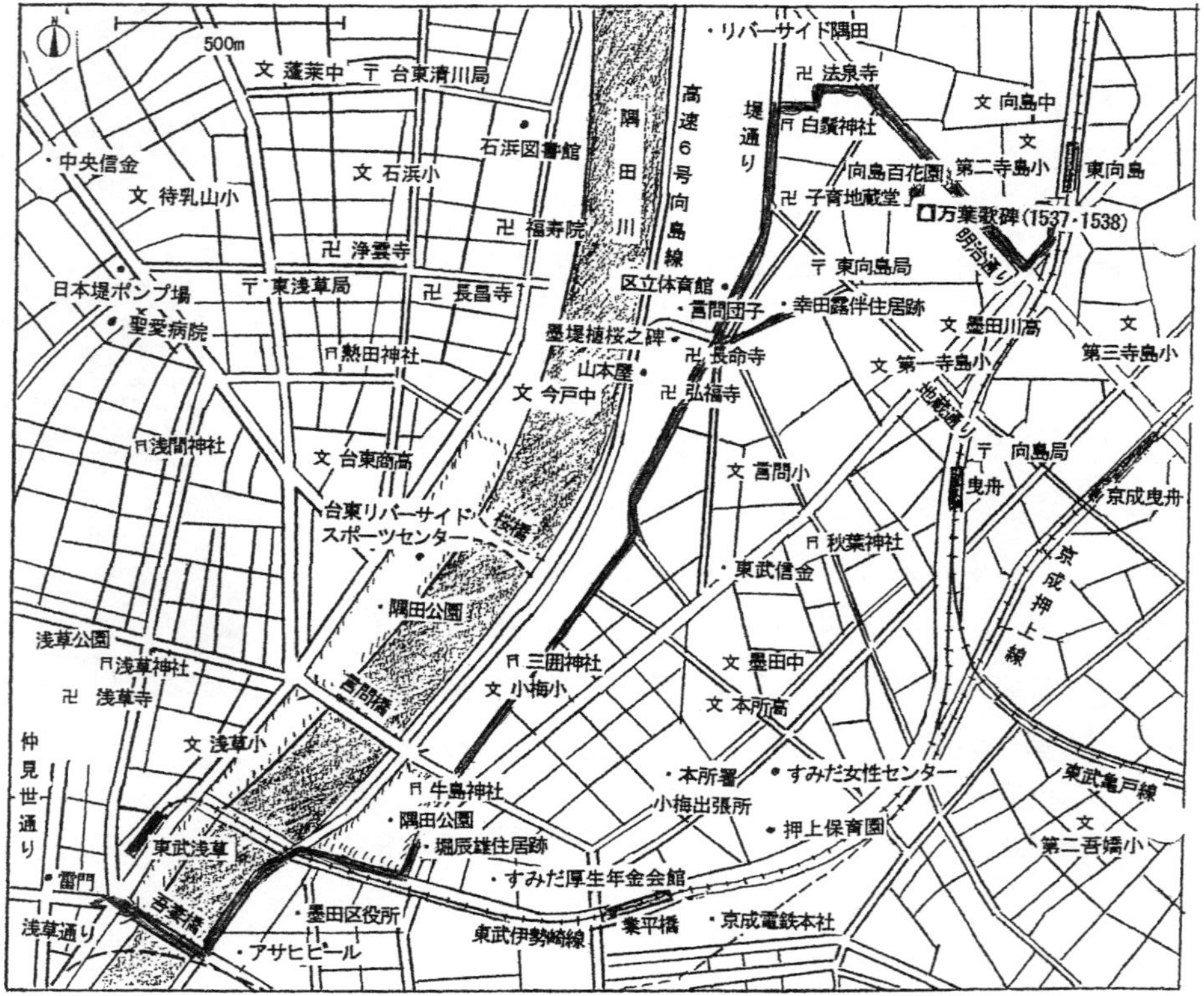
500m
文 蓬莱中
〒 台東清川局
・中央信金
文 待乳山小
文 石浜小
石浜図書館
卍 福寿院
卍 浄雲寺
日本堤ポンプ場
〒 東浅草局
卍 長昌寺
聖愛病院
⛩ 熱田神社
文 今戸中
⛩ 浅間神社
文 台東商高
台東リバーサイド
スポーツセンター
・隅田公園
浅草公園
⛩ 浅草神社
卍 浅草寺
言問橋
文 浅草小
仲見世通り
東武浅草
雷門
浅草通り
吾妻橋
・アサヒビール
・墨田区役所
隅田川
高速6号向島線
・リバーサイド隅田
堤通り
卍 法泉寺
⛩ 白鬚神社
文 向島中
文
東向島
向島百花園
第二寺島小
卍 子育地蔵堂
万葉歌碑(1537・1538)
明治通り
〒 東向島局
区立体育館
・言問団子
・幸田露伴住居跡
墨堤植桜之碑
山本屋
卍 長命寺
卍 弘福寺
文 墨田川高
文 第一寺島小
文
第三寺島小
地蔵通り
〒 向島局
曳舟
京成曳舟
文 言問小
⛩ 秋葉神社
・東武信金
京成押上線
桜橋
⛩ 三囲神社
文 小梅小
文 墨田中
文 本所高
⛩ 牛島神社
・隅田公園
・堀辰雄住居跡
・本所署
・すみだ女性センター
小梅出張所
・押上保育園
・すみだ厚生年金会館
東武亀戸線
文
第二吾嬬小
東武伊勢崎線
業平橋
・京成電鉄本社

向島百花園コース

第三章　ＪＲ京浜東北線・高崎線沿線

荒藺の崎・笠島コース（東京都大田区）

武蔵国荏原郡《むさしのくにえばらのこおり》に関係する歌として、『万葉集』巻一二に荒藺《あらゐ》の崎《さき》と笠島《かさしま》を詠んだ歌がある。武蔵国荏原郡は、武蔵国の東部に位置し、現在の東京都大田区、品川区、港区、千代田区、世田谷区にあたる。JR京浜東北線沿いには、大森貝塚《おおもりかいづか》に代表される縄文時代の遺跡、山《さん》王《のう》遺跡《いせき》、熊野神社遺跡《くまのじんじゃいせき》などの弥生時代の遺跡が連なり、その近くには、横穴古墳群が点在し、往古から、この地域には、かなり大規模な集落が存在していたことが想像される。今回の散策では、荒藺の崎と笠島の万葉故地を中心に、その周辺の史跡をめぐることにする。

八景坂の碑

■八景坂

JR京浜東北線大森駅で下車すると、池上通りを隔てた西側の丘陵に階段があり、これを登っていくと中ほどに、八景坂《はっけいざか》の碑がある。八景坂は、歌川広重《うたがわひろしげ》の『名所江戸百景』に描かれた景勝地である。八景坂の碑の表面には、次の句が刻まれている。

天祖神社

鎌倉の　よより明るし　のちの月　　景山

景山《けいざん》は、大井村の名主・大野五蔵《おおのごぞう》で、杜格斎《とかくさい》と号していた江戸時代後期の俳人である。また、碑陰には、次の八勝景が刻まれている。

笠島夜雨《かさじまやう》　**鮫州晴嵐《さめずせいらん》**　**大森暮雪《おおもりぼせつ》**　**羽田帰帆《はねだきはん》**
六郷夕照《ろくごうゆうしょう》　**大井落雁《おおいらくがん》**　**袖浦秋月《そでうらしゅうげつ》**　**池上晩鐘《いけがみばんしょう》**

歌川広重の『名所江戸百景』には、海に面した高台に街道が通り、八景坂の頂上に天祖神社《てんそじんじゃ》があり、道端に茶店、崖縁に鎧掛松《よろいかけのまつ》、沖に点在する島、白帆の舟などが描かれている。

■天祖神社

八景坂の碑からさらに階段を登っていくと、天祖神社がある。祭神は天照大神《あまてらすおおみかみ》である。江戸時代までは「神明社《しんめいしゃ》」「神明宮《しんめいぐう》」と呼ばれていたが、明治六年（一八七三）、天祖神社に改称された。鎌倉時代末の元亨年間（一三二一～一三二四）、領主の豊島景村《としまかげむら》が伊勢の皇大神宮

冨士講碑

の分霊を勧請したのに始まると伝える。江戸時代まで十羅刹女堂《じゅうらせつにょどう》も併祀されていたが、明治になって分離された。

境内には、嘉永五年（一八五二）銘の狛犬がある。阿形は授乳する珍しい「子育《こそだ》て狛犬《こまいぬ》」である。この神社には、八幡太郎義家《はちまんたろうよしいえ》が奥州征伐のとき、戦勝を祈願した際に、境内の松に鎧を掛けたといわれる鎧掛松がある。また、豊作と厄払いを祈る「禰宜《ねぎ》の舞《まい》」が伝わる。

■冨士講碑・桃雲寺再興記念碑

天祖神社から住宅地の中を南へ進み、くらやみ坂を下る。池上通りを右折して、カネヒ陶舗で右折してしばらく進むと、根岸地蔵の傍に冨士講碑《ふじこうひ》と桃雲寺再興記念碑《とううんじさいこうきねんひ》がある。

冨士講碑は、天保三年（一八三二）、冨士講の中興の祖の食行身禄《じきぎょうみろく》の没後百年を記念して、新井宿村の冨士講の人々が建立した。正面に富士山に鎮まる「仙元大菩薩《せんげんだいぼさつ》」、その下方に行衣を着た猿などを刻む。

桃雲寺再興記念碑は、旗本・木原義久《きはらよしひさ》が、村内の菩提寺を再興し、初代の吉次《よしつぐ》の号「桃雲《とううん》」をとって桃雲寺とし、寛文四年（一六六四）、木原義永《きはらよしなが》がこの碑を建立した。桃雲寺は、明治一三年（一八八〇）、

義民六人衆の墓

馬込の万福寺《まんぷくじ》に併合されて廃寺となった。

■善慶寺

富士講碑から池上通りまで戻り、右折して南へ進み、新井宿《あらいじゅく》義民《ぎみん》六人衆《にんしゅう》霊地参道の大標柱で右折すると、正面に善慶寺《ぜんけいじ》がある。善慶寺は、法光山《ほうこうさん》と号する日蓮宗の寺で、本尊は三宝祖師《さんぼうそし》（日蓮上人《にちれんしょうにん》）である。正応四年（一二九一）、当地の増田三郎右衛門《ましたさぶろうえもん》が、日蓮の直弟子・和泉阿闍梨日法《いずみあじゃりにっぽう》に帰依して創建したと伝える。

境内には、義民六人衆《ぎみんろくにんしゅう》の墓《はか》がある。延宝五年（一六七七）、苛酷を極めた領主の年貢の取り立てに耐えかねて、新井宿村の六人の村役人が幕府に直訴しようとしたが、事前に領主に察知されて、全員斬首の刑に処せられた。この寺には、この事件の経緯を書き記した「新井宿《あらいじゅく》村名主惣百姓等訴状写《むらなぬしそうびゃくしょうらのそじょううつし》」が残されている。

■熊野神社

善慶寺の裏の階段を登ると、熊野神社《くまのじんじゃ》がある。祭神は、伊弉諾命《いざなぎのみこと》、伊弉冉尊《いざなみのみこと》、速玉男命《はやたまおのみこと》、事解男命《こときおのみこと》である。元亨年間（一三二一～一三二四）、紀州より富田・長田・鈴木・橋爪氏らがこの地に移住し、氏神の熊野本宮・新宮・那智の三社の分霊を勧請し、創建したと伝える。元和年間（一六一五～一六二四）、領主・木原《きはら》木工頭《もくのかみ》が幕府の命令で、日光東照宮の造営の余材を用いて本殿を造営した記録が残る。明治維新後、村社に列格され、昭和四四年（一九六九）、鉄筋コンクリート造の本殿が再建された。

境内には、寛政八年（一七九六）銘の鳥居、安政五年（一八五八）銘の石燈籠、文化九年（一八一二）銘の手水鉢、文化一四年（一八一七）銘の庚申塔などがある。

■荒藺の崎・笠島

熊野神社の本殿に掲げられた社号扁額には、「荒藺ケ崎《あらゐがさき》　熊野神社《くまのじんじゃ》」とあり、また、この神社に参拝すると、「奉拝　荒藺ケ崎　熊野神社」と書かれた朱印が受領出来る。熊野神社付近の高台は、万葉の時代には、「荒藺の崎」と呼ばれ、『万葉集』巻一二の次の歌が詠まれている。

荒藺の埼・笠島　江戸時代に、林述斎が「木原山丘陵部の東端」とする説を提唱して以来、熊野神社付近とする説が有力である。「木原家文書」の「荒藺崎権現の由来」の項では、熊野神社を「荒藺崎権現」としており、また、天祖神社からの眺望を表現した歌川広重「八景」の一つに、「笠島夜雨」の一節がある。どちらにせよ多摩川が丘陵を削り取って出来たとされる「国分寺崖線」上から東京湾の方を眺めた地点が荒藺ヶ崎で、眼下の島が笠島とされる。

山王草堂記念館

草陰《くさかげ》の　荒藺《あらゐ》の崎《さき》の　笠島《かさしま》を
見つつか君が　山路《やまぢ》越ゆらむ

一二・三一九二

この歌は――荒藺ヶ崎から、笠島を、見ながらあなたは、山路を越えていることだろうか――という意味である。東京湾を望む高台を夫が越えている様子を想像して詠んでいる。

熊野神社が位置する高台は、「荒藺ヶ崎」「荒藺の崎」と呼ばれ、笠島は、その東方の磐井神社《いわいじんじゃ》の境内社・笠島弁財天《かさしまべんざいてん》であるといわれている。熊野神社の北側の道は、古くは「相模道《さがみどう》」と呼ばれた古道で、この神社の周辺は「新井宿《あらいじゅく》」と称され、古くから人々の往来や定住があったという。しかし、大森駅付近は、ビルが林立し、熊野神社の境内から東京湾を見渡すことが出来ない。

■山王草堂記念館

熊野神社から住宅の間を通り、狭い階段を降りると、弁天池遊園地があり、池の小島に厳島神社《いつくしまじんじゃ》がある。祭神は市杵嶋姫命《いちきしまひめのみこと》である。

この神社の北側の階段を登り、住宅の間を北へ進むと、高台の鬱蒼とした森の中に山王草堂記念館《さんのうそうどうきねんかん》がある。この記念館は、徳富蘇峰《とくとみそほう》が大正一三年（一九二四）から昭和一八年（一九四三）まで居住し、著作活動をしたところである。昭和六一年（一九八六）、大田区がこの邸地を譲り受け、蘇峰公園として整備し、旧居の一部を山王草堂記念館とした。館内には、坪内逍遥《つぼうちしょうよう》、斎藤茂吉《さいとうもきち》からの書簡、蘇峰愛用の文具、蔵書印などが展示されている。

■円能寺

山王草堂記念館から住宅地の中を東に進み、池上通りに出ると、円《えん》能寺《のうじ》がある。円能寺は、成田山《なりたさん》と号する真言宗智山派の寺で、本尊は不動明王《ふどうみょうおう》、玉川八十八霊場七六番札所である。別称「大森不動尊《おおもりふどうそん》」と称する。中興開山は、権大僧都法印永範《ごんだいそうずほういんえいはん》と伝え、天正年間（一五七三〜一五九二）に開創されたといわれる。かつては山号を「海光山《かいこうさん》」、院号を「明王院《みょうおういん》」としていたが、昭和二七年（一九五二）、成田山新勝寺の末寺となり、「成田山円能寺」と称するようになった。

墓地には、貞享二年（一六八五）銘の聖観世音菩薩像を刻む庚申塔がある。また、丸彫りの地蔵菩薩像二体、聖観世音菩薩像二体がある。

大森貝墟碑

大森貝塚碑

円能寺に隣接して、日枝神社《ひえじんじゃ》がある。祭神は大山咋命《おおやまくいのみこと》である。境内には、貞享元年（一六八四）、文政二年（一八一九）銘の庚申塔がある。

■大森貝塚

日枝神社から池上通りを横切り、ＮＴＴデータの横の小道を入ると、大森貝墟碑《おおもりかいきょひ》がある。さらに池上通りに沿って品川区に入ると、森貝塚遺跡庭園があり、ＪＲの線路際に大森貝塚碑《おおもりかいづかひ》がある。

大森貝塚は、アメリカの動物学者・Ｅ・Ｓ・モースによって、明治一〇年（一八七七）、発見された日本考古学上最初の遺跡である。この貝塚は縄文時代後期の貝塚で、土器、土偶《どぐう》、石斧《せきふ》、人骨片、猿・鹿などの骨、多種類の貝殻などが発掘されている。

■鷲神社

大森貝塚からＪＲ大森駅まで戻り、駅舎を通り抜けて駅の東側に出る。右手に進むと、商店街があり、これに沿って進むと、鷲神社《おおとりじんじゃ》がある。祭神は日本武尊《やまとたけるのみこと》である。毎年十一月の酉の日には、祭礼（酉の

お七地蔵

市）が行われ、お守札を結んだ縁起の熊手は、これを求めた人に財宝をもたらし、添えられた稲の穂は、五穀豊穣の恵みに預かるという。

■密厳院

鷲神社から八幡通りを進むと、密厳院《みつごんいん》がある。密厳院は、八幡山祈《はちまんさんき》念寺《ねんじ》と号する真言宗智山派の寺で、本尊は不動明王《ふどうみょうおう》である。文安五年（一四四八）、法印運誉《ほういんうんよ》が創建したと伝える。もと磐井神社《いわいじんじゃ》の別当寺で、玉川八十八ヶ所霊場七六番札所である。

『新編武蔵風土記稿』には、「境内除地二段五畝十八歩、社地の背後の方耕地をへだてゝありこの所も昔は社地の内なりといふ、新義眞言宗、山城國醍醐三寶院の末、八幡山祈念寺と號す、開山は法印運譽時代詳ならず、第十一世中興開山法印榮定永禄十年寂す、相傳ふ當寺は往古より磐井神社の別當職たること神主よりふるしと、開闢の年代のふるきを以考ふるに、さもありしにや、又云、古は境内も廣くして、今の新井宿村の境鷲宮の邊、當寺大門の跡なりと云、同所原野の中に今も祈念塚といふ塚あり、これもそのかみ境内の地なりし故にその名残れりとぞ、かゝる大寺なりしかど、いつの頃にか回禄にあひてより、その地せばまりしといふ、本堂八間に六間、本尊不動を安ず」とある。

境内には、「お七地蔵」と呼ばれる等身大の石造丸彫の地蔵菩薩立像がある。天和二年（一六八二）、八百屋お七は、恋のために放火し、江戸の大火を引き起こしたため、鈴ヶ森刑場で処刑された。その霊を慰めるために、小石川の念仏講の人々が、三回忌の貞享二年（一六八五）に建立した。お七地蔵と並んで、寛文二年（一六六二）銘の庚申塔がある。

磐井神社

■最徳寺

密厳院の少し南に最徳寺《さいとくじ》がある。最徳寺は、明光山智慧光院《みょうこうさんちえこういん》と号する浄土真宗本願寺派の寺で、本尊は阿弥陀如来《あみだにょらい》である。文暦元年（一二三四）、鎌倉に藤原氏の一族・永頓《えいとん》が開基、権少僧都《ごんしょうそうず》・永順《えいじゅん》が開山したと伝える。鎌倉において親鸞聖人の教化を受けて改宗し、徳川家康の関東入国を慕って当地に移り、兄・明光上人《みょうこうしょうにん》の名を山号として、明光山智慧光院西蓮坊《さいれんぼう》最徳寺と号した。

笠島弁財天社（笠島）

磐井神社

八幡通りまで戻り、、京急のガードを潜り、第一京浜国道で左折すると、磐井神社《いわいじんじゃ》がある。祭神は、応神天皇《おうじんてんのう》、大己貴命《おおなむちのみこと》、仲哀天皇《ちゅうあいてんのう》、神《じん》功皇后《ぐうこうごう》、沖津姫大神《おきつひめのおおかみ》である。別名、「鈴森八幡宮《すずもりはちまんぐう》」とも呼ばれる。『延《えん》喜式《ぎしき》』神名帳《じんみょうちょう》に「荏原郡二座磐井神社」、『三代実録《さんだいじつろく》』に「貞観元年（八五九）、武蔵国従五位磐井神社官社に列す」とある古社である。

この神社の前の国道沿いに磐井《いわい》の井戸《いど》がある。『武蔵野地名考《むさしのちめいこう》』には、「当社に祈願する者が妄願であればこの井戸水は塩味となり、正願であれば清水となる。病者に対する効験が著しいので、万病治癒の薬水である」とある。

境内には、鈴が森の地名の起源になったといわれる鈴石《すずいし》、鳥のような模様が付いた烏石《うせき》がある。さらに、江戸時代の文人たちが使用済みの古筆を埋め、供養塚とした四基の石碑がある。

笠島弁財天社（笠島）

磐井神社の境内に池があり、それに浮かぶ小島に笠島弁天社《かさしまべんてんしゃ》がある。

『万葉集』巻一二に詠まれた前掲の三一九二番歌の「笠島《かさしま》」はこの小島であるという説がある。しかし、笠島弁天社の建つ小島は、小さな池に浮かぶ島であり、笠島とするには少々無理がある。万葉の時代には、遠浅の東京湾に突き出した岬に磐井神社があり、満潮時には、海水に囲まれて島のように見えたと想像すれば、笠島の存在を想像することが出来る。

■ **徳浄寺**

磐井神社から第一京浜国道に沿って南へ進み、大森本町二丁目交番付近から美原通りに出る。この通りは、旧東海道で、江戸時代の建物は残されていないが、街道の幅員が比較的よく保たれており、往時の東海道が偲ばれる。

美原通りの中ほどの丸秀青果店で左折し、大森東小学校の西の筋を入ると、海難供養塔《かいなんくようとう》がある。安政二年（一八五五）、海難事故に遭った人々の霊を供養するために建立された総高約二・三メートルの大型の五輪塔である。

海難供養塔

美原通りまで戻り、さらに進むと、徳浄寺《とくじょうじ》がある。徳浄寺は、海松《みる》

貴船神社

山《さん》と号する浄土真宗本願寺派の寺で、本尊は阿弥陀如来《あみだにょらい》である。寛永四年（一六二七）、厳正寺《ごんしょうじ》第十一世・祐恵上人《ゆうけいしょうにん》が四ツ谷に創建し、元禄年間（一六八八～一七〇四）、第三代・教傳《きょうでん》が当地へ移転したと伝える。

徳浄寺の先に、内川橋がある。橋を渡った左手から羽田通りが分岐している。この道は、通称「スルガヤ通り」と呼ばれる川崎大師参詣の近道である。

■厳正寺

羽田通りに沿って進むと、厳正寺《ごんしょうじ》がある。厳正寺は、柳紅山《りゅうこうさん》と号する浄土真宗本願寺派の寺で、本尊は阿弥陀如来《あみだにょらい》である。文永九年（一二七二）、北条重時《ほうじょうしげとき》の六男・法円《ほうえん》が海岸寺《かいがんじ》として創建した。第六世・了意《りょうい》が浄土真宗に改宗し、十世・祐智《ゆうち》は石山本願寺に赴いて、織田信長との戦に参戦し、十一世・祐恵《ゆうけい》が寺号を厳正寺と改めた。

この寺には、水止舞《みずどめまい》が伝わる。この舞は、雨乞いとは反対に雨を止める行事で、毎年盂蘭盆会《うらぼんえ》の日に行われる。元亨元年（一三二一）、武蔵国が大旱魃に見舞われた際、住職の第二世・法蜜上人《ほうみつしょうにん》が藁で龍像を作って祈祷を捧げ雨を降らせたが、その二年後に長雨が続き、田畑

大林寺

が流出した。このため、獅子舞をして竜神を鎮め、雨が止むのを祈ったことに始まる。

■貴船神社

厳正寺の南東に貴船神社《きふねじんじゃ》がある。祭神は、高龗神《たかおかみのかみ》、伊弉諾命《いざなぎのみこと》、倉稲魂命《うかのみたまのみこと》である。創建年代は不詳であるが、社伝によれば、文永三年（一二六六）、鎌倉より田中大夫《たなかたいふ》という人物が海岸寺《かいがんじ》（現在の厳正寺）の開祖・法円上人《ほうえんしょうにん》とともに当地に転居し、自身の氏神である熊野神社を末社として当社に祀ったと伝える。

境内には、漁業納畢《ぎょぎょうのうひつ》の碑がある。江戸時代から続いていた浅草海苔《あさくさのり》の生産が、東京湾の埋め立てで終焉を迎えたことを記念して昭和三八年（一九六三）に建立された。

■三輪厳島神社

貴船神社から大森東中学校の東側を南へ進むと、三輪厳島神社《みわいつくしまじんじゃ》がある。祭神は素盞嗚命《すさのおのみこと》、市杵嶋姫命《しきしまひめのみこと》である。寛永年間（一六二四～一六四四）の創建と伝え、昭和三年（一九二八）、現在地にあった三輪神社に、隣地の厳嶋神社が合祀されて三輪厳嶋神社となった。

■密乗院

三輪厳島神社から産業道路を横切り、石井商事で左折すると、密乗《みつじょう》院《いん》がある。密乗院は、海光山大森寺《かいこうさんおおもりじ》と号する真言宗智山派の寺で、本尊は不動明王《ふどうみょうおう》で、玉川八十八ヶ所霊場七七番札所である。真栄《しんえい》が約八〇〇年前に創建したと伝える。江戸時代に、寺領二〇石の御朱印状を拝領し、大森の諸神社の別当寺であったといわれる。

この寺には、三輪厳島神社の墳丘から出土した一六基の板碑が保管されている。年代銘のあるものは、延慶三年（一三一〇）から文明六年（一四七四）までであり、このうち延慶三年のものは釈迦種子《しゃかしゅし》、他は全部阿弥陀種子《あみだしゅし》を刻している。

■大林寺

密乗院から石居商事まで戻り、左折してしばらく進むと、大林寺《だいりんじ》が

江戸名所百景　浮世絵師・歌川広重が安政三年（一八五六）二月から同五年（一八五八）一〇月にかけて制作した江戸末期の名所図会。幕末から明治にかけての図案家・梅素亭玄魚の目録一枚と一一九枚の図絵からなる。江戸の四季折々の景観、風物を写し、多彩なアイデア、大胆な画面構成など情感に溢れている。近景と遠景の極端な切り取り方、俯瞰、鳥瞰などを駆使した視点、また、ズームアップを多岐にわたって取り入れるなど、斬新な構図が多く、視覚的な面白さに加えて、多版刷りの技術も工夫を凝らしており、風景浮世絵としての完成度は随一である。

聖蹟蒲田梅屋敷公園

ある。大林寺は、長享山薬王院《ちょうきょうさんやくおういん》と号する日蓮宗の寺で、本尊は一塔《いっとう》両尊《りょうそん》である。創建年代は詳らかではないが、真言宗の薬王院として創建され、長享二年（一四八八）、住職の日円《にちえん》が法華宗日位《にちい》と法論した結果、日位を開山として、日蓮宗に改宗された。

参道の横に、池上道の道標がある。この道標は、享保一四年（一七二九）、大森村の甲子講という日蓮宗の信者が建立した。この寺には、永禄七年（一五六四）、武田信玄《たけだしんげん》の弟の武田信廉《たけだのぶかど》（武田逍遥軒《たけだしょうようけん》）が描いた三面大黒天図絵本著色《さんめんだいこくてんずえぼんちゃくしょく》一幅、水戸光圀筆雪中訪師図絵本水墨《みとみつくにひつせっちゅうほうしずえほんすいぼく》一幅、釈迦涅槃講式尊円親王自筆《しゃかねはんこうしきそんえんしんのうじひつ》一巻などがある。

■聖蹟蒲田梅屋敷公園

大林寺から国道で右折して南西に進むと、聖蹟蒲田梅屋敷公園《せいせきかまたうめやしきこうえん》がある。文政年間（一八一八～一八三〇）、薬屋を営んでいた山本九三郎《やまもときゅうさぶろう》が和中散《わちゅうさん》（道中の常備薬）の売薬所の敷地三〇〇〇坪に、梅の木数百本と花木を植え、東海道の休み茶屋を開いたことに始まる。明治時代には、明治天皇が九度も行幸され、明治六年（一八七三）、「仙粧梅《せんしょうばい》」と称する小梅一株を手植えしたと伝える。

円頓寺

この地は、歌川広重の『江戸名所百景』に描かれ、亀戸の梅林と並ぶ江戸を代表する梅林であった。京浜国道、京浜急行電鉄の敷設により、園地が縮小され、今では、数百本ほどの梅林の小公園になり、往古の姿を失っている。

■椿神社

聖蹟蒲田梅屋敷公園の北側の踏切を渡って西へ進むと、椿神社《つばきじんじゃ》がある。祭神は猿田彦命《さるたひこのみこと》である。猿田彦命は、道案内の神であり、道陸神といわれ、道祖神（塞《さい》の神《かみ》・障《さえ》の神《かみ》）と習合して、村の境を守る関の神となり、さらに、咳の神としても信仰されるようになった。

■円頓寺

椿神社の先に円頓寺《えんとんじ》がある。性光山《せいこうさん》と号する日蓮宗の寺で、本尊は一遍首題曼荼羅《いっぺんしゅだいまんだら》である。文禄元年（一五九二）、日藝上人《にちげいしょうにん》が当地の地頭であった兄・行方直清《なめかたなおきよ》とその一族の菩提を弔うため、当寺を中興開基したと伝える。

稗田神社

境内には、この寺を中興開山した日藝上人を供養する寛永二〇年（一六四三）銘の宝篋印塔、天正一八年（一五九〇）銘の領主・行方《なめかた》弾正《だんじょう》の供養塔がある。

■稗田神社

円頓寺の西に稗田神社《ひえたじんじゃ》がある。祭神は誉田別命《ほむたわけのみこと》である。和銅二年（七〇九）、行基《ぎょうき》が天照、八幡、春日の三神体を造り、祀ったのに始まると伝える。『延喜式《えんぎしき》』神名帳《じんみょうちょう》に載る「荏原郡二座」の一つとされる。『三代実録《さんだいじつろく》』には、「武蔵国従五位下稗田神社を以て並官社に列す」とある。境内には、寛政一二年（一八〇〇）銘の石の鳥居がある。

稗田神社から京浜急行電鉄梅屋敷駅へ出て、今回の散策を終えた。今回は、都市化の波に曝されて、ほとんど消え去ってしまった荒藺ヶ崎と笠島の万葉故地を偲ぶ散策となった。

交通▼東京駅でJR京浜東北線大船行きの電車に乗車、大森駅で下車。

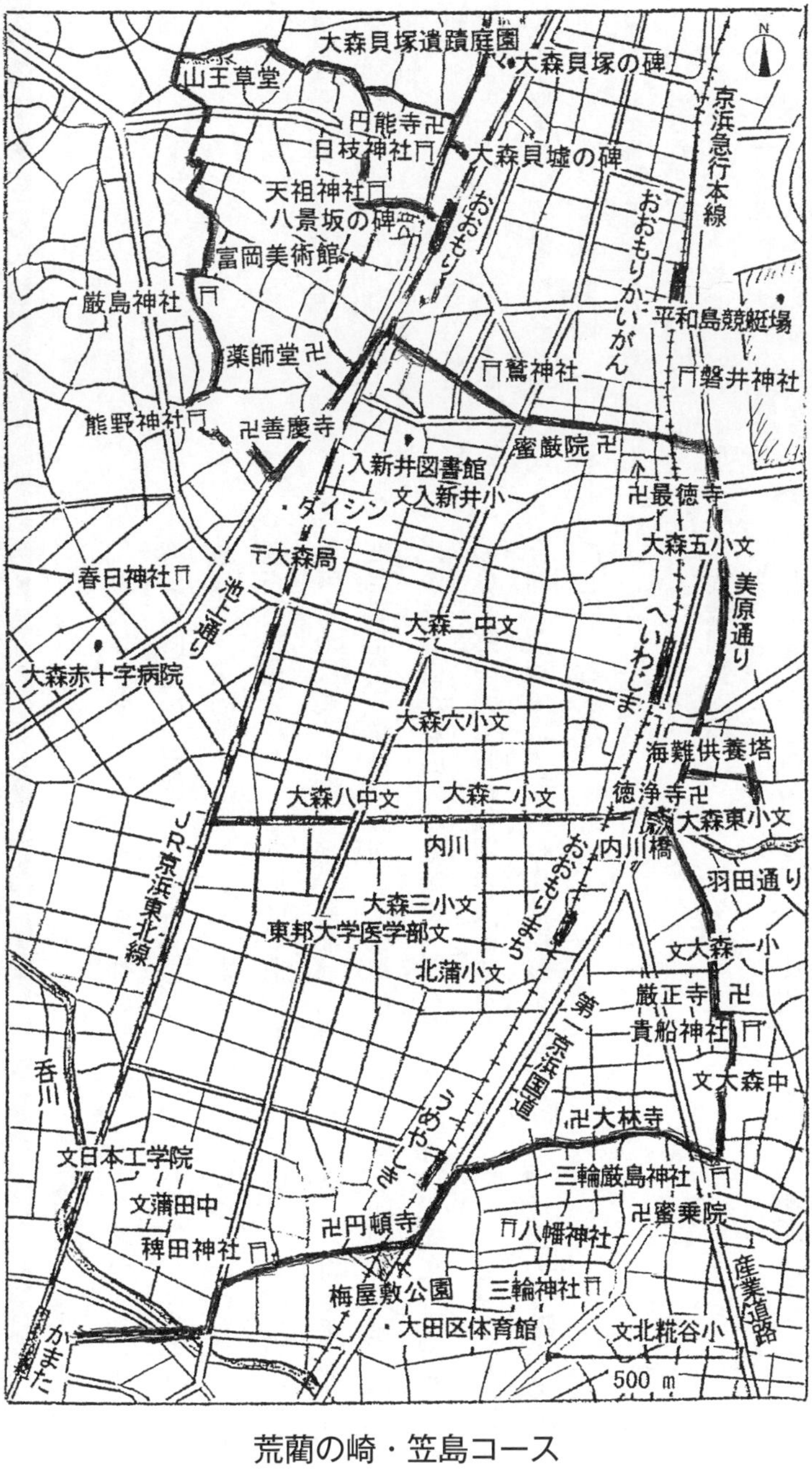
大森貝塚遺蹟庭園
大森貝塚の碑
山王草堂
円能寺卍
日枝神社
大森貝墟の碑
天祖神社
八景坂の碑
富岡美術館
厳島神社
薬師堂卍
熊野神社
卍善慶寺
鷲神社
蜜厳院卍
入新井図書館
文入新井小
・ダイシン
〒大森局
春日神社
池上通り
大森二中文
大森赤十字病院
大森六小文
大森八中文
大森二小文
内川
大森三小文
東邦大学医学部文
北蒲小文
JR京浜東北線
呑川
文日本工学院
文蒲田中
卍円頓寺
稗田神社
梅屋敷公園
・大田区体育館
三輪神社
八幡神社
卍蜜乗院
三輪厳島神社
卍大林寺
文北糀谷小
500 m
かまた
うめやしき
第一京浜国道
おおもりまち
内川橋
徳浄寺卍
大森東小文
羽田通り
文大森一小
厳正寺卍
貴船神社
文大森中
産業道路
海難供養塔
へいわじま
美原通り
大森五小文
卍最徳寺
磐井神社
平和島競艇場
おおもりかいがん
京浜急行本線
おおもり

荒藺の崎・笠島コース

豊島郡衙コース（東京都北区）

『万葉集』巻二〇に武蔵国豊島郡《むさしのくにとしまのこおり》出身の防人《さきもり》の妻の歌が残されている。万葉の時代の豊島郡は、東京都北区を中心としてかなり広い地域であった。豊島郡衙跡《としまぐんがあと》は、農業技術研究所のつくば移転にともなう発掘調査で発見された。この地は、地形的には、武蔵野台地の東端にある上野台地に続く本郷台地の御殿前遺跡《ごてんまえいせき》の一角である。御殿前遺跡は、東京都北区の滝野川公園《たきのがわこうえん》、平塚神社《ひらつかじんじゃ》付近から国立印刷局東京工場付近にかけて広がる広大な地域で、旧石器時代の遺物、縄文時代中期後半の集落跡、弥生時代後期の集落跡などが多層になって発見されている。今回の散策では、この豊島郡衙跡を中心に、その周辺の史跡をめぐることにする。

武蔵国豊島郡　豊島郡の郡域は、現在の白子川、新河岸川、隅田川、日本橋川、神田川に囲まれる領域。現在の台東、荒川、北、板橋、豊島、文京、新宿の各区と渋谷、港、千代田の各区の一部を含む広大な地域。『和名類聚抄』によると、日頭、占方、荒墓、湯島、広岡、余戸、駅家の七郷で構成されていた。豊嶋郡とも表記。武蔵国の中でも非常に古くから栄えていた郡の一つで、多摩郡に次ぐ大郡であった。『万葉集』には、天平勝宝七年（七五五）の防人の歌に、「豊島郡上丁椋椅部荒虫の妻、宇遅部黒女」がある。

■武蔵国豊島郡

武蔵国が成立する以前には、知知夫《ちちぶ》、无邪志《むざし》、胸刺《むさし》の三つの「国造《くにのみやつこ》」と呼ばれる大豪族がこの地域を支配していた。七世紀の中頃、それらの三つの国造が合併して、多麻《たま》（摩）、豊島《としま》、入間《いるま》、高麗《こま》、秩父《ちちぶ》など二一郡で構成される武蔵国が成立した。この中で、豊島郡の郡域は、現在の行政区では、東京都の北、板橋、荒川、台東、文京、豊島、練馬の各区と千代田、新宿の各区の一部が該当する。その合計面積は、約一四五平方キロメートルで、東京二三区の約二三パーセントに相当する。『和名類聚抄《わみょうるいじゅうしょう》』には、豊島郡の郷として、日頭《ひのとう》、占方《うらかた》、荒墓《あらはか》、湯島《ゆしま》、広岡《ひろおか》、駅家《うまや》、余戸《あまるべ》の七郷が記載されている。

『万葉集』巻二〇には、豊島郡出身の防人の妻の次の歌が残されている。

赤駒《あかごま》に　山野《やまの》にはかし　捕りかてに
多摩《たま》の横山《よこやま》　徒歩《かち》ゆか遣《や》らむ　二〇・四四一七

この歌は、豊島郡上丁椋椅部荒虫《くらはしべのあらむし》の妻の宇遅部黒女《うぢべのくろめ》の作で——赤駒を、山野に放していて、捕らえかね、多摩の横山を、歩いて行かせたことか——という意味である。夫が防人に行く際に、放牧している馬を捕らえることが出来ず、夫を歩いて行かせることになったことを後悔している妻の心情が伝わってくる。

武蔵国の国分寺跡や埼玉県比企郡の瓦窯跡から多量の文字瓦が発見

武蔵国の牧　武蔵国では、古くから牧が発達し、『延喜左右馬寮式』には、石川牧（神奈川県久良岐郡）、由比牧、小川牧（東京都西多摩郡）、立野牧（埼玉県南埼玉郡）などの諸牧が見える。牧は律令制下において各国に軍馬を配置することを目的に設置され、勅旨牧として左右馬寮が直轄していた。武蔵国の牧は、良馬の産地として、中央から高い評価をうけ、官牧の長を別当と称していた。牧で飼育し調練された馬は、毎年一〇月までに五〇疋を上納することが規定され、もし貢納できない場合は、一疋ごとに稲二百束を代わりに納入することが義務づけられた。

平塚神社

され、それらは郡名瓦《ぐんめいがわら》、郷名瓦《ごうめいがわら》、人名瓦《じんめいがわら》に分類されている。人名瓦では、白方郷に「倉（椋）椅部」の姓が、また、荒墓郷《あらはかごう》と日頭郷《ひのとうごう》に「宇《う》遅部《ちべ》」の姓が見られる。これから大胆に推理すると、占方郷《うらかたごう》の荒虫と荒墓郷か日頭郷の黒女が結ばれたのではないかと推測される。このように異なる郷間で通婚があったとすると、万葉の時代には、日常的に郷間で広い交流が行われていたことが想像される。

■平塚神社

JR京浜東北線上中里《かみなかざと》駅で下車し、駅前の坂を登っていくと、右側に平塚神社《ひらつかじんじゃ》がある。祭神は、源義家《みなもとのよしいえ》・義綱《よしつな》・義光《よしみつ》である。『平塚明神《ひらつかみょうじん》縁起絵巻《えんぎえまき》』によれば、源義家兄弟が、後三年の役のとき、平塚城で手厚い饗宴を受けたお礼として、奥州討伐の凱旋の途次、豊島太郎近義《としまたろうちかよし》に鎧と十一面観世音菩薩像を下賜した。豊島氏は、城の鎮護のため、これを城内の一角に埋め、その上に塚（甲冑塚《かっちゅうづか》）を築き、源義家兄弟の宿泊場所に神社を建立したのに始まると伝える。

豊島郡衙跡（御殿前遺跡）

■豊島郡衙跡

平塚神社の傍らに、農林水産政策研究所、滝野川体育館、滝野川公園がある。この辺り一帯は、小字で「御殿前《ごてんまえ》」と呼ばれる。この地名は、江戸時代に、将軍が鷹狩りをするための鷹場と休憩用の御殿があったことに由来する。

　農業技術研究所のつくば移転にともなって、この一帯に防災施設や公共施設を建設するため、昭和五七年（一九八二）から昭和六〇年（一九八五）にかけて発掘調査が行われ、豊島郡衙跡《としまぐんがあと》が発見された。

　この発掘調査で、縄文時代や弥生時代の竪穴住居跡《たてあなじゅうきょあと》とは別に、柱穴が並んだ八〇棟を超える掘立柱建物跡《ほったてばしらたてものあと》、三〇センチメートルほどの柱痕、桁行総長が一〇メートル以上の建物規模、七尺以上の柱間寸法、一定した建物方位、規則性のある建物配置など、官衙の建物を特徴付けるものが多数発見され、豊島郡衙跡であることが判明した。これらの建物は、七世紀後半から一〇世紀前半までの約三〇〇年間に五期に分けて建設されたと推定されている。

　この調査結果から、豊島郡衙の規模は、東西約五〇〇メートル、南北約三五〇メートルであると推定された。この郡衙跡には、桁行総長が約三七メートルにも達する郡庁が、その西側には、館、厩家、井戸、門、柵列堀、厩などがあった。さらに、その西側には、幅約四六メートル、深さ約二メートルの大溝で、長方形に区画された東西約二二〇メートル、南北約二五〇メートルの正倉院跡《しょうそういんあと》も発掘されている。

城官寺

城官寺

平塚神社の東に城官寺《じょうかんじ》がある。城官寺は、平塚山安楽院《ひらつかさんあんらくいん》と号する真言宗豊山派の寺で、本尊は阿弥陀如来《あみだにょらい》である。豊島八十八ヶ所霊場四七番札所、上野王子駒込辺三十三ヶ所観音霊場六番札所である。

往古、筑紫の安楽寺の僧侶が諸国巡礼の途中、当地に宿泊し、阿弥陀如来像を奉納し、安楽院と称する浄土宗の寺を創建したのに始まる。寛永一〇年（一六三三）、将軍・徳川家光《とくがわいえみつ》が当地を訪問した際、急病になった。家来の山川城官《やまかわじょうかん》（貞久《さだひさ》）が病気平癒を平塚神社に祈願し、この願いが叶ったので、所有する田圃を寄付して、安楽院を再興し、真言宗に改宗して、城官寺とした。

境内には、徳川将軍の侍医であった多岐桂山《たきけいざん》一族と山川貞久一族の墓がある。

旧古河庭園

旧古河庭園

城官寺から滝川会館の傍に出ると、本郷通りの向かいに旧古河庭園《きゅうふるかわていえん》がある。大正六年（一九一七）、古河財閥の古河虎之助《ふるかわとらのすけ》男爵《だんしゃく》の邸宅として洋館、西洋庭園が整えられ、大正八年（一九一九）、これに隣接して日本庭園も竣工された。

洋館は、英国のゴシック様式の建物で、外観はほぼ左右対称で、両脇に切妻屋根を据え、その間の部分は一階に三連アーチ、二階に高欄をめぐらしたベランダが設けられ、屋根にはドーマー窓を載せている。全体的に野趣と重厚さにあふれ、スコットランドの山荘の風情がある。現在、大谷美術館《おおたにびじゅつかん》になっている。

洋館の南に洋風庭園のバラ園がある。武蔵野台地の南斜面という地形を生かして、全体的には、斜面に石の手すり、石段、水盤などが配され、テラスが階段状に連なり、立体的なイタリア式庭園となっているが、テラス内部は、平面的で幾何学的に構成されるフランス式庭園の技法が見られる。五月中旬頃に訪れると、色とりどりのバラが咲き乱れ、洋館の風情とよく調和して壮観である。

和風庭園は、池泉回遊式庭園《ちせんかいゆうしきていえん》で、洋風庭園に繋がる低地に、心字池

無量寺の石標

を中心に、急勾配を利用した大滝、枯山水《かれさんすい》を取り入れた枯滝、大きな雪見燈籠《ゆきみとうろう》などが配され、周囲は、シイ、モチノキ、ムクノキ、カエデなどの鬱蒼と茂った樹林が取り囲んでいる。

■無量寺

旧古河庭園の西の本郷通りの近くに、安永九年（一七八〇）銘の無《む》量寺《りょうじ》の石標があり、その奥に無量寺がある。無量寺は、佛寶山西光院《ぶっぽうさんさいこういん》と号する真言宗豊山派の寺で、本尊は不動明王《ふどうみょうおう》である。『江戸名所図会』には、開山は行基菩薩とあるが、創建年代は詳らかではない。

本尊の不動明王は、忍び込んだ賊がこの仏像の前で動けなくなり、翌朝捕らえられたことから、「足止《あしど》め不動《ふどう》」と呼ばれて信仰されている。さらに、本堂には、「雷除《かみなりよ》け本尊《ほんぞん》」と呼ばれる恵心僧都《えしんそうず》作《さく》と伝える聖観世音菩薩像《せいかんぜおんぼさつぞう》、江戸六阿弥陀《えどろくあみだ》の一つの阿弥陀如来像を安置する。

江戸六阿弥陀とは、豊島西福寺《としまさいふくじ》、沼田延命院《ぬまたえんめいいん》（現恵明寺《えみょうじ》）、西ヶ原無量寺、田端与楽寺《たばたよらくじ》、下谷広小路常楽院《したやひろこうじじょうらくいん》、亀戸常光寺《かめいどじょうこうじ》の六阿弥陀をいい、無量寺は第三番目の阿弥陀として親しまれていた。江戸時代に、人々は春と秋の彼岸に極楽往生を願い、花見や紅葉狩りを楽しみなが

六阿弥陀の由来　昔、足立庄司宮城宰相の娘・足立姫が豊島左衛門尉清光に嫁いだが、引出物が粗末とそしりを受け、里帰りの際に、一二人の侍女とともに、荒川に身を投げて命を絶った。侍女たちの遺体はすぐ見つかったが、姫の遺骸は見つからなかった。父の宮城宰相は、悲しみのあまり、諸国霊場巡りに出発した。紀伊国熊野権現で一本の霊木を得て、それを熊野灘へ流すと、国元の熊野木に流れ着いた。折りしも諸国行脚中の行基が通りかかり、宮城宰相の霊木の話を聞いて、行基は一夜で六体の阿弥陀仏を彫り、余り木からもう一体造り、それを姫の遺影とした。これらの阿弥陀仏は、後に、六阿弥陀として近隣の寺院に祀られ、女人成仏の阿陀として崇められるようになった。

ら、これら六つの阿弥陀如来を巡拝した。

■昌林寺

無量寺から旧古河庭園の南側を西に進み、広い通りで右折してしばらく進むと、右側に昌林寺《しょうりんじ》がある。昌林寺は、補陀山《ほださん》と号する曹洞宗の寺で、本尊は聖観世音菩薩《せいかんぜおんぼさつ》、北豊島三十三ヶ所霊場一九番札所、上野王子駒込辺三十三ヶ所観音霊場五番札所である。本尊は、行基が一本の木から六躰の仏像を刻んだ中の一躰であるといわれ、同木の上方の細かい部分で作ったので、「末木《すえぎ》の観音《かんのん》」と称されている。

創建年代は詳らかではないが、応永八年（一四〇一）、足利持氏《あしかがもちうじ》が再建し、寺号を補陀楽壽院《ほだらくじゅいん》から祥林寺《しょうりんじ》と改めた。文明一一年（一四七九）、太田道灌から寺領寄附を受けたが、その後、罹災により堂宇を焼失し、勝庵宗《かつあんしゅう》が中興し、寺号を昌林寺に改めたと伝える。

■西ヶ原貝塚跡

昌林寺から飛鳥中学校にかけての一帯から、西ヶ原貝塚跡《にしがはらかいづか》が発掘さ

西ヶ原一里塚

れている。東西約一五〇メートル、南北約一八〇メートルの大規模なものである。この貝塚は、大森貝塚とほぼ同時期のもので、縄文時代の中期後半頃（約四二〇〇年前）から始まり、後期後半頃（約三二〇〇年前）まで続いていたと推定されている。

この貝塚は、ハマグリ、ヤマトシジミ、シオフキを主体とする貝層で構成されている。鳥類の骨、鹿、猪、狸などの獣類の骨、タイ、フグ、スズキなどの魚類の骨などが出土し、当時の食生活の側面を知ることが出来る。さらに、縄文式土器、土錘《どすい》、打製・磨製石斧なども出土している。

■西ヶ原一里塚

飛鳥中学校から本郷通りで右折してしばらく進むと、通りの中央と右側に榎が対峙した西ヶ原一里塚《にしがはらいちりづか》がある。江戸幕府は、諸街道を整備し、街道の一里ごとに一里塚を築いた。この塚は、中山道《なかせんどう》に属し、日本橋から二里の所にあり、東京都内に残された唯一の一里塚である。道の中央の塚の上には、江戸城の虎ノ門の石垣を用いたことを刻んだ「二本榎保存之碑《にほんえのきほぞんのひ》」が建っている。

旧渋沢邸

■七社神社

一里塚の北側に七社神社《ななしゃじんじゃ》がある。祭神は、伊弉諾命《いざなぎのみこと》、伊弉冉命《いざなみのみこと》、天《あめの》児屋根命《こやねのみこと》、伊斬許理度売命《いしこりどめのみこと》、市杵嶋姫命《いちきしまひめのみこと》、応神天皇《おうじんてんのう》、仲哀天皇《ちゅうあいてんのう》である。創建年代は詳らかではないが、創建当初は、無量寺境内に祀られ、『江戸名所図会』には、無量寺の境内に「七社」として描かれている。明治二年（一八六九）、一本杉神明宮《いっぽんすぎしんめいぐう》の社地に遷座され、西が原村の総鎮守として奉祀された。

『新編武蔵風土記稿』には、「西ヶ原村七所明神社《ななしょみょうじんしゃ》、村の鎮守とす紀伊国高野山四社明神をおうつし祀り、伊勢《いせ》、春日《かすが》、八幡《やはた》の三座を合祀す故に七所明神と号す。末社に天神、稲荷あり」とある。

境内には、「疱瘡神《ほうそうのかみ》」と刻まれた小さな石祠の疱瘡社《ほうそうしゃ》がある。種痘が普及する前、疱瘡は疫病神とされたので、赤飯を供えて災いを避けた名残である。

■旧渋沢邸

七社神社から少し進んだところに、旧渋沢邸《きゅうしぶさわてい》がある。実業家・渋沢《しぶさわ》栄一《えいいち》の邸宅で、各国の元首、在外使臣、文化人をここに招いて民間外交を展開した。徳川慶喜《とくがわよしのぶ》がここからの眺めを「曖曖遠人村《あいあいたりえんじんのそん》　依依墟里煙《いいたりきりのえん》」（遠くには村落が霞んで見え、里で飯を炊く煙が絶え間なく立ち昇っている）と書して、この邸の大書院に掲げたことから、この邸宅は、「曖依村荘《あいいそんそう》」と呼ばれている。

■飛鳥山公園

旧渋沢邸がある飛鳥山公園《あすかやまこうえん》には、渋沢史料館《しぶさわしりょうかん》、飛鳥山博物館《あすかやまはくぶつかん》、紙《かみ》の博物館《はくぶつかん》がある。渋沢史料館は、渋沢栄一の生涯と事績に関する資料が収蔵・展示され、関連するイベントも随時開催されている。庭園には、晩香廬《ばんこうろ》、青淵文庫《せいえんぶんこ》がある。飛鳥山博物館は、地域の郷土風土博物館として、北区の歴史・自然・文化などが展示されている。ナウマン象や縄文人の暮らしの展示、八代将軍吉宗の花見を映像化した飛鳥山劇場、江戸時代の豪華な花見弁当、荒川河川敷の生き物や植物を展示したジオラマなどがある。紙の博物館は、和紙、洋紙を問わず、古今東西の紙に関する資料を幅広く収集し、保存・展示している。

飛鳥山公園は、享保五年（一七二〇）、徳川吉宗《とくがわよしむね》が享保《きょうほう》の改革《かいかく》の施

享保の改革　第八代将軍徳川吉宗によって主導された幕政改革。幕府財政の再建が目的であったが、文教政策の変更、法典の整備による司法改革、江戸市中の行政改革など、内容は多岐に渡る。具体的には、家柄にとらわれず優秀な人材の登用する足高の制の制定、豊作・凶作にかかわらず税額を一定にする定免法の制定、大名から千万石に対して一〇〇石の米を献上する上米の制の制定、倹約をして無駄な出費を抑える節約令の制定、刑事裁判の公平性と迅速化を図るため、これまでの判例をまとめた「公事方御定書」の作成、農民や商人など身分の低い人の意見を幕府に届ける機会を作ろうと目安箱の設置などを行った。

飛鳥山の碑

策の一つとして、江戸庶民の行楽地とするため、桜を植栽して以来、江戸の桜の名所として知られる。『江戸名所図会』には、「殊にきさらぎ、やよひの頃は桜花爛漫にして尋常の観にあらず」とある。

桜は、ソメイヨシノ、サトザクラなど約六〇〇本、ツツジも約一〇種、一五〇〇〇株が、さらに、京浜東北線沿いには、アジサイが約一三〇〇株が植栽されている。発芽、開花、新緑、落葉、枝幹など樹木の移り変わりを通して、一年の季節を感じることが出来る。

この公園には、二つの有名な碑がある。その一つは、飛鳥山の由来を記した「飛鳥山《あすかやま》の碑《ひ》」である。碑文と書は儒官・成島道筑《なるしまどうちく》、篆額は尾張の医官・山田宗純《やまだそうじゅん》によるもので、江戸城の吹上庭の滝見亭にあった名石を用いている。他の一つは、「桜《さくら》の賦《ふ》の碑《ひ》」で、勝海舟《かつかいしゅう》の意を受けた門人たちが、佐久間象山《さくましょうざん》の「桜賦《さくらふ》」を碑にしたものである。

■王子神社

飛鳥山公園から音無川を渡ると、右手に王子神社《おうじじんじゃ》がある。祭神は、伊弉諾命《いざなぎのみこと》、伊弉冉命《いざなみのみこと》、天照大神《あまてらすおおみかみ》で、事解男命《こととさおのみこと》、速玉之男命《はやたまのおのみこと》を合祀する。元亨二年（一三二二）、領主豊島氏が紀州熊野三社より王子大神を勧

王子神社

請して、「若一王子宮《にゃくいちおうじぐう》」を奉斉したと伝える。

『新編武蔵風土記稿』には、「其年暦は詳にされと（『王子伝』に）康平年中八幡太郎義家《はちまんたろうよしいえ》奥州討伐の時当山にて金輪仏頂《きんりんぶっちょう》の法を修めせしめ崖線の日社頭に甲冑奉納云々とあれは其れより以前の勧請なること知へし」とある。

境内には、関神社《せきじんじゃ》があり、その傍に毛塚がある。蝉丸法師《せみまるほうし》が病気で髪が抜けたとき、姉の逆髪姫《さかかみひめ》の髪で鬘《かつら》を作ったという伝説により、床屋、理容の神とされている。

■王子稲荷神社

王子神社の少し北に王子稲荷神社《おうじいなりじんじゃ》がある。祭神は宇迦之御魂命《うかのみたまのみこと》である。拝殿、弊殿の格子天井の龍の絵は谷文晁《たにぶんちょう》の作である。また、江戸の明徳講が奉納した柴田是真《しばたぜしん》の作の額面著色鬼女図《がくめんちゃくしょくきじょず》の絵馬がある。

■名主の滝公園

王子稲荷神社の境内を通り抜けて、石段を下り、左折して北へ進む

名主の滝公園の男滝

と、名主《なぬし》の滝公園《たきこうえん》がある。この公園は、四つの滝とケヤキ、エノキ、シイ、一〇〇本余りのヤマモミジが植えられた斜面を巧みに利用して、自然の風景を取り入れた回遊式庭園である。

安政年間（一八五四～一八六〇）、名主の畑野孫八《はたのまごはち》により、滝のある避暑地として開かれた。明治時代に、畑野家より垣内徳三郎《かきうちとくさぶろう》に引き継がれ、草木を植え、岩石を配して整備された。昭和一三年（一九三八）、精養軒が引き継いだが、昭和二〇年（一九四五）、空襲で焼失し、戦後、東京都の手に渡って整備され、昭和三五年（一九六〇）に開園した。

武蔵野段丘の地下水が噴き出す男滝《おだき》、女滝《めだき》、独鈷《どっこ》の滝《たき》、湧玉《ゆうぎょく》の四つの滝は壮観である。しかし、残念ながら、これらの滝は、地下水をポンプで汲み上げて水を循環させており、武蔵野段丘の息吹を実感することは出来ない。

名主の滝公園から引き返して、JR王子駅へ出て、今回の散策を終えた。今回は、地下に眠る豊島郡衙を想像してめぐる散策となった。

交通▼上野駅で京浜東北線大宮行きの電車に乗車、下中里駅で下車。

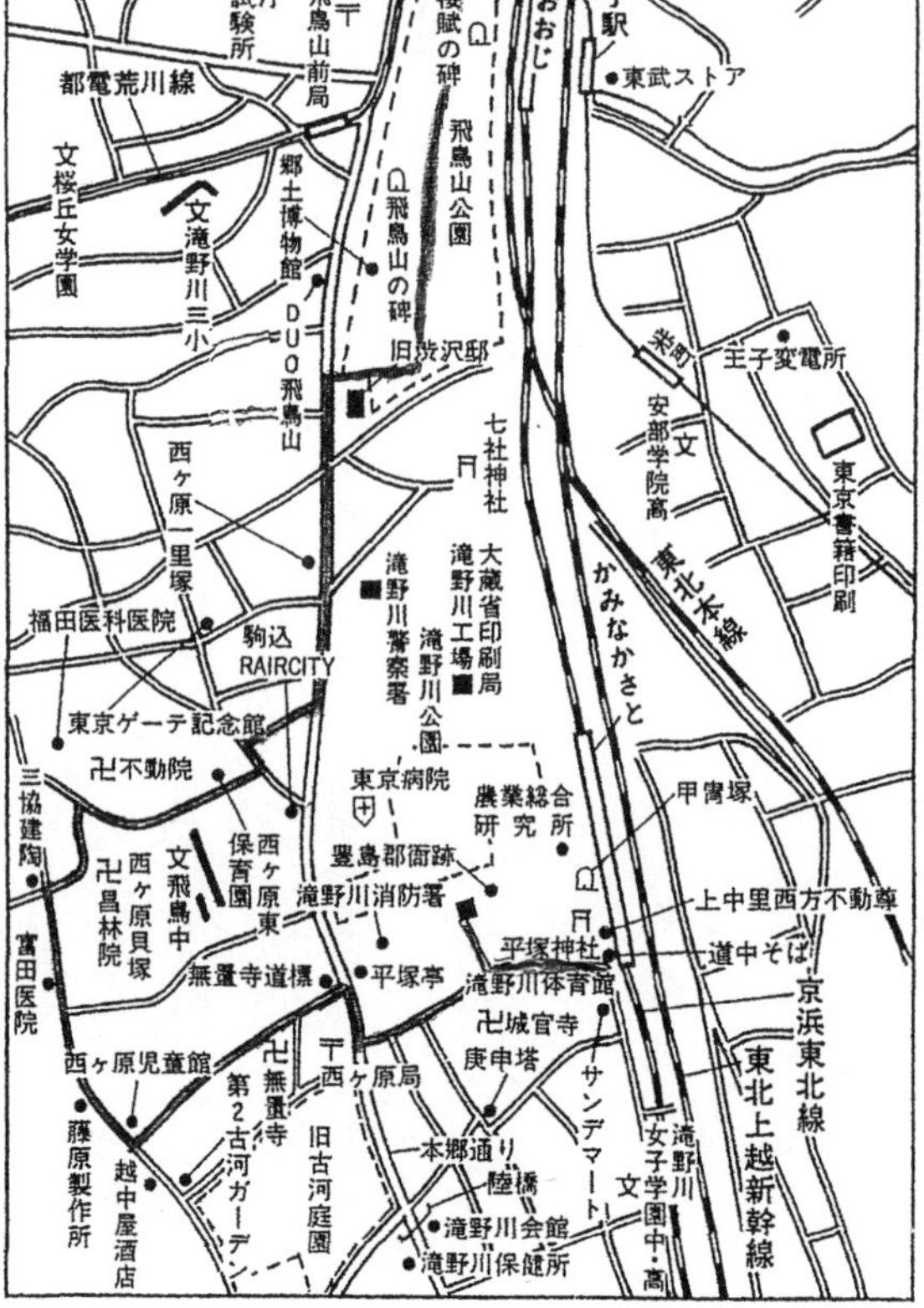
東京都北区
名主の滝公園
0
500m
いなり幼稚園
金輪寺
中央工業学校
王子稲荷神社
王子中
王子小
王子労政事務所
石神井川
順天高
北区役所
東京観光
TKハイツ王子
滝野川中
正受院
王子本町局
王子神社
音無橋
音無親水公園
500m
国税庁醸造試験所
飛鳥山前局
桜賦の碑
おうじ
王子駅
東武ストア
都電荒川線
飛鳥山公園
文桜丘女学園
滝野川三小
郷土博物館
飛鳥山の碑
DUO飛鳥山
旧渋沢邸
王子変電所
安部学院高
西ヶ原一里塚
七社神社
東京書籍印刷
大蔵省印刷局滝野川工場
滝野川警察署
東北本線
かみなかさと
福田医科医院
駒込RAIRCITY
滝野川公園
東京ゲーテ記念館
不動院
東京病院
農業総合研究所
甲冑塚
三協建陶
保育園
西ヶ原東
飛鳥中
西ヶ原貝塚
昌林院
豊島郡衙跡
滝野川消防署
上中里西方不動尊
平塚神社
道中そば
富田医院
無量寺道標
平塚亭
滝野川体育館
京浜東北線
城官寺
西ヶ原児童館
無量寺
西ヶ原局
庚申塔
サンデマート
東北上越新幹線
第2古河ガーデン
旧古河庭園
本郷通り
藤原製作所
越中屋酒店
陸橋
滝野川会館
滝野川保健所
滝野川女子学園中・高

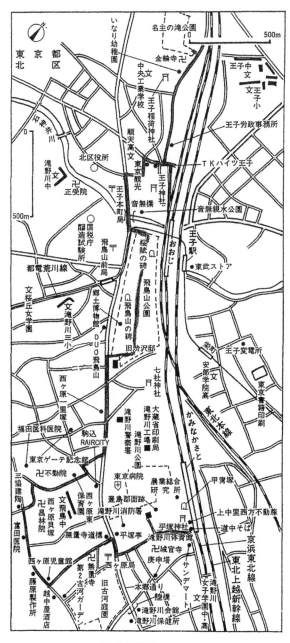

豊島郡衙コース

さわらびの万葉歌碑コース（埼玉県蕨市）

武蔵国足立郡《むさしのくにあだちのこおり》は、武蔵国の東部に位置し、現在の埼玉県鴻巣市から東京都足立区までの地域の荒川の左岸（東側）、元荒川と綾瀬川の右岸（西側）が相当する。蕨市《わらびし》は足立郡の一部であった。蕨市の周辺には、古い荒川に沿って、自然堤防の上や沖積平野を見下ろす台地の上に古墳群が分布し、往古から人々が居住した形跡がある。戦国時代には、蕨市周辺は、岩槻の太田氏の勢力下に入り、江戸時代には、幕府の鷹場になり、中山道が整備され、宿場町として栄えた。『万葉集』には、蕨市で詠まれた歌はないが、蕨市民公園《わらびしみんこうえん》には、市名の蕨にまつわる「さわらび」の万葉歌碑があり、公園には万葉植物が植栽され、その傍に万葉歌が書かれた木札が建っている。今回の散策では、蕨市民公園の万葉歌碑を訪ね、その周辺の史跡をめぐることにする。

塚越稲荷神社

■塚越稲荷神社

ＪＲ上野駅から京浜東北線の快速電車に乗ると、約二五分で蕨駅に

蕨市民公園の万葉歌碑

着く。蕨駅の東側に出て、大通りをしばらく東へ進むと、塚越稲荷神社《つかごしいなりじんじゃ》がある。祭神は、宇迦之御魂命《うかのみたまのみこと》、猿田彦命《さるたひこのみこと》、大宮大神《おおみやのおおかみ》、田中大神《たなかのおおかみ》である。明応年間（一四九二～一五〇一）の創建と伝える。境内には、天神社《てんじんしゃ》と機神社《はたじんじゃ》を合祀する。社殿への登り口には、文政一三年（一八三〇）銘の猿田彦大神碑《さるたひこのおおかみひ》がある。

■機神社

機神社の祭神は、徳川家康の夢のお告げで機業《はたぎょう》を始めた塚越結城織《つかごしゆうきおり》の祖・高橋新五郎《たかはししんごろう》夫妻である。新五郎は、武蔵国足立郡塚越村に生まれ、創業の父の遺志を継ぎ、青梅、足利の機台を改良し、文政八年（一八二五）、新高機《しんたかはた》や新染色法《しんせんしょくほう》を発明し、青縞《あおしま》の製織《せいしょく》などの織物業を始めた。社殿には、蕨の綿織物業の発展に貢献し、「機神様」とされた高橋新五郎夫妻の坐像が神像として祀られている。

■蕨市民公園

塚越稲荷神社のすぐ先で右折すると、六地蔵《ろくじぞう》があり、東小学校を左

蕨市民公園の万葉植物と万葉歌の木札

に巻いて、塚越本通りを南西に進むと、蕨市民公園《わらびしみんこうえん》がある。

この公園の面積は約三・三ヘクタールで、大きな木製のアスレチック遊具、ブランコ、砂場などの施設、こども広場、多目的広場、また、せせらぎ、池、小川などの水遊びが出来る施設もある。池には、オタマジャクシ、メダカ、ザリガニなどが生息しており、それらの生き物を捕まえたり、触ったりして、生き物に触れ合うことが出来る。

蕨市民公園の万葉歌碑

公園の駐車場の東南角から池の方へ進むと、次の歌が刻まれた万葉歌碑がある。

岩はしる　垂水《たるみ》の上の　さ蕨の
萌《も》えいづる春に　なりにけるかも　　八・一四一八

この歌は、志貴皇子《しきのみこ》の作で——岩をほとばしり流れる、滝のほとりの、さわらびが、芽を出す春に、なったことだ——という意味である。

この歌では、ようやく温みはじめた水が勢いよく岩を流れ落ちる、そ

丁張稲荷神社

の傍には、ワラビが芽吹いている、ああ、もう春になったのだ、という新鮮な感動が詠われている。

垂水の所在地については、摂津国《せっつのくに》豊島郡《としまぐん》垂水《たるみ》（現吹田市垂水）、神戸市垂水区垂水とする説がある。この歌碑は蕨市の市制三〇年を記念して建立された。建碑の由来について蕨市教育委員会に尋ねたが、詳細は不明であった。蕨市の市名にまつわる「さわらび」の万葉歌が選ばれて、建碑されたものと想像される。

市民公園の遊歩道の傍の各所には、ハギ、ツルバミ、アシビ、ユズルハなどの万葉植物を詠んだ歌が書かれた木札が建てられており、それらを見ながら万葉植物や万葉歌を鑑賞することが出来る。

■丁張稲荷神社

蕨市民公園からさらに南東へ進むと、塚越陸橋への道との交差点の東に丁張稲荷神社《ちょうはりいなりじんじゃ》がある。祭神は宇迦之御魂命《うかのみたまのみこと》、大己貴命《おおなむちのみこと》、太田命《おおたのみこと》である。社殿は、一間社流造の小さな祠である。この辺りは、かつては「丁張《ちょうはり》」という地名の田園地帯であった。この地に住む人々は、豊作を願って、小さな稲荷社を建て、五穀豊穣を願ったという。

板倉家の庚申塔

■南町桜並木

丁張稲荷神社から塚越陸橋を渡ってJRの線路を越える。線路沿いに南西へ進むと、第一中学校の東南端に亥子角堂《いねずみどう》がある。亥子角堂から鬼澤落に沿って南へ進む。丁和橋から二つ目の橋を渡ると、全長約一キロメートルの桜のトンネルが続く南町桜並木《みなみまちさくらなみき》がある。

この桜並木は、昭和の初期、農業用水路の開削の完成を記念して土手に植樹されたことに始まる。昭和三一年（一九五六）、桜は植え替えられ、昭和五四年（一九七九）、用水路は暗渠となり、遊歩道となった。

■河鍋暁斎記念美術館

中央工学校わらび学寮で左折して直進すると、河鍋暁斎記念美術館《かわなべきょうさいきねんびじゅつかん》がある。河鍋暁斎は、幕末から明治にかけて活躍した狩野派の日本画家で、人物画、浮世絵版画、戯画、風刺画まで幅広い作品を残した。

この美術館は、昭和五二年（一九七七）、暁斎の曾孫にあたる河鍋《かわなべ》楠美《くすみ》氏が自宅を改装して開館したもので、同館では、肉筆、版画、下絵、画稿など多数所蔵し、常時四〇点ほどの作品が展示されている。

三蔵院

■板倉家の庚申塔

下蕨公民館通りで右折してしばらく北へ進むと、板倉家の門の横に庚申塔《こうしんとう》がある。寛政四年（一七九二）、板倉七良右衛門が願主となり、庚申講中二一人により造立された。正面に青面金剛像《しょうめんこんごうぞう》、邪鬼《じゃき》、三猿《さんさる》が浮き彫りされ、台座には「三彭《さんぼう》」の銘文が、左面に「右ぜんかうじ道」という文字が刻まれている。

■三蔵院

西中通りで右折してしばらく東北へ進むと、その先に三蔵院《さんぞういん》がある。三蔵院は、龍亀山無量寿寺《りゅうきさんむりょうじゅじ》と号する真言宗智山派の寺で、本尊は阿弥《あみ》陀如来《だにょらい》、足立坂東三十三ヶ所霊場二一番札所、北足立八十八ヵ所霊場三二番札所である。

■宝樹院

三蔵院の裏に回ると、ねむのき公園がある。この公園は、古墳時代

宝樹院

前期の金山遺跡《かなやまいせき》で、壺型土器などが発掘されている。
ねむのき公園の北に宝樹院《ほうじゅいん》がある。宝樹院は、金峯山《きんぷさん》と号する臨済宗の寺で、本尊は地蔵菩薩《じぞうぼさつ》である。創建年代は詳らかではないが、『新武蔵風土記稿』には、開山は正宗広智禅師《しょうしゅうこうちぜんじ》、開基は渋川氏《しぶかわし》と伝える。
境内には、文化一三年（一八一六）、渋川氏の家臣の孫たちが造立した渋川公墓所《しぶかわこうぼしょ》がある。永禄一〇年（一五六七）、上総国三舟山の合戦で敗死した渋川公と、その死を悲しんで榛名湖に入水した夫人を祀る。

正蔵院

宝樹院から三蔵院通りを北進し、警察前通りで左折し、早川土建で右折すると、正蔵院《しょうぞういん》がある。正蔵院は、供陀羅山《くだらさん》と号する真言宗豊山派の寺で、本尊は地蔵菩薩《じぞうぼさつ》である。創建年代は詳らかではないが、『新編武蔵風土記稿』には、「正蔵院　同末（新義真言宗村内三學院末）にて、供陀羅山と號せり、本尊地蔵を安ず」とある。

境内には、元亨二年（一三二二）銘の板碑をはじめ、七基の板碑、享保一七年（一七三二）銘の馬頭観音立像、元禄一五年（一七〇二）、宝暦三年（一七五三）、正徳四年（一七一四）、宝永八年（一七一一）

蕨宿本陣跡

銘の青面金剛立像の庚申塔、宝永二年（一七〇五）、寛政九年（一七九七）銘の宝篋印塔がある。

■中山道蕨宿

正蔵院から中央小学校を経て旧中山道に出る。北西に進むと、蕨郵便局の裏に玄番稲荷神社《げんばいなりじんじゃ》がある。祭神は宇迦之御魂命《うかのみたまのみこと》である。さらに進むと、蕨市歴史民俗資料館、蕨宿《わらびじゅく》の本陣跡《ほんじんあと》がある。

蕨宿は、戦国時代末期に原形が出来、文禄三年（一五九四）、旅籠が並ぶ宿場町が形成された。中山道六十九次のうち、江戸・日本橋から数えて二番目の宿場町であった。寛永一二年（一六三五）、参勤交代制にともなって宿場町は発達し、天保一四年（一八四三）には、本陣二軒、脇本陣一軒、旅籠二三軒、問屋場一カ所、高札場一カ所にまで発展した。現在、旧中山道沿いには、僅かに数軒の格子戸の家が残る。

■長泉院

蕨本陣跡から東北に進むと長泉院《ちょうせんいん》がある。長泉院は、甘露山《かんろさん》と号す

和楽備神社

る真言宗霊雲寺派の寺で、本尊は五大明王の一つである大威徳明王《だいいとくみょうおう》、北足立八十八ヵ所霊場三一番札所である。『霊雲寺文書《れいうんじもんじょ》』によると、宝暦五年（一七五五）、円実《えんじつ》という沙弥《しゃみ》が、現在の横浜市六浦にあった名跡を移し、創建したのが始まりと伝える。

この寺の鐘は、宝暦八年（一七五八）、江戸神田鍛冶町の小幡内匠《おばたたくみ》によって作られたもので、蕨宿では時の鐘として住民に時を告げていた。水戸講道館の梵鐘とともに、江戸時代に製作された二大名鐘の一つに数えられており、「お沙弥《しゃみ》の鐘《かね》」と呼ばれて親しまれている。

■和楽備神社

長泉院から北へ進むと、和楽備神社《わらびじんじゃ》がある。祭神は、応神天皇《おうじんてんのう》、素盞嗚命《すさのおのみこと》、木花咲耶姫命《このはなさくやひめのみこと》、天児屋根命《あめのこやねのみこと》、猿田彦命《さるたひこのみこと》、大山咋命《おおやまくいのみこと》、大山祇命《おおやまつみのみこと》、蕨城主《わらびじょうしゅ》渋川公《しぶかわこう》である。創立年代は未詳であるが、室町時代に、蕨城主・渋川《しぶかわ》義鏡《よしかね》が城の守護神として、八幡神を勧請したのに始まるという。『新編武蔵風土記稿』には、「八幡社　成就院持」とあり、当初、「八幡社」と称していた。明治初めの神仏分離令により、別当の成就院から離れ、明治四四年（一九一一）、蕨町内の一八社を合祀し、社号が和

三学院

楽備神社に改められた。本殿内には、天正一一年（一五八三）銘の木造僧形八幡立像《そうぎょうはちまんりゅうぞう》、木造八幡《はちまん》騎馬《きば》像《ぞう》を安置する。

境内には、江戸時代初期の作と見られる水盤、蕨宿三鎮守の敷石供養のために造立された享和元年（一八〇一）銘の宝篋印塔がある。

■蕨城址

和楽備神社と蕨市民会館の間に蕨城《わらびじょう》の碑《ひ》がある。南北朝時代に、足利氏一門の渋川義行《しぶかわよしゆき》によって築城され、曾孫の渋川義鏡《しぶかわよしかね》が古河公方《こがくぼう》に対抗するための拠点とした。戦国時代には、扇谷上杉氏と北条氏によって争奪され、扇谷上杉氏は、江戸城奪回のための拠点として、北条氏は、川越城攻略の足がかりとした。また、江戸時代には、徳川家の鷹狩用の御殿として再利用された。現在は「蕨城址公園《わらびじょうしこうえん》」として整備され、本丸跡には、和楽備神社、市民会館がある。

■三学院

和楽備神社から北西に進むと、三学院《さんがくいん》がある。三学院は、金《こん》亀《き》山極《さんごく》

三学院の目疫地蔵・六地蔵・子育地蔵

楽寺《らくじ》と号する真義真言宗智山派の寺で、本尊は十一面観世音菩薩《じゅういちめんかんぜおんぼさつ》、足立坂東三十三箇寺二〇番札所、北足立八十八箇所三〇番札所である。

創建年代は詳らかではないが、『新編武蔵風土記稿』には、「開山賢広は慶長の末に寂す。中興開山を宥盛《ゆうせい》と云」とあり、江戸時代初期の創建と推定されている。天正一九年（一五九一）、徳川家康より、寺領二〇石の朱印状が授与され、以後、徳川歴代将軍からも同様の朱印状が与えられた。

惣門の前に梵字馬頭観音塔《ぼんじばとうかんのんとう》がある。寛政一二年（一八〇〇）、蕨宿の伝馬の安全を祈願して造られたもので、正面に梵字で「南無馬頭観音《なむばとうかんのん》」の文字が彫られ、基礎正面を小判形に削り、そこに馬の全形が線刻されている。

惣門を入ると地蔵堂《じぞうどう》があり、三体の地蔵菩薩像《じぞうぼさつぞう》が祀られている。一番手前の地蔵菩薩像は、「目疫地蔵《めやみじぞう》」と呼ばれる万治元年（一六五八）銘の地蔵石仏で、地蔵の目に味噌を塗り、願を掛けると目の病が治るという。その奥に、地獄《じごく》、餓鬼《がき》、畜生《ちくしょう》、修羅《しゅら》、人間《にんげん》、天上《てんじょう》の六道に分身して、民衆を救済する姿の六地蔵石仏《ろくじぞうせきぶつ》がある。奥の正面には、子育《こそだて》地蔵《じぞう》がある。この地蔵は、元禄七年（一六九四）に建立された石造立像で、火伏《ひぶせ》、子育《こそだて》、開運《かいうん》を願う近況の人々によって信仰され、毎月四

薬師堂

日に「地蔵市」と呼ばれる縁日が開かれている。

仁王門を入ると、二基の宝篋印塔《ほうきょういんとう》がある。その一つは、宝永二年（一七〇五）銘で、二段の切石積基壇の上に基礎を置き、塔身、笠、相輪を積み上げている。他の一つは、寛政九年（一七九七）銘で、基壇の四面に唐獅子が浮き彫りされている。

さらに境内には、阿弥陀一尊画像板碑《あみだいっそんがぞういたび》がある。文明一三年（一四八一）銘の蕨市唯一の画像板碑である。阿弥陀如来が中央上部の蓮華座に載り、その下の机上には花餅、香炉、燭台の三具足が線刻されている。

■水深観音堂

三学院から西に進むと、国道一七号線に面して水深観音堂《みぶかかんのんどう》がある。もとは三学院の門徒の蓮乗院《れんじょういん》の観音堂であったが、明治四年（一八七一）、蓮乗院が廃寺となり、観音堂のみが残された。堂内には、木造聖観世音菩薩立像、聖観音と書かれた扁額がある。

本法院

薬師堂

観音堂から南へ進むと、民家の奥に薬師堂《やくしどう》がある。もとは三学院の門徒の東養寺《とうようじ》の堂であったが、明治四年（一八七一）、東養寺が廃寺となり、この堂が残された。堂内には、東養寺の本尊であった木造薬師如来立像、木造十二神将が安置されている。

本法院

薬師堂の東に神習教光徳支教会《しんしゅうきょうこうとくしきょうかい》がある。教派神道の教会で、通称「おたけさん」と呼ばれている。

この教会から南へ進むと、堀家の前に三基の庚申塔がある。ここから少し西へ進むと、大沢家の角にも庚申塔がある。正面には「庚申神」、右面には「美女木《びじょぎ》　ひきまた道」、左面には「はやせ　大山道《おおやまどう》」と彫られ、道しるべを兼ねた庚申塔である。

庚申塔から第二中学校の先の植え込みのある道を南へ進むと、稲荷《いなり》大明神《だいみょうじん》がある。社殿が北を向いて建てられていることから、通称「北《きた》向稲荷《むきいなり》」と呼ばれている。

宝蔵院

北向稲荷から西小学校まで進むと、その東に本法院と宝蔵院《ほうぞういん》がある。『世鏡伝記《せかがみでんき》題臨書《だいりんしょ》』によれば、文和元年（一三五二）、中山法華寺《なかやまほっけじ》の第三世・日祐上人《にちゆうしょうにん》が、宗祖・日蓮上人《にちれんしょうにん》の足跡を訪ねて佐渡へ向かう途中、蕨宿で宿泊し、霊夢を見て、本法院《ほんぽういん》と法蔵院《ほうぞういん》を建立したと伝える。

本法院は、福本山実成寺《ふくほんざんじつじょうじ》と号する日蓮宗の寺で、本尊は一塔両尊四《いっとうりょうそんよん》菩薩《ぼさつ》、日蓮上人である。この寺には、板法華曼荼羅《いたほっけまんだら》、銅造磬《どうづくりけい》（中国の楽器の一つ）、絵馬、板碑などがある。

■宝蔵院

本法院に隣接して宝蔵院がある。宝蔵院は、長久山《ちょうきゅうさん》と号する日蓮宗の寺で、本尊は一塔両尊四菩薩、日蓮上人である。この寺には、子供の遊びを描いた「子とろ遊び」と呼ばれる絵馬、境内には、板碑、筆子塚などがある。

本蔵院と宝蔵院の間に、春日神社《かすがじんじゃ》がある。祭神は、三十番神《さんじゅうばんしん》、天児《あめのこ》屋根命《やねのみこと》である。文和元年（一三五二）、日祐上人が創建したと伝える。

春日神社

■堂山

春日神社から西小学校の北側を南西へ進むと、堂山《どうやま》がある。堂山は、明治四年（一八七一）、東光寺《とうこうじ》（三学院の門徒）が廃寺となり、地蔵堂のみが残されたものである。堂内には、本尊であった木造不動明王《ふどうみょうおう》像《ぞう》が祀られている。周辺の墓地には、庚申塔、六地蔵など、種々の石造物がある。

堂山から、西へ進み、埼京線北戸田駅へ出て、今回の散策を終えた。今回は、蕨市の市名にまつわるさわらびの万葉歌碑を訪ね、中山道蕨宿、蕨城址などの江戸時代の史跡をめぐる散策となった。

交通▼ＪＲ上野駅で京浜東北線南浦和行きの快速電車に乗車、蕨駅で下車。

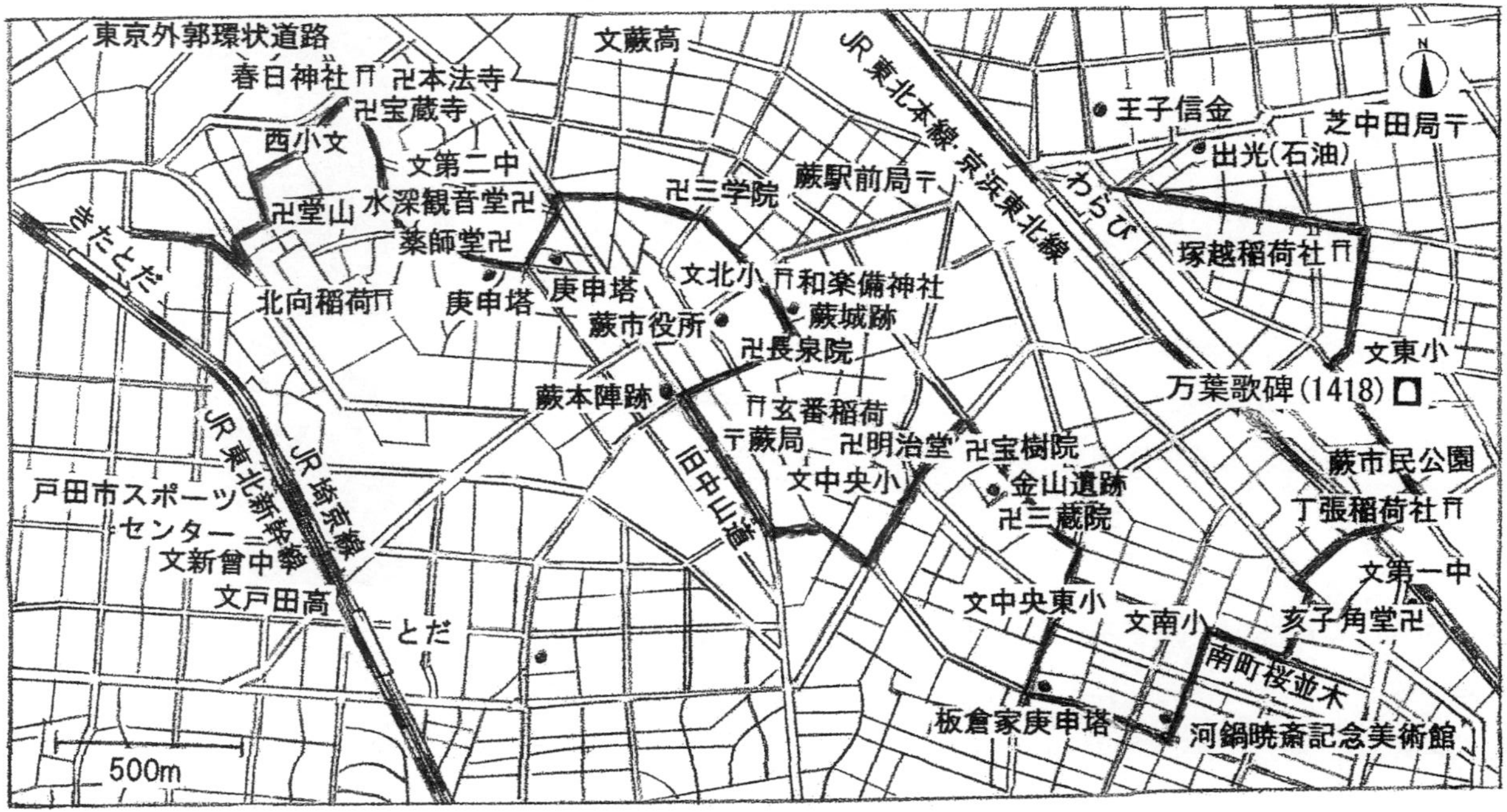

さわらびの万葉歌碑コース

安藤野雁の歌碑コース（埼玉県熊谷市）

熊谷桜堤の碑

武蔵国に縁のある江戸時代の国学者として、仙覚律師《せんがくりっし》、橘守部《たちばなもりべ》、安《あん》藤《どう》野《ぬ》雁《かり》の三人を挙げることが出来る。仙覚律師については小川町コースで紹介し、橘守部については幸手市コースで紹介する。このコースでは、安藤野雁を紹介する。安藤野雁が熊谷に来住した年代は、詳らかではないが、慶応二年（一八六六）、武蔵国大里郡胄山村の豪農の家に転居し、『万葉集』の講義をしたり、歌を教えたり、熊谷を往来しながら、『万葉集新考《まんようしゅうしんこう》』を著した。埼玉県熊谷市の熊谷桜堤に安藤野雁の歌碑が建っている。今回の散策では、この歌碑を訪ね、その周辺の史跡をめぐり、野雁の業績を偲ぶことにする。

■熊谷桜堤

ＪＲ上野駅から、高崎線の電車に乗ると、約一時間で熊谷駅に着く。熊谷駅の南へ出て、直進すると、熊谷桜としてして知られる荒川の熊《くま》谷堤《がやつつみ》に出る。堤の下に、「熊谷桜堤《くまがやさくらづつみ》」の石標が建っている。堤防に

熊谷桜堤

沿って約三キロメートルにわたって約五〇〇本の桜並木が続くのは壮観である。毎年、「熊谷さくら祭」も開かれ、期間中はライトアップされた桜が楽しめる。

天正年間（一五七三〜一五九二）、北条氏邦《ほうじょううじくに》が荒川の氾濫に備えて堤防を築き、桜を植栽したのが熊谷桜堤の始まりという。明治時代になって、桜堤は荒廃し、見る影もない有様になった。明治一六年（一八八三）、竹井澹如《たけいたんじょ》、高木弥太郎《たかぎやたろう》、林宥章《はやしゆうしょう》ら有志三人が協議して、「植《しょく》栽《さい》の檄《げき》」を町民に求め、東京都巣鴨染井の毛利邸から約四五〇本の桜を購入して、復興させた。大正一二年（一九二三）、内務省から名勝の指定を受けたが、年とともに木が枯れ、次第に衰えた。昭和二七年（一九五二）、旧堤の南に新堤を築造したのを機会に、約五〇〇本の桜を植栽して、名勝熊谷桜の復興を図り、平成二年（一九九〇）、日本さくら名所一〇〇選に選定された。

■安藤野雁の歌碑

堤に沿って荒川の上流方向へ進むと、荒川大橋脇の土手の上に、安《あん》藤《どう》野《ぬ》雁《かり》の歌碑《かひ》がある。歌碑には、安藤野雁の次の歌が刻まれている。

安藤野雁の歌碑

酔《よ》いみだれ　花にねぶりし　酒さめて
狭蓆《さむしろ》寒《さむ》し　春の夕風

この歌は、安藤野雁が文久二年（一八六二）、この地に来て詠んだ歌である。慶応三年（一八六七）、安藤野雁が病になり、冑山から運ばれる途中に、荒川のこの辺りで絶命したという伝承と桜を愛したということから、この地が選ばれ、昭和二九年（一九五四）に建立された。

安藤野雁は、幕末の国学者、万葉学者、歌人である。陸奥国伊達郡桑折村の代官の子として生まれ、名を謙次《けんじ》、刀弥《とね》と称したが、後に、政美《まさみ》、野雁《ぬかり》と改めた。一七歳のとき、半田銀山の役人の組頭・安藤祐《あんどうゆう》次《じ》の女の婿養子に迎えられ、安藤政美と名告った。二〇歳で代官手付けとなり、時の代官・西蔵太《にしぞうた》にしたがって九州の日田へ下った。西蔵太が病没後、役人を辞め、養父の紹介で江戸の和学講談所に入った。

江戸では、塙忠宝《はなわただとみ》に学び、この頃から、『万葉集新考《まんようしゅうしんこう》』の執筆を始めた。講談所を去った後、一〇年ほど、東海道、中山道方面の諸国を弊衣縄帯姿で放浪して歩いた。文久二年（一八六二）、武蔵国大里郡冑山村の根岸家に滞在することになり、しばしば熊谷を訪れて、弟子

荒川神社

たちの家で『万葉集』の講義をした。青山村でも『万葉集新考』の執筆に携わったが、慶応三年（一八六七）、五三歳で死去した。このため、『万葉集新考』は、巻一三まで執筆されたが、巻一四以降は未完となった。著作に、『野雁集《ぬかりしゅう》』『青山防戦記《かぶとやまぼうせんき》』『刀弥記《とねき》』がある。

■荒川神社

安藤野雁の歌碑からさらに上流に向かって荒川の堤上を進む。荒川に沿って流れるように吹いてくる風が心地よい。やがて、堤の下に小さな森が見えてくる。堤からこの小さな森の方へ下っていくと、木立の中に見晴公園があり、その奥に荒川神社《あらかわじんじゃ》がある。祭神は、天児屋根命《あめのこやねのみこと》、倉稲魂神《うかのみたまのかみ》、菅原道真《すがわらのみちざね》である。創建年代などは詳らかではない。

■八坂神社（愛宕八坂神社）

荒川神社の前の道を直進する。上越新幹線のガードを潜り、高崎線の踏切を渡り、国道一七号線を横切って少し進むと、民家の角に八坂《やさか》神社《じんじゃ》がある。祭神は、軻遇突智命《かぐつちのみこと》、素盞嗚命《すさのおのみこと》、菅原道真である。

八坂神社（愛宕八坂神社）

『明細帳』によれば、戦国時代の大永二年（一五二二）、本山派修験大善院《だいぜんいん》の三世・行源法印《ぎょうげんほういん》が火事の多かった熊谷の街の火災防止のため、山城国愛宕郡に鎮座する愛宕大神《あたごおおかみ》の分霊を火難よけとしてこの地に勧請したことに始まるという。

その後、安土桃山時代の文禄年間（一五九二〜一五九六）、疫病退散を祈って、京都の八坂神社の分霊を勧請し、市の発展と商売繁昌のための市神《いちがみ》と稲荷神《いなりがみ》を併せて三神を合祀し、「愛宕牛頭天王稲荷合社《あたごごずてんのういなりごうしゃ》」となった。明治時代に入ると、神仏分離によって大善院の管理を離れ、社号も現行の愛宕八坂神社《あたごやさかじんじゃ》に改められた。

■松岩寺

八坂神社から東へ進むと、松岩寺《しょうがんじ》がある。松岩寺は、雪渓山《せっけいさん》と号する臨済宗妙心寺派の寺で、本尊は釈迦如来《しゃかにょらい》である。慶長元年（一五九六）、喜庵西堂和尚《きあんせいどうおしょう》によって開創された。昭和二〇年（一九四五）、熊谷空襲によって、山門の一部を残して、すべてを焼失し、昭和三四年（一九五九）、本堂を再興し、その後、諸建物と山門を再建して現在に至る。

熊谷寺

■熊谷寺

松岩寺からさらに進むと、八木橋デパートがある。この裏側の筋を辿ると、熊谷寺《ゆうこくじ》がある。熊谷寺は、蓮生山当行院《れんせいさんとうこういん》と号する浄土宗の寺で、本尊は阿弥陀如来《あみだにょらい》である。元久二年（一二〇五）、熊谷直実《くまがいなおざね》が城址に草庵を結び、蓮生庵《れんせいあん》と号したのに始まる。

熊谷直実は、寿永三年（一一八四）、一ノ谷の合戦で平敦盛《たいらのあつもり》を討ち、敦盛の首を青葉《あおば》の笛《ふえ》とともに、屋島の陣にいる敦盛の父・経盛《つねもり》に奉ったことで知られる。その後、世の中の無常を感じて仏門に入り、名前を法力坊蓮生《ほうりきぼうれんせい》と改めて、比叡山の新黒谷の法然上人《ほうねんしょうにん》のもとで修行を積んだ。建久六年（一一九五）、故郷の熊谷に帰って草庵を結び、念仏三昧の日々を過ごし、承元元年（一二〇七）に没した。天正年間（一五七三～一五九二）、智誉幡随意白道上人《ちよばんずいいびゃくどうしょうにん》が蓮生坊の孝徳を慕い、十万の檀越を勧誘して、一大伽藍の熊谷寺を建立した。

■千形神社

熊谷寺から東に進むと、千形神社《ちかたじんじゃ》がある。祭神は、天津彦火々瓊々《あまつひこほのにに》

高城神社

杵命《ぎのみこと》、天太玉命《あめのふとだまのみこと》、天児屋根命《あめのこやねのみこと》である。この神社の由来については、次のような逸話が残されている。

「その昔、気の荒い大熊がいて人々を悩ませていた。熊谷直実の父・直貞《なおさだ》が退治したが、熊が余りにも大きかったので、その霊を慰めるために、頭蓋骨を埋め、そこに赤熊明神を建てて熊野の分霊を祀った。さらに、熊の血が流れたところに血形神社《ちがたじんじゃ》を建てた。その後、神社の名称は千方神社《ちがたじんじゃ》に変わり、さらに、千形神社に変わった」と。

■高城神社

千形神社からさらに東へ進むと、高城神社《たかぎじんじゃ》がある。祭神は、高皇産霊《たかみむすびの》神《かみ》である。『延喜式《えんぎしき》』神名帳《じんみょうちょう》に載る「大里郡一座　高城神社」であるといわれる式内社である。現在の拝殿、本殿は、寛文一一年（一六七一）、この地の領主・阿部摂津守正能《あべせっつのかみまさよし》による造営である。『巡礼旧神祠記《じゅんれいきゅうしんしき》』には、「高木神社《たかぎじんじゃ》」とあり、「城」に「木」の文字を当てている。この神社の地は、荒川の蛇行により形成された荒川扇状地にあり、地下水が自噴する池があり、鬱蒼とした高木が繁る「高木の森」であったことから、「高木神社」と称していたという。

熊谷宿本陣跡

■中山道熊谷宿

高城神社から正面の道を直進すると、国道一七号線に出る。この通りは、旧中山道《きゅうなかせんどう》であった。中山道は、日本橋から京都の三条大橋に至る六九宿、約五四〇キロメートルの街道であった。江戸の日本橋から、武蔵国の板橋《いたばし》、蕨《わらび》、浦和《うらわ》、大宮《おおみや》、上尾《あげお》、桶川《おけがわ》、鴻巣《こうのす》を経て熊谷《くまがや》に到り、本庄《ほんじょう》の九宿を通って、上野国《こうづけのくに》へ抜けていた。寛永一二年（一六三五）、徳川幕府は、全国の大名に参勤交代の制を定め、熊谷宿には、本陣、脇本陣、旅籠、問屋場などを設けた。

熊谷宿では、忍城《おしじょう》へ向かう忍御城道《おしろみち》、江戸へ向かう松山道《まつやまどう》、石尊街《せきそんかい》道《どう》（鎌倉街道）、上州へ向かう館林街道《たてばやしかいどう》、桐生道《きりゅうどう》、秩父《ちちぶ》へ向かう秩父街道《かいどう》が集中し、交通の要所であった。この通りには、重厚な鬼瓦を載せた格子戸の民家が僅かに残っており、足利銀行の向かい側には、本陣跡の石標が寂しげに佇んでいる。

■太陽の広場

国道一七号線を横切って少し南へ進むと、太陽の広場に出る。この

太陽の広場

広場の中央には、星渓園《せいけいえん》の泉から湧き出した水が星川《ほしかわ》として流れている。星川は、昭和二三年（一九四八）、都市計画によって新たに掘削された流路で、東西二キロメートルにわたって直線状に流れ、それに沿って、いこいの広場、若者広場、太陽の広場、緑の広場、星川広場、ふれあい広場の六つ広場がある。

星川に沿って上流方向に進むと、両岸に柳が続き、所々に彫刻が置かれ、目を楽しませてくれる。とくに、柳の新芽の美しい初夏の頃に訪れると、星川の風情が楽しめる。星渓園の傍の「いこいの広場」には、熊谷空襲による戦災慰霊の記念として、北村西望《きたむらせいぼう》の制作による「戦災者慰霊之女神《せんさいしゃいれいのめがみ》」の像がある。

毎年七月二〇～二二日の三日間、「関東一の祇園」と呼ばれる「熊谷うちわ祭」が開催され、さらに、毎年八月一五日には、第二次世界大戦の空襲による犠牲者の冥福を祈って、灯籠流しが行われる。

■圓照寺

星川に沿ってさらに進むと、右側に圓照寺《えんしょうじ》がある。圓照寺は、熊野《くまの》山千形院《さんちがたいん》と号する天台宗の寺で、本尊は阿弥陀如来《あみだにょらい》である。天禄元年

石上寺

（九七〇）、法院覚榮法師《かくえいほうし》による創建と伝える。「くまがやお不動様」として地元の人々に親しまれている。

『新編武蔵風土記稿』には、「圓照寺天台宗、埼玉郡下中条村常光院末。熊野山千形院と号す。開山覚榮、若年を傳へず。本尊弥陀を安ず。鐘楼、元文年中鋳造の鐘をかく」とある。

■石上寺

圓照寺から少し進むと、大通りの西端となり、左折して少し進むと、石上寺《せきじょうじ》がある。石上寺は、星河山千手院《せいかさんせんじゅいん》と号する真義真言宗智山派の寺で、本尊は千手観世音菩薩《せんじゅかんぜおんぼさつ》である。寛文一一年（一六七一）、栄光《えいこう》上人《しょうにん》の開山、竹井新左衛門信武《たけいしんざえもんのぶたけ》の開基である。熊谷七福神の毘沙門天、忍領三十四所三番札所である。早咲きの八重桜・熊谷桜の名所として知られる。

境内には、江戸の狂歌師・三陀羅法師《さんだらほうし》の次の歌が刻まれた歌碑がある。

我も其　阿弥陀笠きて　咲く花に
うしろハ見せぬ　熊谷さくら

この歌は、文化五年（一八〇八）、漢学者・青木金山《あおききんざん》の催しによる雅会に参加して詠んだものである。忍藩主・松平忠国《まつだいらただくに》をはじめとして、代々の藩主が幕臣を供として観楼の宴を開いた様子が偲ばれる。

さらに、境内には、モース博士像がある。明治一二年（一八七九）、林有章《はやしありあきら》など地元の有力者が発起人となり、境内の学舎でダーウィン説に基づく「進化論《しんかろん》」の講演会が開催されたことを記念して設置された。

星渓園

■星渓園

石上寺から星川まで戻り、正面の民家間を抜けると、星渓園《せいけいえん》がある。元和九年（一六二三）、この地のすぐ西に築かれていた北条堤が決壊し、欠所《かけと》が出来て以来、荒川の水が湧き出て、「玉の池」と呼ばれる池が出来た。慶応年間（一八六五〜一八六七）、竹井澹如《たけいたんじょ》がここを別邸として、玉の池を中心に種々の植物を植え、名石を置いて、池亭を作って庭園とした。昭和初期に、この地を訪れた京都大徳寺の牧宗禅師《ぼくしゅうぜんじ》が「星溪《せいけい》」と名付け、同二五年（一九五〇）、熊谷市へ譲渡された際に「星溪園」と命名された。玉の池周辺は、木々が多く、散策路となっているため、四季折々の風景を楽しみながらの散策が楽しめる。
園内には、星渓寮《せいけいりょう》、松風庵《しょうふうあん》、積翠閣《せきすいかく》などの和風の建物があり、それらの建物の中には、書軸、書額、扁額、木彫額などがある。星渓園の前には、加藤清正《かとうきよまさ》が朝鮮から持ち帰って、豊臣秀吉《とよとみひでよし》に献上し、大阪城にあったものを、忍城主が貰い受け、後に、竹井澹如の手に渡った「振袖石《ふりそでいし》」「天注石《てんちゅういし》」がある。

星渓園からJR高崎線熊谷駅に出て、今回の散策を終えた。今回は、江戸時代の国文学者・安藤野雁の歌碑を訪ね、万葉の研究業績を偲びながら、熊谷桜、熊谷直実のゆかりの地を訪ねる散策となった。

交通▼上野駅でJR高崎線高崎行きの電車に乗車、熊谷駅で下車。

八坂神社
卍松岩寺
市民ホール
熊谷市役所
中央公園
JR高崎線
秩父鉄道
卍熊谷寺
JR上越新幹線
八木橋デパート
高城神社
千形神社
熊谷局
市営球場
熊谷宿本陣跡
熊谷女子高
星渓園
石上寺卍
円照寺 卍
国道17号線(旧中山道)
かみくまがや
お祭り・太陽の広場
星川
宮前公園
荒川神社
見晴公園
熊谷南小
くまがや
安藤野雁の歌碑
文化センター
市民体育館
桜木小
500m
荒川
熊谷桜堤
荒川大橋

安藤野雁の歌碑コース

第四章　ＪＲ総武線・常磐線沿線

葛飾早稲コース（東京都葛飾区）

柴又帝釈天

下総国葛飾郡は、古隅田川《こすみだがわ》の東、江戸川の両岸に位置する中規模の郡で、度毛《ともう》、八島《やしま》、新居《あらい》、桑原《くわはら》、栗原《くりはら》、豊島《としま》、餘戸《あまるべ》、驛家《うまや》の八郷で構成されていた。葛飾郡の西部が武蔵国に属するようになったのは、戦国時代の末期である。明治時代になって、葛飾郡の江戸川西部が千葉県から埼玉県に移管され、北・中・南葛飾郡になった。その後、埼玉県南葛飾郡が東京都葛飾区になった。葛飾郡は、『万葉集』に詠まれた「葛飾早稲《かつしかわせ》」の生産地に比定されているが、その所在地の候補地は六箇所にも及び、いずれも本拠地と主張しており、それを特定するのは難しい。このため、それらの候補地を逐一訪ね、その所在地を探索することにする。今回の散策では、まず東京都葛飾区の江戸川沿いをめぐり、葛飾早稲の生産地を探ることにする。

■柴又帝釈天

ＪＲ東京駅で総武線成田空港行きの快速電車に乗り、金町駅で京成

柴又帝釈天の帝釈堂壁面の彫刻

金町線京成高砂行きに乗り換えると、約四五分で柴又駅に着く。柴又駅前には、寅さんの銅像が建ち、柴又帝釈天《しばまたたいしゃくてん》の門前町の参道が続いている。その両側には、煎餅や饅頭を売る茶店や川魚料理屋などが軒を連ね、下町情緒が色濃く漂っている。

参道に沿って進むと、突き当たりに柴又帝釈天がある。柴又帝釈天は、経栄山題経寺《きょうえいさんだいきょうじ》と号する日蓮宗の寺で、本尊は日蓮上人の自刻と伝える帝釈天の板本尊《いたほんぞん》である。寛永六年（一六二九）、法華経寺《ほけきょうじ》の第一九世・禅那院日忠《ぜんないんにっちゅう》の開創、延宝年間（一六七三～一六八一）、亨貞院《こうていいん》日敬《にっきょう》の中興開山である。

板本尊の片面には、「南無妙法蓮華経《なむみょうほうれんげきょう》」の題目と法華経薬王品《ほけきょうやくおうほん》の経文、もう片面には、右手に剣を持った忿怒《ふんぬ》の相の帝釈天像《たいしゃくてんぞう》が彫まれている。日敬が不明となっていた板本尊を発見したのは、安永八年（一七七九）の庚申の日であったことから、六〇日に一度の庚申の日が縁日となっている。天明三年（一七八三）、日敬は自ら板本尊を背負って江戸の町を歩き、天明の大飢饉に苦しむ人々に拝ませたところ、不思議な効験があったため、柴又帝釈天への信仰が広まった。

門前町に面して二天門《にてんもん》がある。この門は、明治二九年（一八九六）の建立である。入母屋造《いりもやづくり》、瓦葺《かわらぶき》の楼門で、屋根には唐破風《からはふ》と千鳥破風《ちどりはふ》

帝釈天の板本尊　片面の中央には、「南無妙法蓮華経」の題目が書かれ、両脇には法華経・薬王品の「この経はこれ閻浮提の人の病の良薬なり、もし人病あらんに、この経を聞くことを得ば、病即ち消滅して不老不死ならん」という経文が彫られている。もう一方の面には、右手に剣を持ち、左手を開いた忿怒の相をあらわした帝釈天が彫られている。これは悪魔降伏の尊形で、仏の教えを信仰し、従う者には、もし病難や火難、その他一切の災難に遇ったとき、帝釈天が必ず守護し、この悪魔を除き退散させてくれるという。

が付されている。その両脇に安置されている持国天《じこくてん》、増長天《ぞうちょうてん》の二天像は、藤原時代の仏工・定朝法橋《じょうちょうほうきょう》の作と伝える。

門を潜ると、正面に帝釈堂《たいしゃくどう》があり、手前が拝殿、奥が内陣である。内陣には、板本尊の帝釈天、持国天と多聞天《たもんてん》の二天像を安置する。内陣の外側の胴羽目《どうはめ》は、東・北・西の面が装飾彫刻で覆われている。この彫刻は、「法華経説話彫刻《ほけきょうせつわちょうこく》」と呼ばれ、京都国立博物館秘蔵の法華経《ほけきょう》絵巻《えまき》から取材して、法華経に説かれた代表的な説話一〇話を選び、視覚化したもので、緻密で、優雅である。大正一一年（一九二二）から昭和九年（一九三四）にかけて、加藤寅之助《かとうとらのすけ》、石川光信《いしかわみつのぶ》、横谷光一《よこたにこういち》など、当代一流の彫刻家により彫られた。

境内の大鐘楼堂《だいしょうろうどう》には、「黄鐘調《おうしきちょう》」と呼ばれる梵鐘が懸けられ、帝釈堂の奥殿には、「邃渓園《すいけいえん》」と呼ばれる築山泉水式庭園《ちくさんせんすいしきていえん》があり、祖師堂、客殿、庫裡などを繋ぐ回廊をめぐりながら、池の周りを回遊することが出来る。

■真勝院

帝釈天の北西に真勝院《しんしょういん》がある。真勝院は、石照山真光寺《せきしょうさんしんこうじ》と号する真言宗豊山派の寺で、本尊は不動明王《ふどうみょうおう》、両童子《りょうどうじ》、四天王《してんのう》である。新四国

矢切の渡し

四箇領八十八ヵ所霊場二八番札所、東三十三所観音霊場九番である。大同元年（八〇六）の開創と伝えられる古刹であるが、開創の由来や開山などは詳らかではない。

山門を入るとすぐ右側に、万治三年（一六六〇）銘の「五智如来《ごちにょらい》」と呼ばれる五体の石仏と造立碑がある。この寺には、永仁四年（一二九六）銘の阿弥陀種子《あみだしゅし》の大型板碑《おおがたいたび》一基がある。

■葛飾柴又寅さん記念館

真勝院から帝釈天まで戻り、その南側の道を「寅《とら》さん記念館《きねんかん》」の案内板に従って畑の間をジグザグに進むと、堤防の傍に葛飾柴又寅さん記念館がある。この記念館は、松竹映画「男はつらいよ」を記念して開設された。館内には、映画で実際に使用された「くるまや」のセットが撮影所から移設され、実物資料やジオラマ模型、懐かしの映像集などが展示されており、「男はつらいよ」の世界に浸ることが出来る。

■矢切の渡し

寅さん記念館から江戸川の土手の上へ登り、しばらく上流方向へ進

葛西神社

んだところで、階段を降りて河川敷を抜けると、矢切《やぎり》の渡《わた》しがある。小説「野菊の墓」や、歌謡曲「矢切の渡し」で有名な唯一現存する江戸川の民営の渡船で、矢切と葛飾区柴又《かつしかくしばまた》を結んでいる。

この渡しは、寛永八年（一六三一）、江戸幕府が関東代官・伊奈半《いなはん》十郎《じゅうろう》を管理者として始めた官営の渡しで、地元民専用に、耕作や対岸の農地への移動手段や、日用品購入、寺社参拝などの目的のために設置された。利根川水系河川一五ヶ所の渡し場のうちの一つで、「金町《かなまち》・松戸《まつど》の渡《わた》し」と呼ばれていた。隅田川では、戦後まで運行を続けていた渡し舟もあったが、昭和三九年（一九六四）に「佃《つくだ》の渡《わた》し」が、昭和四一年（一九六六）に「汐入《しおいり》の渡《わた》し」が廃止されたのを最後に、現在、東京近郊で定期的に運行されている渡しは、「矢切の渡し」のみとなった。

現在では、夏期には毎日運行、冬期には土・日曜日、祝祭日、庚申の日に運行されている。

■葛西神社

左手に金町浄水場、右手の対岸に国府台《こうのだい》を眺めながら、川面を渡る清風を受けて、江戸川の土手の上を気持ちよく進む。赤い屋根の尖塔

金蓮院

様式の取水塔が川面に浮かぶ風景は印象的だ。

水戸街道と常磐線のガードを潜ると、左手の森の中に葛西神社《かさいじんじゃ》がある。祭神は経津主命《ふつぬしのみこと》で、日本武尊《やまとたけるのみこと》、徳川家康《とくがわいえやす》を合祀する。元暦二年（一一八五）、葛西三三郷の総鎮守として、領主・葛西三郎清重《かさいさぶろうきよしげ》が下総国《しもふさのくに》香取神宮《かとりじんぐう》の分霊を勧請して創建した。当初、「香取神社《かとりじんじゃ》」と称していたが、明治一四年（一八八一）、葛西神社に社名が改められた。

境内には、「葛西《かさい》ばやし」の碑があり、東京の「祭りばやしの発祥地」とされる。葛西ばやしは、享保年間（一七一六～一七三六）、当社の神職・能勢《のせ》氏が音律を創作し、関東代官の推薦で、江戸の神田祭に出演して以来、「葛西ばやし」として、江戸市中をはじめ、近郷一帯の祭礼時に「はやし」として流行し、現在、当地方の郷土芸能の一つになっている。

■金蓮院

葛西神社から民家の間を西に進むと、金蓮院《こんれんいん》がある。金蓮院は、法護山金剛宝寺《ほうござんこんごうほうじ》と号する真言宗豊山派の寺で、本尊は金剛界大日如来《こんごうかいだいにちにょらい》である。新四国四箇領八十八ヵ所霊場三一番札所、東三十三所観音霊場一一番札所である。

半田稲荷神社

『葛飾区の寺院』には、「永正年間（一五〇四～一五二一）、賢秀和尚《けんしゅうおしょう》による開山、万治元年（一六五八）、僧・実盛《じっせい》による中興開山」と記されているが、寺の説明板では、「弘法大師《こうぼうたいし》の草創、興教大師《きょうきょうたいし》の中興開山」とある。天正一九年（一五九一）、徳川家康から寺領一〇石の御朱印状を受領、近郷に末寺門徒寺三七ヵ寺を擁した本寺格の寺院で、水戸徳川家の祈願所にもなっていた。

寺宝には、真如上人《しんにょしょうにん》の真筆と伝える弘法大師《こうぼうたいし》画像《がぞう》がある。寛永以来の幾たびかの火災の都度、自ら火中から舞い上がって境内の巨木にとどまって災害を逃れたので、「火伏《ひふ》せの大師《たいし》」と呼ばれ、厄除け大師として崇められている。

鐘楼堂前の羅漢槙《らかんまき》は、樹齢四五〇～五〇〇年の大木で、高さ約九・六メートル、幹囲約二・七メートル、枝張約一一～一五メートルもあり、葛飾区の天然記念物に指定されている。境内には、宝永元年（一七〇四）銘の愛染明王石像《あいぜんみょうおうせきぞう》がある。

■半田稲荷神社

金蓮院から北へ進むと、半田稲荷神社《はんだいなりじんじゃ》がある。祭神は、倉稲魂命《うかのみたまのみこと》、佐田彦命《さたひこのみこと》、大宮女命《おおみやめのみこと》である。和銅四年（七一一）の創建とも永久年間（一一一三〜一一一八）の創建とも伝える古社である。

『新編武蔵風土記稿』には、「本殿、拝殿、幣殿等備りて頗《すこぶる》荘厳をなせり。縁起の略に、和銅四年此地に鎮座あり。田畑の間なるに半田の号起れるよしを記せり。又当社は二郷半領半田村《にごうはんりょうはんだむら》にありし。享保年中、持来りて祀りしより此号ありと、彼村及び近村の伝へにのこれり。其頃より殊に繁盛し、今も信する者多し。神体、図の如く、又傍に本地仏十一面観音を安せり」とある。

江戸中期以降は、子供の疱瘡《ほうそう》、麻疹《はしか》、安産祈願《あんざんきがん》の参詣が多く、明和・安永年間（一七六四〜一七八一）、願人坊主が疱瘡や麻疹を防ぐ色とされた赤色の装束で、手に半田稲荷の幟や赤い鈴を持ち、「葛西金町半田の稲荷、疱瘡も軽いな麻疹も軽いな、運授安産御守護の神よ」と謡い踊りながら、お札や災いが去るおまじないのくくり猿を売り歩いたので、江戸の評判になった。

文化一〇年（一八一三）、中村座の狂言で、坂東三津五郎《ばんどうみつごろう》が半田稲荷の願人坊主に扮して大人気となり、歌舞伎、芸能人、花柳界、魚河岸の講中多く、江戸の名所の一つとして、柴又帝釈天とともに賑わい、五渡《ごと》亭国貞《ていくにさだ》の浮世絵、長唄「半田明神《はんだみょうじん》」、川柳『柳樽《やなぎだる》』にも取り上げられた。

葛飾早稲の生産地　「葛飾」は、正倉院文書には、「葛餝郡大嶋郷」とあり、古くから存在する地名である。古利根川などによって運ばれた肥沃な土と豊かな水のある所で、稲作には好適な場所であったが、低湿地は洪水の被害を受けやすかったので、台風シーズンの来る前に収穫する早稲米が植えられた。これが「葛飾早稲」である。「鳰鳥」は、カイツブリという水鳥の古語で、万葉歌では「葛飾」にかかる枕詞として使用されている。万葉歌より、葛飾が水の豊かな場所であったこと、八世紀には、すでに「葛飾早稲」が生産され、神聖なものとして認識されていたことが分かる。

境内の神泉遺構の玉垣には、市川團十郎や尾上菊五郎などの歌舞伎役者の名前が彫られている。

■葛飾早稲の万葉歌

半田稲荷神社付近は、『万葉集』巻四の次の歌に詠まれた「葛飾早《かつしかわ》稲《せ》」の生産地という説がある。

鳰鳥《にほどり》の　葛飾早稲《かつしかわせ》を　饗《にへ》すとも
その愛《かな》しきに　外《と》に立てめやも　四・三三八六

この歌は——今夜は初物の早稲米を、神に捧げる新嘗《にいなめ》の晩である、門を閉ざして神の恩恵に感謝し、男女とも清浄であるべき晩であるが、わたしはあの人が恋しい、もしも今夜あの人が現れたら、こんな寒い夜に外になんか立たせておかないでしょう——という意味である。万葉の時代には、新嘗祭《にいなめさい》は、未婚の処女の娘が行う習わしであった。娘は潔斎して、家には神以外は誰も入ることが出来なかった。この歌から、この神聖な掟を破ってまでも、愛する人を家に入れようとする娘

新嘗祭　「新」は新穀（初穂）、「嘗」はご馳走を意味し、天照大御神はじめ、すべての神に新穀を供えて、神の恵みによって新穀を得たことを感謝する祭りをいう。天皇は、毎年一一月二三日、内裏の神嘉殿で神饌を神に供え、自らも食した。この日、全国の神社でも同様の儀式が行われるが、民間でも同様の儀式が行われた。この祭りの際には、各家庭では、男性を外に出し、処女の女性だけが屋内に忌み籠もって、厳粛な祭りを遂行した。

水元公園の小合溜

のひたむきな心が伝わってくる。

この歌の「鳰鳥」は「潜く」などの枕詞であるが、これは「鳰鳥」がカイツブリを指しており、よく潜るカイツブリの性質と、潜るという意味の「潜く」と「葛飾」の音をかけている。カイツブリが生息するのは、主に流れの緩やかな河川や湖沼、海岸沿いの浅瀬が中心であり、古代の葛飾の景観を窺うことができる。さらに、「早稲」の栽培が行われていたと推測できることから、早く成熟し、収穫できるイネの品種を栽培することで、台風などの水害を避けることがこの地域での農耕の基本であったとみられる。この歌は、古代の葛飾区域が水害を受けやすい低湿な地域であったことを間接的に示している。

古代の「葛飾」は、東京・葛飾区から千葉県市川市、流山市、埼玉県三郷市などを含む江戸川流域の一帯で、『万葉集』が編纂された八世紀頃には、早稲米の産地として知られていた。このため、『万葉集』に詠まれた「葛飾早稲」の生産地を比定することは難しく、それぞれの地が「葛飾早稲」の生産地として名告りを挙げている。

半田稲荷神社の「半田」は、田畑の間に由来するといわれ、この神社の周囲には、田圃が広がっていたと考えられることから、この付近は「葛飾早稲」の生産地の候補地の一つとされている。

光増寺

■観蔵寺

半田稲荷神社の前の水戸街道を挟んだ向かい側に観蔵寺《かんぞうじ》がある。観蔵寺は、恵日山《けいじつさん》と号する真言宗豊山派の寺で、本尊は観世音菩薩《かんぜおんぼさつ》である。新四国四箇領八十八ヵ所霊場三二番札所である。創建年代は詳らかではないが、墓石の年号から、江戸時代に創建されたといわれる。

境内には、顔が塩で溶けた石造いぼとり地蔵菩薩像がある。参拝時とお礼参りのときに、塩を供える風習があり、古い地蔵は顔容が塩で溶けて見えなくなっており、その前に新しい地蔵菩薩像が建てられている。

■光増寺

観蔵寺から一つ奥の筋の南に光増寺《こうぞうじ》がある。光増寺は、摂取山蓮池《せっしゅさんれんち》院《いん》と号する浄土宗の寺で、本尊は阿弥陀如来《あみだにょらい》である。貞応元年（一二二二）、親鸞聖人の直弟子・随信房法海《ずいしんぼうほっかい》が草庵を結んだのに始まる。

元仁元年（一二二四）、親鸞が常陸国稲田から三人の弟子とともに葛西清重《かさいきよしげ》の館に赴く途中、五月雨にあったので、雨を凌ごうとしてい

松浦の鐘

たところ、法海の読経が聞こえたため、親鸞たちは清重の住んでいる渋江の方角の法海を訪ねた。それが契機となって、法海は親鸞の弟子になり、随信坊と名告った。親鸞は渋江と金町を往復して布教につとめ、その後、常陸に戻ったものの、貞永元年（一二三二）、帰洛の際に当寺を再訪し、そのときの送別にあたって、親鸞から光増寺の名称が授けられた。

境内には、葛西の生んだ俳人・鈴木《すずき》松什《しょうじゅう》の墓がある。松什は、名を安五郎、俳号を無有庵《むゆうあん》と称し、江戸の俳人・蓼松《りょうしょう》の門下として、俳句、書画に通じていた。

■瑞正寺

光増寺から水戸街道に沿ってセブンイレブンまで進み、左折して北進すると、瑞正寺《ずいしょうじ》がある。瑞正寺は、雲晴山貞林院《うんせいざんじょうりんいん》と号する浄土宗の寺で、本尊は阿弥陀如来である。天文七年（一五三八）、念蓮社正誉・本瑞和尚《ほんずいおしょう》が荘厳山《そうごんさん》功徳院《くどくいん》瑞正寺を創建した。昭和五三年（一九七八）、三田《みた》貞林寺《じょうりんじ》を合併し、貞林寺の山寺号を採って、雲晴山貞林院瑞正寺と改称した。

■ **松浦の鐘**

瑞正寺から桜堤の上を西へ進むと、地蔵菩薩像がある、その先に松《まつ》浦《うら》の鐘《かね》がある。この鐘は、宝暦七年（一七五七）、下小合村の領主・松浦河内守信正《まつうらかわちのかみのぶまさ》が菩提寺の龍蔵寺《りゅうぞうじ》に寄進した梵鐘で、明治二年（一八六九）、廃仏毀釈で龍蔵寺は廃寺となり、村民所有となった。第二次世界大戦の際にも、供出を免れ、葛飾区指定の文化財になり、この桜堤に保存された。

南蔵院のしばられ地蔵

■ **南蔵院**

松浦の鐘の少し先に、しばられ地蔵の案内板があり、それに従って進むと、南蔵院《なんぞういん》がある。南蔵院は、業平山東泉寺《なりひらさんとうせんじ》と号する天台宗の寺で、本尊は釈迦如来《しゃかにょらい》である。貞和四年（一三四八）、権僧都・林能法《りんのうほう》師《し》が在原業平《ありわらのなりひら》が居住していたといわれる本所小梅町付近に創建したと伝える。元禄一一年（一六九八）、中之郷八軒町（墨田区吾妻橋）へ移転したが、大正一二年（一九二三）、関東大震災で堂宇は灰燼に帰し、昭和元年（一九二六）、現在地へ遷座され、復興された。

地蔵堂には、大岡政談《おおおかせいだん》で知られるしばられ地蔵尊を祀る。この地蔵尊は、諸願成就、とくに難病平癒に霊験があるといわれ、信者が祈願するときは、地蔵尊を縄で縛り、成就したときには、縄を解くことから、「しばられ地蔵」と称されている。現在、盗難除けの地蔵尊として知られるが、これは大岡政談の中の一説話として語られたことに始まる。

水元公園の菖蒲池

■水元公園

南蔵寺から桜堤に戻り、水元公園《みずもとこうえん》に入る。右手に菖蒲池が広がっている。水元公園は、昭和四〇年（一九六五）に開園された総面積約一六九万平方メートルの水と樹木に恵まれた情緒豊かな水郷公園である。菖蒲池には、約八〇種、約二〇万本の花菖蒲が植栽され、毎年六月には、菖蒲祭りが催され、見事な菖蒲の開花が見られる。公園の核になっている小合溜《こあいため》は、享保一四年（一七二九）、幕府が紀州藩の土木技術者で、勧請吟味役の井沢弥惣兵衛《いざわやそべえ》に命じて作らせた灌漑用水である。

香取神社

■香取神社

菖蒲池から北へ進むと、青く塗られた吊り橋が見えてくる。その手前で左折して、再び桜堤に出ると、その下に香取神社《かとりじんじゃ》がある。祭神は経津主命《ふつぬしのみこと》である。境内には、慶応二年（一八六六）銘の石燈籠、享保二〇年（一七三五）銘の御手水石がある。

この神社には、「茅の輪《ちわ》くぐり」の神事が伝わる。この神事は、前日に、氏子が水元公園周辺に生えているマコモを刈り取って、直径約二メートルの輪を作り、これを鳥居の中に吊るし、当日、参拝者は、茅の輪を潜って、疫霊、穢れを祓う。また、参拝者が持参した「ひとがた」を神官が拝殿に据えた炉で炊き上げ、最後に、囃子連中の先導で小合溜に灰を散布する。

■蓮蔵院

香取神社の前に「こあゆの水路」がある。この水路に沿って南へ進むと、釣り池があり、その東側の住宅の間に蓮蔵院《れんぞういん》がある。蓮蔵院は、仏詣山《ぶっけいさん》と号する真言宗豊山派の寺で、本尊は地蔵菩薩《じぞうぼさつ》である。

『新編武蔵風土記稿』には、「蓮蔵院　同宗、同門徒（新義真言宗、金町村金蓮院末）、佛詣山と号す。開山を宥賢と云。元禄一三年より今の門徒に属せり。本尊地蔵を安す」とある。

本堂に安置されている閻魔王像は、永禄五年（一五六二）の開眼という。

■長伝寺

香取神社まで戻り、桜堤に沿って進むと、右手に水元公園の青く塗られた吊り橋が見える。桜堤から釣り池の北側へ降りると、長伝寺《ちょうでんじ》がある。長伝寺は、音水山観音院《おんすいさんかんのんいん》と号する真義真言宗の寺で、本尊は阿《あ》弥陀三尊《みださんぞん》、新四国四箇領八十八ヵ所霊場三三番札所である。天文一九年（一五九一）、阿闍梨良覚《りょうかく》の開創である。

境内には、江戸時代末期の儒学者・横田玄鱗《よこたげんりん》の墓がある。玄鱗は頼《らい》山陽《さんよう》、篠崎小竹《しのざきしょうちく》らと親交し、書は細井広沢《ほそいこうたく》、巻菱湖《まきりょうこ》と並び称せられた。

■延命寺

長伝寺から民家の間を北へ進むと、延命寺《えんみょうじ》がある。延命寺は、八幡《はちまん》

水元公園　東京都葛飾区に位置し、埼玉県三郷市に接する都内最大の水郷公園。豊かな森林の趣と貴重な水生植物を擁する水郷風景が楽しめる。高さ二〇メートルにも達する二〇〇本のポプラ並木、生きている化石として知られるメタセコイヤ約一八〇〇本などがあり、都立公園で最大の森を形成。自然環境に近い水辺には、バードサンクチュアリーがある。はなしょうぶ園には、一万四〇〇〇株、約一〇〇種、二〇万本の花菖蒲が、六月上旬から下旬にかけて咲き競い、この期間、菖蒲まつりが開催される。旧水産試験場跡地の池には、都内で唯一のオニバス自生地があり、一九八四年に東京都の天然記念物に指定されている。

延命寺

山地蔵院《さんじぞういん》と号する真言宗豊山派の寺で、本尊は地蔵菩薩《じぞうぼさつ》である。新四国四箇領八十八ヵ所霊場三四番札所である。『小合延命寺由緒書《こあいえんみょうじゆいしょがき》』には、「天平《てんぴょう》の頃、泰澄大師《たいちょうたいし》の草創にして、天平山興国寺阿弥陀院《さんこうこくじあみだいん》と号せしが、慶長五年焼失せり。同一五年、利根川洪水ありし時、上小合村、今、古利根川と云う所へ地蔵菩薩流着し給う。（中略）取り上げ奉りて阿弥陀堂に納めしより、村内帰依し奉り、中興覚祐上人《かくゆうしょうにん》、和銅三年、該寺を再建せり。時に当村鎮守八幡なるを以て、八幡山と改め、地蔵菩薩の縁を以て地蔵院延命寺と改称せり」とあり、天平時代からの古刹である。

この寺には、紙本著色桃太郎図絵《しほんちゃくしょくももたろうずえ》が保存されている。境内には、寛永四年（一六二七）銘の宝篋印塔《ほうきょういんとう》がある。

■日枝神社

延命寺から東水元小学校の傍を通り過ぎると、日枝神社《ひえじんじゃ》がある。祭神は、大山咋命《おおやまくいのみこと》、経津主命《ふつぬしのみこと》である。寛文三年（一六六三）の創立と伝える。『新編武蔵風土記稿』には、「山王社　村の鎮守にて村持」、『東京府志料』には、「日枝神社　村の鎮守なり。もと山王社と云。維新後、社号改まる。社地五四〇坪」とある。

境内には、長享三年（一四八九）銘の阿弥陀三尊来迎月待供養板碑《あみださんぞんらいごうつきまちくよういたび》がある。

日枝神社の先に熊野神社《くまのじんじゃ》がある。祭神は伊弉冉命《いざなみのみこと》である。創建年代などは詳らかではない。

閘門橋

■閘門橋

熊野神社から再び水元公園に入る。正面には、芝生が植えられた広々とした中央広場があり、右折すると、ポプラ並木と小合溜間の開放感に満ちた散策道が続く。その北部にカワセミの郷がある。ここには、水元公園に棲息している昆虫、鳥類、魚類の標本が展示されている。

カワセミの郷の手前の橋を渡ると、正面に独特の形をしたレンガ造りの閘門橋《こうもんきょう》が見える。閘門橋は、正式には、「弐合半領猿又閘門《にごうはんりょうさるまたこうもん》」と呼ばれ、レンガ造りのアーチ橋としては、東京都内で唯一のものである。明治四二年（一九〇九）に建設された。

閘門とは、水位、水流、水量などの調節用の堰のことをいう。宝永年間（一七〇四〜一七一一）、この辺りは、古利根川《ことねがわ》（現在・中川）、

遍照院

小合川《こあいがわ》（現在の大場川《おおばがわ》、小合溜《こあいだめ》）が入り込んだ、複雑な地形を有し、古利根川の氾濫地域であった。この古利根川の逆流を防ぎ、水田の水源確保のため、さらに岩槻街道の流通路として、閘門と橋が造られた。水郷公園であることを象徴するような景観を醸し出している。

■遍照院

閘門橋から大通りに沿って南へしばらく進むと、民家に囲まれて、左手に遍照院《へんしょういん》がある。遍照院は、仏生山《ぶっしょうざん》和銅寺《わどうじ》と号する真言宗豊山派の寺で、本尊は不動明王《ふどうみょうおう》である。和銅三年（七一〇）の草創と伝える古刹である。

『新編武蔵風土記稿』には、「遍照院　新義真言宗上小松村《かみこまつむら》正福寺《しょうふくじ》門徒。仏生山和銅寺と号す。伝へ云、此寺は和銅三年の草創にて、仏生山と号し、寺号は時の年号を用いし大寺なりしか、天文七年、総州国府台《こうのだい》の城陥し後、当寺仏会のことありて法幡を立連ねしを、寄手遥に望見て落ち武者ここに潜居せりと思ひ、風上より火を掛しかは、堂宇一時に灰燼となり、廃寺の如くなりしを、後年遍照房《へんしょうぼう》と云僧、かの旧迹を再建して遍照院と改め、山号、寺号は古称に従ふと云。本尊不動を安す」とある。

水元神社

境内には、江戸時代の板碑九基がある。

■水元神社

遍照院から大通りに沿ってさらに進むと、水元神社《みずもとじんじゃ》がある。祭神は、経津主命《ふつぬしのみこと》、伊弉諾命《いざなぎのみこと》、橘姫命《たちばなひめのみこと》、木花咲耶姫命《このはなさくやひめのみこと》、宇迦之御魂命《うかのみたまのみこと》である。創建年代は詳らかではない。古くから水元猿町の鎮守として香取社が祀られていたと伝え、明治六年（一八七三）、郷社に列格したと伝える。水元公園建設のため、町内の浅間神社《せんげんじんじゃ》、熊野神社《くまのじんじゃ》、吾妻神社《あずまじんじゃ》、天《てん》祖神社《そじんじゃ》の四社が合祀されて、水元神社になった。

水元神社からバスでＪＲ金町駅へ出て、今回の散策を終えた。今回は、葛飾早稲を偲ぶ田圃は見られなかったが、半田稲荷神社、遍照院などの天平時代に創建された社寺の周囲に、人々が生活して、米の生産に従事していたことを想像することが出来る散策となった。

交通▼上野駅で常磐線取手行きの電車に乗車、金町駅で京成金町線高砂行きの電車に乗り換え、柴又駅で下車。

葛飾早稲コース（東京都葛飾区）

葛飾早稲コース（千葉県船橋市）

『万葉集』巻一四に葛飾早稲《かつしかわせ》の歌が収録されている。下総郡葛飾郡は、下総国の西部に位置し、太日川《ふとひがわ》（江戸川《えどがわ》）を中心とした南北に広がる地域であった。現在の行政区では、北は埼玉県北葛飾郡、南は千葉県市川市、東は船橋市、西は東京都葛飾区に相当する。太日川に沿った地域は、早稲を生産する穀倉地帯であったと推定されており、埼玉県三郷市、千葉県市川市、船橋市、野田市、流山市、東京都葛飾区などが葛飾早稲の生産地の候補として比定されている。今回の散策では、千葉県船橋市の葛飾早稲の碑を訪ね、その周辺の史跡をめぐり、葛飾早稲の生産地を探索することにする。

大覚院

■大覚院

上野駅で京成本線成田行きの電車に乗ると、約三〇分で海神駅《かいじんえき》に着く。正面の道を南へ進み、国道一四号線で左折し、三叉路を左に辿ると、大覚院《だいかくいん》がある。大覚院は、龍王山海蔵寺《りゅうおうさんかいぞうじ》と号する真義真言宗の寺で、本

龍神社

尊は大日如来《だいにちにょらい》である。この寺は、山門が朱色に塗られていることから「あかもん」と呼ばれている。天正一七年（一五八九）の創建と伝える。境内には、元禄一六年（一七〇三）銘の優美な阿弥陀如来像念仏塔《あみだにょらいぞうねんぶつとう》がある。

■龍神社

大覚院から国道に沿って西へ進み、バルコート海神の西側の路地を南へ入ると、龍神社《りゅうじんしゃ》がある。祭神は、海の守護神の大海津見神《おおわたつみのかみ》である。仏名を娑竭羅龍王《しゃがらりゅうおう》といい、阿須波《あすは》の神《かみ》ともいわれる。明治以前まで大覚院が別当をしていたと伝え、同寺の山号を龍王山と称していた。創建年代は詳らかではないが、古くから海神村の鎮守として祀られていた。『葛飾誌略《かつしかしりゃく》』には、「阿須波明神《あすはみょうじん》、沙伽羅龍王《しゃがらりゅうおう》を祀る」とある。阿《あ》須波神《すはのかみ》も海の神である。この神社には、次のような数々の伝説がある。

その一つは、旅立ちのときには、小柴（木の枝）を捧げて、長途の安全を祈願したり、萩の折箸を結んで捧げると、男女和合に効験がある、という伝説である。

他の一つは、往古、弘法大師が巡錫の途中、ある老婆の家に立ち寄ると、小芋のあつものを作っていた。大師がそれを乞うと、石芋のあ

浅間神社

つものであり、人の食べるものではないと断られた。大師が立ち去った後、老婆がこのあつものを食べようとすると、芋は石のように固くなっていた。老婆は腹を立て、この神社の前の池にこの石芋を投げ捨てた。すると、芋は芽を出して育ち、千年後の今でも葉を青々と茂らせている、という石芋伝説《いしいもでんせつ》である。

他の一つは、弘法大師がこの神社から立ち去る際に、持っていた杖で体に刺さる葦の葉を払うと、片葉の葦になり、捨てた石芋から芽が出てきて、弘法太師のなぎ払った葦と同じように、「片葉の葦」が生えてきて、群生するようになった、という片葉《かたは》の葦伝説《あしでんせつ》である。

境内には、龍神社にちなんだ「龍」をかたどった石と、「片葉の葦」の自生群が今でも見られる。

■阿須波の神の万葉歌

『万葉集』巻二〇に、阿須波《あすは》の神を詠んだ次の歌がある。

庭中《にはなか》の　阿須波《あすは》の神に　小柴《こしば》さし
我《あれ》は斎《いは》はむ　帰り来《く》までに　　二〇・四三五〇

春日神社

この歌は、下総国の防人の主帳丁《しゅちゃうのよほろ》若麻績部諸人《わかをみべのもろひと》が詠んだ歌で——庭に設けた祭壇に祀った、阿須波の神に、出発に際して木の小枝をさし、帰ってくる日までの旅の安全を祈ろう——という意味である。

阿須波の神については、庭に小柴を立てて降神する神籬《ひもろぎ》祭祀《さいし》の神であり、旅の安全を守る神として信仰されていたという説がある。また、足場の神とする説もある。また、『和名抄』に越前国《えちぜんのくに》足羽郡《あしばのこおり》足羽郷《あしばごう》が見えることから、元来は現在の福井県福井市足羽地域の土着の神で、葦葉神、あるいは、土の神とする説もある。

■浅間神社

龍神社から国道に沿ってさらに西へ進むと、高台に浅間神社《せんげんじんじゃ》がある。祭神は木花咲耶姫命《このはなさくやひめのみこと》である。『葛飾誌略《かつしかしりゃく》』には、「富士《ふじ》浅間神社《せんげんじんじゃ》、山野《やまの》村《むら》鎮守。一帯の松林なり。駿州富士山勧請」とある。この神社の創建年代は詳らかではないが、東京湾の北岸から東岸にかけての一帯は、富士山の眺望がよいので、往古からその景勝地を定めて、浅間神社が祀られたといわれるので、この神社もその一つであると思われる。

かつしか田圃の記碑（碑表）

■春日神社

浅間神社からさらに西へ進み、JR武蔵野線のガードを潜ると、春日神社《かすがじんじゃ》がある。祭神は天児屋根命《あめのこやねのみこと》である。この神社の創建年代も詳らかではない。

『千葉県神社名鑑』には、「印内町の本来の氏神として尊崇されている。同町内の八坂神社が祭礼行事など盛んなため、当社は目立たぬ存在だが、年番などは八坂神社とは別々にし、祭礼行事等を行なっている。南下りの緩や斜面の境内は巨松が数十本林立し、森厳である」とある。

■「かつしか田圃の記」碑（万葉歌碑）

春日神社の境内に、「かつしか田圃《たんぼ》の記《き》」碑があり、その碑陰に次の万葉歌が刻まれている。

鳰鳥《にほ》の　葛飾早稲《かつしかわせ》を　饗《にへ》すとも
その愛《かな》しきを　とに立てめやも　一四・三三八六

かつしか田圃の記碑（碑陰）

この歌は――今夜は初物の早稲米を、神に捧げる新嘗《にいなめ》の晩である、もしも今夜あの人が現れたら、こんな寒い夜に外になんか立たせておかないでしょう――という意味である。神聖な新嘗祭のときでも、神の祟りを恐れない女の恋心が詠まれている。

この碑は、自然石で出来ており、碑表に「かつしか田圃の記」、碑陰にこの万葉歌が刻まれている。碑陰には、この歌に続いて、建碑の由来が次のように刻まれている。

「かつて松林の緑の丘の背景に、前面に開けた一望千里の葛飾たんぼは、遠い万葉の昔から豊かな水田であった。中世以降旧葛飾村は代々互いに協力して歴史ある耕地を守り、育ててきた。時移り、近代の交通網の発達は、急速な都市化を促し、昭和二九年より施工された葛飾土地改良事業は、まさに西船橋発展の基礎となるとともに、地域開発に多大の貢献がなされた。ここに先人たちが培われた威徳を偲び、葛飾田圃の変遷を誌して長く後世につたえるものである」と。

春日神社の周辺は住宅地となって、葛飾早稲を偲ぶ田圃はまったく見られないが、葛飾という地名が残されているのがせめてもの救いである。

葛飾神社

■葛飾神社

春日神社の先に葛飾神社《かつしかじんじゃ》がある。祭神は、瓊瓊杵命《ににぎのみこと》、彦火々出見命《ひこほほでみのみこと》、熊野大神《くまのおおかみ》である。説明板には、「風光明媚景勝の地、勝間田《かつまた》の池《いけ》（現勝間田公園）のほとり丘の上の、熊野権現社の此の地に、大正五年一月十三日、一郡総社葛飾大明神を千葉県東葛飾郡葛飾村本郷一四一番地（現船橋市文化財西船六丁目葛羅の井戸）（昔、葛飾大明神御手洗の井戸）の西側台地より此の地に奉遷奉斉し、熊野権現社へ合祀し、村社葛飾神社と改称し、現在に至る」とある。

『下総旧事考《しもふさきゅうじこう》』には、「里人是を一郡の総社と云ふもさには非らざるべし、一国の総社なるべし」とあり、下総国の総社としている。しかし、鳥居には、「一郡惣社」の扁額が、さらに、石段の上には、「一郡惣社　葛飾大明神」と刻まれた石柱が建っているので、下総国の総社というのは疑わしい。

■勝間田公園（勝間田の池）

葛飾神社に隣接して勝間田公園《かつまたこうえん》がある。この公園は、江戸時代に、

「勝間田の池」と呼ばれた古池の地にある。『東葛飾郡誌《ひがしかつしかぐんし》』には、「池畔大樹の鬱蒼たるものなく、自ら幽玄の趣に乏しいといえども、碧潭《へきたん》凄愴《せいそう》すこふる神秘的の景地なり」とある。勝間田の池は、『万葉集』巻一六に次のように詠まれている。

勝間田《かつまた》の　池は我知る　蓮《はちす》なし
然《しか》言う君が　ひげなきごとし　　一六・三八三五

この歌は、新田部親王《にひたべのみこ》の作で——勝間田の池のことは、わたしも知っています、蓮なんかありません、そういうあなたに、髭がないのと同じです——という意味である。親王が池に蓮があることを知りながら、わざと蓮なしといって戯れて、愛情を抱いていることをほのめかしている。

勝間田の池の所在地については、大和国平城京《やまとのくにへいじょうきょう》、美作国勝田郡《みまさかのくにかつたのこほり》、下総国葛飾郡《しもうさのくにかつしかのこほり》などの諸説があるが、大和国平城京説が有力であり、この池を比定する説はない。江戸時代中期以降に、奈良・京都付近の名所を江戸近傍の土地に充てる習いが流行したといわれるので、この地もその一つのようである。

勝間田の池　嘉永三年（一八五〇）に編纂された『下総名所図絵』に描かれている古くから名勝地として知られる池で、佐倉市指定の文化財になっている。池の中程には、厳島神社が祀られ、その傍らには、この地に西行法師が来訪したとき、「みすなしと　聞きてふりにし　勝間田の　池あらたむる　さみだれのころ」という歌を詠んだと伝え、この歌を刻んだ歌碑がある。また、西行法師が食事をして箸の代わりに使ったヨシを地に刺したところ、二股のヨシになったという伝説もある。この池は、古来より下勝田村の灌漑用に利用されていた。しかし、『万葉集』との係わりを示す資料は存在しない。

宝成寺

■宝成寺

葛飾神社の西で右折し、京成本線の踏切を渡ると、宝成寺《ほうじょうじ》がある。宝成寺は、茂春山《もしゅんさん》と号する曹洞宗の寺で、本尊は釈迦牟尼仏《しゃかむにぶつ》である。この寺の創建年代は詳らかではないが、江戸時代の初期、僧智泉《ちせん》を開山とし、葛西茂春六郎《かさいしげはるろくろう》が創建したと伝える。領主・成瀬之成《なるせゆきなり》が中興開基となり、僧大譽《だいよ》が中興開山した。慶安元年（一六四八）、徳川家光より寺領三〇石の御朱印状を拝領したという。

『稿本千葉県誌』には、「茂春山寶成寺。同郡同上（東葛飾郡）葛飾村大字本郷葛飾前に在り、境内千九百五拾坪、曹洞宗なり、寺傳に云、葛西茂春六郎之を創建とし、僧智泉を開山とす、後領主成瀬之成これを中興し、僧大譽を以て中興開山となす、慶安元年徳川氏寺領三十石を付す、大譽は承應元年九月十日寂すと。境内に成瀬氏の墓あり」とある。

この寺の墓地には、尾張国犬山城主で、この地の地頭であった成瀬家の墓がある。墓地の奥には、歴代住職の墓の無縫塔《むほうとう》が並び、古い辞世句碑がある。

葛羅之井碑

■葛羅之井碑

宝成寺からさらに北へ進むと、道端にケヤキの大樹があり、その傍に葛羅《かづら》の井《い》がある。井戸の傍に、太田南畝《おおたなんぽ》の撰文によって、文化九年（一八一二）に建立された「葛羅《かづら》之《の》井《い》」碑がある。この碑には、葛羅の井について、次のように説明されている。

「下総国勝鹿《しもふさのくにかつしか》。郷は栗原《くりはら》に隷す。神は瓊瓊杵《ににぎ》を祀る。豊姫《とよひめ》の鑒《かん》する所。神龍の淵。大旱にも涸れず。湛平として円なり。名付けて葛羅と曰う。絶えざること綿々たり」と。

永井荷風の随筆『葛飾土産《かつしかみやげ》』には、「この道の分かれぎわに榎木の大木が立っていて、その下に一片の石碑と周囲に石を畳んだ一坪ほどの池がある」とある。『江戸名所図会』では、「葛《かずら》の井《い》」と記され、葛飾大明神の御手洗の井戸とある。水脈が富士山まで繋がっている名泉といわれ、どんな日照りにも水が枯れることはなく、マラリアにかかった人がこの水を飲めば治るともいわれる。

東明寺

■東明寺

葛羅の井から国道まで戻り、さらに西へ進むと、東明寺《とうみょうじ》がある。東明寺は、薬王山神将院《やくおうさんしんしょういん》と号する浄土宗の寺で、本尊は阿弥陀如来《あみだにょらい》である。弘治三年（一五五七）、誓譽上人《せいよしょうにん》による創建と伝える。

説明板には、「当山は室町時代の末期弘治三年（一五五七）、誓譽上人によって創建された。本尊阿弥陀如来をはじめ、脇座円光大師《えんこうたいし》（法《ほう》然上人《ねんしょうにん》）並びに薬師如来の尊像を奉安している。とくに薬師如来は近村にも珍しい古佛で、行基菩薩の御作と伝え、木版画、並びに『部田《へた》薬師如来《やくしにょらい》』と刻した古碑あり。部田とはその昔此処の小字であり、寺下の水田を薬師下とも称した。尚薬師佛、十二神将を安置している故か、薬王山神将院と号し、霊験あらたかな佛として今日に至っている」と。

本堂には、行基作と伝える木版画の旧本尊の薬師如来像《やくしにょらいぞう》（部田薬《へたやく》師《し》）と十二神将像《じゅうにしんしょうぞう》が安置されている。参道の右側には、三重塔がある。墓地には、寛永四年（一六二七）没の住職・覚譽意察《かくよいさつ》の無縫塔をはじめ、江戸時代の銘の古碑が数多くある。

多聞寺

■多聞寺

東明寺からさらに西へ進むと、多聞寺《たもんじ》がある。多門寺は、宝珠山《ほうしゅさん》と号する日蓮宗の寺で、本尊は毘沙門天《びしゃもんてん》である。文永六年（一二六九）、日蓮の弟子・日朗《にちろう》が佐渡に渡ろうとして、新潟の草庵に一泊した。そのとき、庵主が日朗に乞い、ともに佐渡に渡って、日蓮に面接した。日蓮は、この庵主の志を非常に喜んで、毘沙門天を刻んで手渡した。その後、庵主はこの土地に来て、一寺を建て、この像を安置したと伝える。

墓地には、貞治四年（一三六五）、延徳四年（一四九二）銘の南無妙法蓮華経と刻んだ板碑二基がある。

■中山法華経寺

多門寺の西に稲荷神社《いなりじんじゃ》がある。江戸時代に、この地の村役人が京都の伏見稲荷の分霊を勧請したと伝える。その先に大国主命《おおくにぬしのみこと》を祀る子之《ねの》神社《じんじゃ》、妙見菩薩《みょうけんぼさつ》と八幡菩薩《はちまんぼさつ》を合祀した妙見八幡神社《みょうけんはちまんじんじゃ》の小さな祠が並んでいる。その西側の民家の間を北へ進み、中山東公園を経て清華園の中を抜けると、中山法華経寺《なかやまほけきょうじ》の参道に出る。参道の両側には、老舗の

中山法華経寺の祖師堂

店舗が軒を連ね、門前町らしい雰囲気が漂っている。やがて「赤門」と呼ばれる山門の前に出る。

山門には、本阿弥光悦《ほんあみこうえつ》の筆による「正中山《しょうちゅうざん》」の扁額が懸かっている。山門を潜ると、参道が約二〇〇メートル続いており、その両側には数多くの塔頭が並んでいる。やがて正面に元和八年（一六二二）、加賀藩主・前田利光が寄進した五重塔が見えてくる。境内には、祖師堂、法華堂、五重塔、四足門、鬼子母神堂、妙見堂、銅造釈迦如来坐像（中山大仏）、日常上人銅像、鐘楼、本院・客殿など数々の堂宇がある。

中山法華経寺は、正中山と号する日蓮宗の大本山《だいほんざん》（霊蹟寺院《れいせきじいん》）で、本尊は十界曼荼羅《じっかいまんだら》である。日蓮聖人《にちれんしょうにん》が最初に教えを説き、開いた霊蹟寺院である。文応元年（一二六〇）、日蓮宗に帰依した若宮の領主・冨木常忍《ときつねのぶ》と、中山の領主・太田常明《おおたじょうみょう》が、館の中にそれぞれ堂を建て、「法華寺《ほっけじ》」「本妙寺《ほんみょうじ》」と称していた。天文一四年（一五四五）、古河公方《こがくぼう》足利晴氏《あしかがはるうじ》より「諸法華宗之頂上《しょほっけしゅうのちょうじょう》」という称号が贈られ、「法華経寺《ほけきょうじ》」という寺名が誕生し、法華寺と本妙寺が統合されて一つの寺院になった。開基は常修院日常《じょうしゅういんにちじょう》である。

鬼子母神堂《きしぼしんどう》には、日蓮聖人が刻んだ鬼子母神が安置され、江戸三大鬼子母神にも数えられ、信仰篤く、子育安産、病気平癒の祈祷、社運

中山法華経寺の奥の院

隆盛にご利益があるといわれ、多くの人々の信仰を集めている。
境内の高台にある聖教殿《しょうぎょうでん》には、日蓮直筆の『立正安国論《りっしょうあんこくろん》』『観心本尊《かんしんほんぞん》抄《しょう》』『日蓮《にちれん》自《じ》筆《ひつ》遺《い》文《ぶん》』をはじめ、六四点の国宝・重要文化財が保存されている。
本院からしばらく北へ進むと、冨木常忍の館跡に建てられた法華堂、後に法華堂と改称された奥の院がある。

中山法華経寺から参道に沿って進み、両側に軒を連ねる昔風の茶店、屋台を眺めながら、京成中山駅に出て、今回の散策を終えた。今回も、葛飾早稲の故郷を探る目的であったが、都市化の波にのまれて葛飾早稲を生産していたと思われる田圃は見られなかった。しかし、『万葉集』に詠まれた阿須波神を祀る神社、葛飾早稲の歌の碑、勝間田の池の跡を訪ねながら、万葉の時代をかすかに偲ぶ散策となった。

交通▼京成電鉄上野駅で成田行きの電車に乗車、海神駅下車。

葛飾早稲コース（千葉県船橋市）

真間の手児名コース（千葉県市川市）

『万葉集』巻三に山部赤人《やまべのあかひと》、巻九に高橋虫麻呂《たかはしのむしまろ》が詠んだ真間《まま》の手児名《てこな》の歌が、また、巻一四に葛飾早稲《かつしかわせ》の歌が収録されている。これらの歌の所在地は、下総国葛飾郡《しもうさのくにかつしかのこおり》、現在の千葉県市川市が候補地の一つとされている。市川市は、千葉県の西端に位置する万葉故地の観光に熱心な市で、市内を散策すると、各所に万葉の歌を目にする。今回の散策では、真間《まま》の継橋《つぎはし》、手児奈霊神堂《てこなれいじんどう》などの万葉故地を訪ね、その周辺をめぐりながら、葛飾早稲の故郷を探ることにする。

入江橋の傍の万葉歌板

■真間の浦

秋葉原駅でJR総武線千葉行きの電車に乗ると、約三〇分で市川駅に着く。駅の北側の大通りに沿って進み、国道一四号線で左折すると、次の筋に大門通りがある。右折して北へ進む。この通りには、格子戸や銅板葺の味わいのある懐かしい民家が軒を連ね、これらの家々の塀や壁面に万葉歌のパネルが懸けられている。総数三一枚もあり、これ

真間の継橋

らのパネルを見ながら、万葉歌、詠み人、揮毫者名、絵などを鑑賞しながら散策が楽しめる。

京成電鉄の踏切を渡ってしばらく進むと、真間川《ままがわ》があり、入江橋が架かっている。その袂に、次の歌の万葉歌板がある。

葛飾《かづしか》の　真間《まま》の浦廻《うらみ》を　漕ぐ船の
船人騒《ふねびとさわ》く　波立つらしも　　一四・三三四九

この歌は、東歌の中の下総国の歌で——葛飾の、真間の浦の辺りを、漕いで通り過ぎる舟の、舟人が騒いでいる、波が立ってきたらしい——という意味である。市川市の資料によると、真間の浦は、真間川の少し南の辺りであったようである。入江橋の一つ東の橋は、「手児名橋《てこなはし》」で、この橋の袂にも万葉歌板が建っている。

■真間の継橋

入江橋から少し北へ進むと、真間《まま》の継橋《つぐはし》がある。弘法寺《ぐほうじ》の参道の途中に、わずか数メートルの長さの小橋が架けられている。橋の下には、川は流れておらず、かつて存在した橋の痕跡だけを記憶するモニュメ

真間の継橋の万葉歌碑

ントになっている。橋の傍には、万葉歌碑があり、歌枕ゆかりの場所として保存されている。現在の継橋は、欄干が朱塗りの石橋であるが、本来の橋は、川の中に柱を立てて、その上に板を継ぎ足した簡単なものであった。『船橋《ふなはし》紀行《きこう》』には、「継橋は想ひしに似ず小さくて見劣りのせらるれど」と記されている。

真間付近は、かつて入江になり、真間の浦が広がり、北の高台の上には、下総国の国府があり、古来より行き交う船の停泊地として栄えた。真間の浦には、砂州が広がり、そこを往来するには、橋が必要で、そのために継橋が架けられていた。「継橋」という名は、入江に杭を打って、砂州と砂州を繋ぐようにいくつもの板を継ぎ足して、橋が架けられていたことに由来する。

■真間の継橋の万葉歌碑

真間の継橋の傍に、次の歌が刻まれた万葉歌碑がある。

足《あ》の音《おと》せず　行かむ駒《こま》もが　葛飾《かづしか》の
真間《まま》の継《つ》ぎ橋《はし》　止《や》まず通《かよ》はむ
一四・三三八七

真間万葉顕彰碑　『万葉集』には、真間の手児奈の伝説を詠んだ山部赤人、高橋虫麻呂の歌や、詠み人知らずの真間の地を詠んだ歌が九首載せられている。そのうち、真間の井、手児名の奥津城、継橋の三首について、それぞれの歌のゆかりの場所に建てられたのが三つの真間万葉顕彰碑である。いずれも小松石製の高さ約一メートルの角柱で、万葉集の古歌を顕彰した最古の碑である。建立者は鈴木長頼で、碑文も長頼の筆である。碑の左右には、「住持上人日貞議　鈴長頼立碑勒銘」、背面には、建立時を示す「元禄九丙子仲春」の文字が刻まれている。

この歌は——足音を立てないで、行く馬が欲しい、葛飾の、真間の継橋を渡って、手児名のもとに絶えず逢いに行こう——という意味である。この万葉歌碑は、市長・冨川進《とみかわすすむ》氏の揮毫により、昭和四七年（一九七二）に建立された。継橋は、板を継いで渡した橋であるので、馬で渡ると、大きな音がした。作者は、音がしない馬があったら、継橋を渡っても他人に知られることはないのに、と口惜しがっている。馬は貴重なものであったので、馬の主は、下総国府の国造《くにのみやつこ》、郡司《ぐんじ》、あるいは有力者であったと思われる。

■継橋の万葉顕彰碑

この歌碑の向かい側に、「継橋《つぎばし》」の碑が建っている。この碑は、小さな角柱に「継橋」という文字を刻んだもので、「真間三碑《ままさんひ》」と呼ばれる万葉顕彰碑の一つである。「真間三碑」とは、継橋、手児名の奥津城《おくつき》、真間井《ままのい》の三つの碑をいう。元禄九年（一六九六）、弘法寺の日貞上人《にっていしょうにん》が、鈴木院《れいぼくいん》の修復落慶を記念して、修理長・鈴木長頼《すずきながより》と相談して、これらの顕彰碑を建立した。いずれも小松石で造られた、高さ約一メートルほどの角柱で、『万葉集』の歌を顕彰した最古の碑である。建立者は、

手児奈霊神堂

大工頭ながら学識の高かった鈴木長頼で、気品ある楷書の碑文も長頼の筆による。碑の左右には「住持上人日貞議鈴長頼立碑勒銘」の文字と、背面に建立時を示す「元禄九丙子仲春」の文字が刻まれている。

■手児奈霊神堂

継橋の先に「手児奈霊神堂《てこなれいじんどう》」と刻まれた大きな石標と「手児名の奥津城」の顕彰碑がある。日貞上人が元禄九年（一六九六）に建立した「真間三碑」の一つである。ここで右折して、敷石伝いに進むと、正面に手児奈霊神堂がある。

手児奈霊神堂の建立については、次の二説がある。その一つは、夢に現れた手児名の霊の導くがままに、里人が奥津城処《おくつきどころ》（墓所）と伝えるところに建てたという説である。他の一つは、日与上人《にちよしょうにん》が読経していると、手児名が現れ、「弘法寺の守護神にならん」といって姿を消したので、日与上人が奥津城に建てたという説である。

手児奈霊堂の南側には、真間の入江の名残をとどめる小さな池がある。手児名は、この入江で入水したと伝える。この池に生える葦は、片側だけに葉が付くといわれ、手児名が単身で入水した証とされている。

手児奈霊神堂前の万葉歌碑

■手児奈霊神堂前の万葉歌碑

手児奈霊堂の前には、次の歌が刻まれた万葉歌碑がある。

勝鹿《かつしか》の　真間《まま》の井《ゐ》みれば　立ち平《なら》し
水汲《く》ましけむ　手児名《てごな》し思ほゆ　　九・一八〇八

この歌は――勝鹿の、真間の井を見ると、道が平らになるまで絶えず行き来して、水を汲んだという、手児名が偲ばれる――という意味である。この歌は、勝鹿の真間の娘子を詠む歌一首并せて短歌の反歌で、高橋虫麻呂歌集《たかはしのむしまろかしゅう》出《で》の歌である。歌碑は、全面磨かれた扁平石で出来ており、弘法寺の日槇《にちみょう》の揮毫により、明治二年（一八六九）に建立された。

真間の手児名は、伝説上の美女で、多くの男に慕われたが、靡かずに入水したという話を聞いて、高橋虫麻呂は想像力を駆使して、手児名の劇的な物語を歌に詠んだ。

手児名については、二つの伝説がある。その一つは、『継子伝説《ままこでんせつ》』で、「手児名が継母の言いつけで、足繁く真間の井の水汲みに通い、まめまめしく働いて、継母に孝行をつくした」というものである。他の一つは、『手児名麗神略縁起《てこなれいしんりゃくえんぎ》』で、「下総国の国造の娘が、その美貌をこわれて、他の国の国造の息男に嫁いだが、後に、親同士の不和から、娘は謀られて海に流されたが、漂着したところが故郷の真間の浦であったので、名告らず、浜辺に葦屋を組んで密かに暮らした」というものである。

亀井院の真間の井

■亀井院

手児奈霊堂の北側に、亀井院《かめいいん》がある。眞間山弘法寺《ままさんぐほうじ》亀井院と号する日蓮宗の寺で、本尊は三宝尊《さんぽうそん》である。この寺は、寛永一五年（一六三八）、弘法寺第一六代・日立上人《ひたちしょうにん》によって、貫首の隠居寺として建てられ、当初、「瓶井坊《かめいぼう》」と称していた。瓶井という名は、瓶に水をたたえたように湧き水が満ち溢れていたことに由来する。

元禄九年（一六九六）、鈴木長頼《すずきながより》は、亡父・長常《ながつね》を瓶井坊に葬り、坊を修復して、「鈴木院《れいぼくいん》」と改称した。宝永二年（一七〇五）、長頼が日光東照宮の石を当院の石段に流用した廉《かど》で、幕府に咎められ、切腹した後、「亀井」と呼ばれていた真間の手児名にちなみ、亀井院と改称した。『江戸名所図会』には、弘法寺の支院の一つとして「亀井坊《かめいぼう》」の名称が見える。

真間の井の万葉歌碑

■真間の井の万葉歌碑

亀井院の境内に、真間《まま》の井《い》の万葉歌碑がある。

勝鹿《かつしか》の　真間《まま》の井《ゐ》みれば　立ち平《なら》し
水汲《く》ましけむ　手児名《てごな》し思ほゆ
九・一八〇八

この歌は――勝鹿の、真間の井を見ると、道が平らになるまで絶えず行き来して、水を汲んだという、手児名が偲ばれる――という意味である。この地で伝えられていた手児名の伝承をもとに、高橋虫麻呂《たかはしのむしまろ》が詠んだ歌である。

手児名については、美人であったがゆえに、多くの男性から求婚され、自分のために多くの男たちが争うのを見て、男たちの心を騒がせてはならないと思って、真間の入江に身を沈めたとか、継母に仕え、真間の井の水を汲んでは、孝養を尽くしたとか、手児名は国造の娘でその美貌を請われ、ある国の国造の息子に嫁したが、親同士の不和から、海に流され、漂着した所が生まれ故郷の真間の浦辺であったとか、さらには、神に仕える巫女であった、とするなど、種々の形を変えて伝承されている。

弘法寺の仁王門

■弘法寺

真間の井の北の高台に弘法寺《ぐほうじ》がある。弘法寺は、真間山《ままさん》と号する日蓮宗の寺で、本尊は釈迦如来《しゃかにょらい》、三宝尊《さんぽうそん》である。天平九年（七三七）、行基《ぎょうき》が東国を巡錫していたとき、手児名の故事を聞いて、祠の傍に一寺を建て、「求法寺《ぐほうじ》」と名付けて、法筵《ほうえん》を敷く傍ら、手児名の霊を供養した。その後、弘仁一三年（八二二）、空海が来遊し、七堂伽藍を建立して、真間山弘法寺と改称し、天台宗の寺とした。

建治元年（一二七五）、時の住持・了性法印尊信《りょうしょうほういんそんしん》と、中山法華経寺《なかやまほけきょうじ》・富木常忍《ときじょうにん》との間に問答があり、日蓮上人は六老僧の伊予房日頂上人《いよぼうにっちょうしょうにん》を対決させた。その結果、日頂上人が法論に勝ったので、それ以来、弘法寺は法華経の道場となり、日蓮上人《にちれんしょうにん》を開基、日頂上人が開山となり、弘安元年（一二七八）、寺名を弘法寺に改め、日蓮宗に改宗した。

境内には、日蓮の真刻と伝える太刀大黒天像《たちだいこくてんぞう》を祀る大黒堂《だいこくどう》、鐘楼、仁王門《におうもん》、伏姫桜《ふせひめざくら》と呼ばれる枝垂桜があり、小林一茶《こばやしいっさ》、水原秋桜子《みずはらしゅうおうし》、富安風生《とみやすふうせい》などの句碑がある。

崖を意味する真間の石段を登っていくと、「泣き石」と呼ばれるいつも濡れた石がある。石段の上に仁王門があり、運慶の作と伝える仁

須和田遺跡

王像を安置する。この門の扁額「真間山《ままさん》」は空海の筆という。仁王門を潜ると、正面に祖師堂があり、その左側に客殿、本殿が並び、少し離れて大黒堂、龍神堂があり、それらは大回廊で繋がっている。

祖師堂には、開祖の日蓮上人像、その両側に日常上人像、日頂上人像が安置されている。本殿には、「南無妙法蓮華経」の題目を書した宝塔、釈迦如来像、多宝如来像の一塔両尊が安置されている。

宝物殿には、一尊四士《いっそんよんし》（釈迦如来《しゃかにょらい》と脇士に上行《じょうぎょう》・無辺行《むへんぎょう》・浄行《じょうぎょう》・安立行《あんりつぎょう》の四菩薩）、書碩《しょせき》、画、写経、古文書類など、数多くの文化財が所蔵されている。大黒堂には、日蓮が長く所持していたと伝える太《た》刀大黒天像《ちだいこくてんぞう》が安置されている。

■須和田遺跡

弘法寺から東へ進むと、須和田公園《すわだこうえん》がある。この公園は、弥生時代中期から平安時代初期にかけての集落遺跡で、「須和田遺跡《すわだいせき》」と呼ばれている。縄文時代前期の小貝塚がわずかに見られるほか、弥生時代中期から平安時代までの複合集落遺跡である。弥生時代後期の住居址や、弥生式土器の「須和田土器《すわだどき》」、土師器の「真間式土器《まましきどき》」、「国分式《こくぶしき》

国分寺

土器《どき》」などが発掘されている。

この公園の正門の右側には、昭和四二年（一九六七）、市川在住の日中友好活動家らによって建立された「郭沫若《かくまつじゃく》の詩《し》」碑がある。郭沫若は、昭和三年（一九二八）～昭和一二年（一九三七）の一〇年間、須和田に居住し、甲骨文字や殷周青銅器の研究をしていた。

■国分寺・国分尼寺跡

須和田公園の西側の道をしばらく進むと、国分寺《こくぶんじ》がある。国分山《こくぶさん》と号する真言宗豊山派の寺で、本尊は薬師如来《やくしにょらい》である。本堂は、昭和一七年（一九四二）に再建されたもので、旧薬師寺の金堂基壇の上に建てられている。創建当時に建てられた金堂、七重塔、講堂などは残されていない。

天平一三年（七四一）、聖武天皇の勅願によって、「金光明《こんこうみょう》四天王《してんのう》護《ご》国之寺《こくのてら》」と呼ばれる僧寺（国分寺）と、「法華滅罪《ほっけめつざい》之寺《のてら》」と呼ばれる尼寺（国分尼寺《こくぶんにじ》）を全国に建立する詔が出され、下総国にも国分寺と国分尼寺が建設された。国分寺のほとんどは、東大寺の伽藍様式であったが、下総国の国分寺は、法隆寺の伽藍様式で、金堂と七重塔が横に並び、その中央の奥に講堂があった。

竺園寺

国分寺の北側の道を北西へ進むと、「国分尼寺公園《こくぶんにじこうえん》」があり、この地は国分尼寺跡《こくぶんにじあと》である。昭和七年（一九三二）、金堂、講堂の基壇が確認され、「尼寺」と墨書きされた土器も発見され、国分尼寺跡と確定された。江戸時代には、「昔堂《むかしどう》」と呼ばれる堂があり、周辺は馬捨場になっていたと伝える。公園の北側には、その名残の馬頭観音石塔、石碑がある。

■竺園寺

国分尼寺跡から畑の中に住宅が点在する中を東へ進む。この付近は高台になっており、畑にはいろいろな野菜が植えられているが、田圃は見当たらない。

坂を下っていくと、竺園寺《ちくおんじ》がある。竺園寺は、石井山《いしいさん》と号する臨済宗大徳寺派の寺で、本尊は釈迦牟尼仏《しゃかむにぶつ》である。下総霊場一八番札所で、長享二年（一四八八）、喜州和尚《きしゅうおしょう》が開基したと伝える。閑静な雰囲気が漂う寺である。

本堂右手に円通堂、その横には「石井泉《いしいせん》」と呼ばれる古くからの湧き水がある。墓地には、応永年間（一三九四～一四二八）から文政年間（一八一八～一八三〇）に至る古い墓石、馬頭観音像などがある。

安国寺

蓮正寺

竺園寺の東のバス通りに沿って南へ進み、国分のバス停で左折して、しばらく喧噪な道路に沿って進む。曽谷坂上バス停の先のレストランで右折して、坂を下っていくと、蓮正寺《れんしょうじ》がある。蓮正寺は、現得山《げんとくさん》と号する日蓮宗の寺で、本尊は十界曼荼羅《じっかいまんだら》である。創建は、建治年間（一二七五～一二七八）と伝える。

安国寺

蓮正寺から坂を登っていくと、安国寺《あんこくじ》がある。安国寺は、長谷山《はせさん》と号する日蓮宗の寺で、本尊は、十界曼荼羅、日蓮上人《にちれんしょうにん》である。文応元年（一二六〇）、この地の領主・曽谷教信《そやきょうしん》が日蓮上人に帰依し、立正《りっしょう》安国論《あんこくろん》にちなんで、館の傍に安国寺を創建したのに始まる。康正二年（一四五六）、曽谷氏は滅亡し、その後、境内も荒れ果て、妙見堂《みょうけんどう》のみが残されたが、寛文九年（一六六九）、日順上人《ひじゅんしょうにん》が諸堂を再建し、中興したと伝える。

延享元年（一七四四）、江戸の儒学者・服部南郭《はっとりなんかく》と書家・松下雨石《まつしたうせき》

（烏石《うせき》）が、境内に王羲之《おうぎし》の像を安置する宮を建て、鳥居には雨石の書による「晋右軍王公廟《しんゆうぐんおうこうびょう》」の石額を掲げ、その由来を刻した石碑も建てた。このため、多くの文人墨客が訪れたと伝えるが、現在では、それを偲ぶものは残されていない。

■曽谷貝塚

安国寺の前の道を東北へ進むと、バス通りに面して春日神社《かすがじんじゃ》がある。祭神は天児屋根命《あめのこやねのみこと》である。春日神社から三叉路で左折し、千葉興銀の先で民家の間を少し進むと、もう一つの春日神社がある。祭神は、天児屋根命である。

この神社の辺りは、縄文時代後期の貝塚の跡で、「曽谷貝塚《そやかいづか》」と呼ばれ、曽谷式土器《そやしきどき》の標式遺跡としても知られている。緩やかに傾斜する台地上にあり、貝塚は窪んだ中央部の周囲に形成され、窪地周辺の土手上の高まりから外側にかけて、竪穴住居跡《たてあなじゅうきょあと》が発見されている。

貝塚の規模は、東西約二一〇メートル、南北約二四〇メートルで、単独の馬蹄形貝塚《ばていけいかいづか》としては日本でも最大級である。貝の種類は、ハマグリを主体とし、ハイガイ、サルボウ、イボキサゴ、オキシジミなど

国分寺・国分尼寺　天平一三年（七四一）、聖武天皇は、仏教による国家鎮護のため、各国に七重塔を建て、『金光明最勝王』と『妙法蓮華経』を写経すること、自らも金字の『金光明最勝王経』を写し、塔ごとに納めること、国ごとに国分僧寺と国分尼寺を一つずつ設置し、僧寺の名は金光明四天王護国之寺、尼寺の名は法華滅罪之寺とすること、などの詔を出し、大和国の東大寺と法華寺は、総国分寺、総国分尼寺とし、全国の国分寺、国分尼寺の総本山と位置づけた。

である。竪穴住居は、窪地周囲の土手状の高まりの頂部から外側にかけて、また、貯蔵穴と推定されるピットは、高まり頂部から少し入ったところに多く発掘されている。埋葬人骨も特に集中することなく、高まりの頂上付近で点々と発見されている。

■本将寺

曽谷貝塚からバス通りまで戻り、市川松戸有料道路を潜り、交差点の先でセイコーインスツルメンツの工場の前の道へ入って東進する。梨風公園への階段を登り、さらに進むと、迎米公民館《むかいごめこうみんかん》がある。この北側の道を東へ進むと、本将寺《ほんしょうじ》がある。本将寺は、皆原山《かいげんさん》と号する日蓮宗の寺で、本尊は、一塔両尊四《いっとうりょうそんよん》菩薩《ぼさつ》、日蓮上人《にちれんしょうにん》である。

正応五年（一二九二）日蓮上人の直弟子の日宝上人《にっぽうしょうにん》によって開創された。日宝上人は、地元の豪族曽谷氏の一族（四郎右衛門《しろうえもん》直秀《なおひで》）で、中山法華経寺で日蓮上人の説法を聞き、熱心な信者になったと伝える。

■市川市万葉植物園

本将寺からさらに東へ進み、坂を下って登り返すと、大柏小学校があ

古代の葛飾　古代の葛飾郡は、下総国の西端に位置していた南北に長い広大な郡で、現在の行政区では、南は東京都墨田区、江東区、葛飾区、江戸川区、千葉県市川市、船橋市西部、北は埼玉県杉戸町、茨城県五霞町に及ぶ。葛飾郡の西部は複数の河川が流れる中川低地、東京低地、東部は下総台地が広がる。利根川や太日川が郡の内部を流れており、葛飾郡はこれらの河川の下流から中流域までを含んでいた。「かつしか」の「かつ」は丘陵や崖を指し、「しか」は砂州や低地という意味を持ち、「かつしか」は、旧太白川（江戸川）筋を境とした東側に下総台地、西側に低地が広がる、という特徴的な地形に由来するという説がある。

市川市万葉植物園

る。この東北端で左折して、住宅の間を北へ進むと、市川市万葉植物園《いちかわしまんようしょくぶつえん》がある。この植物園には、約一九七種類の万葉植物が植栽され、その脇の説明板に、植物名、万葉歌、詠み人などが示されている。筆者は全国の万葉故地を訪ねているが、これほど手入れが行き届いた万葉植物園は珍しく、貴重である。この植物園に八月に訪れると、おほやが原に関係した「ジュン菜」が、九月下旬に訪れると武蔵野の「ウケラが花」が見られるなど、武蔵国関連の万葉植物に出会うことが出来る。

市川万葉植物園から北へ進み、ＪＲ武蔵野線市川大野駅へ出て、今回の散策を終えた。今回は、真間の継橋、手児名霊堂、国分寺、国分尼寺跡、市川万葉植物園を訪ねる充実した散策となった。しかし、国府台地は、今でも畑作が中心であり、葛飾早稲の生産地としては、江戸川の流域以西に求めた方がよいと思われた。

交通▼秋葉原駅でＪＲ総武線千葉行きの電車に乗車、市川駅で下車。

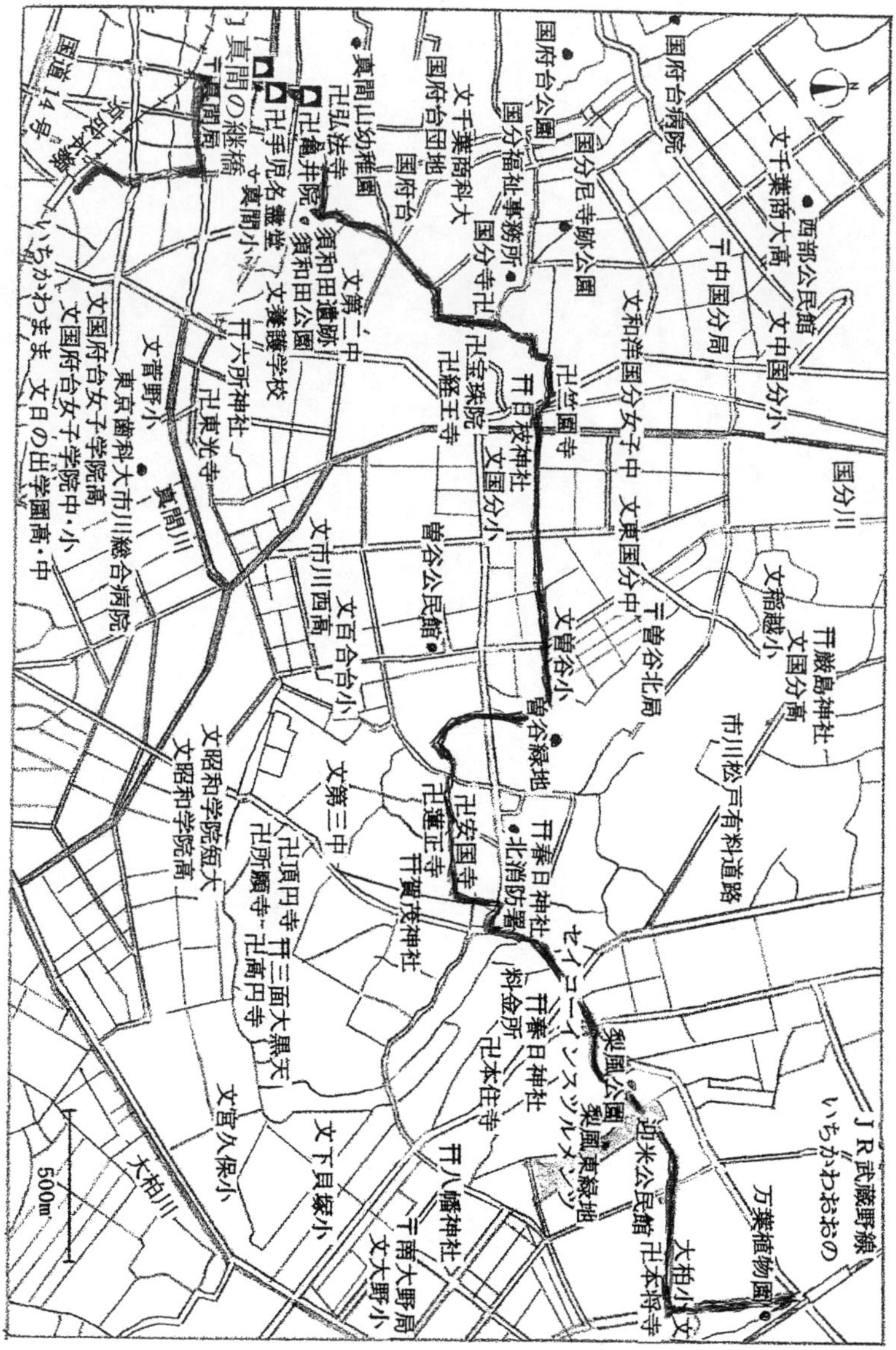
国府台病院
文千葉商大高
西部公民館
文中国分小
〒中国分局
国府台公園
国分尼寺跡公園
文和洋国分女子中
国分福祉事務所
国分寺卍
卍竺園寺
国分川
文稲越小
开駁島神社
文国分高
市川松戸有料道路
文東国分中
〒曽谷北局
文曽谷小
曽谷緑地
曽谷公民館
文国分小
开日枝神社
卍宝珠院
卍経王寺
文千葉商科大
国府台団地
国府台
真間山幼稚園
卍弘法寺
卍亀井院
卍手児名霊堂
〒真間小
須和田遺跡
須和田公園
文第二中
文養護学校
开六所神社
卍東光寺
文市川西高
文百合台小
文第三中
卍安国寺
卍蓮正寺
开賀茂神社
开春日神社
北消防署
卍頂円寺
卍所願寺
开三面大黒天
卍南円寺
文昭和学院短大
文昭和学院高
文宮久保小
文下貝塚小
大柏川
开八幡神社
〒南大野局
文大野小
开春日神社
卍本住寺
料金所
セイコーインスツルメンツ
梨風公園
梨風東緑地
迎米公民館
卍本将寺
大柏小
JR武蔵野線
いちかわおおの
万葉植物園
真間川
文菅野小
東京歯科大市川総合病院
文国府台女子学院高
文国府台女子学院中・小
文日の出学園高・中
いちかわまま
京成本線
国道14号
〒真間局
真間の継橋
500m

真間の手児名コース

第五章　ＪＲ武蔵野線・東武野田線沿線

葛飾早稲コース（千葉県流山市茂侶神社）

雷神社

『万葉集』巻一四の東歌の未勘国相聞歌《みかんこくそうもんか》百十二首の中に、葛飾早稲《かつしかわせ》が詠まれた歌がある。万葉の時代の葛飾郡は、下総国西端に位置し、現在の行政区では、北は茨城県五霞町、埼玉県杉戸町、南は東京都墨田区、江東区、江戸川区、葛飾区、東は千葉県市川市、船橋市西部に及ぶ江戸川流域の南北に細長い地域であった。これらの地域は、江戸川を中心にして、いずれにも周辺に古代遺跡があり、人々が居住し、稲作を営んでいたと想像されている。今回の散策では、流山市三輪野山《ながれやましみわのやま》の茂呂神社《もろじんじゃ》の葛飾早稲の万葉歌碑を訪ね、その周辺の史跡をめぐり、葛飾早稲の生産地を探ることにする。

■雷神社

JR上野駅で常磐線の電車に乗り、新松戸駅で武蔵野線の電車に乗り換えると、約五〇分で南流山駅に着く。南流山駅の北側に出て、東北へ進み、県道白井流山線を横切って直進すると、鰭ケ崎小学校《ひれがさきしょうがっこう》がある。右折して小学校の南側を進み、その南西端で右折してしばらく進むと、雷神社《いかづちじんしゃ》がある。祭神は別雷大神《わけいかづちのおおかみ》である。『流山市史』には、「創建の年月確然とは知るを得ざれども、今を去る二五〇年前即ち寶永五年（一七〇八）再建し、後猶享和年間に建立せしといふ。（中略）境内に六社の大神とて、祭神伊弉諾命、伊弉冊命、天照大神、素盞嗚命、月讀命、蛭子命を同社に合祀せり」とある。

この神社では、享保年間（一七一六～一七三六）から伝わり、流山市の無形民俗文化財に指定されている「鰭ヶ崎おびしゃ行事」が年頭に行われる。境内に立てられた赤鬼・青鬼の的に向って、拝殿から七福神に扮した当番や役員が矢を射て、その年の吉凶を占う。

「おびしゃ」については、『御備社記念《おびしゃきねん》』に、「社に備えるといった語源からお備社《びしゃ》といわれる」とある。関東地方の各地に伝わる正月の行事で、もとは宮中や武家で年頭に催された弓の神事であったが、この地方では、邪悪を退散させ、豊作を祈願する弓の神事となった。

■東福寺

雷神社から元来た道まで戻り、鰭ヶ崎小学校の東側を通り、鰭ヶ崎

先代旧事本紀　平安初期に編纂された歴史書。『古事記』『日本書紀』『古語拾遺』などの引用があるので、大同二年（八〇七）以後の成立と推定されている。全一〇巻、神代から推古天皇に至る歴史や、『国造本紀』という独自の記録もある。著者は未詳。『天孫本紀』には、自然や祭祀と密接な古代人の精神文化を背景に、物部氏の立場から日本古代を通史的に記す。『天孫本紀』『国造本紀』などは、古代史の史料として重要である。

東福寺

郵便局で右折してしばらく進むと、東福寺《とうふくじ》がある。東福寺は、守龍山《しゅりゅうさん》証明院《しょうめいいん》と号する真言宗豊山派の寺で、本尊は薬師如来《やくしにょらい》である。弘仁五年（八一四）、弘法大師による開山と伝える。この寺の縁起については、次の伝承がある。

「弘法大師が東方の国々を巡錫して当地を訪れたとき、五色池に住む竜王が老翁の姿になって現れ、『薬師如来が常住すべき土地であるから、瑠璃光仏を彫って寺を建てて欲しい』と懇願した。早速、大師は仏像を彫ろうとしたが、材料の御衣木《みそぎ》がなく困っていると、突然竜が現れ、霊仏を大師に捧げた。大師はこれを補修して、薬師如来像を彫り、お堂を建てて、この像を安置した」と。

急な石段を登ると、仁王門があり、その両側に運慶の作と伝える金剛力士像が安置されている。仁王門を潜ると、中央に銀杏の大木があり、これを囲むように、鐘楼、太子堂、本堂、中門がある。本堂には、薬師如来像と不動明王像を安置する。中門は、日光東照宮を造営する際に寄進された材料を用いて建立されたと伝える。この門の鴨居の蟇《かえる》股《また》には、目に釘が打ち込まれた鴨が彫られている。この鴨は左甚五郎《ひだりじんごろう》の作と伝え、「目つぶしの鴨」と呼ばれている。この鴨については、次の逸話が残されている。

千仏堂（東福寺奥の院）

「昔、毎晩田や畑が荒らされるので、村人が寝ずの番をしていると、ある日一羽の鴨が田や畑を荒らしていた。鴨の後をつけると、東福寺の山門のところで見えなくなったが、よく見ると、山門の彫刻の鴨の足に泥がついていた。そこで、村人が五寸釘を鴨の眼に打ち付けると、田畑は荒らされなくなった」と。

この寺には、紙本淡彩大日如来像《しほんたんさいだいにちにょらいぞう》、絹本著色道興大師像《けんぽんちゃくしょくどうきょうたいしぞう》、二十一《にじゅういち》仏板碑《ぶついたび》、俵藤太百足退治《たわらのとうたむかでたいじ》の絵馬などがある。

■千仏堂（東福寺奥の院）

本堂の背後の急な石段を降り、車道を横断して、坂を登っていくと、東福寺の奥の院である千仏堂《せんぶつどう》がある。本尊は阿弥陀如来《あみだにょらい》である。千仏堂は、千体仏《せんたいぶつ》を安置する堂で、左右の壁に各一〇段、一段ごとに五〇体ずつ、合計千体の小阿弥陀如来が祀られている。

■三本松古墳

千仏堂から車道に沿って進み、東武流山線の上を通り過ぎると、頭

三本松古墳

上をまたぐ陸橋があり、その先に階段がある。この階段を登って畑を横切り、左手の民家の横の細い道を辿ると、三本松古墳《さんぼんまつこふん》の頂上に出る。三本松古墳は、全長約二五メートル、後円部径約一七メートル、最大高さ約二・五メートルの前方後円墳である。この古墳から、円筒埴輪や人物埴輪が出土しており、古墳が築造された時期は、六世紀頃と推定されている。

この古墳の頂上には、「下総國鰭崎邨古冢碑《しもふさのくにひれがさきむらこちょうひ》」がある。この碑は、文政一一年（一八二八）、鰭ケ崎《ひれがさき》村の名主・渡辺睦《わたなべむつみ》が建立した。この碑には、「睦の祖父である渡辺充房《わたなべみつふさ》と父の寅《とら》が天明の飢饉のとき、古墳を掘って財宝を掘り出し、食べ物に換えようとした村人がいたが、これをやめさせ、私財を投じて農民を飢えから救った」と記されている。撰文は江戸時代の儒学者・成島築山《なるしまちくざん》、書は幕末の三筆と称される書家・市河米庵《いちかわべいあん》、碑の上方の篆額は、幕府の役人・戸川安恵《とがわあんけい》である。

■熊野神社

三本松古墳から車道に沿ってしばらく進み、思井福祉会館の先の筋を左折すると、丘陵への登りとなり、登り詰めたところに熊野神社《くまのじんじゃ》が

熊野神社

ある。祭神は、櫛御気野命《くしみけのみこと》である。境内には、延宝三年（一六七五）銘の阿弥陀如来石塔《あみだにょらいせきとう》、十九夜塔《じゅうくやとう》などがある。

さらに、この神社の境内には、幹が根元から五本に分かれた椎の巨木があり、次の伝承がある。

「紀州国の熊野本宮から分霊のために守札が送られて来たとき、守札が入った箱に椎の実が一粒入っていた。粗末にはできないと、境内に蒔くと、成長して八つの幹に分かれて育った。当時、この神社を信仰していたのは八部落で、これらを統合して、八木村が誕生した。その後、いくつかの部落が消滅していくと、幹が一本ずつ枯れ、五部落になって、幹は五本になった」と。

■耳だれ地蔵

熊野神社の少し先に犬塚《いぬづか》がある。その背後の木立の中に「耳《みみ》だれ地《じ》蔵《ぞう》」がある。小さな祠の中に地蔵菩薩像《じぞうぼさつぞう》が祀られている。元禄三年（一六九〇）、熊野神社の隣にあった薬師院《やくしいん》が廃寺になったとき、この地へ移されたと伝える。中・外耳炎などの耳の病にご利益のある地蔵として周辺の人々の信仰を集めている。

愛染堂

■本覚寺

耳だれ地蔵から集落の中を抜け、車道で右折してすぐのところに本《ほん》覚《かく》寺《じ》がある。本覚寺は、感王山《かんおうさん》と号する日蓮宗の寺で、本尊は釈迦牟《しゃかむ》尼《に》仏《ぶつ》である。本堂には、鬼子母神立像《きしもしんりゅうぞう》、十羅刹女立像《じゅうらせつにょりゅうぞう》も安置する。建武元年（一三三四）、松本坊・日念上人《にちねんしょうにん》により創建された。

鬼子母神は、仏教説話に説かれる女神で、多くの子を産んだが、他人の子を殺して食べるので、仏陀がこれを戒めたところ、仏教に帰依するようになり、守護神となった。古くから出産育児の神として祀られたが、とくに、日蓮宗では、十羅刹女とともに、法華経の行者を擁護する神として崇拝されている。

■愛染堂

本格寺の先の信号のある交差点で右折してしばらく進むと、愛染堂《あいぜんどう》がある。愛染堂は、延徳年間（一四八九〜一四九二）に創建された旧《きゅう》長福寺《ちょうふくじ》の堂の名残で、堂内には愛染明王坐像《あいぜんみょうおうざぞう》を安置する。中地区にあったので、「中愛染堂《なかあいぜんどう》」と呼ばれている。

愛染明王像は、見事な衣紋の彫り、丁寧な盛上彩色などが施され、江戸時代の彫刻の技巧が窺える。付近には、正徳四年（一七一四）銘の六地蔵、永和三年（一三七七）銘の宝篋印塔《ほうきょういんとう》がある。

■真城院

愛染堂から交差点まで戻り、北へ進むと、真城院《しんじょういん》がある。真城院は、金潮山《きんちょうさん》と号する真言宗智山派の寺で、本尊は千手観世音菩薩《せんじゅかんぜおんぼさつ》である。江戸川八十八所霊場第十二番札所である。鎌倉時代に鑁照阿闍梨《ばんしょうあじゃり》によって開創され、その後、新潟城主・寄居《よりい》土佐守《とさのかみ》の祈願所となった。創建当初、本堂、観音堂、地蔵堂、金毘羅堂などがあったが、明治初期の災火で諸堂全てを焼失し、本堂のみとなっている。

本堂内陣中央に大日如来像《だいにちにょらいぞう》、向かって左に地蔵菩薩像《じぞうぼさつぞう》、右に礼所本尊の千手観世音菩薩像《せんじゅかんぜおんぼさつぞう》、摩利支天像《まりしてんぞう》、歓喜天像《かんきてんぞう》を安置する。無住職の寺で、境内には、十九夜塔、聖徳太子像、六地蔵などがある。

本尊の千手観世音菩薩像は、弘法大師作と伝える一寸八分の木像である。昭和五三年（一九七八）、新たに等身大の檜造千手観世音菩薩像が造顕され、本尊の千手観世音菩薩像はその頭部に納められた。

千手観世音菩薩　『千手観音大悲心陀羅尼経』には、千手とは、千手観音が持つ四〇の手に二十五有界（輪廻の世界を二五種に分けたもの）を乗じた数であると説く。千の目で一切衆生の願いを見届け、千の手で救済する。千という数字は、人々を救う働きが無限であることを示す。仏容は、頭上に一一面か二七面をつけ、額に縦方向に一眼がある。手は四二臂で、合掌印の手の他の四〇を彫ったものが多く、それぞれの手に眼が付いていて、苦悩する人々の悩みをことこまかに見届ける。また、四〇の手には、宝剣、数珠、羂索、三鈷、宝弓、宝珠など四〇近くの持物を持つ。

光照寺

光照寺

真城院からさらに先へ進むと、光照寺《こうしょうじ》がある。光照寺は、加村山《かそんさん》勝林院《しょうりんいん》と号する浄土宗の寺で、本尊は阿弥陀如来《あみだにょらい》である。天正二〇年（一五九二）、時宗の僧・但阿弥陀佛上人《たんあみだぶつしょうにん》により開創され、寺号を光久寺《こうきゅうじ》と称した。その後しばらく中絶していたが、正保元年（一六四四）、心誉上人《しんよしょうにん》が中興して、浄土宗となり、寺号を光照寺と改めた。平成五年（一九九三）、創建四〇〇年を記念して、本堂が再建された。

境内には、山岡鉄舟《やまおかてっしゅう》が墓石に揮毫した須藤力五朗《すどうりきごろう》の墓がある。『田中村誌』によれば、力五朗は、幕末に船戸（現柏市）の代官を務めた人で、善政をしたので、「須藤霊神《すどうれいしん》」としてこの地方の人々から崇められていたが、帰属する田中藩が新政府軍に帰順したときに、反抗したので、泥酔しているところを闇討ちされたと伝える。

本妙寺

光照寺から細い道を進むと、本妙寺《ほんみょうじ》がある。本妙寺は、頂光山《ちょうこうさん》と号する日蓮宗の寺で、本尊は釈迦牟尼仏《しゃかむにぶつ》である。正中元年（一三二四）、

浄蓮寺

松本坊日念《にちねん》による開山である。

■総合運動公園

本妙寺から少し南の筋を東へ進むと、総合運動公園がある。総面積が約一七・九ヘクタールにも及ぶ広大な公園である。園内には、総合体育館、陸上競技場、野球場、テニスコートなど各種の運動施設、アスレチック、ピクニック広場、日本庭園などがある。

公園の東側には、平成三年（一九九一）に開催された流山トーテムポール国際大会の名残の約八〇本のトーテムポール群がある。

■浄蓮寺

総合運動公園の東北端に浄蓮寺《じょうれんじ》がある。浄蓮寺は、理性山《りしょうざん》と号する日蓮宗の寺で、本尊は釈迦牟尼仏《しゃかむにぶつ》である。寛永八年（一六三一）の創建である。

身延山《みのぶさん》久遠寺《くおんじ》の日朝上人《にっちょうしょうにん》（中興）を祀っていることから「日朝《にっちょう》さま」として近隣の人々から親しまれている。また、古から「眼病平癒」の寺として関東一円から信仰を集めている。眼病平癒を祈願する人々は、まず、寺で水を貰って目を洗い、その後、小絵馬を奉納する習わしになっている。このため、向かい「め」の字、拝みなどの保存状態のよい小絵馬約二〇〇〇点余りが保存されている。

■円東寺

浄蓮寺から北の丘陵地の細道を進む。集落を抜けたところに無住職の円東寺《えんとうじ》がある。円東寺は、延命山《えんめいさん》と号する真言宗豊山派の寺で、本尊は大日如来《だいにちにょらい》である。元和年間（一六一五～一六二四）の創建と伝える。新四国江戸川八十八ヶ所四十七番と六十九番を兼ねる札所である。

寺宝には、石造十二神将像がある。境内から、縄文時代の竪穴式住居が多数発掘され、数千年前から、この地に人々が暮らしていたと推定されている。

■茂侶神社

円東寺の北の道を北から西へ巻くように進む。この辺りは、雑木林

茂侶神社

茂侶神社北部の畑

が多く残されており、その所々に民家が建ち、落ち着いた雰囲気の中を散策することが出来る。西寄りのところで北へ進むと、茂侶神社《もろじんじゃ》の東に出る。祭神は大物主命《おおものぬしのみこと》で、奈良県の三輪山にある大神神社《おおみわじんじゃ》の分霊が祀られたと伝える。

『延喜式《えんぎしき》』神名帳《じんみょうちょう》に、「下総国葛飾郡二座　茂侶神社　意富比神社」とある式内社に比定されている。下総国葛飾郡には、船橋市船橋町、松戸市小金原にも茂侶神社があり、何れが式内社に該当するかについては議論の余地がある。

『旧史旧跡』によれば、茂侶神社の縁起は次のようになっている。

「景行天皇の御代に、東国に派遣された御諸別王《みもろわけのおう》の子孫である上毛野《かみつけぬの》君《きみ》や下毛野君《しもつけぬのきみ》の一族がこの地にやって来て、この地が大和国の三輪山に似ているので、『三輪の山』と呼んで住み着き、やがて故郷の大神神社の分霊を祀り、茂侶神社を創建した。下毛野君の始祖・豊城入彦命《とよきいりひこのみこと》が茂侶神社と名付けたが、貞観二年（八六〇）、三輪神社に改称され、大正七年（一九一八）、茂侶神社に戻された」と。

このため、社名の「茂呂（茂侶）」は、三輪山の旧名「御諸山《みもろやま》」の「モロ」とされ、この神社が鎮座する台地は、「三輪山《みわやま》（三輪野山《みわのやま》）」と呼ばれている。

茂侶神社の万葉歌碑

■茂侶神社の万葉歌碑

この神社の一の鳥居を潜ると、左側に次の歌が刻まれた万葉歌碑がある。

にほとりの　葛飾《かづしか》早稲《わせ》を　にへすとも
そのかなしきを　外《と》に立てめやも
一四・三三八六

この歌は――今夜は初物の早稲米を神に捧げる新嘗の晩である、門を閉ざして神の恩恵に感謝し、男女ともに清浄であるべき晩であるが、わたしはあの人が恋しい、もしも今夜あの人が訪れたら、こんな寒い夜に外になんか立たせておかないでしょう――という意味である。この万葉歌碑は、渡辺一雄（澄水）氏の揮毫により、昭和五七年（一九八二）に建立された。

万葉の時代には、新嘗祭は、未婚の処女の娘が行う習わしであった。娘は、潔斎して、家には神以外は誰も入ることが出来なかった。この歌から、この神聖な掟を破ってまでも愛する人を家に入れようとする娘のひたむきな心情が伝わってくる。

天神社

葛飾早稲の生産地については、三郷市《みさとし》早稲田《わせだ》、野田市《のだし》中根町《なかねちょう》、流山《ながれやま》市三輪野山町《しみわのやまちょう》、船橋市《ふなばしし》葛飾《かつしか》、東京都葛飾区《とうきょうとかつしかく》などがあり、諸説が入り乱れて混沌としている。流山市については、『日本地理資料《にほんちりしりょう》』に、「八木《やぎ》胤家《たねいえ》は、相馬師常《そうまもろつね》の子で、地頭職を務め、八木式部太夫《やぎしきぶたゆう》を名告っていて、文永年間（一二六四〜一二七五）の香取神宮の造営に際し、西廊下一棟を八木郷の課役として寄進している。八木胤家の葛飾八木郷は早稲が取れ、それが古歌に出てくる『葛飾《かつしか》の室《むろ》の早稲《わせ》』である」とある。「室」はムロで、モロ（茂侶）に通じ、茂侶神社や茂侶郷を意味していることから、葛飾早稲の生産地がこの地であると比定している。しかし、茂侶神社は、流山台地の上にあり、その周辺では畑作が営まれており、水田が見られないので、葛飾早稲の生産地とするのは難しいと思われた。

■天神社

茂侶神社の東側の道を東へ進む。かやのき保育園の横で左折して、畑の中の道を進むと、集落の中程に天神社《てんじんしゃ》がある。祭神は菅原道真《すがわらのみちざね》である。境内には、享保九年（一七二四）銘の庚申塔、天保一一年（一

稲荷神社

八四〇）銘の石燈籠がある。

■稲荷神社

天神社から車道に沿ってしばらく東へ進むと、稲荷神社《いなりじんじゃ》がある。祭神は宇迦之御魂命《うかのみたまのみこと》である。拝殿には、文化八年（一八一一）銘の「梅の図」と呼ばれる絵馬が奉納されている。境内には、明和二年（一七六五）銘の庚申塔、文化一二年（一八一五）銘の三日月不動明王像《ふどうみょうおうぞう》がある。

稲荷神社から車道に沿って進み、二つ目の交差点で左折して、初石出張所の前を通って東武野田線初石駅へ出て、今回の散策を終えた。今回は、未だ雑木林や畑が広がる中をのんびりと散策し、葛飾早稲の万葉歌碑とその故郷を探ったが、宅地化が進んだことと相まって、水田の面影さえも見ることなしに散策を終えた。

交通▼ＪＲ上野駅で常磐線取手行きの電車に乗車、新松戸駅で武蔵野線大宮行きの電車に乗り換え、南流山で下車。

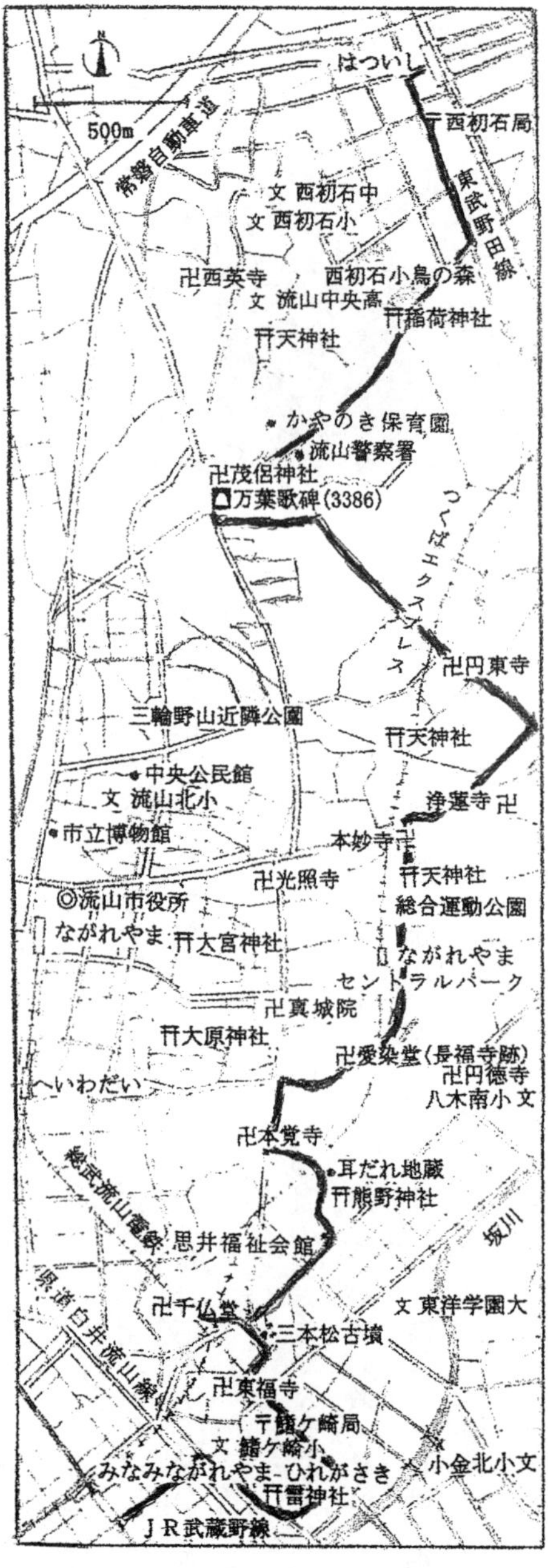

葛飾早稲コース（千葉県流山市茂侶神社）

葛飾早稲コース（埼玉県三郷市）

万葉の時代には、東京都葛飾区から埼玉県北葛飾郡にわたる地域は、下総国葛飾郡に属していた。この地域は、旧利根川をはじめ、大小の川が乱流し、これらの河川が運んだ土砂が堆積して、低地が形成され、肥沃な水田耕作地として、古くから早稲が生産されていた。三郷市《みさとし》早《わ》稲田《せだ》は、この中心に位置し、『万葉集』に詠まれた葛飾早稲の生産地に比定されている。今回の散策では、この早稲田を中心に、その史跡をめぐり、葛飾早稲の生産地を探ることにする。

■万葉の時代の葛飾郡

『高橋氏文《たかはしうじぶみ》』の景行天皇の東海巡幸（五三年）の条には、「冬一〇月上総の国安房《あわ》の浮島宮《うきしまみや》に到ります。そのとき磐鹿六獦命《いはかむつかりのみこと》、従駕仕え奉りき。天皇、葛餝野《かつしかの》に行幸て御獦《みかり》したまひき」とある。この記述から、二世紀には、すでに葛餝野という地名があり、天皇がこの地で狩りをしたことが分かる。

高橋氏文　延暦一一年（七九二）、高橋氏と並んで内膳司に奉仕する同職の阿曇氏に対し、神饌供進に奉仕するときの席次をめぐる争いが起こったので、その争いを解決するため、朝廷に提出したもの。高橋氏が遠祖磐鹿六鴈以来、天皇の供御に奉仕してきた由来を述べ、延暦八年（七八九）、上申した家記に、高橋氏の優位を認めた延暦一一年（七九二）、太政官符を付け加えて、高橋氏の優位を主張する由緒が示されている。高橋氏文の全文は伝わらないが、『本朝月令』『年中行事秘抄』『政事要略』などに引用される逸文により、その概要を知ることができる。

葛飾の地名の由来　『万葉集』に「葛餝」「勝鹿」「可都思賀」と見られるように、古くからその名は知られているが、いつどこで発生したのかは定かではなく、次の説がある。

①葛飾の「かつ」は、カテ、カトと同義で、「崖」または「丘陵」を指し、「しか」はスカと同義で「砂州」であるとし、利根川（江戸川）の右岸低地と左岸台地を意味する。

②南洋系の民族によって付けられた名前で〝狩場の方〟を意味する。

③葛飾は葦葭の生い茂る原で、葛の繁茂していたことにちなむ「葛繁」が語源である。

大化の改新によって、下総国は初めて国郡制上の一国となった。国府は国府台《こうのだい》（現千葉県市川市）に設けられた。葛飾郡は、古隅田川《こすみだがわ》の東に位置する中規模の郡で、下総国に属していた。葛飾郡には、度毛《とも》、八島《やしま》、豊島《としま》、新居《にひゐ》、桑原《くははら》、栗原《くりはら》、余戸《あまるへ》、駅家《うまや》の八郷があった。

「かつしか」は、現在、「葛飾」の文字が用いられているが、古い時代には一定せず、『万葉集』では、「葛餝《かつしか》」「勝鹿《かつしか》」「可都思賀《かつしか》」のように、様々な文字が当てられていた。現在の「葛飾」の文字に統一されたのは、寛永一六年（一六三九）の検地のとき、もしくは正保元年（一六四四）の幕府の改定絵図作成のときであるといわれている。

葛飾郡の西部が武蔵国に属するようになったのは、戦国時代の末期からで、徳川氏の入国当時には、すでに武蔵国葛飾郡になっていた。江戸時代には、葛飾郡に所属する村は、一七四ヵ村であったが、明治八年（一八七五）、江戸川の西部に位置していた金杉村ほか四二ヵ村が千葉県から埼玉県に移管された。明治一一年（一八七九）、郡区町村編制法が施行され、葛飾郡は、東京都に属するところが南葛飾郡、埼玉県の部分で千葉県から移管されたところが中葛飾郡、その他の部分が埼玉県の北葛飾郡の三つに分けられた。明治二九年（一八九六）の郡統合で、中葛飾郡が廃止され、北葛飾郡に統合された。現在の三《み》郷市《さとし》は、元の中葛飾郡の南部に該当する。

■二郷半領

JR金町駅で三郷団地行きのバスに乗り換えると、約三〇分でJR武蔵野線の三郷駅《みさとえき》に着く。

三郷駅周辺は、江戸時代には、「二郷半領《にごうはんりょう》」と呼ばれ、早場米の生産地として知られていた。二郷半領の名前の由来については、次の二つの説がある。

その一つは、『新編武蔵風土記稿』の三輪野江村《みわのえむら》（現吉川町）の定勝寺《じょうしょうじ》にある寛文九年（一六六九）に鋳刻された鐘銘の条に、「郡に吉川《よしかわ》、彦成《ひこなり》の二郷あり、諸邑の戸これに属す。面して彦成以南は下半郷《しもはんごう》と称す。故に二郷半《にごうはん》の名あり云々」による説である。

他の一つは、天正年間（一五七三〜一五九二）、徳川家康《とくがわいえやす》が伊奈備前守《いなびぜんのかみ》忠次《ただつぐ》に対して、「この辺りを一生支配すべし」と命じたので、一生支配《いっしょうしはい》を一升四配《いちしょうしはい》、すなわち、一升の四分の一の意味で、二合半と名付けた、という説である。

三郷駅から武蔵野線に沿って東へ進み、江戸川の堤防に登り、自転

江戸川の河畔

車道に沿って北へ進む。武蔵野線の北側は、二郷半領の水田地帯であったところであるが、宅地開発が進み、集合住宅や戸建ての住宅が建ち並び、水田はまったく残されていない。右側の江戸川の河川敷は、野球場やゴルフ練習場になっているが、所々に葦原が残り、かろうじて万葉の時代の原風景を偲ばせてくれる。協立病院付近辺りまで来ると、左手の眼下に広々とした水田が開けてくる。

■萬音寺

協立病院の北側で、土手から下りて西へ進む。協立病院の西にケヤキの大木があり、その下の祠には、石仏がひっそりと佇んでいる。さらに水田に囲まれた道を西へ進むと、県道越谷流山線に出る。この出会いに庚申塔がある。右折して県道に沿って進むと、右手の集落の一角に稲荷神社《いなりじんじゃ》がある。常磐自動車道の三郷料金所の南のガードを潜り、小谷堀橋を渡って西へ進むと、県道は右へ大きくカーブする。この曲がり始めの所にある萬音寺《ばんのんじ》の看板に従って左折し、田圃の中を南へ進むと、萬音寺がある。

萬音寺は、珠光山《しゅこうさん》と号する真言宗豊山派の寺で、本尊は大日如来《だいにちにょらい》で

萬音寺

光福院

ある。慶安三年（一六五〇）入寂の真盛上人《しんせいしょうにん》により、珠光山萬勝寺《じゅこうさんばんしょうじ》として創建された。明治四二年（一九〇九）、この地区にあった観音寺《かんのんじ》と合併して、宝珠山《ほうじゅさん》萬音寺と改号された。このため、本堂には、本尊の大日如来像に併置して、観音寺の本尊であった聖観世音菩薩像が安置されている。

萬音寺の入口には、高さ約一・四メートルの札所石が建っている。正面に「弘法大師二拾一箇所」、左側面に「新四国六十一萬勝寺」、右側面に「文政二卯年二月吉日建　豫州香苑写」の刻銘がある。

■光福院

萬音寺の少し南で左折し、常磐自動車道を再び潜り抜け、後谷小学校の北側の道を東へ進むと、住宅地の中に妙乗寺《みょうじょうじ》がある。大法山《たいほうさん》と号する日蓮正宗の寺で、本尊は日蓮曼荼羅《にちれんまんだら》である。遠目には寺と思えない佇まいである。

妙乗寺からさらに東へ進み、県道三郷松伏線で左折すると、すぐ先に光福院《こうふくいん》がある。光福院は、宝珠山医王寺《ほうしゅさんいおうじ》と号する真言宗豊山派の寺で、本尊は薬師如来《やくしにょらい》である。天和二年（一六八二）、祐善和尚《ゆうぜんおしょう》により

丹後神社

中興開山されたと伝える。

『新編武蔵風土記稿』には、「光福院　寳珠山医王寺と號す、新義真言宗、下総國葛飾郡鰭ヶ崎村東福寺末、昔は東福院と號せしが、本尊定て後は其寺號を避て改しと云、法流開山祐善は天和二年三月十八日寂す、本尊不動。薬師堂」とある。

新義真言宗東福寺《とうふくじ》（千葉県流山市鰭ヶ崎）の別院として、下総国根郷番場（現在の流山市）に七堂伽藍の寺が建立され、寳珠山東福院医《ほうじゅさんとうふくいんい》王寺《おうじ》と号した。しかし、東福寺を本山と定めて以来、その寺号を避けて、寳珠山光福院《こうふくいん》医王寺に改号された。慶長五年（一六〇〇）、江戸川の改修工事により、行人台（現在の市営江戸川グラウンド附近）に移転し、続いて、享保年間（一七一六～一七三六）に再度の江戸川改修工事によって、現在地に移転した。

■丹後神社

光福院から県道に沿って南へ進むと、右側に形のよい幾本もの松の大木に囲まれて、丹後神社《たんごじんじゃ》がある。祭神は宇迦之御魂命《うかのみたまのみこと》である。この神社の正式名称は丹後稲荷神社《たんごいなりじんじゃ》である。内陣には、宝永四年（一七〇

丹後神社の万葉歌碑（表面）

七）銘の稲荷大明神坐像など神像三体、明和七年（一九三二）、伏見稲荷から受領した分霊証書、神璽《しんじ》などが納められている。

『埼玉の神社』には、「稲荷神社　当社は倉稲魂命《うかのみたまのみこと》を祀り、昔から「丹後《たんご》の稲荷様《いなりさま》」として親しまれている。境内には、形の良い松の大木が幾本も茂り、その木立に囲まれて朱塗りの社殿がひときわ彩りよく、参詣者の目を引きつける。『明細帳《めいさいちょう》』は、当社の由緒について「元和元年（一六一五）二月創立、明和七年（一七七〇）九月公称、明治五年二月に村社となり、同四十三年から大正元年にかけて、当時の早稲田村の村内にあった諸社（無格社二、村社四。現在は六社とも旧地に戻っている）を合祀した」とある。

一方、氏子の間の口碑によると、当社はそもそも氏子の伊原信治郎《いはらしんじろう》家の先祖がこの地を開発して屋敷を構えた際に、その表鬼門に氏神として創建したのが始まりという。その後、村が大きくなるにつれて、いつしか村人が鎮守として奉斎するに至ったという。鎮座地の旧地名である丹後は、村を開いた伊原丹後《いばらたんご》の名を取って付けられたもので、伊原信治郎家はその末裔に当たるという。

丹後神社の万葉歌碑（裏面）

■丹後神社境内の万葉歌碑

この神社の塀の外に、道路に面して「万葉《まんよう》遺跡《いせき》葛飾《かつしか》早稲《わせ》発祥地《はっしょうのち》」の碑がある。この碑は、高さ約一・八メートル、幅約〇・三メートルの細長い石柱で、沖作太郎《おきさくたろう》の揮毫により、昭和三七年（一九六二）に建立された。碑の正面には、「万葉遺跡葛飾早稲発祥地」、建立の年月日、埼玉県指定旧跡の文字が刻まれている。裏面には、『万葉集』巻一四の次の歌が刻まれている。

にほとりの　葛飾早稲《かづしかわせ》を　にへすとも
そのかなしきを　外《と》に立てめやも
一四・三三八六

この歌は——葛飾の早稲を神に供え、新嘗《にいなめ》の祭りを行っていても、あの愛しいお方を、外に立たしておけようか——という意味である。万葉の時代には、新嘗の祭りは、未婚の女性が行う風習になっており、男性は家の中に居ることが出来なかった。このタブーを犯してでも愛しい人と一緒にいたいという女心の葛藤が伝わってくる。

この神社の本殿右横にも、この歌が刻まれた万葉歌碑の新碑がある。

丹後神社拝殿前の万葉歌碑（新碑）

この新碑は、市内の「篠田石材工業」の現社長・篠田雅央《しのだまさお》氏が自ら製作し、寄贈したものである。

「葛飾早稲」の所在地については、埼玉県三郷市《さいたまけんみさとし》、千葉県流山市《ちばけんながれやまし》、野《の》田市《だし》、船橋市《ふなばしし》、市川市《いちかわし》、東京都葛飾区《とうきょうとかつしかく》などが名告りを上げており、混沌として詳らかではない。JR三郷駅の北側の地域は、万葉の時代には、下総国に属し、東大寺領であった。江戸時代に、その南の部分が二郷半領になり、明治時代になって、北葛城郡早稲田村と称するようになった。この地は、葛飾早稲の産地として古くから知られており、ここで収穫された早場米が新嘗祭に備えられることが多かった。

この地が早稲の生産地になった経緯については、この地が江戸川と中川に挟まれた低湿地であるので、毎年秋になると、水害に見舞われ、大きな被害が繰り返して生じた。これを避けるために、洪水が発生する前の八月に収穫することが出来るように、早稲が栽培されるようになったという。早稲の栽培は、かなり早い時期から行われ、江戸時代には、端境期の新米として取引されていたという記録が残る。

このように、往古から当地は早場米の産地として知られ、葛飾早稲の万葉歌は、当地で詠まれたとの伝承もあることから、昭和三十六年（一九六一）、埼玉県の万葉遺跡に認定されて建立された。しかし、早

高応寺

稲田という地名は、明治二二年（一八八九）、合併によって出来た新しい村名であり、それが現在に残ったものであり、早稲田という地名がそのまま早場米の生産地に繋がらないという反論もある。

このような歴史的経緯、早稲が栽培される田圃が下総国葛飾郡のかなり広い地域に分布していたこと、たびたびの川の氾濫によって川の流域が変化していること、などを考慮すると、江戸川流域の周辺の下総国葛飾郡の広い地域であるとするのが妥当であるようにも思われた。

しかし、一連の葛飾早稲の生産地の探訪から、強いてその地域を特定するとすれば、東京都葛飾区、千葉県船橋市、千葉県流山市、千葉県野田市、埼玉県三郷市の中では、埼玉県三郷市の丹後神社付近が最も有力であると考えられた。

■高応寺

丹後神社から三郷早稲田団地、丹後小学校、早稲田公園を経て、さらに南へ進むと、高応寺《こうおうじ》がある。高応寺は、長覚山《ちょうかくさん》と号する日蓮宗の寺で、本尊は一塔両尊《いっとうりょうそん》である。寛永元年（一六二四）、真行院《しんぎょういん》の日達《にったつ》上人《しょうにん》によって開山され、高橋甚左衛門《たかはしじんざえもん》によって開基された。『過去帳』

には、「寛永元年新田開闢の折り、伊奈半左衛門家老興津角左衛門手代、高応寺建立檀那高橋甚左衛門敬白」とある。境内に、高橋甚左衛門の碑がある。

高応寺からJR三郷駅に出て今回の散策を終えた。今回は、宅地化が進み、水田が次第に消滅する中、かろうじて葛飾早稲の生産地の面影を偲ぶ散策となった。

交通▼JR常磐線金町駅で東武バスに乗り換え、三郷駅下車。または、新松戸駅で武蔵野線府中本町行きへ乗り換え、三郷駅下車。

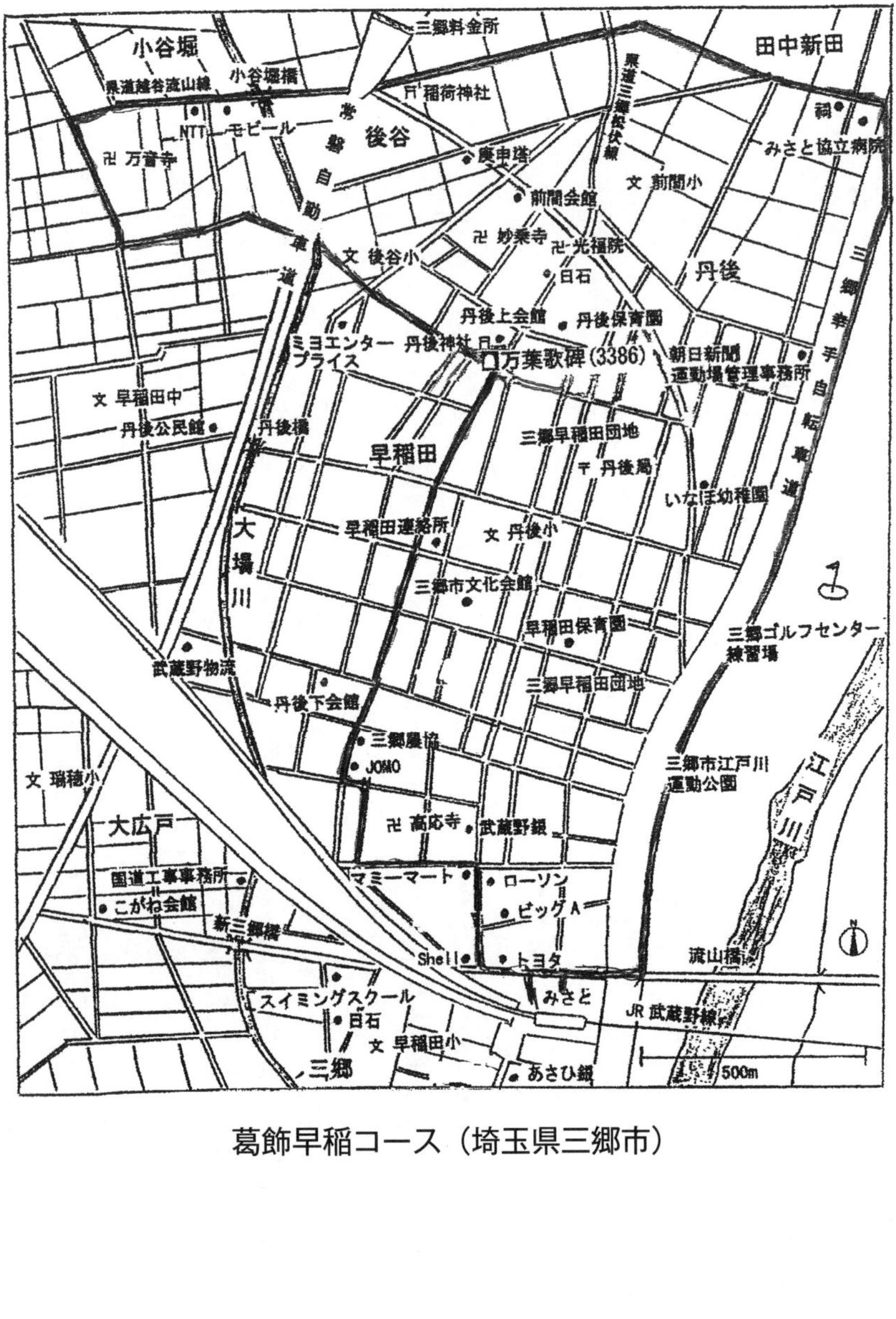

葛飾早稲コース（埼玉県三郷市）

葛飾早稲コース（千葉県流山市諏訪神社）

諏訪神社境内の万葉植物園

千葉県流山市の万葉故地については、茂侶《もろ》神社《じんじゃ》の葛飾《かつしか》早稲《わせ》の万葉歌碑を訪ねた。この散策では、茂侶神社の周辺をめぐりながら、この神社から東方へ約二・五キロメートル隔てた諏訪神社をたまたま訪れたとき、偶然、この諏訪神社にも葛飾早稲の万葉歌碑があるのを発見した。この神社の境内をめぐると、その他三基の万葉歌碑、神饌田なども発見された。この神社の万葉歌碑は、それまで関東地方の万葉歌碑を紹介した文献には記されていなかったので、非常に感激した。そこで、今回、この神社の四基の万葉歌碑を詳細に調査し、その周辺をめぐって、葛飾早稲の生産地を探ることにする。

■徳法寺

JR上野駅で常磐線の電車に乗り、柏駅で東武野田線の電車に乗り換えると、約四五分で豊四季駅《とよしきえき》に着く。豊四季駅の正面の車道で左折すると、その先に徳法寺《とくほうじ》がある。徳法寺は、浄光山《じょうこうさん》と号する浄土真宗

諏訪神社

本願寺派の寺で、本尊は阿弥陀如来《あみだにょらい》である。元和三年（一六一七）、釋澄道《しゃくちょうどう》の開基と伝える。

■正満寺

徳法寺に隣接して正満寺《しょうまんじ》がある。正満寺は、小金山《こがねさん》と号する浄土真宗本願寺派の寺で、本尊は阿弥陀如来である。正保三年（一六四六）、釋賢祐《しゃくけんゆう》による創建と伝える。

■諏訪神社

正満寺の先に諏訪神社《すわじんじゃ》がある。祭神は建御名方冨命《たけみなかたとみのみこと》である。この祭神については、『三代実録《さんだいじつろく》』には建御名方冨命、『古事記《こじき》』には建御《たけみ》名方命《なかたのみこと》、『続日本後記《しょくにほんこうき》』には南方刀美命《みなかたとみのみこと》、『神皇正統記《じんのうしょうとうき》』には建御名《たけみな》方刀美命《かたとみのみこと》などと見えるが、この神社では、建御名方富命としている。『先代明神記《せんだいみょうじんき》』に八千矛神《やちほこのかみ》（大国主神《おおくにぬしのかみ》）と高志沼名河比売《こしのぬなかわのひめ》との間に生まれた神とある。

聖武天皇の時代には、朝廷を取り巻く勢力の暗闘が絶えず、高市皇《たけちのおう》

源義家鞍掛之枩の碑

子《じ》の第一皇子の長屋王《ながやおう》は、謀反の嫌疑をかけられて、自尽に追いやられるなど、高市皇子の一族に不幸が続いた。このため、高市皇子の後裔は、大和の地より争いのない新天地を求めて、東国に移住した。高市皇子は、幼少の頃、大和の豪族・高市麻呂《たけちまろ》に養育されたが、高市麻呂は、大和の大神神社《おおみわじんじゃ》の祭祀者で、大神神社が大国主命《おおくにぬしのみこと》を祀る神社であったので、建御名方富命を祀る信州の諏訪大社とも深い縁があった。高市皇子の後裔たちが東国へ新天地を求めて移った際に、大国主命を祀る大神神社から、健御名方富命を祀る諏訪大社が紹介され、一行は陸路諏訪大社に詣って開拓の加護を祈り、神額を拝載して、大同二年（八〇七）、諏訪大社の御霊を分祀し、この神社を創建した。

　この神社の参道入口に、大きな馬の「神馬《しんめ》の像《ぞう》」がある。これは、長崎の平和公園の平和祈念像を造った北村西望《きたむらせいぼう》氏の制作である。

　境内には、北村西望作の「義家献馬《よしいえけんば》の像《ぞう》」があり、「源義家鞍掛之《みなもとのよしいえくらかけの》枩《まつ》の碑《ひ》」と刻まれた石碑がある。源義家（八幡太郎《はちまんたろう》）が後三年《ごさんねん》の役《えき》に、鎮守府将軍として奥州追討に赴いた際に、この地が馬の産地であり、また弓矢の生産地であったので、義家はこの地で人・馬を集め、武具を調え、諏訪神社に武運を祈って征途についた。無事にその任を果たした帰りに、この神社に馬具を奉納し、鞍を松に掛けた。以来、この

山上憶良の万葉歌碑

松は「鞍掛《くらかけ》の松《まつ》」と呼ばれていたが、枯れたので、その後に石碑が建てられたという。

諏訪神社は、茂侶神社の東、約二・五キロメートルの位置にあり、往古、この地は茂侶郷に含まれていた。歴史的、地理的条件は、茂侶神社とほぼ同じである。神社の北側には、大堀川が流れ、この流域に水田があったと伝える。しかし、現在、茂侶神社と同様に、付近は畑地ばかりであり、葛飾早稲の生産地とするには、水田が全くないのが難点である。

■諏訪神社境内の万葉歌碑

鬱蒼とした木々に囲まれた参道を進んでいくと、右側に次の歌が刻まれた万葉歌碑がある。

銀《くろがね》も　金《こがね》も玉《たま》も　何せむに
まされる宝　子にしかめやも　　五・八〇三

この歌は、山上憶良《やまのうえのおくら》の「子等《こら》を思う歌一首」の長歌と反歌の反歌で

葛飾早稲の万葉歌碑

――銀も、金も珠玉も、どうして優れた宝といえよう、子に優るものはない――という意味である。この歌碑は、北村西望《きたむらせいぼう》氏の揮毫により、昭和六〇年（一九八五）に建立された。説明板には、「北村西望が百一歳のときに揮毫してもらったもので、子育ての神社である「おすわさま」に相応しい歌なので、この碑を建立した」とある。

石橋を渡ってしばらく進むと、随神門の前に出る。この右手の小道に入ると、次の歌が刻まれた万葉歌碑がある。

行《ゆ》こ先《さき》に　波《なみ》なとゑらひ　しるへには
子をと妻をと　置きてとも来ぬ　二〇・四三八五

にほ鳥の　葛飾早稲《かづしかわせ》を　饗《に》へすとも
そのかなしきを　外《と》にたてめやも　一四・三三八六

前者の歌は、私部石島《きさきべいそしま》の作で、下総国《しもふさのくに》の防人部領使少目《さきもりことりづかひしょうさかん》従七位下県犬養宿禰浄人《あがたのいぬかいのすくねきよひと》が進《たてまつ》る歌二十二首の中の一首で――行く先に、波がうねり立たないでおくれ、後ろには、子供や妻を残してやって来たので――という意味である。旅の不安を感じながら、防人に出る夫の家族

神饌田と万葉歌板

を思う心境が伝わってくる。
後者の歌は――今夜は初物の早稲米《わせまい》を神に捧げて感謝する新嘗祭《にいなめさい》の晩である、門を閉ざして神の恩恵に感謝し、男女とも清浄であるべき晩であるが、わたしはあの人が恋しい、もし今夜あの人が訪れたら、こんな寒い夜に外になんか立たせておかないでしょう――という意味である。万葉の時代には、新嘗祭は、未婚の処女の娘が行う習わしであった。娘は潔斎して、家には神以外は誰も入ることが出来なかった。この歌から、この神聖な掟を破ってまでも、愛する人を家に入れようとする娘のひたむきな心情が伝わってくる。
この万葉歌碑の先に、約二〇坪ほどの神饌田《しんせんでん》がある。この神饌田では、五月に田植えをし、一〇月に収穫して、神前に供えるという。神饌田の傍に、次に歌が書かれた万葉歌板が建っている。

稲《いね》つけば　かかる我《あ》が手を　今宵《こよひ》かも
殿《との》の若子《わくご》が　取りて嘆かむ　一四・三四五九

この歌は――稲をついて、荒れたわたしの手を、今夜も、館の若君が、取って嘆くことであろうか――という意味である。この歌は、地

藤原仲麻呂の万葉歌碑

方豪族の若君に愛された婢《はしため》の歌で、若君に思いを寄せる娘の恋心が伝わってくる。

社務所の横から駐車場へ行くと、その周囲に数十種類の万葉植物が植栽され、その傍に万葉植物の名称と万葉歌が書かれた歌板が建っている。駐車場の一番奥の万葉植物の説明板には、「(前略) 明治維新の遠因は、万葉集に発していた。万葉集は二十巻、歌の数は四千五百にのぼる。歌中所載の植物は二百数十種あり、現に境内に自生するものだけでも六十種に及ぶ。今ここに、それらを掲示したら、万葉集が当社鎮座の凡そ五十年前にと思うと、多くの人々に敬愛されて、懐かしく親しみが一層深い (後略)」とある。

駐車場の中程に、次の歌が刻まれた万葉歌碑がある。

いざ子ども　たはわざなせそ　天地《あめつち》の
固《かた》めし国ぞ　大和島根《やまとしまね》は　二〇・四四八七

この歌は、藤原仲麻呂の作で――皆のもの、ふざけたまねをするな、天地の神が、造り固めた国だぞ、日本の国は――という意味である。

宿敵の橘奈良麻呂《たちばなのならまろ》を討ち、同族内にも威圧を加える藤原仲麻呂《ふじわらのなかまろ》の増長

つぎねふの万葉歌碑

した気持ちが窺える。この歌碑は、平成九年（一九九七）の建立である。
駐車場の入口近くにも、次の歌が刻まれた万葉歌碑がある。

つぎねふ　山背道《やましろぢ》を　他夫《ひとづま》の　馬より行くに　己夫《おのづま》し　徒歩《かち》より
行けば　見るごとに　音《ね》のみし泣かゆ　そこ思《おも》ふに　心し痛し
たらちねの　母が形見《かたみ》と　我《わ》が持てる　まそみ鏡《かがみ》に　蜻蛉領巾《あきづひれ》
負《お》ひなめ持ちて　馬買へ我が背《せ》　一三・三三一四

馬買はば　妹徒歩《いもかち》ならむ　よしゑやし
石は踏《ふ》むとも　我《わ》は二人行《ふたりゆ》かむ　一三・三三一七

長歌は――（つぎねふ）、山背道を、よそのご主人は、馬で行くのに、わたしの夫は、歩いて行くので、見るたびに泣けてくる、それを思うと、心が痛む、母の形見にわたしが持っている、ますみ鏡に、蜻蛉領巾を、合わせ負い持って行き、馬を買いなさいあなた――という意味である。短歌は――馬を買ったら、おまえは徒歩になるなるだろう、えいままよ、石は踏んでも、我々は二人で行こう――という意味である。短歌は、長歌に対する反歌として、「或本の反歌に曰く」

成顕寺

として載せられている歌である。よその主人が馬で行くのに対して、我が夫が徒歩で行く姿を見て、母から貰った形見の品々を差し出して、馬を買って下さいと夫に申し出るが、夫はそれを断って、お前と肩を組んで歩いてゆこう、という夫婦愛に満ちた歌である。

■成顕寺

諏訪神社の東側を進み、北端で右折して閑静な住宅の間を抜け、車道に出て右折して、大堀川に架かる新駒木橋を渡ると、車道の右側に「妙法諏訪霊王《みょうほうすわれいおう》」と刻まれた石柱がある。この道を入っていくと、成顕寺《じょうけんじ》がある。成顕寺は、通法山《つうほうざん》と号する日蓮宗の寺で、本尊は釈迦牟尼仏《しゃかむにぶつ》である。建治二年（一二七六）、真言宗の寺として創建されたが、弘安年間（一二七八～一二八八）、日蓮上人の高弟の日朗上人《にちろうしょうにん》が桂傳阿《けいでんあ》闍梨《じゃり》と法傳阿闍梨《ほうでんあじゃり》の二人を論破したことにより、日蓮宗に改宗された。

境内の左側に本尊を安置する本堂があり、同じ建物の左側に鞍掛大《くらかけだい》龍王《りゅうおう》を安置する龍王殿があるが、拝殿は一つになっている。明治時代以前には、神仏混淆で、諏訪神社の奥の院であった。弘法大師の高弟の桂傳阿闍梨が、戸張郷の大沼に住む大龍を密教の秘術で降伏させたという伝承がある。

この寺には、宝暦一〇年（一七六〇）、日暮東雲《にちぼとううん》が描いた紙本著色《しほんちゃくしょく》釈迦涅槃図《しゃかねはんず》、日朗上人書の十界曼荼羅《じっかいまんだら》、直径約九〇センチメートルの大きな鰐口《わにぐち》がある。境内には、天保一一年（一八四〇）銘の日蓮塔、流山人形供養の碑、流山七福神の弁財天像などがある。

■オランダ観音

成顕寺から西へしばらく進むと、長栄寺墓地がある。長い塀に囲まれ、内部は流山豊四季霊園になっている。長栄寺墓地から須賀果樹園の北側を通り、住宅の端で右折してしばらく進むと、公園の横にオランダ観音の標識があり、この先にオランダ観音《かんのん》がある。

小さな祠に馬頭観世音菩薩像《ばとうかんぜおんぼさつぞう》が祀られている。『八木村誌』によれば、四代将軍・家綱の頃、オランダから輸入されたペルシャ馬が小金牧《こがねまき》に放たれた。しかし、日本馬となじめず、暴れ回ったので、狙撃されて傷を負い、この近くの沢にたどり着き、水を飲みながら息絶えた。後年、村人がこれを哀れんで、オランダ観音として馬頭観世音菩薩像を祀ったと伝える。

オランダ観音

熊野神社

延宝四年（一六七六）、高さ約八〇センチメートルの馬頭観世音菩薩像一基が建立され、明治時代にさらに一基が建立された。碑文には「オランダの葦毛馬がここで病死」と記す。

■熊野神社

オランダ観音から北へ進むと、交差点の角に熊野神社《くまのじんじゃ》がある。祭神は熊野夫須美大神《くまのふすみのおおかみ》（伊弉諾命《いざなぎのみこと》）、家津美御子大神《けつみみこのおおかみ》（素盞嗚命《すさのおのみこと》）、熊野速玉大神《くまのはやたまのおおかみ》の熊野三神で、江戸時代中期の創建とされるが、詳らかではない。旧十太夫新田《きゅうじゅうだゆうしんでん》、初石新田《はついししんでん》、駒木新田《こまきしんでん》の一部の産土神である。境内には、半肉彫りの不動明王像、円柱の庚申塔などの石造物があり、保存樹の桜がある。

■法栄寺

熊野神社から北東へ進み、車道で右折して一つめの筋を北へ進み、県道で左折ししてしばらく進むと、法栄寺《ほうえいじ》がある。法栄寺は、妙高山《みょうこうさん》と号する日蓮宗の寺で、本尊は釈迦牟尼仏《しゃかむにぶつ》である。境内には、入口に日蓮塔などの石造物、保存樹木のイチョウなどがある。

■八幡神社

法栄寺の向かいに八幡神社《はちまんじんじゃ》がある。祭神は誉田別命《ほむたわけのみこと》（応神天皇《おうじんてんのう》）である。享保一五年（一七三〇）の創建である。

■鏑木左内先生碑

明治五年（一八七二）、学制が発布され、駒木、初石、青田、十太夫の地区に公立学校を設立する要望書が提出されたが何故か認められなかった。明治一〇年（一八七七）、駒木在住の鏑木平馬《かぶらぎへいま》とその女婿の鏑木左内《かぶらぎさない》は、庶民の教育の必要性を説き、鏑木家の屋敷内に私財を投じて「鏑木学校」を設立して、近郷の児童を教育した。明治二一年（一八八八）、公立の「鏑木尋常小学校」となり、その後、幾多の名称の変遷を経て、現在、「流山市立八木北小学校」になっている。昭和五年（一九三〇）、鏑木学校の教え子達によって、かつて鏑木学校があった跡地に、「鏑木左内先生碑」が建立された。

法栄寺

柏の葉公園と日立総合グラウンドサッカー場

日立総合グラウンドサッカー場

鏑木左内先生碑から東へ進むと、柏の葉公園がある。この公園の一角に、さわやか千葉県民プラザがあり、隣接して日立総合《ひたちそうごう》グラウンドサッカー場（別名三協フロンテア柏スタジアム）がある。日本プロサッカーリーグ加盟の柏レイソルのホームスタジアムで、収容人員は、約一万五〇〇〇人である。

香取神社

日立総合グラウンドサッカー場から十余二小学校で左折し、常磐自動車道の上を渡ると、香取神社《かとりじんじゃ》がある。祭神は経津主命《ふつぬしのみこと》である。境内には、文久二年（一八六二）銘の手児名塔、元禄一一年（一六九八）銘の庚申塔がある。

野馬除土手跡

香取神社から西へ進み、大通りに沿って進むと稲荷神社《いなりじんじゃ》がある。祭

野馬除土手跡

神は宇迦之御魂命《うかのみたまのみこと》である。安政二年（一八五五）の創建と伝える。

稲荷神社から次の交差点で左折して、江戸川台浄水場の南側に回ると、野馬除土手跡《のまよけどてあと》がある。この土手は、一般的には、「野馬堀《のまほり》」「野馬土手《のまどて》」と呼ばれている。江戸時代に、徳川幕府は、下総台地一帯に、荷役用の駄馬の供給源として、また、軍役馬の養成を目的とした野馬の放牧場として、「下総牧《しもふさまき》」と呼ばれる馬の放牧場を設けた。外側に堀を掘り、その内側に掘った土を盛り上げて土手を作り、放牧された馬が民家や田畑に入らないように、柵の役割を持たせた土手を造った。現在、堀は見られないが、長さ約二三〇メートル、高さ約二メートルの土手が残されている。

野馬除土手跡から東武野田線江戸川台駅へ出て、今回の散策を終えた。この散策では、諏訪神社の万葉歌碑を訪ね、葛飾早稲の生産地を探ったが、田圃に巡り会えないまま、散策を終焉した。

交通▼上野駅でＪＲ常磐線取手行きの電車に乗車、柏駅で東武野田線大宮行きの電車に乗り換え、豊四季駅で下車。

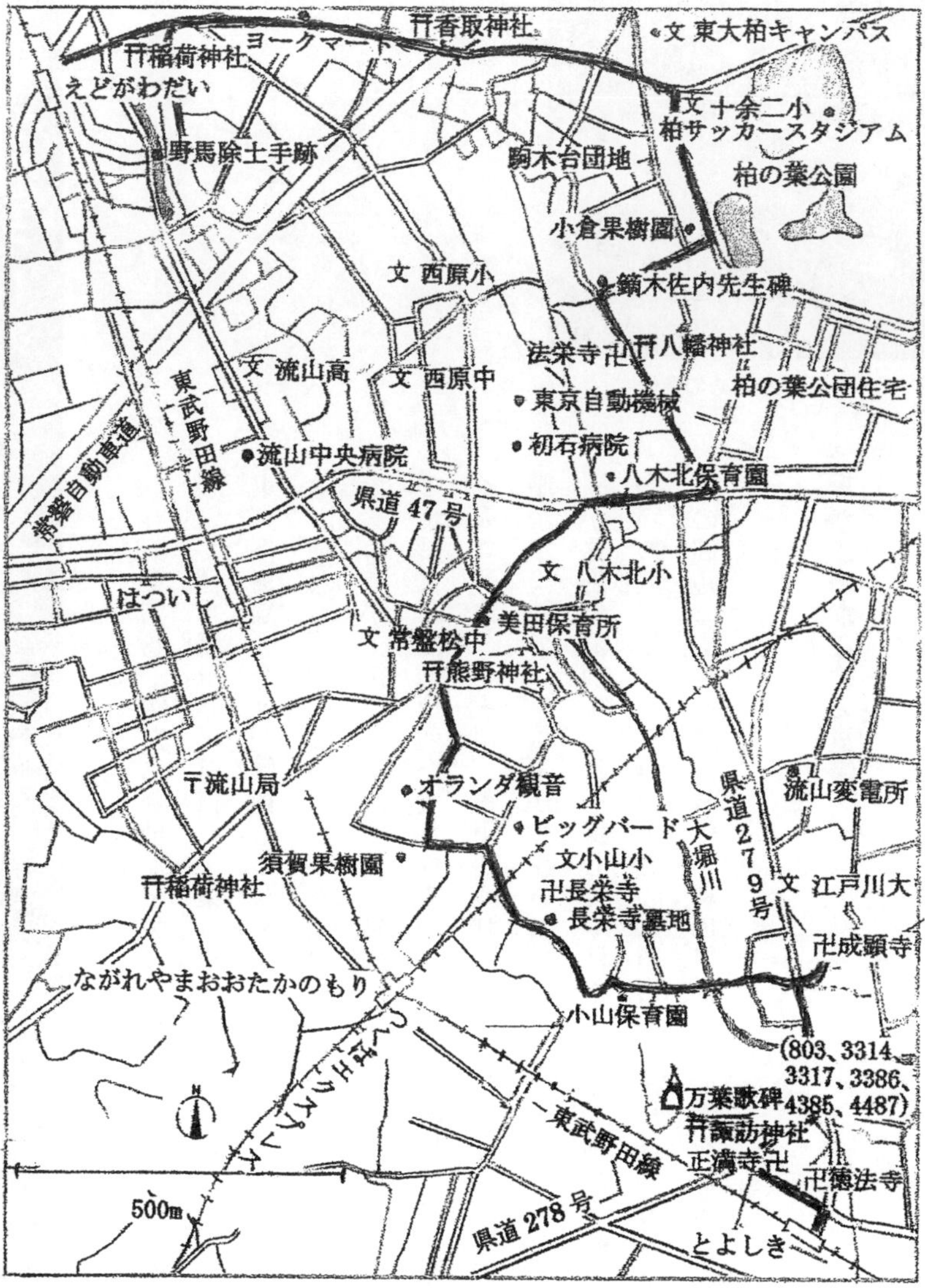

葛飾早稲コース（千葉県流山市諏訪神社）

葛飾早稲コース（千葉県野田市）

かごめかごめの童像

『万葉集』巻一四に葛飾早稲を詠んだ歌がある。葛飾早稲の生産地については、埼玉県三郷市《さいたまけんみさとし》、千葉県流山市《ちばけんながれやまし》、野田市《のだし》、市川市《いちかわし》、船橋市《ふなばしし》、東京都葛飾区《とうきょうとかつしかく》などが候補地となっており、その所在地は混沌としている。何れも現在の江戸川を挟んだ東西の地域で、往古、下総国葛飾郡であったが、後に、東西南北の葛飾に分かれ、現在、東京都、埼玉県、千葉県に葛飾の地名が残されている。万葉の時代には、東京湾が奥深く入り込み、利根川、荒川が流れる低湿地帯で、これらの川が運んだ肥沃な土地で、早場米が生産されていたと伝える。これまでにも、何回か葛飾早稲の生産地を探して、江戸川周辺の地域をめぐってきた。今回の散策でも、江戸川上流の野田市の葛飾早稲の万葉歌碑を訪ね、その周辺の史跡をめぐって、葛飾早稲の生産地を探ることにする。

■かごめかごめの童像

ＪＲ上野駅で常磐線取手行きの快速電車に乗車し、柏駅で東武野田

野田貝塚跡

線大宮行きの電車に乗り換えると、約一時間で清水公園駅《しみずこうえんえき》に着く。駅前の車道と歩道の分離帯の角に、かごめかごめ童像《わらべぞう》がある。「かごめかごめ」の歌は、昭和初期に、山中直治《やまなかなおじ》氏によって作詞された。『日本《にほん》の詩《し》・歌《か》・別巻日本《にほん》の歌唱集《かしょうしゅう》』では、童謡「かごめかごめ」は、野田地方の唄であるとしていることから、昭和五五年（一九八〇）、野田市のシンボルとしてこの像が建立された。

「かごめかごめ」は、鬼が目を隠して中央に座り、その周りを他の子が輪になって歌を歌いながら回る。歌が終わったときに、鬼は自分の真後ろに誰がいるのかを当てる、という子どもの遊びの一つとして全国的に流行した。

■野田貝塚跡

童像の先に野田貝塚跡《のだかいづかあと》がある。野田貝塚は、別名「清水貝塚《しみずかいづか》」とも呼ばれ、野田市中心街から北へ約一・五キロメートル離れた標高約一五メートルの台地上にある。この一帯は、弥生時代後期には、深く湾入した東京湾の東岸に位置していた。貝層の分布範囲は、直径約一五〇メートルにも及び、東南東に開口した馬蹄形貝塚《ばていけいかいづか》を形成している。

清水公園の万葉植物教材園

約三八〇〇年前から三〇〇〇年前の、縄文時代後期の堀之内式《ほりのうちしき》、加《か》曽利《そり》B式、安行《あんぎょう》一・二式などの土器が出土し、土製耳飾り、土偶などの土製品や石斧、石鏃、石棒などの石器類も多数出土している。また、貝層は、汽水に棲息するヤマトシジミがほとんど主体となる貝層と、オキシジミ、ナミマガシワなどの内湾に棲息する貝が主体となる貝層が確認され、これらの中からは、獣骨や魚骨などの動物遺存体も多数出土している。

清水公園

野田貝塚の西に清水公園《しみずこうえん》がある。明治二七年（一八九四）、野田醤油の初代社長の父・茂木柏衛《もぎはくえ》が金乗院《こんじょういん》の有する林地の一部を借りて公園を建設し、一般に公開したことに始まる。当初は、「聚楽園《しゅうらくえん》」と呼ばれていたが、所在地が清水であったことから、いつしか「清水公園」と呼ばれるようになった。江戸川や支流の座生川沿いの開析谷《かいせきだに》の低地と下総台地の縁辺が複雑に入り組む場所に立地しているため、園内は緑が多く、起伏に富んでいる。総面積二八万平方メートルの民営の自然公園で、サクラ（桜祭り）とツツジ（つつじ祭り）の名所であり、日本さくら名所一〇〇選に選定されている。フィールドアスレチックは、日本最大級であり、とくに、池の上に設けられた「水上コース」は人気がある。

この公園の南西に聚楽館があり、池越しに第二公園がある。一〇年ほど前には、ここに万葉植物教材園があったが、現在その影が薄れかけている。百数十種の万葉植物が植えられ、その名前と万葉歌の標札が掲げられていた。当時から手入れが悪く、荒れ果てた状態であったが、さらに状態が悪くなって消滅しかかっているのは惜しまれる。

金乗院

■金乗院

清水公園の南に金乗院《こんじょういん》がある。金乗院は、慈光山能延寺《じこうさんのうえんじ》と号する真義真言宗豊山派の寺で、本尊は薬師如来《やくしにょらい》である。永享二年（一四三〇）、京都醍醐山の宥秀上人《ゆうしゅうしょうにん》によって開山された。創建当初は、古義真言宗総本山醍醐派に属し、修行寺《しゅぎょうじ》（学僧の研修する所）として、この地方の加持祈祷や教学の中心であった。天明二年（一七八二）、火災により堂宇を焼失し、良慶法院《りょうけいほういん》により再建された。この寺には、安政六年（一八五九）銘の算額、江戸時代の朱印状が保存されている。

愛宕神社

愛宕神社

清水公園の南側の中央部付近から住宅の間を南へ進む。清水台小学校の傍を通り、校門の前で左折して住宅の間をさらに東へ進む。野田清掃で右折してさらに進むと、車道に出る。ヤックスの南側の筋を東へ入り、その少し先で右折して南へ進むと、愛宕神社《あたごじんじゃ》に出る。

祭神は迦具土命《かぐつちのみこと》である。この神社は、延長元年（九二三）、野田郷が開墾されたとき、山城国愛宕郡《やましろのくにあたごのこおり》愛宕《あたご》の里《さと》の愛宕神社《あたごじんじゃ》の分霊を招請して氏神としたことに始まる。野田郷《のだごう》が開墾されてから、郷内に勢力を伸ばし始めた土豪（農兵）らの間に争いが起こり、山火事のみならず、兵火も心配されたので、火伏の神の迦具土命を祀ったと伝える。

祭神の迦具土命の「カグ」とは火の輝くこと、「ツチ」とはその霊力のことであるので、この神名は火の輝く力を意味している。火は万物を生み育てる力の根源であるといわれ、火伏せ、防火、農耕守護、五穀豊穣、安産、子育の神として篤く信仰されている。

この神社は、現存する本地垂迹《ほんじすいじゃく》の典型的な遺跡である。創建当時は愛宕権現《あたごごんげん》を祀っていたと伝え、本殿には、愛宕権現の本地仏とされる勝軍地蔵《しょうぐんじぞう》が祀られていた。創建当時から神宮寺《じんぐうじ》であったかどうかは不

西光院

明であるが、別当寺として西光院《さいこういん》が創建され、西光院の僧が社僧として神事を司り、神社事務を執っていた。明治元年（一八六八）、神仏分離令により、勝軍地蔵は、社殿の背後の勝軍地蔵堂《しょうぐんじぞうどう》に移された。

この地蔵尊は、身に甲冑を着け、右手に如意宝珠《にょいほうじゅ》を載せ、背に後光を背負い、軍馬に跨っている。『蓮華三昧経《れんげざんまいきょう》』には、地蔵菩薩が武装して軍人になって現れる思想が説かれており、鎌倉時代に中国からわが国へ伝来して以来、勝軍地蔵は武家の間で信仰されるようになった。

本殿は、重厚な権現造《ごんげんづくり》、銅板葺《どうばんぶき》で、文化一〇年（一八一三）に起工され、文政七年（一八二四）までの一一年をかけて再建された。社殿の壁面には、見事な彫刻が施されている。意匠や技術に優れた江戸時代後期の典型的な彫刻である。この彫刻は、「匠の里」と呼ばれる花輪村（現在の群馬県東村）出身の二代目・石原常八《いしはらつねはち》の作である。平成一六年（二〇〇四）、千葉県の「有形文化財」に指定された。

境内社には、稲荷神社、大杉神社、菅原神社、道祖神社、三峰神社を祀る。境内には、野田山神宮寺愛宕別当西光院の記念碑、貞享三年（一六八六）銘の石塔、享和二年（一八〇二）銘の石燈籠、和亭大黒天の碑、歌垣真顔の歌碑、元禄七年（一六九四）銘の鳥居がある。

野田醤油発祥の地碑

■西光院

愛宕神社に隣接して西光院《さいこういん》がある。西光院は、愛宕山《あたごさん》と号する真義真言宗豊山派の寺で、本尊は聖観世音菩薩《せいかんぜおんぼさつ》である。寛永二〇年（一六四三）、開山された。本堂は、天保二年（一八三一）に焼失し、弘化二年（一八四五）に再建された。江戸時代は、愛宕神社の別当寺であった。境内には、永享五年（一四三三）銘の弥陀種子板碑《みだしゅしいたび》がある。

■野田醤油発祥の地碑

愛宕神社から車道を南へ進む。右側に千葉銀行と松戸信金のビルがある。この間に自転車店があり、その背後に、野田醤油発祥の地碑がある。永禄年間（一五五八～一五七〇）、飯田市郎兵衛《いいだいちろうべえ》の祖先が、「醤《ひしお》」の豆油《たまり》を探り、清澄みさせたものを甲斐の武田氏に川中島溜《かわなかじまたまり》（豆油《まめあぶら》）醤油《しょうゆ》として納めたのが醤油作りの始まりという。この碑が建つ飯田家工場跡（亀屋蔵）が醤油の発祥地とされ、記念碑が建てられ、傍に小さな祠が建立された。

近世の醤油作りは、寛文年間（一六六一～一六七三）から始まり、

野田市郷土博物館

一八世紀になって飛躍的に発展し、江戸時代には、高梨家《たかなしけ》と茂木家《もぎけ》の醤油が幕府の御用醤油になり、一九世紀の中期には、野田周辺の醤油の醸造家は一九軒を数えるようになった。明治二〇年（一八八七）、野田醤油醸造組合が結成され、大正六年（一九一七）、高梨、茂木一族の八家の合同による野田醤油株式会社（現キッコーマン）が誕生した。

■野田市郷土博物館・市民会館

野田醤油発祥の地から車道に沿って南へ進み、千葉銀行の南側の筋を東へ入っていくと、野田市郷土博物館《のだしきょうどはくぶつかん》がある。醤油の製造機器・資料、野田に関する歴史民俗資料、野田周辺から出土した考古学資料、押絵扁額「野田醤油醸造之図」、野田醤油醸造絵馬などが展示され、出身の作曲家・山中直治《やまなかなおじ》氏の展示コーナーも設けられている。醤油関係の資料は、他の博物館では類例がないので、醤油の歴史、醤油の製法、醤油の製造機器などを知る上で貴重である。

野田市郷土博物館に隣接して市民会館《しみんかいかん》がある。この会館は、大正一三年（一九二四）、醤油醸造家の茂木佐平治邸《もぎさへいじてい》として建設された建物を利用したもので、昭和三一年（一九五六）、当時の野田醤油（株）を経て市に寄付され、同年末に市民会館として開館した。庭園に囲まれた純和風建築の建物は趣がある。

須賀神社

■須賀神社

市民会館から南へ進むと、キッコーマンの工場に囲まれた路地となる。周囲一帯に醤油の匂いが漂い、いかにも醤油の町・野田に来たことを実感する。給水塔の傍を通り、車道に出て西へ進むと、交差点の北西角に須賀神社《すがじんじゃ》がある。小さな社の神社であるが、かつては野田町の総鎮守であった。祭神は素盞嗚命《すさのおのみこと》で、市民の人たちは、「天王様《てんのうさま》」と呼んでいる。

社殿は、全国的にも珍しい蔵造《くらづくり》である。元禄年間（一六八八～一七〇四）、野田町は天領から旗本領に変わり、醤油産業が急速に伸びて醸造家の財力も増大し、町内に鎮守を祀る気運が高まった。そこで、延享二年（一七四五）、上町の氏神であった山王権現《さんのうごんげん》をこの地へ移し、その祖神の素盞嗚命を祀ったのが始まりと伝える。

境内には、文政六年（一八二三）銘の約二メートルほどの丸彫りの猿田彦命《さるたひこのみこと》の立像があり、台座内には三猿の透かし彫りが見られる。

高梨本家上花輪歴史館

■香取神社

須賀神社から車道に沿って西へしばらく進むと、香取神社《かとりじんじゃ》がある。祭神は経津主命《ふつぬしのみこと》である。宝徳四年（一四五二）、教学坊《きょうがくぼう》により創建されたと伝える。境内には、寛文一一年（一六七一）銘の庚申塔、享保一七年（一七三二）銘の青面金剛像がある。

■高梨本家上花輪歴史館

香取神社から南へ進むと高梨本家《たかなしほんけ》上花輪《かみはなわ》歴史館《れきしかん》がある。高梨家は、上花輪村に古くから居住し、江戸時代には、この村の名主で、醤油醸造を家業としていた。この歴史館には、高梨家が永年に渡って保存してきた歴史的価値の高い生活用具、醸造用具、地方文書、醸造文書などや、醤油に関する資料、高梨家に代々伝わる資料などが展示されており、醤油醸造の歴史や醸造家の暮らしを知ることが出来る。

さらに、明和三年（一七六六）築の門長屋《もんながや》、文化三年（一八〇六）改修の書院、昭和六年（一九三一）築の数寄屋造の母屋、土蔵、社祠、鞍馬石をふんだんに使用した昭和の庭園など、江戸時代後期の下総地

旧キッコーマン御用蔵

方における豪農の屋敷の雰囲気を窺い知ることが出来る。

観音堂

高梨本家の南に観音堂《かんのんどう》がある。本尊は十一面観世音菩薩《じゅういちめんかんぜおんぼさつ》である。創建年代は詳らかではないが、宝暦三年（一七五三）の改築、安永四年（一七七五）の修復である。正面に配された辰《たつ》の文字《もじ》、右回りに書かれた十二支、勇壮な蟇股《かえるまた》、大棟の中央に寺紋、左右の端に雲、その間に飛び跳ねる馬の漆喰細工などが目を引く。

キッコーマン御用蔵

観音堂から南へ進み、車道を横切って右手の土手に通じる道を進むと、お城の形をしたキッコーマン御用蔵《ごようくら》があった。文政一二年（一八二九）、高梨家が幕府の命を受けて醤油を献上し、天保九年（一八三八）、茂木家も幕府に醤油を献上するようになり、明治四一年（一九〇八）、宮内省大膳寮《くないしょうだいぜんりょう》にも醤油を御用達するようになった。昭和一五年（一九四〇）、建国二六〇〇年を記念して、周囲には堀が設けられ、ま

長命寺

るで城のような独特の風貌をした御用蔵が建てられた。

しかし、老朽化したので、七〇年の節目に、野田工場内へ移築された。移築では、醤油を仕込む木桶、屋根の小屋組み、屋根瓦、石垣、門などは、移築前のものを使用し、原形に近い形で復元された。御用蔵では、現在も宮内庁に納める醤油を醸造しており、伝統的な醤油の醸造技術、御用蔵の建設当時の道具や装置を保存・展示している。

■長命寺

御用蔵から江戸川の堤防の上の道を下流に向かって進む。広々とした江戸川の河川敷、田畑が見渡せる。高圧線の下を通り過ぎた少し南で堤防を下り、民家の間を抜けると、田圃が開けてくる。野田を訪れて初めての田圃との対面だ。しかし、それも束の間で、車道を横切ると野田台地に登っていく。車道で左折し、三叉路を直進してしばらく進むと、右側に長命寺《ちょうめいじ》がある。

長命寺は、極楽山聴衆院《ごくらくさんちょうしゅういん》と号する真宗大谷派の寺で、本尊は阿弥陀《あみだ》如来《にょらい》である。承久二年（一二二〇）、親鸞聖人の高弟・西念坊《さいねんぼう》によって開創され、「西念坊」と称していた。正応元年（一二八八）、覚如上

太子堂

人が東国巡回の折、西念坊に立ち寄り、一〇七歳の西念坊の長寿を讃えて、寺名を長命寺に改めた。

『千葉県寺院明細書』には、「寛文二年本山十四世琢如法主の命によって寺を再建し西念寺と号し、文政三年正月長命寺と改称す」とある。付属の墓地には、菩提樹の老木がある。この木は、親鸞聖人の手植えの菩提樹といわれ、親鸞聖人が野田に逗留中に、仏法が後の世まで拡まるようにと願って植えられたという。

長命寺の境内には、太子堂《たいしどう》がある。創建年代は詳らかではないが、回廊の宝珠《ほうじゅ》の銘に「文化三年寅六月吉日」とあるので、この頃に高梨家の寄進によって建てられたものと推定されている。その後、樽職人による太子信仰が盛んになり、賑わったという。

堂内には、親鸞聖人の手によるといわれる聖徳太子十六歳のときの孝養太子像、平成二年（一九九〇）、市指定文化財に登録された野田地方最古の俳諧資料の「太子堂句額《たいしどうくがく》」が安置されている。さらに、文化三年（一八〇六）銘の太子堂建設之絵馬、弘化四年（一八四七）銘の野田組樽屋講中から納入された扁額、絵馬がある。

櫻木神社

■櫻木神社

太子堂から三叉路まで戻り、左折して東へ進む。しばらく進むと、右手の住宅の間の道に沿って白い塀が見えてくる。ここで左折して塀に沿って進み、南側に回ると、櫻木神社《さくらぎじんじゃ》がある。祭神は、武甕鎚命《たけみかづちのみこと》、倉稲魂命《うかのみたまのみこと》（宇迦之御魂命《うかのみたまのみこと》）、伊弉諾命《いざなぎのみこと》、伊弉冉命《いざなみのみこと》である。

『千葉県宗教法人由緒書』には、「現宮司高梨政則《たかなしまさのり》の祖先大職冠《たいしょくかん》藤原《ふじわらの》鎌足《かまたり》公五代後、藤原冬嗣《ふじわらのふゆつぐ》の三男嗣良《つぐよし》なるもの、嘉祥三年三月、故ありてこの地に来たり、原野を開発し、仁寿元年三月稲荷の祠を建立する後、明和六年十一月、伏見稲荷の神霊を分祭し、此時正一位を賜る。斉衡元甲戌年、又鹿島神社を分祭し、両者の神主となる。鹿島神社を梅郷村桜台二〇五、無格稲荷神社に合祀し、明治十三年七月三十日、村社櫻木神社となる」とある。

仁寿元年（八五一）、大化の改新で活躍した藤原鎌足の子孫で、藤原冬嗣の三男である藤原嗣良によって創建されたと伝える。嗣良がこの地に居を移した際、桜の美しい大木のもとに倉稲魂命、武甕槌命を祀ったのが始まりと伝える。

中根八幡前遺跡

■中根八幡前遺跡

櫻木神社の参道の大鳥居を潜ると、櫻木神社の社号標がある。ここで左折して、東方に見える二本の高木を目指して住宅の間を進む。桜の雑木林で左折してこれを巻くように進むと、中根《なかね》弥生《やよい》公園《こうえん》がある。この公園は、中根《なかね》八幡前《はちまんまえ》遺跡《いせき》でもある。

この遺跡は、古墳時代初期の遺跡で、昭和二六年（一九五二）、一棟の住居跡が発見された。住居跡は、縦約五メートル、横約三・九メートルの長方形の竪穴住居で、柱穴はなく、中央やや北よりに炉跡が発見された。土器のほかに、火災で炭化した垂木なども発掘されている。

現在は、住宅地の中の史跡公園として整備され、説明板を設置して保存されている。昭和四四年（一九六九）、野田市の「史跡」に指定された。

■中根八幡前遺跡の万葉歌碑

中根八幡前遺跡の一角に、次の歌が刻まれた万葉歌碑がある。

中根八幡前遺跡の万葉歌碑

にほ鳥の　葛飾早稲《かづしかわせ》を　にへすとも
そのかなしきを　外《と》に立てめやも
　　　　　　　　　　　　　　　　　一四・三三八六

この歌は――今夜は初物の早稲米《わせまい》を神に捧げて感謝する新嘗祭《にいなめさい》の晩である、門を閉ざして神の恩恵に感謝し、男女とも清浄であるべき晩であるが、わたしはあの人が恋しい、もし今夜あの人が訪れたら、こんな寒い夜に外になんか立たせておかないでしょう――という意味である。この歌碑は、尾上八郎《おのえはちろう》氏の揮毫により、昭和二八年（一九五三）に建立された。碑陰には、建碑の由来が次のように刻まれている。「下総の地には我々の遠祖奈良時代の人々により三〇余首の歌が残され、この地から流山にかけての地域は万葉集一四の歌にある葛飾早稲の産地であり、葛飾娘子の居住した上代文化の跡である。この地は弥生式農耕部落の遺跡である。茲に、柴舟、尾上八郎先生の筆になる東歌一首を刻み永く万葉の史跡として後世に伝える為多数の市民の賛同を得てこの碑を建てる（後略）」と。

　この歌は、葛飾早稲の初穂を神に供えて、新嘗祭を行っているときに、祭りを行う娘子が詠んだ歌である。新嘗祭は、未婚の処女の女性が主催し、その神聖な祭りの場所には、男性を入れてはならない習わ

中根八幡前遺跡付近の畑

しがあった。その新嘗祭を行っているときに、愛しい男性が訪ねてきた。その人のことを思うと、禁制を破ってでも、訪れた愛しい男性を迎え入れたい、と情熱を燃やしている娘子の心の葛藤が窺える。

この歌は、『万葉集』巻一四の東歌の中の、下総国の歌四首の中の一首である。奈良時代には、下総国の葛飾郡は、度毛《とも》、八島《やしま》、新居《にひゐ》、栗原《くりはら》、桑原《くははら》、豊島《としま》、余戸《あまるへ》、駅家《うまや》の八郷で構成されていた。野田市の地域は、流山市域とともに、度毛郷《ともごう》に属していた。江戸時代になって、下総国葛飾郡と武蔵国葛飾郡に分割された。その後、東京都葛飾区、埼玉県北葛飾郡、千葉県東葛飾郡の三つに分かれた。

このため、葛飾早稲の生産地の所在についても、埼玉県三郷市、千葉県流山市、野田市、市川市、船橋市、東京都葛飾区など諸説に分かれている。万葉の時代には、東京湾は埼玉県行田市、羽生市付近まで奥深く湾入し、利根川、荒川が流れ込んでいた。野田市は、この奥東京湾の東岸に位置する野田台地にある。野田市の周辺を散策すると、田圃はほとんどなく、畑作中心の農耕が営まれており、旧キッコーマン御用蔵の南部の江戸川沿いの低地に僅かに田圃が見られるくらいである。

中根八幡前遺跡は野田台地上にあり、弥生時代の住居跡が発見されているが、その周辺には畑地が広がっており、葛飾早稲の生産地とするには難があるように思われる。

葛飾早稲の生産地を比定するには、貝塚の分布、地層調査などにより、万葉の時代の河川の蛇行状態、奥東京湾の侵入状態、沼地の分布状態などを総合的に調査して、葛飾早稲が生産されていたかどうかを検証する必要があるように思われる。

花井住宅団地付近の雑木林

■権現塚

中根八幡前遺跡から住宅の間を南へ進み、平成やよい通りのガードを潜り抜け、雑木林と花井住宅団地の間の道を南へ進む。県道松戸・野田線に出て、これに沿って進み、次の角で左折してしばらく進むと、権現塚《ごんげんづか》があり、自然石に「御指木《ごさしき》の桜別当神光寺《さくらべっとうじんこうじ》」と刻まれた石標があり、傍に中村家住宅がある。

慶長五年（一六〇〇）、会津国の上杉景勝《うえすぎかげかつ》は、豊臣秀頼《とよとみひでより》方に組し、石田三成《いしだみつなり》と通じて、不穏な動きを見せていた。徳川家康《とくがわいえやす》は、これを征伐する目的で東国へ下ったとき、この地を通った。このとき、杖にしていた桜の枝を地中に刺して行った。これが根付いて見事な桜が咲く

鏡圓寺

ようになった。そこで、廃寺となった神光寺の住職が昔を偲んで、この桜の下に、「御指木の桜別当神光寺」の碑を建てたという。桜は「権現桜《ごんげんざくら》」と呼ばれ、見事な花を咲かせていたが、今では姿を消している。

■鏡圓寺

権現塚から車道に出て、これに沿ってしばらく進むと、東武野田線梅郷《うめさと》駅に出る。この向かい側に鏡圓寺《きょうえんじ》がある。鏡圓寺は、光明山《こうみょうさん》と号する曹洞宗の寺で、本尊は延命地蔵菩薩《えんめいじぞうぼさつ》で、「お地蔵様の寺」と呼ばれて、近隣住民から篤く信仰されている。

慶長年間（一五九六〜一六一五）に創建されたと伝え、開山は岡部《おかべ》長盛《ながもり》が下野国の洞雲寺《どううんじ》から迎え入れた萬室英松《まんしつえいしょう》である。もとは天台宗に属していたが、元禄年間（一六八八〜一七〇四）、曹洞宗に改宗された。

鏡圓寺から東武野田線梅郷駅に出て、今回の散策を終えた。今回は、奥東京湾の東岸に位置する野田台地にある醤油の町・野田市の史跡をめぐり、中根八幡前遺跡の万葉歌碑を訪ね、葛飾早稲の生産地を探ったが、江戸川沿いに僅かに田圃を残すのみで、葛飾早稲の生産地としての印象はほど遠いものであった。

交通▼上野駅でJR常磐線取手行きの電車に乗車、柏駅で東武野田線の電車に乗り換え、清水公園駅で下車。

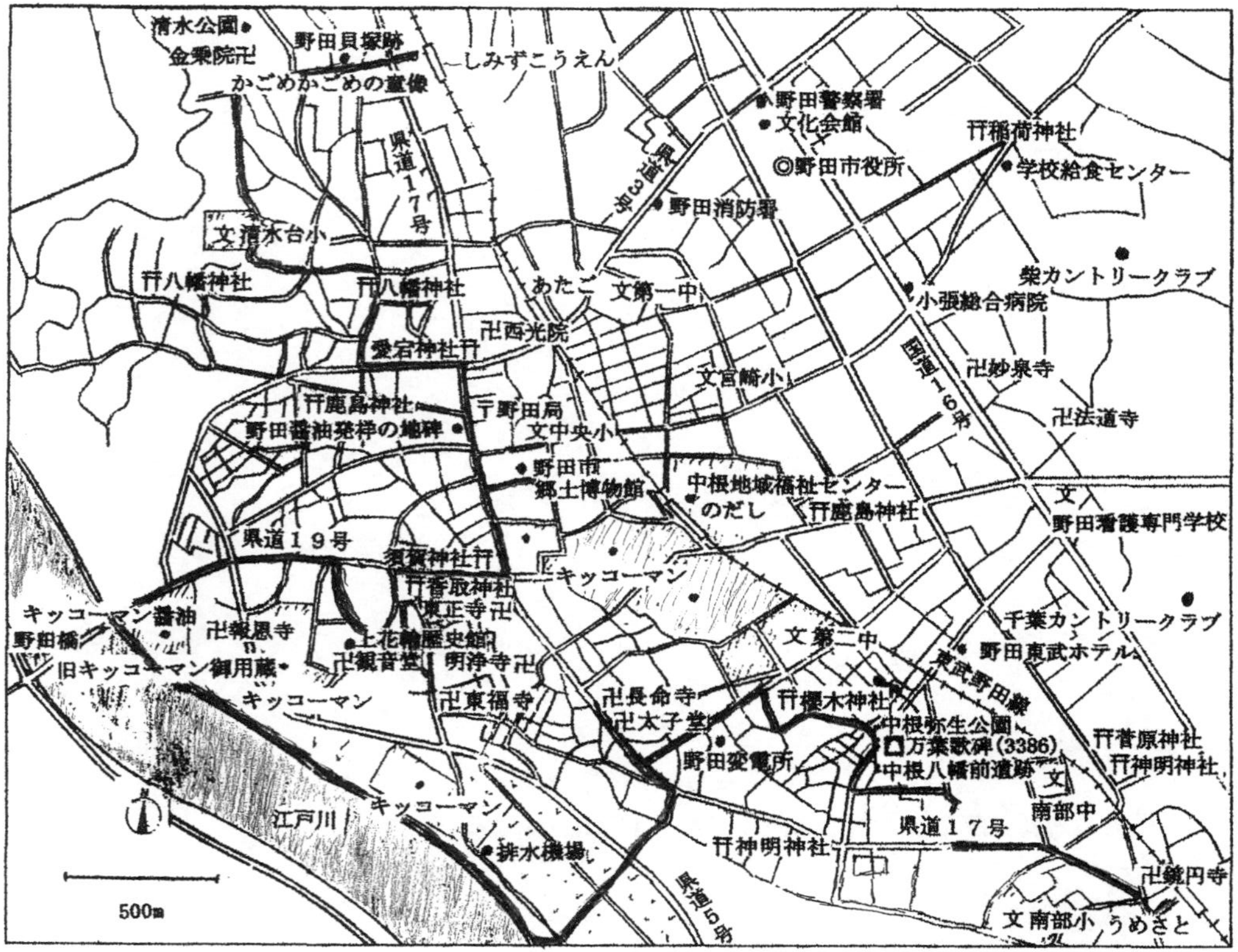

葛飾早稲コース（千葉県野田市）

小埼の沼コース

（埼玉県さいたま市岩槻区）

『万葉集』巻九に埼玉《さきたま》の小埼《をさき》の沼《ぬま》が詠まれた歌がある。小埼の沼の所在地については、さいたま市岩槻区《いわつきく》尾ヶ崎新田《おがさきしんでん》のほかに、行田市《ぎょうだし》埼玉《さきたま》、羽生市《はにゅうし》尾崎《おさき》などの説がある。さいたま市岩槻区尾ヶ崎は、岩槻区の南部に位置した田園地帯にある。この地域は、万葉の時代には、武蔵国埼玉郡の南西部に位置していた余戸郷《あまるべごう》に属していた。河川の乱流が激しい湿地帯であったので、小埼の沼はこの地に所在していたとされている。しかし、長い間、田圃の開発が拒まれ、人々の居住がほとんどなく、戸数五〇にも満たなかったので、余戸郷として編戸されたといわれている。今回の散策では、さいたま市岩槻区尾ヶ崎にある小埼の沼の万葉歌碑を訪ね、東の岩槻台地の南端を経て、岩槻台地を北上して、岩槻城下までめぐり、小埼の沼を偲ぶことにする。

埼玉スタジアム

■埼玉スタジアム

JR市ヶ谷駅で、埼玉高速鉄道埼玉スタジアム線浦和美園《うらわみその》行きの電

尾ヶ崎新田に広がる田圃

車に乗ると、約四五分で浦和美園駅に着く。浦和美園駅から埼玉高速鉄道の車庫の線路沿いに北へ進む。車庫の北端で右折し、すぐ先で左折してしばらく進むと、埼玉スタジアム２００２がある。一般的には、単に「埼玉スタジアム」、または、略されて「埼スタ」と呼ばれている。収容人員は約六万四〇〇〇人、アジア最大級、日本最大のサッカー専用競技場である。日本プロサッカーリーグ（Ｊリーグ）、サッカー日本代表の国際Ａマッチなどでも使用されている。

周辺は、都市公園「埼玉スタジアム２００２公園」となっており、サブグラウンド三面、フットサルグラウンドなどのサッカー関連施設のほか、芝生広場もある。

稲蒼魂神社

埼玉スタジアムの東側の道を南東へ進み、信号機のある交差点で左折して綾瀬川を渡り、しばらく進むと、左側に小さな社の稲蒼魂神社《うかのみたまじんじゃ》がある。祭神は宇迦之御魂命《うかのみたまのみこと》である。

この神社は、伏見稲荷大社を総本社とし、商売繁盛、五穀豊穣にご利益があるといわれ、近隣の人々から篤く信仰されている。

稲蒼魂神社境内の万葉歌碑

■稲蒼魂神社境内の万葉歌碑

稲蒼魂神社の裏側に、次の歌が刻まれた万葉歌碑がある。

埼玉《さきたま》の　小埼《をさき》の沼に　鴨そ翼霧《はねき》る
己《おの》が尾に　降り置ける霜《しも》を　払《はら》ふとにあらし　九・一七四四

この歌は――埼玉の、小埼の沼で、鴨が羽ばたきをして、しぶきを上げている、自分の尾に、降り積もった霜を振り払おうとしているのだろう――という意味である。この歌の左注に、「高橋連虫《たかはしのむらじむし》麻呂《まろ》の歌集に出づ」とあり、虫麻呂が詠んだ歌である。

この万葉歌碑は、万葉仮名で刻まれており、天保六年（一八三五）、九代目・真々田安五郎《ままだやすごろう》氏（俳号・小埼庵素泉《おざきあんそせん》）の揮毫により建立された。碑陰に刻まれた建碑の由来を要約すると、次のようになる。

「この地は、都から離れ、人の住むような所でもなく、あれた地である。利根川、荒川が合流して、大河となり、雨が降ると水が溢れる。慶長の頃、幕府は庶民を哀れみ、永い堤防を築いて、洪水を防ぎ、耕作が出来る地を作ったので、私の祖先はこの地に移り住んだ。草や木

温古碑

を穿って、力を尽くして小埼新田を作った。それにより十余代田畑を相続している。此処に碑を建て、万葉を長く伝える」と。

この歌碑の傍に副碑が建っている。この碑は「温古碑」と呼ばれ、嘉永二年（一八四九）、初代真々田利左衛門の二百回忌を記念して建立された。この碑には、小埼の沼について、次のように記されている。

「前玉の小埼の沼とむかしの人に詠まれたるはこの辺にてやありけらし。慶長の頃までは人の住むべきにもあらで葦菰の中を幾筋となく水の通ひぬれはあやし川といひならはしけるを利根川、荒川のみなもとを余瀆のあへつれ落にして所々に堤を築かせられ上武山々の水落ち来る横縁を除きられてよりおのつから綾瀬のなかれ当すとてなりにける。されは元和改るの年初て漂ひきたり一在所を墾かしめこの精舎の基を開かれたるも八十余りの齢をたちぬ。糸柳千筋を茂る綾瀬かな。慶安三寅の年六年十八日没す。法名浄慶居士今年二百回忌報恩の為早はやと碑を造立す（後略）」と。

これらの歌碑は、当初、近くの真々田家の屋敷の庭に建立されていたが、尾ヶ崎新田の土地区画整理事業で、平成二九年（二〇一七）、稲蒼魂神社の境内に移転された。

光秀寺

光秀寺

真々田家から東へ進み、県道蒲生岩瀬線で左折して、黒谷落《くろやおち》（川）に架かる田原橋を渡って右折し、川に沿って少し進むと、光秀寺《こうしゅうじ》がある。光秀寺は、日峰山福寿院《にっぽうさんふくじゅいん》と号する曹洞宗の寺で、本尊は釈迦牟尼《しゃかむに》仏《ぶつ》である。

永禄七年（一五六四）、岩槻城主・太田氏房《おおたうじふさ》の家臣・三上三郎左衛《みかみさぶろうざえ》門《もん》による開基、笑翁清馨禅師《しょうおうせいけいぜんじ》の開山と伝える。寺号は、三上三郎左衛門の法号・光秀寺玉宗禅玖禅門《ぎょくしゅうぜんきゅうぜんもん》から名づけられたと伝える。天正一九年（一五九一）、徳川家康より寺領三石を賜ったが、明治初期に奉還し、境内地を除く森林が国有地に編入された。

境内には、高さ一八メートル、幹周り約五・四メートル、樹齢約四五〇年と推定されるカヤの巨木がある。

尾ヶ崎観世音

光秀寺からさらに川に沿って進むと、高台に尾ヶ崎観世音《おがさきかんぜおん》がある。階段を登ると観音堂《かんのんどう》があり、堂内に観世音菩薩像《かんぜおんぼさつぞう》が安置されている。

尾ヶ崎観世音

祭日には、男が女のお尻をひねるという奇習が伝わることから、「ひねりの観音」と呼ばれている。

観音堂は、岩槻台地の南端に位置し、境内から尾ヶ崎新田を見渡すことが出来る。尾ヶ崎の地名は、台地の南端の景勝地であることに由来するという説、長く突き出した「オサキ」が訛って「オガサキ」になったという説、この南一帯が海であった頃、岬であったという説、などの諸説がある。尾ヶ崎新田の周りには、笹久保新田《ささくぼしんでん》、玄蕃新田《げんばしんでん》、釣上新田《つりかみしんでん》などがあり、江戸時代にこれらの新田が開発されるまで、この辺り一帯は、広大な湿地帯や沼であったといわれる。

万葉の時代には、岩槻台地の東には、奥東京湾が深く入り込んでいたと想像され、この地は北部を通る東山道から遠くかけ離れて、交通が不便であるので、高橋虫麻呂が常陸国への途上に、わざわざこの地を訪れて、小埼の沼の歌を詠んだとするには、いささか疑問が残る。

■勝軍寺

尾ヶ崎観音から西側の坂を登っていく。城南中学校の傍を通り、しばらく進むと、勝軍寺《しょうぐんじ》がある。勝軍寺は、愛宕山求聞院《あたごさんくもんいん》と号する真言

勝軍寺

宗智山派の寺で、本尊は虚空蔵菩薩《こくぞうぼさつ》である。

永享八年（一四三六）、法院奝光《ほういんちょうこう》により開基された。天正二年（一五七四）、京都の仁和寺から「勝軍寺」の称号を賜った古刹で、江戸時代には、三石の朱印地を賜っている。

かつては四国八十八カ所霊場を模した「三郡送り大師」という、北足立郡、南足立郡、埼玉郡の寺院を、弘法大師の絵や像を順送りして参拝する札所信仰があり、四〇番目の札所であったが、今は途絶えている。この寺には、慶長一七年（一六一二）銘の「武蔵国騎西郡黒谷之尾ヶ崎之郷検地帳」がある。

境内には、延宝六年（一六七八）銘の阿弥陀三尊像、地蔵菩薩像、享保八年（一七二三）銘の庚申塔など数多くの石仏がある。

■八幡神社

勝軍寺に隣接して八幡神社《はちまんじんじゃ》がある。祭神は誉田別命《ほむたわけのみこと》（応神天皇《おうじんてんのう》）、倉稲魂命《うがのみたまのみこと》である。社伝によれば、往古、当地は「大和田」と称していたが、永承年中（一〇四六〜一〇五三）、源義家《みなもとのよしいえ》が奥羽征討の途中、笹の生い茂る窪地に軍扇を奉鎮して、武運長久を祈願したので、「篠《ささ》

黒谷の久伊豆神社

久保《くぼ》」と呼ばれるようになった。この時、義家は、軍扇を桑の木の株に立てかけたので、以来、笹久保では軍扇、尾ヶ崎では桑の木の株を神体として、ともに八幡宮に祀ったという。

『新編武蔵風土記稿』尾ヶ崎村の項には、「八幡社　村の鎮守とす、久伊豆《ひさいず》及び稲荷《いなり》を相殿とす、村持なり」とある。しかし、江戸時代から神仏分離までの間、同社の祭祀には、隣接する勝軍寺が深く関わっており、明和四年（一七六七）銘の本殿の礎石には、氏子の連名ともに勝軍寺の名が刻まれている。

■黒岩の久伊豆神社

八幡神社から北へ進み、県道新方須賀与野線を横切って北へ進むと、黒谷の集落に入り、道は右へ大きくカーブし、その先に黒岩の久伊豆《ひさいず》神社《じんじゃ》がある。祭神は大己貴命《おおなむちのみこと》である。『新編武蔵風土記稿』には、「久伊豆神社、村の鎮守なり、光善院持」とある。

欽明天皇の御代（五三九～五七一）、出雲族の土師氏《はじし》が東国へ移住したとき、大己貴命《おおなむちのみこと》を勧請したのに始まる。平安時代、武蔵野に勢力を誇った武士集団「武蔵七党《むさししちとう》」のうち、野与党《のよとう》と私市党《きさいとう》の崇敬を集め、勢力下の元荒川流域に久伊豆信仰が広まった。戦国時代に太田《おおた》道真《みちざね》・道灌《どうかん》が岩槻城を築くと、その城郭内に総鎮守として久伊豆神社が祀られた。それ以後、江戸時代まで、城の守護神として歴代城主から篤い崇敬をうけ、太刀や神輿など数々の品が奉納された。

■光善院

久伊豆神社に隣接して光善院《こうぜんいん》がある。光善院は、高木山《こうぼくさん》と号する真言宗豊山派の寺で、本尊は不動明王《ふどうみょうおう》である。。承応二年（一六五三）、比《び》丘僧《くそう》・正伯如運《しょうはくにょうん》による創建と伝える。

境内には、安政二年（一八五五）、地震で崩れ、その後修理された宝塔のほか、六地蔵塔や青面金剛浮彫立像などの種々の石仏がある。

■妙圓寺

光善院から少し戻り、右折して和土小学校の南へ通じる道を進み、小学校の南西で右折して北へ進むと、妙圓寺《みょうえんじ》がある。妙圓寺は、黒谷山と号する曹洞宗の寺で、本尊は阿弥陀如来である。正保年間（一六

庚申信仰　庚申信仰は、もともと中国の道教の教えに由来するもので、人の体の中には、三尸蟲（上尸清姑、中尸白姑、下尸血姑）という虫が住んでいるという。この三尸蟲は、六〇日に一回訪れる庚申の日の夜、宿主の就寝の間に体を抜け出し、天帝にその人間の悪行を報告するという。庚申の夜には、三尸蟲の昇天を阻むため、念仏行道や詠歌、物語などの庚申会の行事を夜を徹して行う。また、一年間に七回庚申が訪れる年を七庚申の年といい、特別に塚や石塔を建立し、盛大に庚申会を行った。

南下新井の久伊豆神社

四四～一六四八）の創建と伝える。

この寺には「三途河婆《さんずのかわばあ》さん」と呼ばれる高さ四七センチメートルの木像がある。三途の川の向こう岸にいて、川を渡ってきた亡者の着物をはぎ取る怖い婆さんであったが、妙圓寺の檀徒には妙に優しかったという。昔、はやり風邪や咳に苦しむ村人は、豆腐などを供えて、早期治癒を願う信仰があり、遠方からも祈願に訪れる人がいた。

南下新井の久伊豆神社

妙圓寺からさらに北へ進むと、南下新井の久伊豆神社《ひさいずじんじゃ》がある。祭神は大己貴命《おおなむちのみこと》である。『新編武蔵風土記稿』には、「久伊豆神社　村の鎮守とす、王蔵院持、社地に囲一丈余なる松の神木あり、末社明神」とある。王蔵院は不動明王を本尊とする真言宗の寺であったが、明治時代初期の神仏分離令で廃寺となった。

法華寺

南下新井の久伊豆神社から東へ進み、南下浄水場を経て、突き当た

飯塚神社

りの墓地で右折して、水路に沿って進み、広い道で左折すると、法華寺《ほっけじ》がある。法華寺は、霊雲山《れいうんさん》と号する臨済宗の寺で、本尊は釈迦牟尼仏《しゃかむにぶつ》である。

創建年代は、平安時代中期の延長二年（九二四）とされ、法眼《ほうげん》是徹《こてつ》和尚による開山、足利尊氏《あしかがたかうじ》の開基と伝える。当初は、天台宗の寺であったが、鎌倉時代末期に臨済宗に改宗された。

この寺には、後醍醐天皇の綸旨や足利尊氏の御判御教書などが保管されている。これは、建武の親政の際に、寺領の安堵と保護を認めたもので、埼玉県内でも数少ない貴重な古文書である。

■飯塚神社

法華寺からさらに北へ進むと、飯塚神社《いいつかじんじゃ》がある。祭神は、大己貴命《おおなむちのみこと》、建御名方命《たけみなかたのみこと》、応神天皇《おうじんてんのう》、倉稲魂命《うかのみたまのみこと》の四神である。当初、久伊豆神社と称し、大己貴命を祀っていたが、明治四〇年（一九〇七）、諏訪神社、八幡神社、稲荷神社を合祀し、社号が飯塚神社に改められた。しかし改称後も久伊豆神社の社号は存続し、今でも「産土様《うぶすなさま》」「久伊豆様《ひさいずさま》」と呼ばれている。

村国の久伊豆神社

飯塚神社の少し先で右折し、県道越谷岩槻線を横切って北へ進む。右手に元荒川が見えてくる。やがて村国《むらくに》の集落に入ると、久伊豆神社《ひさいずじんじゃ》がある。祭神は大己貴命である。村国は、中世には、渋江郷に属し、「渋江鋳物師《しぶえいものし》」と呼ばれる鋳物師が集住し、その工房跡とされる鋳金遺跡が残されている。久伊豆神社は、その村国の鎮守として祀られた。

鋳金遺跡の碑

鋳金遺跡《ちゅうきんいせき》は、馬込《まごめ》、金重《かねしげ》、村国の三カ所といわれているが、確認出来る旧跡は、村国と馬込である。地元の人々は、村国の鋳物師の跡を鋳物屋敷と呼び、工房跡に渋江鋳金遺跡の碑が建っている。

室町時代から戦国時代にかけて、「渋江鋳物師」と呼ばれる鋳物師が岩槻周辺で活躍していた。この遺跡は、渋江郷に住んで鋳物を製造した人々の工房跡で、周辺の発掘調査では、鋳物製品を作るための鋳型や不純物の塊である鉄滓《てっさい》などが出土している。

渋江鋳金遺跡の碑

渋江鋳物師の作品は、日高市の聖天院にある、応仁二年（一四六八）銘の青銅製鰐口で、「武州崎西郡鬼窪郷佐那賀谷村久伊豆御宝前鰐口　願主衛門五郎　応仁二年戊子　十一月九日　大工　渋江萬五郎」と刻印がある。また、岩槻区長宮大光寺の鰐口には、『敬白　奉懸新方庄長宮香鳥鰐口一宇　文明六年甲午卯月十五日　旦那孫九郎家吉　大工渋江住泰次』と残されている。

岩槻城址公園

■岩槻城址公園

久伊豆神社から村国の集落を抜けると、岩槻文化公園《いわつきぶんかこうえん》がある。テニスコートの横から公園に入る。公園内には、体育館、陸上競技場、テニスコート、元荒川緑地多目的広場などがある。

岩槻文化公園からさらに北へ進み、国道一六号線を横切ってさらに北へ進むと、岩槻城址公園がある。この公園は、岩槻城址《いわつきじょうし》に造られた公園である。

岩槻城は、長禄元年（一四五七）、太田道真《おおたみちざね》・道灌《どうかん》の父子によって築かれた。扇谷上杉持朝《おうぎだにうえすぎもちとも》は、古河公方《こがくぼう》・足利成氏《あしかがなりうじ》に対抗するため、家臣の太田氏に命じて、岩槻、江戸、川越に城を築いた。とくに、岩槻

岩槻城黒門

城は古河に最も近く、戦いの最前線となったが、明治四年（一八七一）、廃藩置県にともない、岩槻城は廃城となった。現在、城門、裏門、新曲輪・鍛冶曲輪跡、土塁、空堀などが残されている。

公園の入口には、「黒門」と呼ばれる岩槻城の城門がある。門扉の両側に小部屋が付属する長屋門で、明治四年（一八七一）、岩槻城が廃城となった後、埼玉県庁や知事公舎の正門として利用されていたが、昭和二九年（一九五四）、旧岩槻市に払い下げられた。黒門の少し南に岩槻城裏門が残されている。医薬門形式の門で、明和七年（一七七〇）、岩槻城主・大岡氏が造立した。

■人形塚

裏門の横に人形塚《にんぎょうづか》がある。旧岩槻市は、「人形の町」と呼ばれるほど人形の生産が盛んなところで、昭和四六年（一九七一）、埼玉百年を記念して、関根将雄《せきねまさお》画伯のデザインにより、岩槻人形連合協会が建立した。男雛と女雛が仲むつまじく寄り添いあって「人」を形象したデザインになっている。毎年一一月三日、人形塚前で「人形供養祭《にんぎょうくようさい》」が開催されている。

岩槻城　室町時代末に築かれた城郭で、築城者は、太田道真・道灌父子とする説、太田道灌とする説、父の太田道真とする説、後に忍城主となる成田正等とする説がなどがある。元荒川の荒廃湿地に半島状に突き出た台地の上に、本丸、二の丸、三の丸などの主要部が、また、沼地を挟んだ北側には、新正寺曲輪、沼地を挟んだ南側には、新曲輪が築かれた。主要部の西側は、堀によって区切られ、その西側には、武家屋敷や城下町が広がっていた。城と城下町を囲むように、全長八キロメートルにも及ぶ土塁の大構が設けられている。

■梅照院

岩槻城址公園の南側の道を西へ進むと、梅照院《ばいしょういん》がある。梅照院は、長慶山《ちょうけいさん》と号する日蓮宗の寺で、本尊は一塔両尊《いっとうりょうそん》である。天正六年（一五七八）、日如《にちにょ》が開基となり創建された。『さいたま市史料叢書』には、「創立年月不詳、開基天正六戊虎年六月日、称名梅照院日如なり、後ち十四世実相院日暢代宝暦七年雄勝仏殿・庫裏再建、昭和四年五月一日本堂屋根萱葺を亜鉛葺に葺換許可、昭和四年九月十六日竣工。本堂　間口六間三尺奥行五間。庫裏真継七間奥行四間」とある。

■浄源寺

梅照院からさらに西へ進み、たちばな保育園の角で右折して北へ進むと、浄源寺《じょうげんじ》がある。浄源寺は、嵓月山《がんげつさん》と号する浄土真宗本願寺派の寺で、本尊は阿弥陀如来《あみだにょらい》である。創建年代は未詳であるが、河津三郎《かわづさぶろう》祐重《すけしげ》（釋祐存僧善正《しゃくゆうそんそうぜんせい》）が出家して開基となって創建し、慶長六年（一六〇一）、嵓月山浄源寺と号したと伝える。

浄源寺

境内の浄源寺縁起碑には、「開基は、平家の士・曽我兄弟河津十郎祐成、五郎時政の末裔。河津三郎祐重出家して釋祐存と号し、室を安養庵と云い、浄土真宗に帰依したのに始まると伝えられ、年代は不詳である。文明三年（一四七一）火災により建物を焼失、九代釋善正のとき、慶長六年（一六〇一）西本願寺より本尊阿弥陀如来木仏と寺号を賜り、嵓月山浄源寺と号し堂宇を建立した」とある。

■諏訪神社

浄源寺に隣接して諏訪神社《すわじんじゃ》がある。祭神は、建御名方命《たけみなかたのみこと》である。元和九年（一六二三）、岩槻城主・阿部正次《あべまさつぐ》が戦いに備えて、信濃国の諏訪上社の軍神を勧請したのに始まる。岩槻城下の諏訪小路に鎮座し、城の大手門の南東に位置し、鬼門除けに祀られたともいわれ、城主、家臣の祈願所であった。

説明板には、「諏訪神社の祭神は、岩槻城守護の軍神として信濃国諏訪上社より勧請した建御名方命で、当社は、市内にある久伊豆神社や八幡神社、天満宮とともに城主や家臣の祈願所となっていた。当社の創立年代は不明であるが、阿部氏在城当時の武州岩槻城絵図では、現在の地にすでにその存在が書かれているので、それ以前か、あるいは岩槻城が築城されたとき、北方に鎮座する久伊豆神社と同様、鬼門除けとして創建されたものと思われる」とある。

時の鐘

■時の鐘

諏訪神社からさらに北へ進むと、時《とき》の鐘《かね》がある。小高い塚の上に木造の鐘楼が建ち、梵鐘が吊り下げられている。この鐘は、寛文一一年（一六七一）、岩槻城主・阿部《あべ》正春《まさはる》が、冶工・渡辺《わたなべ》近江大掾《おうみだいじょう》正次《まさつぐ》に命じて、城下の人々に時を知らせるために建立した。その後、火災で鐘にひびが入ったので、享保五年（一七二〇）、城主・永井《ながい》直信《なおのぶ》が小幡《おばた》内匠《たくみ》勝行《かつゆき》に改鋳を命じて、造り直された。現在、六・一二・一八時の一日三回、市民に時を知らせている。

■遷喬館

時の鐘から県道大宮春日部線で左折して、次の交差点で右折し、次の三叉路で左折して西へ進むと、武家屋敷の雰囲気が漂う町並みがあ

遷喬館

り、この一角に遷喬館《せんきょうかん》がある。寛政一一年（一七九九）、岩槻藩士・儒学者・児玉南柯《こだまなんか》が創立した私塾で、文化年間（一八〇四〜一八一八）藩校となった。建物は武家屋敷を利用したもので、木造平屋建、茅葺屋根の構造で、内部には、関係資料が展示されている。

「遷喬館」の名称の由来は、中国の詩集の『詩経《しきょう》』の「出自幽谷《ゆうこくをいでて》遷于喬木《きょうぼくにうつる》」（鳥が明るい場所を求めて暗い谷から高い木に飛び移る）に由来し、ここで学ぶ者に高い志を持つことを促したものである。

■浄安寺

遷喬館から交差点まで戻り、北へ進むと、浄安寺《じょうあんじ》がある。浄安寺は、快楽山微妙院《かいらくさんびみょういん》と号する浄土宗の寺で、本尊は阿弥陀如来《あみだにょらい》である。『新編武蔵風土記稿』には、「当寺往昔は真言宗なりしが、いつの頃にか廃せしを、永正二年（一五〇五）、天誉了聞再ひ開きて、今の宗に改めたり。故に了聞を以て開山となせり」とある。

創建年代は詳らかではないが、創建当初は真言宗の寺院であったと伝える。増上寺五世・天譽上人光蓮社了聞《てんよしょうにんこうれんしゃりょうもん》が、永正二年（一五〇五）、浄安寺を浄土宗に改めて中興開山、慶長七年（一六〇二）、寺領六二

浄安寺

石の御朱印状を拝領したと伝える。

■大龍寺

浄安寺から岩槻小学校の北側を経て西へ廻ると、大龍寺《だいりゅうじ》がある。大龍寺は、雲居山《うんきょさん》と号する曹洞宗の寺で、本尊は釈迦牟尼仏《しゃかむにぶつ》である。岩槻城主・青山伯耆守忠俊《あおやまほうきのかみただとし》が開基となり、一峯麟曹《いっぽうりんそう》が開山したと伝える。『新編武蔵風土記稿』には、「禅宗曹洞派、江戸愛宕下青松寺の末、雲居山と號す、本尊釋迦を置、開山一峯麟曹元和九年十一月八日寂せり、開基は岩槻城主青山伯耆守忠俊にして、則其人の位牌あり、大龍寺殿春室宗心居士、寛永二十年四月十五日」とある。

■愛宕神社

大龍寺から少し西に進むと、愛宕神社《あたごじんじゃ》の参道があり、これに沿って進むと、愛宕神社がある。祭神は、迦具土命《かぐつちのみこと》である。この神社は、岩槻城の大構（土塁）の上に鎮座し、その傍らに三光寺《さんこうじ》があったと伝える。長禄元年（一四五七）、太田道真《おおたみちざね》・道灌《どうかん》の父子が岩槻城を築くに

愛宕神社

あたり、その外堀と土塁を造った。その際、小さな祠を発見し、風雨にさらされた小板にかすかに迦具土の字が読み取れた。そこで、防火の神として崇め、土塁の上に祀ったのが始まりという。
本殿には、甲冑を着け、右手に矢、左手に弓を持ち、軍馬に跨がる随身像《ずいしんぞう》が安置されている。

愛宕神社から東武野田線岩槻駅に出て、今回の散策を終えた。今回訪ねた尾ヶ崎には、湿地帯が広がり、『万葉集』に詠まれた小埼の沼とするには、地理的条件は備わっているが、岩槻大地の東側には、奥東京湾が入り込み、東山道からかけ離れているので、高橋虫麻呂が常陸国へ行く途上、わざわざこの地を訪ねたであろうかという疑問を抱きながら、今回の散策を終えた。

交通▼東京メトロ東西線市ヶ谷駅で埼玉高速鉄道浦和美園行きの電車に乗車、浦和美園駅で下車。

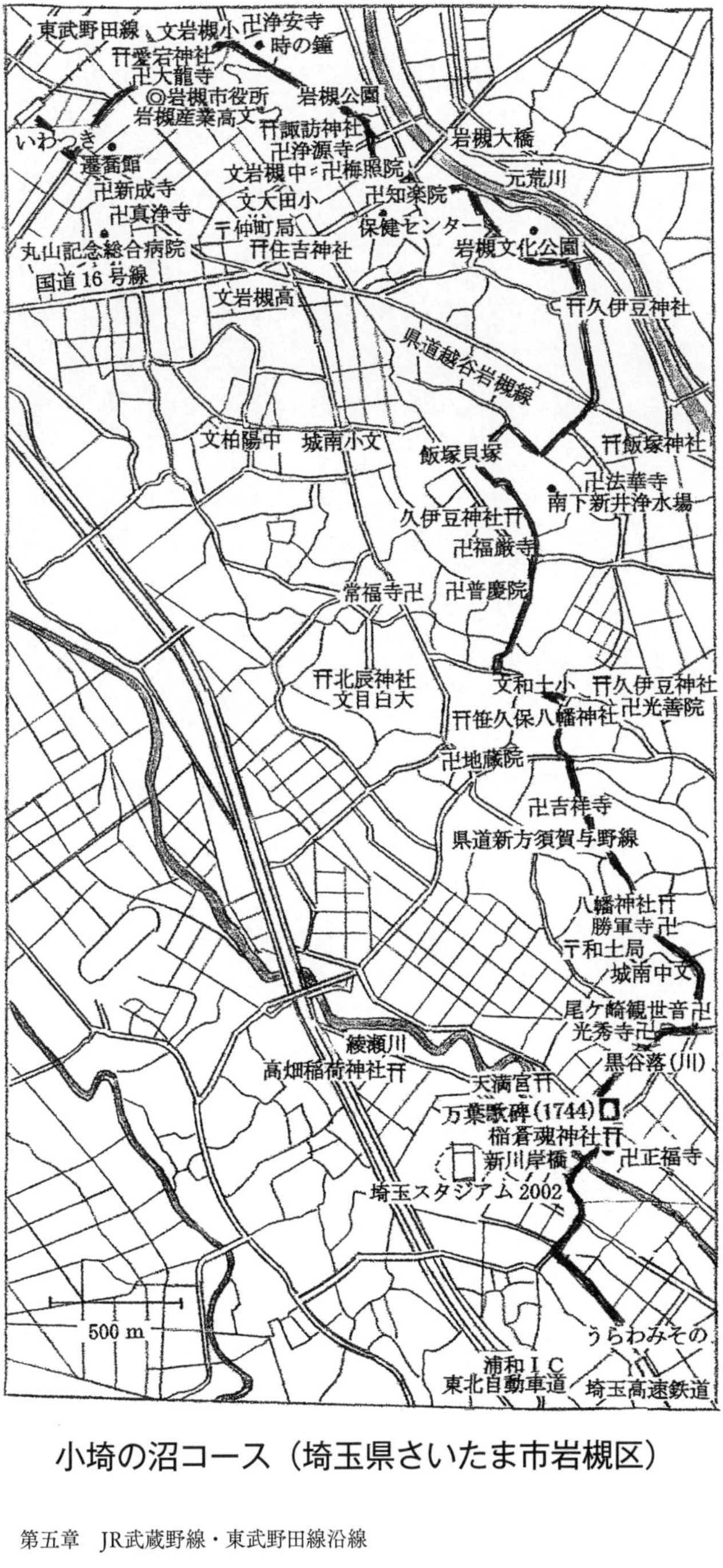

小埼の沼コース（埼玉県さいたま市岩槻区）

第六章　秩父鉄道・東武伊勢崎・日光線沿線

埼玉の沼・津コース（埼玉県行田市）

『万葉集』の巻九に小埼《おさき》の沼《ぬま》、巻一四に埼玉《さきたま》の津《つ》、巻二〇に埼玉郡の防人夫妻の歌が掲載されている。これらの歌は、武蔵国埼玉郡に関係するといわれている。埼玉郡は、武蔵国の北東部に位置し、現在の埼玉県行田市にあたる。行田市には、二五基の古墳が点在し、往古には、行田市南部まで東京湾が深く入り込んで、埼玉の津があったと推定されている。今回の散策では、埼玉郡の万葉史跡と万葉歌碑やその周辺の史跡をめぐり、万葉の時代の埼玉の津、小埼の沼を偲ぶことにする。

埼玉郡の地名の由来　「埼玉」の名は律令制の郡国制度が発足して以来の名称で、正倉院文書の神亀三年（七二六）の山背国戸籍帳には「武蔵国前玉郡」の表記が見える。埼玉は、武蔵国多摩郡の奥にある土地の意味で、「前多摩」「先多摩」の「さきたま」が転じて「埼玉」になったとする説、「前」の「さき」、湿地の「たま」が転じて「埼玉」になったとする説、「幸魂」の「さきたま」が転じたという説、などがある。『万葉集』には、「前玉」「佐吉多万」などの表記があり、往古、「さきたま」と呼ばれていた。

■蓮華寺

JR上野駅で高崎線高崎行きの快速電車に乗り、熊谷駅で秩父鉄道羽生行きの電車に乗り換えると、約一時間三〇分で行田市駅に着く。行田市駅から西へ進むと、蓮華寺《れんげじ》がある。蓮華寺は、妙法山龍花院《みょうほうさんりゅうけいん》と号する日蓮宗の寺で、本尊は釈迦牟尼仏《しゃかむにぶつ》である。創建年代は不詳であるが、当初小見村に創建され、忍城主・松平忠吉《まつだいらただよし》の命により、文禄年

東照宮

間（一五九二〜一五九六）、当地へ移転したと伝える。

『新編武蔵風土記稿』には、「蓮華寺　長光寺橋の側にあり、当寺は谷之郷に属すといへり。日蓮宗荏原郡池上本門寺末。妙法山龍花院と号す。昔は小見村にあり、文禄年中左中将忠吉卿の命によりて、ここに移せしと云。本尊釈迦を安置す。鬼子母神堂。三十番神堂」とある。

■東照宮

蓮華寺から南へ進み、大通りで右折して、市役所前からさらに西へ進むと、東照宮《とうしょうぐう》がある。祭神は、徳川家康《とくがわいえやす》、松平忠明《まつだいらただあきら》、八幡大神《やはたのおおかみ》である。

この神社は、松平忠明が大和郡山城内に東照宮を造営して、徳川家康の肖像を安置したことに始まる。その後、移封の度ごとに遷座され、伊勢国桑名郡にも移された。文政六年（一八二三）、松平忠尭《まつだいらただたか》が桑名郡からこの地へ移封された際に、桑名郡の東照宮を忍城内の下新井の地へ遷座した。慶応四年（一八六八）、鳥羽伏見の戦の折、大坂蔵屋敷内の東照宮を別当の建国寺《けんこくじ》とともに当社に合祀した。明治七年（一八七四）、下新井の地より諏訪郭内の東照宮境内の一隅に本殿を遷座し、明治三三年（一九〇〇）、藩祖・松平忠明を配祀した。

忍城址

■諏訪神社

東照宮の参道横に諏訪神社《すわじんじゃ》がある。祭神は建御名方命《たけみなかたのみこと》、八坂刀売《やさかのとめの》命《みこと》である。延徳年間（一四八九～一四九二）、成田下総守親泰《なりたしもふさのかみちかやす》が忍城を構築したとき、持田村の鎮守であった諏訪神社を忍城の鎮守として遷座したのが始まりと伝える。また、建久年間（一一九〇～一一九九）、忍三郎《にんさぶろう》・忍五郎《にんごろう》、足利家時《あしかがいえとき》らの一族が館・塁などを築いて、この地に居住したときに創建されたという説もある。

『新編武蔵風土記稿』には、「諏訪郭にあり、当城鎮護の神にして、寛文一二年の鎮座と云。神主高木長門は、京吉田家の配下なり。先祖天文年中より長野村神明社地に住せしが、寛文一二年城下町に移り、当社の神職となれりと云」とある。

■忍城址

諏訪神社の向かいに忍城址《おしじょうし》がある。忍城は、文明年間（一四六九～一四八七）、成田正等《しょうとう》・顕泰《あきやす》父子によって築城された。当初、「亀城」と呼ばれていたが、後に、忍城に改められた。この城は、太田城《おおたじょう》（茨

清善寺

城県)、宇都宮城《うつのみやじょう》(栃木県)、唐沢山城《からさわやまじょう》(栃木県)、金山城《きんざんじょう》(群馬県)、前橋城《まえばしじょう》(群馬県)、忍城《おしじょう》(埼玉県)、川越城《かわごえじょう》(埼玉県)などとともに、関東の七大名城の一つに数えられている。荒川と利根川の水利を巧みに利用した堅牢な平城《ひらじろ》で、本丸、二の丸、三の丸など、大小約二〇の郭があり、土塁、水濠で囲まれていた。『稿本・郷土忍の歴史』には、「湿潤地帯と深田地帯とを巧みに利用し、小丘の周囲に沼地を造って城湟《じょうこう》となし、土を以って土塁を築いた」とある。

天正一八年(一五九〇)、豊臣秀吉《とよとみひでよし》と小田原北条《おだわらほうじょう》氏の小田原《おだわら》の役《えき》で、石田三成《いしだみつなり》らによって水攻めを受けたが、失敗に終わり、攻めるのが難しい名城として、後に、「忍《おし》の浮城《うきしろ》」と呼ばれるようになった。この戦いにより、成田氏一〇〇年の支配が終焉し、徳川家康の持ち城となった。

江戸時代には、松平家忠《まつだいらいえただ》を初めとして、松平忠吉《まつだいらただよし》、酒井忠勝《さかいただかつ》、松平《まつだいら》信綱《のぶつな》らの譜代大名が居城した。以後、松平氏を経て阿部氏が城主となり、一八四年の長きに渡って、忍一〇万石を支配した。

明治四年(一八七一)の廃藩置県と同時に廃城となり、二の丸に忍県の県庁が置かれたが、明治六年(一八七三)、忍城は解体され、土塁の一部と忍の時鐘のみが残された。現在、忍城御三階櫓《おしじょうおさんがいやぐら》が再建され、郷土博物館になっている。

遍照院

■清善寺

忍城址から産業文化会館の傍を通り、大通りで右折して南へ進み、児童センターで左折して東へ進むと、清善寺《せいぜんじ》がある。清善寺は、平田《ひらた》山《さん》と号する曹洞宗の寺で、本尊は釈迦如来三尊《しゃかにょらいさんぞん》である。永享一二年（一四四〇）、当地の豪族・成田刑部少輔顕忠《なりたぎょうぶしょうゆうあきただ》により、平田精舎《ひらたしょうじゃ》として創建されたと伝える。

成田刑部少輔顕忠は、永正一六年（一五一九）に没したが、時の城主・成田親泰《なりたちかやす》は、その死を悼み、平田山清善寺を建立した。顕忠は、仏道に帰依し、清善斎全中《せいぜんさいぜんちゅう》と号し、その館は平田精舎と称した。天文二年（一五三三）、成田長泰《なりたながやす》により再興され、翌年成田龍淵寺五世・宗佐和尚《そうさおしょう》を迎えて、忍城内に開山した。

■遍照院

清善寺から大通りまで戻り、南へ進むと、水城公園《すいじょうこうえん》がある。その南の南小学校の南の筋で右折して、西へ進むと、遍照院《へんじょういん》がある。遍照院は、医王山常福寺梅本坊《いおうさんじょうふくじばいほんぼう》と号する真言宗智山派の寺で、本尊は薬師如《やくしにょ》

稲荷山古墳

来《らい》（大日如来）である。

平泉城主・藤原秀衡《ふじわらのひでひら》が守り本尊の薬師如来に心願を立てて祈ると快癒し、その薬師如来像を牛車に乗せ鎌倉へ向かわせたところ、当地で牛が動かなくなったため、仏縁の地として薬師堂を建て、薬師如来像を安置したと伝える。慶長九年（一六〇四）、徳川家康より、薬師堂全体に二五石の御朱印地が拝領された。

境内には、薬師堂をはじめ、本堂、大塔、庫裡、客殿、鐘楼、山門、仁王門の七堂伽藍や、東之坊、宝蔵坊、東之坊、中之坊、西之坊、観音寺の六坊などがあったが、たびたびの兵火と火災によって焼失し、寛政五年（一七九三）、総ケヤキ木造りの薬師堂が再建された。

この薬師堂は、江戸時代の技法を凝らした文化財的な建築様式であり、堂内には、行基菩薩の作と伝える薬師如来三尊像と十二神将像が安置されており、近隣の人々から篤く信仰されている。

■さきたま古墳公園

遍照院から大通りまで戻り、右折して南へ進む。区画整理記念碑で左折してしばらく進むと、県道行田笠原線に出る。右折して野合新橋

丸墓山古墳

を渡ると、「さきたま風土記《ふどき》の丘《おか》」と呼ばれるさきたま古墳公園《こふんこうえん》がある。この公園には、六世紀前半から七世紀前半に築造されたと推定される稲荷山古墳《いなりやまこふん》、丸墓山古墳《まるはかやまこふん》、二子山古墳《ふたごやまこふん》、将軍塚古墳《しょうぐんづかこふん》など、九基の大型古墳がある。

稲荷山古墳は、墳丘の全長約一二〇メートル、後円部の径約六二メートル、高さ約一一・七メートル、前方部の幅約七四メートル、高さ約一〇・七メートルの前方後円墳である。埋葬施設は、礫槨《れきかく》と粘土槨の二つで構成され、礫槨からは、金錯銘鉄剣《きんさくめいてっけん》のほか、画文帯神獣鏡《がもんたいしんじゅうきょう》一面、勾玉《まがたま》一箇、銀環《ぎんかん》二箇、金銅製帯金具一条分、鉄剣一口、鉄刀五口、鉄矛二口、挂甲小札《けいこうこざね》一括、馬具類一括、鉄鏃《てつやじり》一括などが出土した。粘土槨は、盗掘されていたが、鉄刀、挂甲、馬具などの断片が検出された。

金錯銘鉄剣は、全長約七三・五センチメートルの鉄剣で、剣身の両面に合計一一五文字の金象嵌《きんぞうがん》の銘文が刻まれていた。この銘文は、古墳時代の刀剣に刻まれていた銘文としては最も長文で、日本の国の成り立ちに関係する内容が含まれているので、歴史的価値が高いことから、国宝に指定されている。

丸墓山古墳は、直径約一〇五メートル、高さ約一八・九メートルの日本最大の円墳である。石室などの埋葬施設の主体部は未調査である

前玉神社

が、墳丘表面を覆っていた葺石、円筒埴輪、人物埴輪などの埴輪類が出土しており、これらの出土遺物の型式から、六世紀の前半の築造と推定されている。墳丘に登ると、関東平野とそれを取り囲む山々の素晴らしい大パノラマが見られる。

二子山古墳は、墳丘の全長約一三二・二メートル、後円部の径約六七メートル、高さ約一一・七メートル、前方部の幅八三・二メートル、高約一三・七メートルの前方後円墳である。周囲には、長方形の堀が二重にめぐらされており、くびれ部と中堤西側には、造り出しを持つ。内堀部分は、水堀となっている。出土した埴輪などから、六世紀初頭の築造と推定されている。

将軍塚古墳は、前方部が短い特色のある前方後円墳で、現在、将軍塚古墳博物館になっている。

県道の南側には、県立さきたま史跡の博物館があり、その東方には、六世紀中頃の築造と推定される瓦塚古墳、鉄砲山古墳、奥の山古墳、中の山古墳があり、この付近には、二棟の移築民家、はにわ館などもある。移築民家の近くには、埼玉県名発祥碑《さいたまけんめいはっしょうひ》も建っている。

前玉神社の万葉燈籠（右）

■前玉神社

さきたま古墳公園の南東に、高さ約八・七メートル、周囲約九二メートルの浅間塚《せんげんづか》古墳《こふん》があり、その頂上に前玉神社《さきたまじんじゃ》がある。祭神は、前玉彦命《さきたまひこのみこと》、埼玉《さきたま》比売命《ひめのみこと》である。『特選神名帳』には、前玉命《さきたまのみこと》、大己貴命《おおなむちのみこと》となっている。この神社の創建年代は詳らかではないが、延喜式内社に列せられる埼玉郡の惣社である。

社伝によると、忍城中にあった浅間社を勧請してからは「浅間社」と号し、鎮座する古墳は、富士山に見立てられていた。初め古墳上の神社は「上ノ宮」、中腹にある神社は「下ノ宮」と称されていたが、明治時代に、上ノ宮は「前玉神社」、下ノ宮は「浅間神社」と定められたという。『埼玉県史』には、「祭神に木之花開耶《このはなさくや》姫命《ひめのみこと》とあるのは、古く当社が浅間社と称へられたことに因るのであろう。一方の前玉彦命は旧事紀《くじき》神《しん》代本紀《だいほんぎ》に振魂命《ふりたまのみこと》の子の前玉彦命とある神か、または古事記の天之甕主《あめのみかぬしの》命《みこと》の女である前玉比売命《さきたまひめのみこと》であると思われるが、これは神社の名が地名の埼玉を取った関係から伝えられたもので、埼玉県神職会編の『諸社祭神御事歴』に述べているように、恐らくはこの前玉神二座は国神である埼玉の地主の神を祀ったものであろう」とある。

■前玉神社境内の万葉歌碑

前玉神社の拝殿に通じる石段下の両側に、元禄一〇年（一六九七）銘の石燈籠二基があり、向かって右側の燈籠には、次の歌が刻まれている。

埼玉《さきたま》の　津に居《を》る船の　風を疾《いた》み
綱《つな》は絶ゆとも　言《こと》な絶えそね
一四・三三八〇

向かって左側の燈籠には、次の歌が刻まれている。

埼玉《さきたま》の　小埼《をざき》の沼《ぬま》に　鴨そ翼《はね》きる
己《おの》が尾《を》に　降り置ける霜《しも》を　掃《はら》不《ふ》とにあらし
九・一七四四

この石燈籠は、埼玉村の氏子たちにより、元禄一〇年（一六九七）に建立された。前者の歌は――埼玉の、津に泊まっている舟のもやい綱は、激しい風のために、切れることがあっても、わたしへの便りは、絶やさないでほしい――という意味で、この歌から、船出していく恋人の無事を願って、祈るような女の感情が伝わってくる。後者の歌は、

前玉神社の万葉燈籠（左）

盛徳寺

高橋虫麻呂歌集出の小埼の沼を詠んだ旋頭歌《せどうか》で――埼玉の、小埼の沼で、鴨が翼を強く振って、しぶきを飛ばしている、自分の尾に、降りた霜を、払い落そうとしているらしい――という意味である。高橋虫麻呂が東山道を旅する途中に、この地にあった小埼の沼に泳ぐ鴨を見て、旅の疲れを休めた情景が目に浮かんでくる。

■盛徳寺

前玉神社から県道行田蓮田線に沿って南東へ進み、コンビニエンスストアの東側の農道を進むと、埼玉の集落があり、その北端に盛徳寺《じょうとくじ》がある。盛徳寺は、埼玉山若王院《さいたまさんにゃくおういん》と号する真言宗智山派の寺で、本尊は薬師如来である。

寺の縁起によれば、大同年間（八〇六～八一〇）に草創され、保元二年（一一五七）、小松内府《こまつないふ》により再建され、慶善《けいぜん》により中興開山されたと伝える。

『新編武蔵風土記稿』には、「盛徳寺　新義真言宗、長野村長久寺の末、埼玉山若王院と号す。本尊薬師、当寺は大同年中の草創にして、中興開山慶善、天文一一年寂せりと。大同の開山と云は証とすべきこ

小崎の沼の森

となし。されど境内礎の旧きもの残り、且境内を穿てばたまたま古瓦を得る類、旧よりの寺院なることは知らる」とある。

境内には、奈良時代の特徴を持つ円形の造り出しのある二五基の礎石、平安時代中期から後期を中心とした数多くの布目瓦が保存されており、この寺が埼玉県下で最も顕著な寺院であったと推定されている。さらに、文永年間（一二六四〜一二七五）銘の地蔵図像板碑、阿弥陀種子、地蔵立像などがある。

■小埼沼史跡保存碑

盛徳寺から埼玉の集落を抜けると、田圃の中に小さな森が見えてくる。この森の中に、小埼の沼の名残であるといわれる乾いた池があり、その傍に小埼沼《おさきぬま》史跡《しせき》保存碑《ほぞんひ》が建っている。この碑には、建碑の由来が次のように刻まれている。

「古来の詩歌にも謳われた著名の古沼である小埼沼が、千有余年を経てその名蹟が失われかけていることを憂い、宝暦三年に忍城主阿部《あべ》正《まさ》允《ちか》公が碑石を建て後世に伝えようとした。それからさらに百七十余年、遺跡はますます荒廃してきたため、ここの村人たちは保存会を組織し

小埼の沼の万葉歌碑

柵を作り、土地を浚渫《しゅんせつ》し樹木を植え、小埼沼の跡を後世に残そうとした。そして村の青年団員の協力を得て、その工事が完成したので、この記念碑を建立し史蹟を永久に保存する」と。

■小埼の沼の万葉歌碑

小埼沼史跡保存碑の傍に小埼の沼の万葉歌碑がある。表面に「武蔵小埼沼」という文字が、また、裏面には次の歌が刻まれている。

埼玉《さきたま》の　小埼《をざき》の沼《ぬま》に　鴨ぞ翼《はね》きる
己《おの》が尾《お》に　零《ふり》り置ける霜を　掃《はら》ふとにあらし　九・一七四四

埼玉《さきたま》の　津に居る船の　風を疾《いた》み
綱《つな》は絶ゆとも　言《こと》な絶えそね　一四・三三八〇

前者の歌は——埼玉の、小埼の沼で、鴨が翼を強く振って、しぶきを飛ばしている、自分の尾に、降りた霜を、はらいおとそうとしているらしい——、後者の歌は——埼玉の、津に泊まっている舟のもやい

古代蓮の里

綱は、激しい風のために、切れることがあっても、わたしへの便りは、絶やさないでほしい――という意味である。

この万葉歌碑は、宝暦三年（一七五三）、忍城主・阿部《あべ》正允《まさちか》が小埼の沼がこの地であると比定して、平岩知雄の揮毫により建立した。

この碑の北五〇〇メートルには、旧忍川が流れ、あたり一面には水田が広がっている。かつてはこの周辺は、沼の多い湿地帯で、旧忍川の対岸には、昭和五〇年代まで、小針沼と呼ばれる広大な沼（現在は古代蓮の里）があった。古墳時代には、小埼沼の周辺は、東京湾の入り江であったといわれるが、今では水も涸れ、沼の面影はまったくない。

小埼の沼の所在地については諸説があり、この埼玉郡の他に、戸田《とだ》茂睡《もすい》の『紫の一本』では足立郡見沼池、『武蔵名所考』ではさいたま市岩槻区尾ヶ崎、『新編武蔵風土記稿』では羽生尾崎が比定されている。

■古代蓮の里

埼玉の沼の万葉歌碑から農道を東へ進む。旧忍川の堤防の上を北へ進み、県道で右折してしばらく進むと、古代蓮《こだいはす》の里《さと》がある。古代蓮の里は、ゴミ焼却場を建設した際に、掘り出された蓮の種子が自然発芽して、開花したものを池に植えて公園としたものである。全部で四二種類、約一二万株の蓮が植栽されている。蓮の種類によってバラツキがあるが、六月下旬から八月上旬頃には、美しい蓮の花を見ることが出来る。

この公園には、牡丹園、桜のお花見広場、水生植物園、白鳥の池、冒険遊び場、蓮の花の展示館がある古代蓮会館、地上五〇メートルの展望タワー、釣堀などがある。

成就院

■成就院

古代蓮の里から県道を横切り、三叉路で左へ進むと、成就院《じょうじゅいん》がある。成就院は、五智山成就院《ごちさんじょうじゅいん》と号する真義真言宗の寺で、本尊は不動明王《ふどうみょうおう》である。天正年間（一五七三〜一五九二）、僘宥阿闍梨《しょうゆうあじゃり》が創建したと伝える。享保一四年（一七二九）、芳宥和尚《ほうゆうおしょう》の代に三重塔が建立された。

本堂には、忍城主・阿部豊後守忠秋《あべぶんごのかみただあき》の帰依仏といわれる葉衣観音《ようえかんのん》を安置する。行田救済菩薩十五霊場一三番、行田忍城下七福神の寿老人である。

三重塔は、総高一〇メートル、桁行二・一四メートルで、塔内には、忍城主阿部豊後守忠秋の帰依仏といわれる葉衣観音が安置され、「有川藤原興信筆」の牡丹唐獅子が描かれている。埼玉県には、江戸時代以前に建立された三重塔は、比企郡吉見町の安楽寺、川口市西立野の西福寺と三基しかなく、県指定文化財となっている。

■八幡山古墳

成就院から新川の集落の中程で右折して、行田浄水場まで進み、左折して北西へ進むと、富士見工業団地がある。工業団地の東端の県道で右折して、最初の筋で左折すると、八幡山古墳《はちまんやまこふん》がある。

八幡山古墳は、この周辺に広がる若小玉古墳群《わかこだまこふんぐん》の中心となる古墳で、直径約八〇メートルの円墳である。七世紀前半に築造されたと推定されている。石室は、ほぼ南北に位置し、南を正面とする前・中・後室の三室からなる全長約一六・七メートルの巨大な石室である。各室とも秩父地方産の巨大な緑泥片岩と安山岩で築造されている。

この古墳から漆塗木棺《うるしぬりもっかん》の破片や銅鋺《どうわん》など、豪華な遺物が発見されているので、埋葬者は、かなりの権力者であると推定されており、『聖徳《しょうとく》太子伝暦《たいしでんりゃく》』に登場する武蔵国造物部連兄磨《むさしのくにのみやつこもののべのむらじえまろ》という説がある。

八幡山古墳の万葉歌碑

■八幡山古墳の万葉歌碑

八幡山古墳の南に、次の歌が刻まれた万葉歌碑がある。

足柄《あしがら》の　御坂《みさか》に立して　袖《そで》振らば
家《いは》なる妹は　清《さや》に見もかも　二〇・四四二三

色深《いろぶか》く　夫《せ》なが衣《ころも》は　染めましを
御坂給《みさかたば》らば　ま清《さや》かに見む　二〇・四四二四

これらの歌は、防人歌の武蔵国《むさしのくに》の安曇宿禰《あずみのすくね》三国が進《たてまつ》る歌二〇首の中の二首である。前者の歌は、埼玉郡の上丁藤原部等母麿《ふじはらべのともまろ》の作で――足柄山の、坂に立って、袖を振ったなら、家に居る妻は、はっきりとみるだろうか――、後者の歌は、妻の物部刀自売《もののべのとじめ》の作で――もっと色濃く、夫の衣を、染めるのだった、そうすれば足柄山の坂を通るとき、はっきりととえただろうに――という意味である。足柄峠で夫が袖を振っても、埼玉郡から見えるはずがないが、袖を振ることで、相手の魂を呼び寄せ、お互いの結びつきを信じて呼び合おうとしている夫婦

長久寺

の唱和が感じられる。

この万葉歌碑は、今津建之助氏の揮毫により、昭和三六年（一九六一）に建立された。碑陰には、建碑の由来が次のように刻まれている。「表記の歌はこの地に起居せし防人埼玉郡上丁藤原部等母麿と妻物部刀自売の作にして共に万葉集巻二十所載のものなり。県は既にこの地を史蹟に指定し、その保存を図り今茲郷人胥謀り太田屯区史蹟保存会を設立し追憶の碑を建てんとす。たまたま関田英一並びに夫人寿々氏このことを耳にし、浄財を喜捨しての完璧を期せり。因に書は建堂今津建之助氏の筆によるものなり」と。

長久寺

八幡山古墳から西へ進み、工業団地の中を流れる星川に沿って北へ進む。国道一二五号線で左折して西へ直進し、桜町局で右折して北へ進むと、東行田駅があり、踏切を渡ったところに、長久寺《ちょうきゅうじ》がある。長久寺は、応珠山擁護院《おうじゅさんようごいん》と号する真言宗智山派の寺で、本尊は大日如来である。

文明年間（一四六九～一四八七）、忍城主・成田顕泰《なりたあきやす》が開基し、通《つう》

久伊豆神社

伝法院《でんぽういん》が開山となり、この寺が創建されたと伝え、代々忍城主の成田氏の祈願所となった。寺号は、成田顕泰が忍城築城の際に、鬼門鎮護の道場として武運長久を祈り、長久寺としたと伝える。その後、文禄元年（一五九二）、忍城主となった松平忠吉《まつだいらただよし》の帰依を受け、江戸時代になると、慶長九年（一六〇四）、徳川家康から三〇石の寺領が与えられ、新義真言宗の学問所が設置された。

寺宝には、市指定絵画の「絹本着色両界曼陀羅《けんぽんちゃくしょくりょうかいまんだら》・紙本着色十二天《しほんちゃくしょくじゅうにてん》画像《がぞう》」、市指定書籍の「大般若経」、市指定の天然記念物の「菩提樹《ぼだいじゅ》・公孫樹《いちょうじゅ》」などがある。

■久伊豆神社

長久寺に隣接して久伊豆神社《ひさいずじんじゃ》がある。祭神は、大己貴命《おおなむちのみこと》、事代主《ことしろぬしの》命《みこと》である。文明年間（一四六九～一四八七）、忍城主・成田顕泰が忍城を築城した際に、鬼門の守護神として、長久寺とともに創建したと伝える。明治四二年（一九〇九）、町内の二六社を合祀し、さらに、昭和三〇年（一九五五）、楯場にあった赤飯稲荷神社《しゃくじきいなりじんじゃ》を境内に遷座した。

宝暦二年（一七五二）の『長久寺文書』には、「応永年中成田五郎

久伊豆神社の藤

家時この地神祠を建て、武運長久を祈願せり、これを久伊豆社の創めにして長久寺境内にあり、古来長久寺別当を務む」とある。

境内には、約一五メートル四方の枝張の市指定天然記念物の藤がある。この藤は、境内にある赤飯稲荷を合祀する際に、市内若小玉にある「紫藤庵の野田藤」を根分けして植えたものである。野田藤は、日本原産の藤であるが、花房が一・五メートルもあるのは珍しい。

久伊豆神社から秩父鉄道東行田駅に出て、今回の散策を終えた。今回は、雄大な古墳群や小埼の沼を思わせるような広々とした田畑の中に点在する万葉故地をめぐる充実した散策となった。

交通▼上野駅でＪＲ高崎高崎行きの電車に乗車、熊谷駅で秩父鉄道羽生行きの電車に乗り換え、行田市駅で下車。

埼玉の沼・津コース（埼玉県行田市）

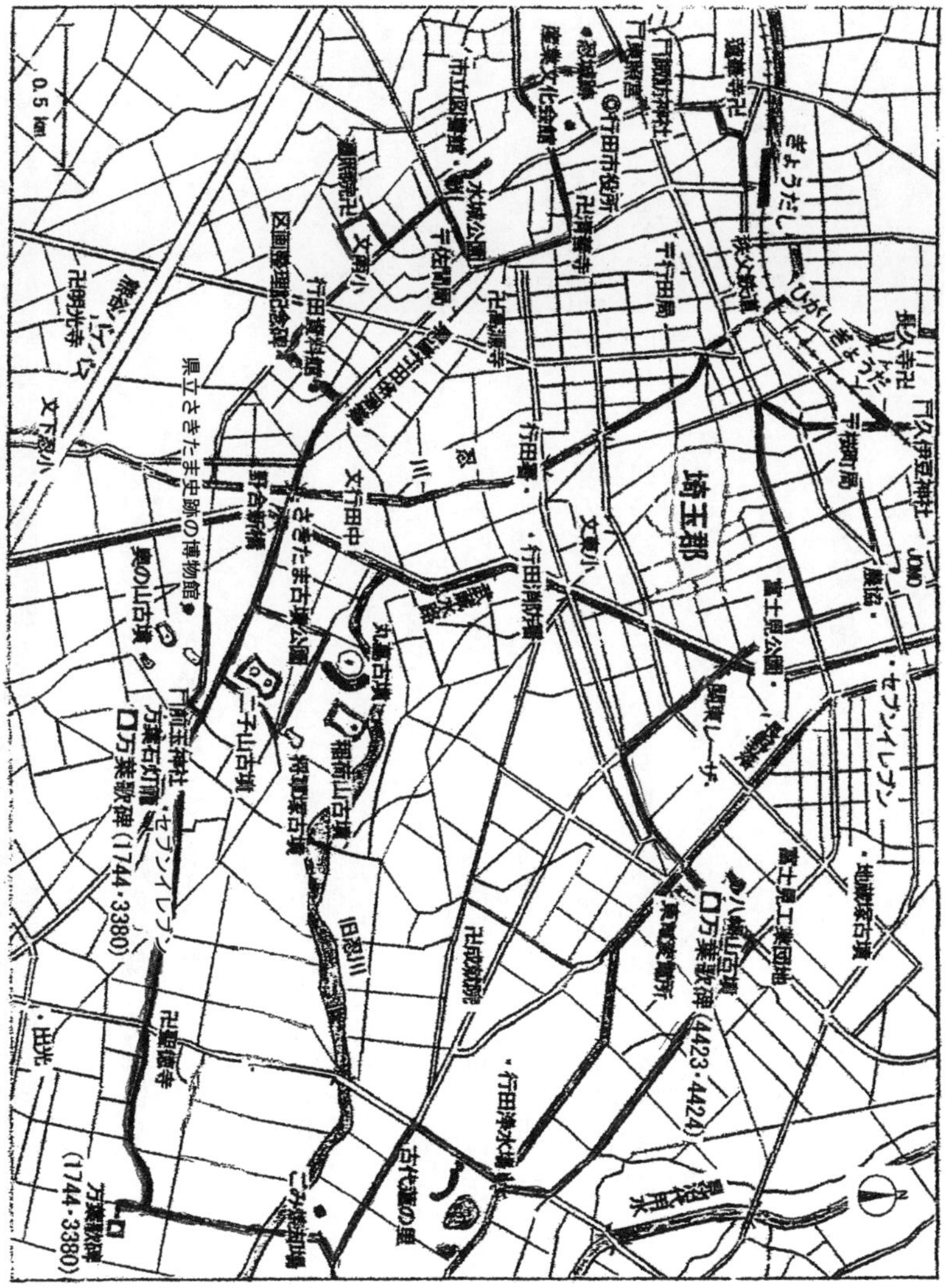

小菅万葉公園コース
（東京都葛飾区）

小菅荒川河畔に繁る葦

東京都の東北部を流れる荒川の東側に葛飾区がある。この西部に小《こ》菅《すげ》という地名が見られ、『万葉集』巻一四に小菅を詠んだ歌があり、小菅万葉公園《こすげまんようこうえん》がある。万葉の時代には、西の武蔵野台地に武蔵国《むさしのくに》豊島《としま》郡衙《ぐんが》、東の下総台地に下総国府《しもふさこくふ》が設けられ、旧利根川から古隅田川のラインが下総国と武蔵国の国境になっていた。賀茂真淵《かものまぶち》は、『万葉考《まんようこう》』の中に、「武蔵と下総の国境近くに、小菅という地名があり、元は浦辺であった」と記している。この国境付近は、古隅田川や古利根川などの河川が運んできた土砂の沖積によって、浮洲《うきす》、自然堤防《しぜんていぼう》、三角州《さんかくす》などの微高地が形成され、その岸辺には菅が生えていたと想像される。今回の散策では、小菅万葉公園を訪ね、その付近の史跡をめぐって、万葉の時代の小菅を偲ぶことにする。

■小菅万葉公園

東武伊勢崎線小菅で下車し、西側を流れる荒川の堤防に上がる。河

小菅万葉公園

川敷の大部分は、野球場や公園になっているが、東武伊勢崎線とJR常磐線の鉄橋の間には葦が繁り、万葉の時代の低湿地帯の岸辺を偲ばせる風情が残されている。堤防を下り南へ進むと、東京拘置所の外堀を利用して造られた小菅万葉公園がある。

『万葉集』巻一四に小菅が詠まれた次の歌がある。

小菅《こすげ》ろの　末《うら》吹く風の　あどすすか
かなしけ児《こ》ろを　思ひ過ごさむ
一四・三五六四

この歌は――小菅の浦を、風が吹き過ぎていくが、どうして愛する人を、思い過ぎさせることが出来ようか――という意味である。この歌から、私の思いは、簡単には吹き過ぎては行かないのだ、と恋の断念を強いられている男の心情が切々と伝わってくる。

小菅については、葛飾区の小菅とする地名説と、植物の小菅とする植物説の二つに分かれている。地名説では、賀茂真淵の『万葉考』に、「武蔵と下総のあはいの葛飾郡に小菅という所ありて、今は里中なれど此所辺古へ隅田川といひしあたりにて本は浦辺なりけり。然ればここをいふならむ」ある。『日本古典文学体系』にも、「当時その辺まで

小菅御殿の石燈籠

海であったろう」とあり、何れも地名説を採っている。一方、『日本古典文学全集』では、植物説を採っており、歌の情景やイメージが全く別の歌のようになっている。筆者は、男の心情が浦を吹く風の物悲しさに重なること、この歌が巻一四の相聞歌の海の歌の中にあること、などから地名説を支持したい。

この公園には、東屋や散策路があるが、万葉歌のイメージにはほど遠く、荒川の河川敷を利用して万葉公園を造った方がよいように思われた。

■小菅御殿跡

小菅万葉公園の傍に東京拘置所《とうきょうこうちしょ》がある。この広大な土地は、寛永年間（一六二四～一六四四）、徳川家光《とくがわいえみつ》が関東郡代・伊那《いな》半十郎忠治《はんじゅうろうただはる》に、約一〇万坪の土地を下屋敷の敷地として与えたところである。その後、「鶴《つる》の御成《おなり》」「お鷹狩《たかが》り」の休憩所として提供していた縁で、元文元年（一七三六）、徳川吉宗《とくがわよしむね》の命により、この敷地に小菅御殿《こすげごてん》を造営し、鶴の御成のときの止宿所や病弱な惇信院《じゅんしんいん》（家重《いえしげ》）の養生所に充てた。東京拘置所の正門の横に、当時の燈籠が一基残されている。

明治時代になって、葛飾とその周辺部は武蔵県となったが、明治二年（一八六九）、小菅県《こすげけん》となり、この地に小菅県庁《こすげけんちょう》が建てられた。小菅県は、現在の東京都、千葉・埼玉県の一部に及ぶ広大なものであった。小菅県は、廃藩置県により、わずか二年で廃止され、その跡地に煉瓦工場が建設された。しかし、経営難となり、明治一〇年（一八七七）、政府が買収して西南戦争で敗れた賊徒を収容して、煉瓦を焼かせた。表向きは「小菅煉瓦《こすげれんが》製造所《せいぞうしょ》」と称していたが、獄舎を兼ねていた。その後、小菅監獄となり、東京集治監《とうきょうしゅうちかん》、小菅監獄《こすげかんごく》、小菅刑務所《こすげけいむしょ》と名称が変わり、現在の東京拘置所になった。

■小菅銭座跡

東京拘置所から南へ少し進んだところに西小菅小学校があり、校庭に小菅銭座《こすげぜにざ》跡《あと》の碑が建っている。江戸時代には、この地に小菅銭座があった。安政三年（一八五六）、幕府は浅草今戸（現大東区）の銭座をこの地へ移し、「小菅《こすげ》の別座《べつざ》」と呼んで、一文銭（寛永通宝《かんえいつうほう》）を鋳造した。万延年間（一八六〇〜一八六一）、財政が苦しくなり、鉄の一文銭と四文銭を鋳造するようになった。

寛永通宝　江戸時代を通じて広く流通していた銭貨で、寛永一三年（一六三六）に初めて鋳造され、幕末まで製造が続いた。万治二年（一六五九）までに鋳造されたものを「古寛永」、寛文八年（一六六八）以降に鋳造されたものを「新寛永」と呼ぶ。元文四年（一七三九）、鉄製一文銭、明和五年（一七六八）、真鍮製四文銭、万延元年（一八六〇）、鉄製四文銭が出現した。銅または真鍮製の寛永通宝は、明治維新以後も貨幣としての効力が認められ続け、昭和二八年（一九五三）末まで、真鍮四文銭は二厘、銅貨一文銭は一厘硬貨として法的に通用していた。

正覚寺

正覚寺

西小菅小学校から旧水戸街道に沿って東へ進むと、綾瀬川に出る。右折して下流方向へ進むと、正覚寺《しょうかくじ》がある。正覚寺は、常照山《じょうしょうさん》阿弥陀《あみだ》院《いん》と号する真言宗豊山派の寺で、本尊は阿弥陀如来《あみだにょらい》である。南葛八十八ヶ所霊場七七番札所、荒川辺八十八ヶ所霊場六〇番札所、荒綾八十八ヶ所霊場一七番札所である。創建年代は詳らかではないが、開山の法印定心《ほういんじょうしん》の没年が文禄元年（一五九二）であるので、室町時代末期の草創と推察されている。

『新編武蔵風土記稿』には、「正覚寺　新義真言宗、青戸村宝持院末、常照山阿弥陀院と号す。本尊弥陀は慈覚大師の作なり。開山定心文禄元年の示寂なり。地蔵堂正覚寺持。下同じ。観音堂」とある。

本堂には、「とげぬき地蔵」と呼ばれる石造地蔵菩薩像が安置されている。小菅監獄で刑期を終えて帰るときに、この地蔵菩薩像に願を掛けると、罪が抜けるというので、「とがぬき」が転じて「とげぬき」になったという。

境内の地蔵堂には、水戸《みと》光圀《みつくに》の伝説を有する地蔵菩薩像が安置され、厨子裏の銘に、「本尊慈覚大師作、法印甚求宝永三年三月入仏、厨子

小菅神社

宝光、正徳四年正月法印甚目宥」とある。この銘は、本尊阿弥陀如来像に関する記事であると推察され、地蔵菩薩像は慈覚大師《じかくだいし》の作で、宝永三年（一七〇六）、法印甚宥《ほういんじんゆう》が造ったと推定されている。

明治二年（一八六九）、小菅県庁が設けられたとき、本堂内に「小菅県立学校」が設けられた。これが、わが国初の公立学校であるといわれている。明治四年（一八七一）の廃藩置県で県庁とともに廃校になった。

■小菅神社

正覚寺から北の旧水戸街道の新水戸橋を渡ると、北側に小菅神社《こすげじんじゃ》がある。祭神は天照大神《あまてらすおおみかみ》で、菅原道真《すがわらのみちざね》を併祇する。明治二年（一八六九）、小菅県が設置されたとき、県知事・河瀬秀治《かわせひではる》が県三五六ヵ町村の守護神として、庁内に伊勢の皇大神宮を勧請し、県社としたことに始まる。明治四年（一八七一）、小菅県が廃止され、所管の葛飾郡七二ヵ村が東京府に移管された。当社は小菅村の鎮守であった田中稲荷神社《たなかいなりじんじゃ》の境内に遷され、稲荷神社を摂社として、新たに村の氏神として祀られた。遷座以来、小菅大神宮と称していたが、明治四二年（一九〇九）、小菅神社と改称された。

蓮昌寺

■蓮昌寺

旧水戸街道に沿って進む。街道筋には、江戸時代の建物は全くなく、旧街道を偲ぶよすがはない。少し遠回りになるが、車の喧噪な道を避けて、レンゴー西側の旧隅田川沿いの小道を進む。白鷺公園を通り抜けると、蓮昌寺《れんしょうじ》に出る。

蓮昌寺は、法光山《ほうこうさん》と号する日蓮宗の寺で、本尊は三宝祖師四菩薩《さんぽうそしよんぼさつ》である。正安二年（一三〇〇）、松本阿闍梨日念《まつもとあじゃりにちねん》により創建された。創建当初、道昌寺《どうしょうじ》という草庵で、裏側にある古隅田川付近の袋耕地にあったが、室町時代末期、旧街道の消滅とともに荒廃した。慶長一九年（一六一四）、三代将軍・徳川義光《とくがわよしみつ》が亀有付近で放鷹の際、境内の蓮花を賞賛し、蓮昌寺と称するように命じたので、寺名が蓮昌寺に改められた。

寛政四年（一七九二）、小菅御殿が廃止されるまで、十一代将軍・徳川家斉以来、放鷹のときの御膳所に指定されていた。墓地には、延享五年（一七四八）銘の開山・日念上人の草創の由来を彫った石碑がある。

香取神社

■香取神社

蓮昌寺から再び旧隅田川沿いの散策路を進む。この辺りの旧隅田川は、幅が約〇・五メートルの水路であるが、スミレや菖蒲の花を眺めながらの散策が楽しめる。都営綾瀬二丁目団地の北端で右折して東へ進むと、香取神社《かとりじんじゃ》がある。祭神は、経津主命《ふつぬしのみこと》で、天照皇大神《あまてらすのすめらおおかみ》、宇迦之《うかの》御魂命《みたまのみこと》を合祀する。

この神社の創建年代・由緒は詳らかではないが、普賢寺《ふげんじ》の山門天井板銘に、「当所香取社　再建宝徳三辛未九月建之　古城内惣鎮守也」とあるので、これ以前に、当地を所領とした葛西氏が下総国の香取神宮を勧請奉祀したと推測されている。明治五年（一八七二）、社格制定時に社号を千葉神社《ちばじんじゃ》とし、明治四一年（一九〇八）、村内の天祖神社《てんそじんじゃ》、稲荷神社《いなりじんじゃ》を合祀し、昭和三二年（一九五七）、旧社号の香取神社に復された。

■普賢寺

香取神社から青葉中学校の北側を通り、中道公園の西側を南へ進む

普賢寺

と、普賢寺《ふげんじ》がある。普賢寺は、日照山源光院《にっしょうさんげんこういん》と号する真言宗豊山派の寺で、本尊は薬師如来《やくしにょらい》で、弘法大師の作と伝えるが、『江戸名所図会』には、仏工・春日の作と伝える。南葛八十八ヶ所霊場五五番札所、荒川辺八十八ヶ所霊場五七番札所、荒綾八十八ヶ所霊場八七番札所である。

この寺は、治承四年（一一八〇）、領主・葛西三郎清重《かさいさぶろうきよしげ》が創建した葛西きっての名刹である。弘安六年（一二八三）、一族の六郎常則《ろくろうつねのり》が僧・法空《ほうくう》に命じて再興された。

本堂の右側の奥に三基の宝篋印塔《ほうきょういんとう》がある。何れの塔も無銘で、種子も彫られていないが、形式、隅飾《すみかざ》り、相輪《そうりん》、蓮弁《れんべん》などから、鎌倉時代末期の作と推定されている。これらの塔は、江戸では珍しく、『江戸名所図会』『新編武蔵風土記稿』に紹介されている。境内には、永和五年（一三七九）、康正二年（一四五六）銘の数基の板碑がある。

九品寺

普賢寺の少し南の住宅の間に、都会のオアシスのような畑がある。その一角に、樹齢約四五〇年と推定されるクスの大木がある。さらに南西へ進むと、東綾瀬小学校の南に九品寺《くほんじ》がある。

普賢寺の宝篋印塔

九品寺は、西方山安養院《せいほうさんあんよういん》と号する真言宗豊山派の寺で、本尊は阿弥《あみ》陀如来《だにょらい》である。荒川辺八十八ヶ所霊場五八番札所、荒綾八十八ヶ所霊場七八番札所である。

建久四年（一一九三）、宥真法印《ゆうしんほういん》によって創立されたと伝える。その後、荒廃し、さらに、享和年（一八〇二）および明治元年（一八六八）の火災と、幾たびかの水害により、寺宝、記録が散失されて由緒は不明である。

■堀切氷川神社

九品寺から南へ進み、中の郷信用組合の裏から南へ進むと、堀切氷《ほりきりひ》川神社《かわじんじゃ》がある。祭神は、素盞嗚命《すさのおのみこと》で、天照大権現《あまてらすのだいごんげん》を合祀する。正治元年（一一九九）、武州一の宮（現さいたま市）氷川神社を勧請して、下千葉村の鎮守として奉斎された。また、境内には治承二年（一一七八）、源頼朝《みなもとのよりとも》により、関西方面から移された八王子神社も合祀する。

『新編武蔵風土記稿』には、「氷川社　村の鎮守なり。正王寺持。下持同じ。末社雷電　諏訪　稲荷　清滝明神。諏訪社。八王子社　慶安二年、社領五石の御朱印を附せらる。末社　道了権現　第六天　稲荷　厄神」とある。

正王寺

氷川神社の西に正王寺《しょうおうじ》がある。正王寺は、清瀧山金長院《せいりゅうさんきんちょういん》と号する真言宗豊山派の寺で、本尊は阿弥陀如来《あみだにょらい》である。南葛八十八ヶ所霊場五九番札所、荒川辺八十八ヶ所霊場五九番札所、荒綾八十八ヶ所霊場一五番札所、東三十三所観音霊場三番札所である。朱塗りの山門から、一般に「赤門寺《あかもんじ》」と呼ばれている。

『新編武蔵風土記稿』には、「真義真言宗青戸宝持院末。清滝山金長院と号す。開山俊義、正治元年三月一四日寂す。中興源栄、承応元年九月一六日寂せり。本阿弥陀」とある。

天祖神社

正王寺から堀切五丁目の交差点を通り過ぎると、京成堀切菖蒲園駅に出る。駅の南側に天祖神社《てんそじんじゃ》がある。祭神は、天照皇大神《あまてらすのすめらおおかみ》、誉田別命《ほむたわけのみこと》、宇迦之魂命《うかのみたまのみこと》、菅原道真《すがわらのみちざね》である。

創建年代は詳らかではないが、堀切村が伊勢神宮の神領・葛西御厨《かさいのみくりや》に含まれていた関係から、永萬元年（一一六五）、当時の領主の葛西《かさい》

妙源寺

三郎清重《さぶろうきよしげ》が皇大神宮の分霊を勧請し創建したと伝える。相殿の譽田別命は、宝徳元年（一四四九）、千葉介実胤《ちばのすけさねたね》の家臣・窪寺蔵人頭胤夫《くぼでらくろうどのかみたねお》が、武運長久祈願のため勧請したという。菅原道真は、太宰府天満宮の神霊の勧請であると伝える。江戸時代には、上平井村の鎮守社で、明治五年（一八七二）、郷社に列格した。

『東京府史料』上平井村の条には、「天祖神社　村の鎮守なり。もと神明社と云。維新後、社号改まる。明治五年一一月、郷社となる。末社六宇、社地三〇〇坪。多賀神社一五〇坪」とある。

■妙源寺

天祖神社から堀切三丁目の交差点に出て、少し南へ行くと、妙源寺《みょうげんじ》がある。妙源寺は、正覚山《しょうかくさん》と号する日蓮宗の寺で、本尊は三宝祖師《さんぽうそし》である。嘉元二年（一三〇四）、中老天目上人《てんもくしょうにん》による創建である。十三世日珖《にっこう》が本所番場町（墨田区東駒形）に移転して再興した。

本堂右側の墓地の入口を入ったところに、江戸幕府の儒官・安積艮《あさかごん》斎《さい》の墓がある。艮斎は、奥州二本松の人で、文化三年（一八〇六）、一七歳で江戸に向かう途中、旅費に困って乞食同様になっていたとこ

郷蔵

ろを妙源寺の住職・日明和尚《にちめいおしょう》に救われたのが縁で、妙源寺に寄寓した。二〇歳のとき、大学頭・林述斎《はやしじゅつさい》の門に入り、後に、『艮斎文略《こんさいぶんりゃく》』を著した。そして、昌平坂学問所《しょうへいざかがくもんじょ》の教官になった。

境内には、漢学者・東條一堂《とうじょういちどう》の百年祭の記念碑、江戸《えど》鳶頭《とびがしら》・武蔵屋《むさしや》金蔵《きんぞう》の記念碑など、大名、国学者、役者らの墓が多数ある。さらに、安政二年（一八五五）に発生した安政大地震の死者の供養塔がある。

■郷蔵

妙源寺から西へ進むと、堀切小学校の校庭の南東に、農家の物置小屋のような茅葺き屋根の郷蔵《ごうくら》がある。郷蔵は、天明年間（一七八一～一七八九）以降に、うち続く飢饉、洪水などの災害に対処する備蓄蔵として、米や籾種を蓄えるために設けられたもので、「御蔵《みくら》」と呼ばれていた。各村の年貢米を一時的に保管するために建てられた倉庫である。建物は、桁行三間、梁行二間半の下見板張りで、主要材料には、檜、杉が用いられ、屋根は葦、茅で葺かれている。

堀切菖蒲園

極楽寺

郷蔵から西へ進むと、極楽寺《ごくらくじ》がある。極楽寺は、医王山薬王院《いおうさんやくおういん》と号する真言宗豊山派の寺で、本尊は阿弥陀如来《あみだにょらい》である。南葛八十八ヶ所霊場六一番札所、荒川辺八十八ヶ所霊場六四番札所、荒綾八十八ヶ所霊場六七番札所、東三十三所観音霊場五番札所である。宝徳元年（一四四九）、紀伊国の根来寺の普済阿闍梨《ふさいあじゃり》の創建と伝える。

境内の薬師堂の本尊は、「寅薬師」または「砦内の薬師」と称し、室町時代に領主窪寺氏の城内にあったと伝える。永禄三年（一五六〇）、大洪水により堂宇をことごとく流失したので、永禄五（一五六二）、正済法印が再興した。境内には、鎌倉時代から室町時代の板碑が保存されている。

堀切菖蒲園

極楽寺の西に堀切菖蒲園《ほりきりしょうぶえん》がある。安藤広重《あんどうひろしげ》の『江戸百景』、歌川豊《うたがわとよ》国《くに》の『江戸名所四十八景』に描かれた江戸の名所として知られる。この菖蒲園は、堀切村の百姓・伊左衛門《いざえもん》とその子が菖蒲の変わり種を集めて、約一八〇種を自園に植栽したのに始まる。天保八年（一八三七）、尾張大納言・徳川斉荘《とくがわなりたか》が「日本一の花菖蒲」と折り紙を付けてから、江戸の名所になった。その後、水害、宅地化などにより、次第に園地が縮小されたが、東京都が買収し、都営の公園になった。

現在、約二〇〇種、六〇〇〇株の菖蒲が植栽されており、六月の中旬頃この菖蒲園を訪れると、見事な開花が見られる。ほりきり葛飾菖蒲まつりの期間（六月初旬〜二〇日頃）は、地元住民、商店街、行政などによる運営協議会によって、パレードなどのイベントが行われる。

菖蒲以外にも、梅、桜、夾竹桃《きょうちくとう》、水仙、牡丹、芙蓉《ふよう》、萩など、年間を通して四季折々の樹木や花を楽しむことができる。

堀切菖蒲園から京成堀切菖蒲園駅に出て散策を終えた。今回は、荒川の川岸にわずかに残る葦に、小菅の海岸の面影を偲びながらの散策となった。

交通▼上野駅でJR常磐線取手行きの電車に乗車、北千住駅で東武伊勢崎線伊勢崎行きの電車に乗り換え、小菅駅で下車。

歌川豊国　江戸時代の浮世絵師。本名は倉橋熊吉、後に熊右衛門。一陽斎と号す。幼少期に歌川派の創始者・歌川豊春の元で学び、歌川豊国と称した。理想の美しさを表現した役者絵や美人画を得意とし、次第に豊春風を脱却、清長風や歌磨風を取り入れながら、独自の様式を確立した。代表作として、「役者舞台之姿絵」「風流芸者身振姿絵」「役者此手嘉志和」「絵本役者三階興」「絵本時世粧」などがある。

小菅万葉公園コース（東京都葛飾区）

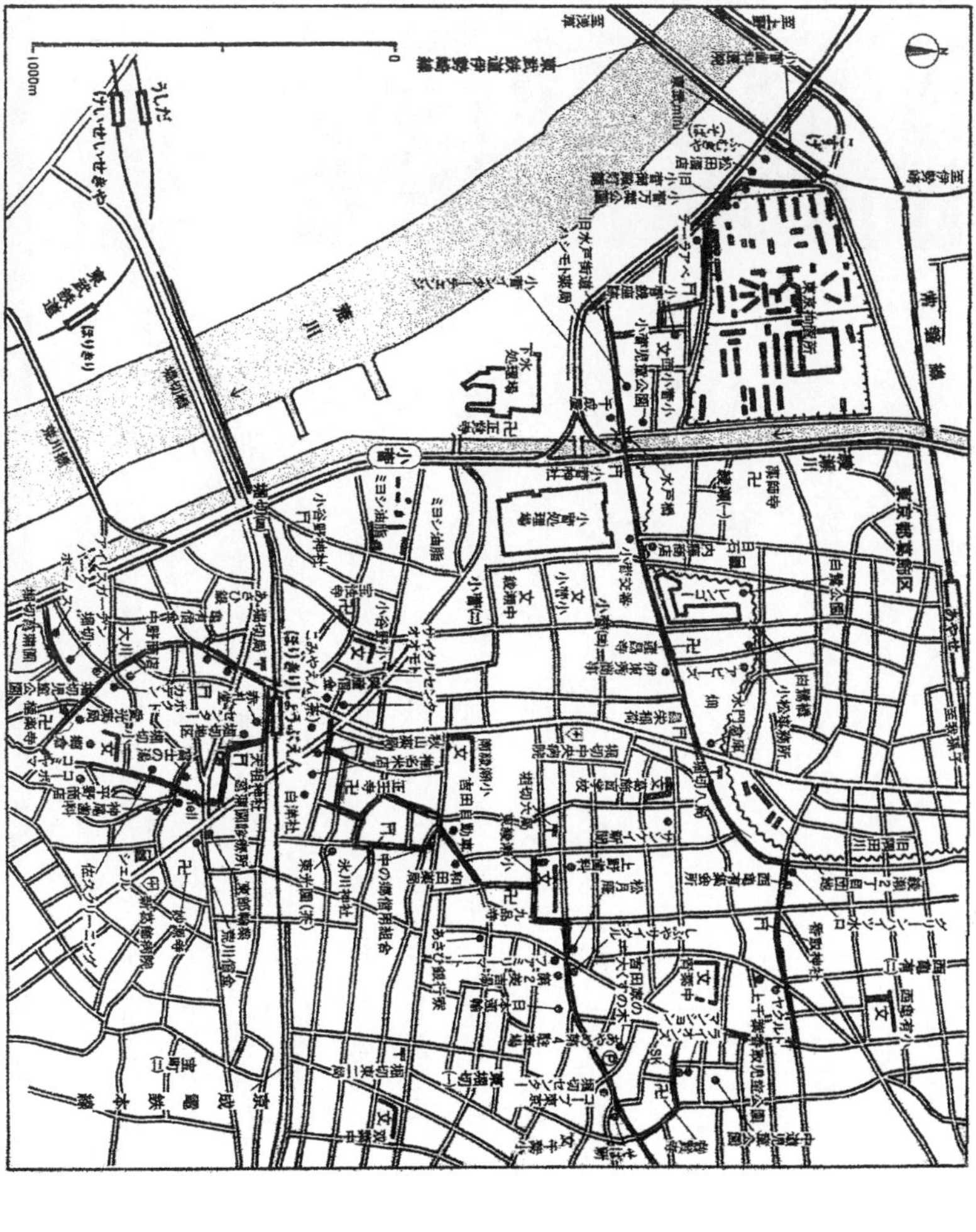

ウケラが花の万葉歌碑コース（埼玉県越谷市）

「ウケラ」の花は、『万葉集』巻一四の東歌の武蔵国相聞往来歌九首の中に三首、未勘国相聞往来歌一二首の中に一首が掲載されている。ウケラの花は、『延喜式』の典薬寮の条には、全国各地に産するとの記述があるが、『万葉集』では、なぜか武蔵国の歌のみに詠まれている。現在でも、九月中旬頃に、武蔵野に残る雑木林を訪れると、ウケラの花が草むらに隠れるように咲いているのを見ることが出来る。このウケラの花が詠まれた万葉歌が刻まれた万葉歌碑が越谷市の県民健康福祉村の万葉植物園にある。今回の散策では、この万葉歌碑を訪ね、その周辺の史跡をめぐって、『万葉集』に詠まれたウケラの花を偲ぶことにする。

八幡神社

■八幡神社

ＪＲ上野駅で常磐線の電車に乗り、北千住で東武伊勢崎線の電車に乗り換えると、約五〇分で越谷駅に着く。越谷駅の東口から正面の通りに沿って東へ進み、ファミリーマートの角で左折して少し進むと、

旧日光街道越谷宿の名残の民家

左手の奥に八幡神社《はちまんじんじゃ》がある。祭神は誉田別命《ほむたわけのみこと》である。創建は文和二年（一三五三）と伝える。

『越ケ谷町検地水帳写』には、「弐拾五間半、三拾三間、八幡社地、弐反八畝弐歩　別当天嶽寺」とある。また『新編武蔵風土記稿《しんぺんむさしふどきこう》』越ケ谷宿の項には、「八幡社、文和二年（一三五三）と彫し、青石を神体となせり」とある。この青石は、板碑のことで、現在でも、本殿に八幡大明神立像とともに納められている。『明細帳《めいさいちょう》』では、当社の勧請は、文和二年（一三五三）とされているが、これは板碑造立の年紀に結びつけられたものである。

境内には、天和二年（一六八二）銘の御手洗石、文政一二年（一八二九）銘の御神燈一対、嘉永五年（一八五二）銘の力石がある。

■旧奥州・日光街道越谷宿

八幡神社から北へ進む。この通りは、旧日光街道越谷宿《きゅうにっこうかいどうこしがやじゅく》があったところで、とくに、この先の元荒川を渡った大沢地区に旅籠が集中していた。江戸時代に整備された奥州街道《おうしゅうかいどう》および日光街道《にっこうかいどう》の宿場町の一つである。越谷宿は、江戸の日本橋から数えて三番目の日光街道および奥州街道の宿場町であり、江戸の日本橋から六里八町の距離にあった。天保年間（一八三〇～一八四四）には、本陣、脇本陣を含め、旅籠《はたご》が大小四〇軒あった。伝馬制が廃止された明治時代以降には、旅人も減少し、旅籠のほとんどが転業し、古くからの旅籠は消滅した。現在では、鬼瓦を載せた重厚な格子戸の民家が、僅かに数軒残されているに過ぎない。

浅間神社

■浅間神社

越谷宿跡からさらに北へ進み、中町に入ると、左手に浅間神社《せんげんじんじゃ》がある。祭神は木之花咲耶姫命《このはなさくやひめのみこと》である。「不二仙元神社《ふじせんげんじんじゃ》」と記された扁額を掲げた鳥居を潜ると、石段の付いた盛土の上に小さな社がある。

この神社の創建年代は詳らかではないが、富士山と大日如来の形を打ち出した懸仏《かけぼとけ》が伝わっており、その背面に嵌められた板には、「敬白奉納　冨士山内院御正躰　南無浅間大菩薩　上野介満範《こうずけのすけみつのり》別当　本云応永三十二年（一四二五）乙巳六月一日叡蓮《えれん》　干時文明八年（一四七六）丙申六月一日、満範孫子、別当中納言阿闍梨良清《あじゃりりょうせい》」の墨書があるので、室町時代には、すでに鎮座していたと推定されている。墨書の「上野介満範」とは、幸手領・田宮城主であった一色満範《いっしきみつのり》のことと思われる。

越谷御殿跡

境内には、樹齢約六〇〇年の市指定文化財のケヤキがある。幹回り約七メートル、樹高約二三メートル、幹は地上約六メートルのところで六本に分岐し、さらに上方で、多数の枝を広げている。

■市神神明社

浅間神社からさらに北へ進むと、市神神明社《いちがみしんめいしゃ》がある。祭神は大日靈貴《おおひるめむちの》命《みこと》、神大市《かむおおいち》比売命《ひめのみこと》、天手力男命《あめのたぢからおのみこと》である。『新編武蔵風土記稿』には、「当所文禄の頃より毎月二七の日をもて市をなし、時用のものを交易す」とある。この神社の創建は、寛永年間（一六二四〜一六四四）と伝え、社名の示すとおり、市の神として祭祀された。

■越谷御殿跡

市神神明社から北へ進むと、元荒川に架かる大沢橋に出る。ここで右折して、元荒川の下流方向へ進む。車道を横切ってさらに進むと、越谷御殿跡の石標がある。越谷御殿は、慶長九年（一六〇四）、徳川家康によって設けられた御殿で、徳川家康、徳川秀忠らが鷹狩りをし

久伊豆神社

たとき、休憩所、宿泊所としていたところである。この地には、越谷郷の土豪・会田出羽の陣屋があったが、家康が増林にあった御茶屋御殿を移したといわれる。この付近には、御殿町という地名が残っている。明暦三年（一六五七）、明暦の大火で江戸城が全焼すると、越谷御殿は、江戸城の二の丸に移築され、二の丸御殿として二四年間使用された。

■久伊豆神社

越谷御殿跡からさらに進むと、稲荷神社《いなりじんじゃ》の小さな祠がある。祭神は宇《う》迦《か》之《の》御魂命《みたまのみこと》である。稲荷神社から少し進むと、宮前橋がある。この橋を渡ると、左側に鬱蒼とした森があり、木の間に大きな注連縄が張られた久《ひさ》伊《い》豆《ず》神社《じんじゃ》の参道入口がある。この傍に、天保六年（一八三五）銘の自然石で造られた総鎮守七邑の碑がある。

ここから約五〇〇メートルにわたって、板石が敷かれた参道が真っ直ぐに拝殿まで続いている。参道の両側には、メタセコイヤが繁り、荘厳な景観をなしている。一の鳥居を潜ると、文政一一年（一八二八）銘の大きな一対の御神燈がある。参道の中程に、石橋があり、その傍に文久二年（一八六二）銘の「奉納石橋伊勢太々講」の碑が建っている。

久伊豆神社の藤棚

その奥の参道沿いには、土井晩翠《どいばんすい》の歌碑など、数多くの石碑がある。

　さらに進むと、大きな藤棚がある。幹は、地際から七本に分かれ、株回り約七・三メートル、樹齢約二〇〇年と推定されている。この藤は、天保八年（一八三七）、越谷の住人・川鍋国蔵《かわなべくにぞう》が下総国流山から、樹齢五〇年の藤を舟で運び、ここに移植したと伝える。

　その背後に蓮池がある。この池は、日光の中禅寺湖を模って造ったといわれ、池畔の盛土の丘には、一面にツツジが植えられて、四月下旬には、見事な開花が見られる。

　藤棚の先に久伊豆神社の社殿がある。祭神は、大国主命《おおくにぬしのみこと》、事代主命《ことしろぬしのみこと》で、溝咋姫命《みぞくいひめのみこと》、天穂日命《あめのほひのみこと》、高照姫命《たかてるひめのみこと》を合祀する。本殿は、壮観な三間社流造で、寛政元年（一七八九）の再建である。

　創建年代は詳らかではないが、武蔵七党野与党《むさししちとうのよとう》、私市党《きさいとう》が関わり、平安時代末期に創建されたという。越谷郷の四丁野村、越ヶ谷宿、大澤町、瓦曽根村、神明下村、谷中村、花田村の七ヶ村の惣鎮守とされ、明治六年（一八七三）、明治政府により郷社に列せられた。

　説明板には、「創立年代は不詳であるが、平安時代末期の創建で、鎌倉時代には、武蔵七党の一つである私市党の崇敬を受けた。古来、武門の尊崇を集めて栄え、室町時代の応仁元年（一四六七）、伊豆国

天獄寺

宇佐見の領主・宇佐見三郎重之《うさみさぶろうしげゆき》がこの地を領したとき、鎮守神として太刀を奉納し、社殿を再建したと伝える。江戸時代には、徳川将軍家代々の信仰が篤かった」とある。

この神社の神紋は立葵《たちあおい》である。当時、葵紋を用いることは禁じられていたが、元荒川の対岸には、越谷御殿があったので、将軍が鷹狩りの際に参拝して、この紋を奉納したので、使用が許されたと伝える。

境内には、県指定史跡となっている幕末の国学者・平田篤胤《ひらたあつたね》の仮寓跡がある。

■天獄寺

久伊豆神社の参道入口まで戻ると、その西側に、天獄寺《てんごくじ》の参道入口がある。入口の横に庚申塚があり、延宝元年（一六七三）銘の庚申塔、元禄八年（一六九五）銘の青面金剛像塔などがある。

花崗岩の門を入ると、左側に高さ約三メートルの享保七年（一七二二）銘の地蔵菩薩像がある。表門を入ると、数百基もの無縁仏墓石群がある。ここから朱塗りの中二階建ての中門にかけて、句碑、歌碑、明暦元年（一六五五）銘の地蔵菩薩像六体、天保一五年（一八四四）

弘福院

銘の廻国供養塔など、多数の石造物がある。

参道の先に天獄寺の本堂がある。天獄寺は、至登山遍照院《しとざんへんしょういん》と号する浄土宗の寺で、本尊は阿弥陀如来《あみだにょらい》である。文明一〇年（一四七八）、太田道灌《おおたどうかん》の伯父の専阿源照《せんあげんしょう》による開山、太田下野守《おおたしもつけのかみ》の開基である。その後、小田原の北条氏の居館の一つになり、軍事的な出城として利用されたが、江戸時代になって、越谷宿の檀那寺になった。

『新編武蔵風土記稿』には、「浄土宗、京都知恩院末、至登山遍照院と號す、寺傳に云開山専阿源照は、太田道灌の伯父なりと、依て太田下野守當寺を建立せる由をのす、されど源照は道灌の伯父なること、外に拠なければ疑ふべし、其後四世玄澄といへる僧住職たりし時、天正十九年十一月東照宮當宿へ成せられ、寺領十五石を附らる、台徳院殿（徳川秀忠）・大猷院殿（徳川家光）も御猟のついで當寺に来らせ賜ひ、御前にて法問を命ぜられ、又上意ありて江戸にめされ、登城せしことありしといふ、本尊は阿弥陀を安置なせり」とある。

弘福院

天獄寺から西へ進み、バス通りで左折して越谷郵便局の前を通り、大通りを横切って、東武伊勢崎線のガードを潜り、右折して高架に沿って進むと、弘福院《こうふくいん》がある。弘福院は、大澤山観音寺《だいたくさんかんのんじ》と号する真言宗智山派の寺で、本尊は阿弥陀如来《あみだにょらい》である。創建年代は、詳らかではない。『新編武蔵風土記稿』には、「弘福院　新義真言宗末田村金剛院末、大澤山観音寺と号す。本尊弥陀を安置せり」とある。

往古、この地域には、大澤七池と呼ばれる池があり、そのうちの一つから正観音菩薩像が発見され、池畔に観音堂を建て、この観音像を祀ったのが弘福院の始まりといわれる。

墓地には、延享五年（一七四八）銘の巨大な宝篋印塔、享保六年（一七二一）と延宝八年（一六八〇）銘の青面金剛像、承応元年（一六五二）銘の六地蔵を陽刻した庚申講中による石塔などがある。

■照光院

弘福院からさらに高架に沿ってしばらく進むと、高架の反対側に照光院《しょうこういん》がある。照光院は、梅花山《ばいかさん》と号する真言宗智山派の寺で、本尊は阿弥陀如来《あみだにょらい》で、武蔵国八十八ヶ所霊場二八番札所である。

『新編武蔵風土記稿』には、「照光院　新義真言宗、三之宮村一乗院

末、梅花山と号す。本尊不動を安置せり。鐘楼、安永八年六月鋳造の鐘をかく」とある。

山門左前には、天和二年（一六八二）銘の阿弥陀如来立像、山門右前には、寛文一一年（一六七一）銘の如意輪観音菩薩坐像、鐘楼に登る階段の左脇には、享保六年（一七二一）銘の庚申塔、その左隣には、宝永三年（一七〇六）銘の光明真言供養塔、元禄一〇年（一六九七）銘の阿弥陀如来立像、万治元年（一六五八）銘の六観音菩薩塔など、多数の石造物がある。

■光明院

照光院からさらに北へ進み、次の交差点で右折し、大通りで左折してしばらく進むと、光明院《こうみょういん》がある。光明院は、遍照山《へんしょうさん》と号する真言宗豊山派の寺で、本尊は阿弥陀如来《あみだにょらい》である。武蔵国八十八ヶ所霊場一五番札所である。弘治二年（一五五六）、古くからあった庵室を僧榮善《えいぜん》が一寺として開山したと伝える。

境内に入ると、右側の木の小屋中に異様な形をした「塩かけ地蔵」と呼ばれる石像がある。これは、多くの信者が満願のたびに頭から塩をかけたので、石が溶けて異様な形になったという。

庚申信仰　天帝は、庚申の日に、門戸を開いて、多くの鬼神たちから、人々の善悪の業を聞き、その功徳や罪過の程度に従って、賞罰を科すが、その最たるものが寿命の伸縮であった。六〇日ごとの庚申の日に、人間の悪行を三尸の虫が天帝に報告し、人の寿命の長短が決められるので、庚申の夜、三尸の虫が体内から抜け出さないように徹夜して過ごすことが必要、と説くのが庚申信仰である。特定の神仏に祈るものではなく、ただ庚申の夜、一晩を寝ないで過ごして、三尸の虫を監視するという特異な行為で、これを『守庚申』という。

香取神社

『大沢町《おおさわまち》古馬筥《こまばこ》』には、「光明院境内薬師堂の前に地蔵尊の石像あり、年古くありて年暦不分、塩地蔵と唱ひ願望成就の者より塩を奉納する事、むかしに不替今に不絶参詣ありて感応ありしといふ、尊像の形体塩の為に全体なし、地蔵の前に石の燈籠あり、元禄年中の建立なり」とある。

■香取神社

光明院の斜め向かいに香取神社《かとりじんじゃ》の入口がある。文化三年（一八〇六）銘の一の鳥居を潜ると、板石敷の長い参道があり、その両側に、文化八年（一八一一）銘の御神燈、安永九年（一七八〇）銘の狛犬があり、その奥に香取神社の拝殿がある。祭神は、経津主命《ふつぬしのみこと》（伊波比主命《いわいぬしのみこと》）である。この神社の創建年代は未詳であるが、応永年間（一三九四～一四二八）、下総国一の宮（千葉県佐原市）の香取神宮の祭神を分霊し、香取大明神として、大沢村鷺後に鎮守として勧請されたと伝える。奥州街道（後の日光街道）の整備により、武州大沢宿が出来たのに伴い、寛永年間（一六二四～一六四四）、鷺後から現在の大沢の地に遷座された。現在の本殿は、慶応二年（一八六六）の再建である。

本殿の裏に古い建物の奥殿があり、その板壁には、大黒天、高砂の

浄光寺

翁、龍など、また、北面には、川面で布を洗ったり、製品を竹竿にかけて干したりする紺屋の労働作業を表現した図柄が彫刻されている。彫刻師は、浅草山谷町の長谷川竹次良である。

■浄光寺

香取神社から東武伊勢崎線の北越谷駅の下を潜り、住宅の中を西へ進むと、浄光寺《じょうこうじ》がある。浄光寺は、熊野山観音院《くまのさんかんのんいん》と号する真言宗豊山派の寺で、本尊は十一面観世音菩薩《じゅういちめんかんぜおんぼさつ》である。武蔵国八十八ヶ所霊場三〇番札所である。

創建年代は詳らかではないが、『新編武蔵風土記稿』には、「新義真言宗、末田村金剛院末、熊野山観音院と號す、本尊十一面観音を安ぜり。鐘楼。寶暦六年鋳造の鐘をかく」とある。慶安二年（一六四九）、薬師堂領として五石の御朱印状を江戸幕府より受領した。

境内には薬師堂があり、『新編武蔵風土記稿』には、「相傳へて大同二年飛騨工が一夜に建立せしと云、さはあれ一夜に建しなど、妄誕論《ぼうたんろん》をまたず、古よりの像は先年賊のために失ひしかば、今の像を安ぜり、此薬師を押入の薬師と唱ふ、其義は知らず、慶安二年五石の御朱印を

元荒川桜堤

賜へり、浄光寺持」とある。

■越谷古梅園・元荒川桜堤

浄光寺は、元荒川の曲流地点にあり、その西方は、突き出した河岸段丘になっている。この段丘には、元荒川によって運ばれてきた土砂が堆積し、ほとんどが畑地であった関係から、桃や梅の栽培が盛んで、「越谷古梅園」と呼ばれていた。正岡子規は、この地を訪れて、次の句を詠んだ。

梅をみて　野をみてゆきぬ　草加まで

しかし、昭和三〇年代になって、都市化の波が押し寄せ、浄光寺の境内を除いて、すべて住宅になった。

浄光寺からさらに西へ進むと、元荒川に架かる明神橋に出る。元荒川の東河沿いには、約二キロメートルの間に約三五〇本の桜が植栽され、見事な桜堤を形成している。元荒川の河畔は桃の名所として知られ、安藤広重の富士三十六景には、「越谷の桃」として描かれている。しかし、これらの桃の木は枯れ、その後、昭和三一年（一九五六）、

西教院

桜が植栽されたために、現在では、桃に代わって、「元荒川桜堤《もとあらかわさくらづつみ》」と呼ばれる桜の名所になっている。

■西教院

明神橋から西へしばらく進むと、集落の中に小さな祠の稲荷神社《いなりじんじゃ》がある。稲荷神社からさらに西へ進むと、西教院《さいきょういん》がある。西教院は、日《にっ》照山《しょうさん》光明寺《こうみょうじ》と号する浄土宗の寺で、本尊は阿弥陀如来《あみだにょらい》である。元亀元年（一五七〇）、誠蓮社《せいれんしゃ》法誉《ほうよ》上人《しょうにん》により開山されたと伝える。

境内には、寛保三年（一七四三）、宝暦一三年（一七六三）銘の青面金剛庚申塔、芭蕉の句碑などがある。

■石神井神社

西教院から正面の道を進む。周辺は広々とした畑となり、やがて正面に小さな鎮守の森が見えてくる。この森の中に石神井神社《いしがみいじんじゃ》がある。祭神は日本武尊《やまとたけるのみこと》である。

社伝によれば、岩槻城主・太田氏の重臣であった高槻次郎左衛門《たかつきじろうざえもん》が天正一七年（一五八九）の落城の際、斎藤若狭守《さいとうわかさのかみ》、江戸《えど》一楽守《いちらくのかみ》、江戸《えど》半助守《はんすけのかみ》、三

石神井神社

ツ木佐渡守《さどのかみ》、三ツ木縫殿守《ほうでんのかみ》の諸臣を引き連れて当地に土着し、以来、名主を務めたが、その在職中に、当社に田地五反有余を寄進し、豊島家の氏神であった江戸の石神井社の霊を当地の守護神として分祀したと伝える。神仏分離の後は、普門院の管理を離れ、明治六年（一八七三）、村社となった。『新編武蔵風土記稿』には、「石神社　村の鎮守なり、天神社　稲荷社二宇　以上四社普門院の持」とある。

■県民健康福祉村

石神井神社の正面の道を南へ進むと、県民健康福祉村《けんみんけんこうふくしむら》がある。総面積約二一・八ヘクタールの敷地に、中心施設のときめき元気館、屋外施設として、テニスコート、ソフトボール場、サッカーが出来る多目的グラウンド、公園エリアには、一周約一・八キロメートルのジョギングコースとウォーキングコース、その外周には、約二キロメートルのサイクリングコース、野鳥の池、芝生広場、冒険広場などがある。

■県民健康福祉村の万葉歌碑

ときめき元気館を通り抜けて南へ進み、ジョギングコースの南端で

県民健康福祉村の万葉植物園

左折してしばらく進むと、万葉植物園がある。万葉植物園の門を潜ると、案内板がある。万葉植物園には、約一五五種類の万葉植物が植栽されており、その傍に、植物名と関連する万葉歌が書かれた札が建っている。この植物園の中程に、次の歌が刻まれた万葉歌碑がある。

戀しけば　袖《そで》も振らむを　武蔵野の
うけらが花の　色に出《づ》なゆめ　一四・三三七六

この歌は、『万葉集』巻一四の東歌の武蔵国相聞往来歌《むさしのくにそうもんおうらいか》九首の中の一首で——もし恋しくなったときには、袖を振ってわたしを呼んで下さい、武蔵野の、ウケラの花のように、決して人目に分かるように顔色に出さないで下さい——という意味である。女が男に人に知られないようにして下さいと、はにかみながら頼む恋心が伝わってくる。

ウケラは、『原色牧野植物図鑑《げんしょくまきのしょくぶつずかん》』に、「本州、四国、九州および朝鮮、中国に分布し、乾いた山地に生える多年草。高さ五〇～八〇センチ。葉は硬く光沢がある。若苗は白軟毛をかぶり、折ると白汁がしみ出る。根には芳香がある。花は秋、雌雄異株。若苗はおいしい山菜の一つである。根を乾かしたものを漢方で蒼朮《あおおけら》、皮をはいだものを白朮《しろおけら》と称し、

県民健康福祉村の万葉歌碑

利尿、健胃剤等にする。古名ウケラ」とある。

『延喜式』典薬寮の「草葉八十種」の条の「諸国進年料雑薬」には、「東国では、安房国、下総国、常陸国から献上された」と記されているが、武蔵国名は見られない。

『日本書紀』天武天皇一四年一〇月八日の条には、「百済の僧法蔵《ほうぞう》と優婆塞《うばそく》（俗人の男性で、仏法を信奉し、五戒を守る者）益田直金鐘《ますたのあたいこんしょう》を美濃に遣わせて白朮《おけら》を求め、煎じ薬を作らせた」とある。

このように、ウケラは、現在「オケラ」と呼ばれるキク科の多年草で、利尿、健胃、整腸に効果のある漢方薬として用いられている。この万葉歌碑の手前のアーチ型の門の奥にウケラが植栽されており、九月中旬頃に訪れると、アザミのような花を見ることが出来る。

ウケラが詠まれた歌は、『万葉集』には、巻一四の武蔵国相聞往来歌九首の中に、さらに、次の二首が見られる。

一四・三三七六の添書

いかにして　恋ひばか妹に　武蔵野の
うけらが花の　色に出《で》ずあらむ

我が背子《せこ》を　あどかも言はむ　武蔵野の

うけらが花の　時なきものを　一四・三三七九

さらに、未勘国相聞往来歌十二首の中にも、次の歌がある。

安斉可潟《あせかがた》　潮干《しほひ》のゆたに　思へらば
うけらが花の　色に出《で》めやも　一四・三五〇三

一首目の歌は——どんな風に、恋したらあなたに、武蔵野の、ウケラの花のように、顔色に出さずにすむであろうか——、二首目の歌は——あなたのことを、どう言い表せばよいか、武蔵野の、ウケラの花のように、絶え間なく思っているのに——、三首目の歌は——安斉可潟の、潮干のようにゆったりと、思っていたら、ウケラの花のように、顔色に出ることがあろうか——という意味である。現在、「ウケラ」は「オケラ」と呼ばれており、「オケラの花のように顔色に出すな、人に知られるな」という表現が使われる。これらの歌では、「ウケラ」の花のように、あまり目立たないように、という意味で詠まれている。

ウケラの花は、この万葉植物園の他に、国分寺市の国分寺の万葉植物園や市川市の市川万葉植物園に植栽されている。しかし、九月中旬

万葉植物園の万葉植物

万葉植物園のウケラの花

頃に訪れても、開花していない年があるので、開花情報を聞いて出掛けられることをお薦めする。筆者は、武蔵野に残る雑木林を訪ね歩いて、ウケラが自生している数カ所を見つけた。ウケラの花は、地味で目立たない花であるが、毎年その開花を見るたびに、万葉への憧憬が増し、心が癒やされる思いがする。

万葉植物園から、ジョギングコースを西に辿り、飛翔橋から末田大用水路に沿って進み、佐藤橋、戸塚佐藤公園、戸塚橋を経て、ＪＲ武蔵野線東川口駅へ出て、今回の散策を終えた。今回は、田園地帯に孤島のように残る武蔵野の雑木林の中にある県民健康福祉村を訪ね、万葉植物園のウケラの花とこの花の歌を刻んだ万葉歌碑を訪ね、心が癒やされる散策となった。

交通▼ＪＲ上野駅で常磐線の電車に乗り、北千住駅で東武伊勢崎線または日光線の電車に乗り換え、越谷駅で下車。

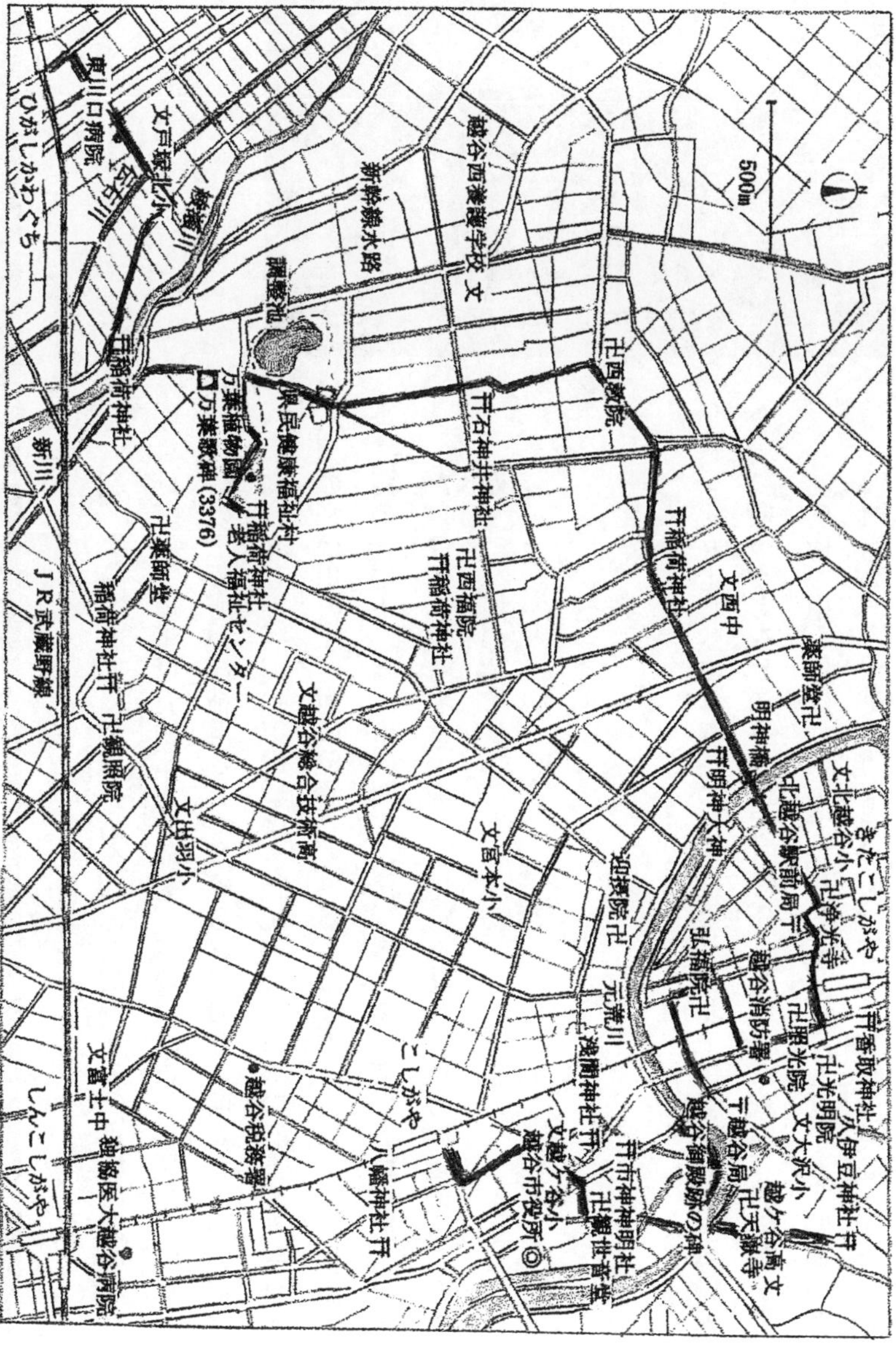

ウケラが花の万葉歌碑コース

小埼の沼コース（埼玉県羽生市）

毘沙門堂

『万葉集』巻九に小埼《をざき》の沼《ぬま》を詠んだ歌がある。小埼の沼の所在地については、埼玉県行田市《ぎょうだし》大字《おおあざ》埼玉《さいたま》、さいたま市岩槻区《いわつきく》尾ヶ崎《おがさき》、羽生市《はにゅうし》尾《お》崎《ざき》の三カ所が候補地として挙げられており、前二者については、すでに紹介した。羽生市尾崎は、行田市大字埼玉の北東約九キロメートルの利根川のすぐ南に位置している。万葉の時代には、利根川は、少し西の行田市と羽生市の間の川俣《かわまた》、岩瀬《いわせ》を経て、奥東京湾《おくとうきょうわん》へ流入していた。今回の散策では、羽生市尾崎を訪ね、その周辺の史跡をめぐりながら、小埼の沼を偲ぶことにする。

■毘沙門堂

ＪＲ上野駅で常磐線の電車に乗り、北千住駅で東武伊勢崎線の電車に乗り換えると、約一時間四〇分で羽生駅《はにゅうえき》に着く。羽生駅から左手の商店街の中を抜け、県道で左折してしばらく進むと、踏切の手前に毘《び》沙門堂《しゃもんどう》がある。毘沙門堂は、約一千年以上前に築造されたと推定され

大天白神社

る「毘沙門山古墳《びしゃもんやまこふん》」と呼ばれる前方後円墳の上に建っている。

毘沙門堂は、拝殿、相の間、奥殿で構成される。拝殿の正面には、「多聞天」の扁額が懸けられ、堂内には、多聞天像《たもんてんぞう》（毘沙門天像《びしゃもんてんぞう》）を安置する。

この堂は、鎌倉時代の建長八年（一二五六）、北条時頼《ほうじょうときより》により創建されたが、天文年間（一五三二〜一五五五）、永禄年間（一五五八〜一五七〇）の二度の兵火で焼失し、元亀二年（一五七一）、羽生城主・木戸伊豆守忠朝《きどいずのかみただとも》により再建された。しかし、天正一八年（一五九〇）、再び兵禍に罹って焼失した。文禄三年（一五九四）、羽生城主・大久《おおく》保《ぼ》相模守忠隣《さがみのかみただちか》により再建された。その後、長い年月を経て荒廃したため、宝永三年（一七〇六）村民の有志により再建された。

この毘沙門堂は、当初、茅葺、破風造であったが、大正七年（一九一八）、瓦葺、入母屋造で再建され、彩色が施された。境内には、建長八年（一二五六）銘の青石塔婆《あおいしとうば》がある。

毘沙門山古墳は、全長約六三メートル、高さ約四・五メートル、後円部直径約三五メートル、前方部を西に向ける二段築成の前方後円墳である。築造年代は、出土した埴輪から、六世紀後半代と推定されている。

天白公園の藤棚

正光寺

毘沙門堂の横の細い路地を北へ進む。県道を横切り、天白公園のゲートを潜ってしばらく進むと、第三保育所がある。その南側の用水路に沿って東へ進むと、正光寺《しょうこうじ》がある。正光寺は、直場山廣應院《ちょくばさんこうおういん》と号する浄土宗の寺で、本尊は阿弥陀如来《あみだにょらい》である。

天文一二年（一五四三）、羽生城主・木戸伊豆守忠朝《きどいずのかみただとも》の母（戒名廣《こう》應院月清院正光大姉《おういんげつせいいんしょうこうだいし》）による開基、栄誉岌善上人《えいよぎゅうぜんしょうにん》の開山である。境内には、「開山塔」と呼ばれる石の塔があり、『羽生市史　上』には、「寺内に江戸中期に作られた月清正光大姉の墓石がある」とある。

境内には、清水卯三郎《しみずうさぶろう》の墓がある。清水卯三郎は、パリ万国博覧会の使節団に加わり、美術工芸品を出品した。

大天白神社

正光寺から元の道まで戻ると、その先に天白公園《てんぱくこうえん》がある。天白公園には、大天白神社《だいてんぱくじんじゃ》の参道や池の周囲に約九〇〇平方メートルにも及ぶ関東一といわれる藤棚がある。五月に訪れると、美しい藤の開花が見られる。

この公園の一角に、大天白神社がある。祭神は、大山祇命《おおやまつみのみこと》、大己貴命《おおなむちのみこと》、少彦名命《すくなひこなのみこと》である。弘治三年（一五五七）、羽生城主・木戸伊豆守忠朝が夫人の安産を祈願して、羽生字栃木にあった蔵王権現社の分霊を勧請したと伝える。

『埼玉の神社』には、「川に関係のある神社と思われる」とあり、祭神は、『武蔵國郡村誌』には、倉稲魂命《うかのみたまのみこと》とあり、内陣にも、倉稲魂命の御影掛け軸があるので、元は稲荷神を祀っていたと想像されるが、詳細は不明である。大己貴命と少彦名命が祭神となっているのは、明治四〇年（一九〇七）、大字羽生字栃木にあった蔵王権現社を合祀したことによる。

■葛西用水路

大天白神社から少し進んだところに、葛西用水路《かさいようすいろ》がある。万治三年（一六六〇）、江戸幕府の天領開発の一環として、関東郡代の伊奈忠克《いなただかつ》に開発させた灌漑用水路である。羽生市から東京都葛飾区に及ぶ水田の灌漑用水として、利根川右岸から直接取水していたが、昭和四三年（一九六八）、利根大堰の完成に伴い、埼玉用水路から分水する形態と

武蔵国埼玉郡　埼玉県東部を南北に貫く八潮から羽生、行田周辺までの広い地域で、大落古利根川と元荒川に挟まれ、利根川東遷事業までは、武蔵国の東端であった。現在の行政区では、さいたま、春日部、越谷、久喜、八潮、蓮田、行田、羽生、加須の各市と、南北埼玉郡の辺りが該当する。往古、「さきたま」と呼ばれ、前玉神社の名に由来するとも、多摩の前にあるので、「さき多摩」と呼ばれた事に由来するといわれている。

源昌院

なり、現在、埼玉県東部地域の水田の灌漑用水となり、旧取水口は葛西親水公園として整備保存されている。

光明院

葛西用水路に架かる天白橋を渡り、左側の道を進む。県道を横切って住宅の間を通り抜けると、眼前に田畑が広がり、その先に利根川の堤防が見えてくる。前方の田圃の向こう側に光明院《こうみょういん》がある。光明院は、西方山遍照院《せいほうさんへんしょういん》と号する真言宗智山派の寺で、本尊は阿弥陀如来《あみだにょらい》である。

源昌院

光明院からさらに東北へ進むと、埼玉用水路がある。右折して用水路に沿って東へ進むと、源昌院《げんしょういん》がある。源昌院は、祥平山《しょうへいさん》と号する曹洞宗の寺で、本尊は延命地蔵菩薩《えんめいじぞうぼさつ》である。「分福茶釜《ぶんぶくちゃがま》」で有名な群馬県館林市の茂林寺の孫寺で、禅宗寺院としては珍しく、地蔵菩薩を本尊としている。

『新編武蔵風土記稿』によると、開基は羽生城主・木戸《きど》忠朝《ただとも》の家臣・

尾崎鷲神社

鷺坂軍蔵《さぎさかぐんぞう》（不得道可《ふとくどうか》）とされ、慶長一〇年（一六〇五）、羽生市藤井上組の源長寺から徳岩正道《とくいわせいどう》大和尚により開山創建されたと伝える。

■尾崎鷲神社

源昌院からさらに東へ進み、市内循環バスの北尾停留所で右折して、尾崎の集落に入っていくと、集落の西の外れに鷲神社《わしじんじゃ》がある。祭神は、天穂日命《あめのほひのみこと》、武夷鳥命《たけひなとりのみこと》である。神璽箱《しんじばこ》には、「正一位鷲宮大明神　文政十三年正月廿九日　神祇伯雅壽王　勧遷之」の墨書きが見える。鷲神社の創建に関わる記録は現存しないが、一説には、承応元年（一六五二）に創建されたと伝える。本殿両脇には、愛宕社、天神社、浅間社、稲荷社を祀り、前三社には、それぞれ勝軍地蔵、天神坐像、木之花咲耶姫神像を祀る。

■小埼の沼の旧跡

『万葉集』には、「小埼の沼」と「埼玉の津」は、次のように詠まれている。

尾崎鷺神社付近に広がる田圃

埼玉《さきたま》の　小埼《をざき》の沼《ぬま》に　鴨ぞ翼《はね》きる
己《おの》が尾に　零《ふ》りおける霜《しも》を　掃《はら》ふとにあらし　九・一七四四

埼玉《さいたま》の　津《つ》に居る船の　風をいたみ
綱は絶《た》ゆとも　言《こと》な絶《た》えそね　一四・三三八〇

前者の歌は、高橋連虫麻呂歌集出《たかはしのむらじむしまろかしゅうで》の歌で——埼玉の、小埼の沼で、鴨が羽ばたきをして、しぶきを上げている、自分の尾に降り置いた霜を、はらおうとしているのだろうか——という意味である。二首目の歌は、「東歌」の武蔵国相聞の歌の中の作者不明の歌で——埼玉の、津に泊まっている船が、風が激しいので、綱が切れることがあっても、二人の間の音信は途切れさせてくれるな——という意味である。

これら二つの歌は、作者はもちろんのこと、作歌の動機も時期も異なっているが、歌に詠まれている埼玉は、現在の行田市大字埼玉であるというのが主流である。

しかし、小埼の沼については、戸田茂睡《とだもすい》の『紫の一本《むらさきのいっぽん》』の足立郡見《あだちのこほりみ》沼池《ぬまいけ》、『武蔵名所考《むさしめいしょこう》』のさいたま市岩槻区尾ヶ崎《いわつきくおがさき》、『新編武蔵風土記稿《しんぺんむさしふどきこう》』の羽生市尾崎《はにゅうしおさき》の諸説に分かれている。前二者については、すでに

利根川東遷事業　徳川家康は、文禄三年（一五九四）、会の川を閉め切って川筋を東に移して、渡良瀬川に合流させたのに始まり、その後、渡良瀬川と鬼怒川を結ぶ水路の掘削を行って、承応三年（一六五四）、鬼怒川と合流させて、銚子へと流れるようにした。この工事により、中川は利根川とは縁を切られて、地方の中小河川となり、渡良瀬川は江戸湾に流入することなく、新たにできた大利根川の一支流となった。また、従来、渡良瀬川の最下流であった流れは、江戸川と名を変えて、利根川の分流となった。

これまでに紹介したので、ここでは、羽生市尾崎について、もうすこし詳細に見てみよう。

『新編武蔵風土記稿』には、「今按《いまあんずる》に郡中羽生町場《はにゅうまちば》の隣村に尾崎村あり、其辺多くは沼田なれば是小埼沼の舊蹟なるべく思はる、これしかしながら前にも云ごとくなればその実は知るべからず」とあり、小埼の沼は、この地にあった尾崎の沼沢ではなかろうかと推定しているが、確証がないので、それと判じるのは難しいと慎重を期している。

『羽生市史』には、「小埼沼の地名も泉井地区に尾崎の名が残っており、これらにより埼玉の津や小埼の沼は羽生に関係あるのではないかという説が起こっている。（中略）しかし、万葉集の小埼が今日の行田市に属するか或いは羽生市の尾崎であるかは今の段階ではにわかに断定出来ない」とあり、羽生市では、小埼の沼が尾崎にあったとすることに対して、かなり慎重な見方を示している。

　鷲神社の周辺には、広々とした田畑が広がっており、万葉の時代には、古利根川と元荒川が羽生と行田の境辺りで二つに分かれ、一つは古河に向かって東へ、他の一つは加須方面へ流れ下っていたと推定されており、小さな川がいくつも流れる湿地帯に沼があったとするには、十分な地理的条件が備わっている。しかし、小埼の沼に結びつくような池沼は見られず、『羽生市史』の見解を参考にすると、羽生市尾崎に小埼の沼があったとするのは難しいと考えられた。

■発戸鷲神社

尾崎鷲神社から葛西用水路まで戻り、下流方向に進むと、発戸《ほっと》の集落がある。この集落の中にも鷲神社《わしじんじゃ》がある。祭神は、天日鷲命《あめのひわしのみこと》、桑原《くわはら》左近《さこん》である。社号額には、「鷲宮大明神　桑原大明神」とある。『鷲宮神社由来記』には、「京から高貴な姫の従者として東国に下ってきた桑原左近が、当地に客死したのを祀り、桑原宮と称した」とある。しかし、後の時代になって、桑原宮より鷲宮の方が尊いとして、鷲明神を合祀して「鷲（宮）神社」と呼ぶようになったと伝える。

■観乗院

鷲神社のすぐ先に観乗院《かんじょういん》がある。観乗院は、八幡山《はちまんさん》と号する真言宗豊山派の寺で、本尊は不動明王《ふどうみょうおう》である。利根中流十三仏霊場二番札所である。創建年代は詳らかではない。

田舎教師詩碑

境内には、釈迦堂があり、その中央に「鬼、飛天、布袋、鳳凰、馬、牡丹」の彫刻が施された厨子がある。堂内には、二七日忌の釈迦牟尼仏を安置する。釈迦牟尼仏は、右手を上げ、左手を下げ、どちらの手も親指と人差し指で丸をつくっており、生老病死の苦しみを除く仏という。

境内には、宝暦一一年（一七六一）銘の道祖神の石標、享保一二年（一七二七）銘の宝篋印塔、正徳五年（一七一五）銘の地蔵菩薩像がある。

■田舎教師詩碑

観乗院から正面の草ぼうぼうの道を通って利根川の堤防に上がると、広々とした河川敷が広がり、利根川がゆったりとして流れている。土手の草むらの中に田舎教師詩碑がある。田山花袋《たやまかたい》の小説『田舎教師《いなかきょうし》』に描かれた場所として建立された碑で、小説の中の次の詩が刻まれている。

松原遠く日は暮れて　利根の流れのゆるやかに
ながめ淋しき村里の　此処に一年かりの庵
はかなき恋も世も捨てて　願ひもなくて唯一人
さびしく歌ふわがうたを　あはれと聞かんすべもがな

下村君鷲神社

■下村君鷲神社

田舎教師詩碑から土手の上を東へ進む。やがて土手から徐々に下る坂があり、サイクリングの休憩所の傍から、土手の下の道を進む。東北自動車道の下を潜り、しばらく進むと、下村君の集落に入る。この集落の西の外れにも鷲神社《わしじんじゃ》がある。

鷲神社の祭神は、天穂日命《あめのほひのみこと》、武夷鳥命《たけひなどりのみこと》である。景行天皇五五年、豊城《とよき》入彦命《いりひこのみこと》の孫である彦狭島王《ひこさしまおう》が東国へ下ったとき、客死し、里人の村君大夫《むらぎみのたいふ》がこれを葬り、横沼明神と称したのに始まる。下村君は、埼玉の津、高野の渡しとともに、古くは、北陸、両毛などへの水上交通の要衝であった。

案内板によると、この神社の前身の横沼明神は、彦狭島王の子御室《みむろ》別王《わけおう》の姫を祀ったもので、樋遣川村の御室神社へ「お帰り」という里帰りの神事が、明治の末期まで行われていたという。

村君の地名が文献に現れるのは、応永年間（一三九四〜一四二八）で、文明一八年（一四八六）、京都聖護院二九代の住持を務めた道興《どうこう》准后《じゅごう》が村君の里を訪れ、「たか世にか　浮れそめけん　朽はてぬ　其名もつらき　むら君の里」と詠んだ。荘厳な鷲宮神社や永明寺を拝し、

永明寺

古墳を訪ね、栄えていた村君の里を偲んで詠ったという。現在、藤は羽生市の花として市民に親しまれている。

永明寺

鷲神社から少し東へ進むと、下村君の集落の北東端に、永明寺《ようめいじ》がある。永明寺は、五台山薬師院《ごだいさんやくおういん》と号する真言宗豊山派の寺で、本尊は不動明王《ふどうみょうおう》である。創建年代は詳らかではないが、薬師如来の銘から、貞治年間（一三六二～一三六八）以前の開創であると推定されている。

境内には、文殊堂と薬師堂がある。薬師堂には、、貞治六年（一三六七）に修造された高さ約八五センチメートル、台座約六〇センチメートルの木造薬師如来坐像が安置されており、県指定重要文化財になっている。

境内には、樹齢約五〇〇年と推定される大銀杏がある。樹高約三三メートル、周囲約四・九メートル、根回り約七・七メートルで、羽生市の文化財に指定されている。

円照寺

■永明寺古墳

永明寺は、永明寺《ようめいじ》古墳《こふん》の上に建っている。永明寺古墳は、墳丘の長さ約七八メートル、幅約四二メートル、高さ約七メートルの前方後円墳で、幅二〇～三〇メートル、深さ約二・五メートルの濠をめぐらしている。五世紀頃の築造と推定されている。

この古墳から、衝角付冑《しょうかくつきかぶと》、小札甲《こざねよろい》、大刀などの武具、轡《くつわ》などの馬具、鉄製鋸《てつせいのこぎり》などの金属製品が出土している。

■円照寺

永明寺から集落を抜けて広々とした田圃の中の砂利道を南へ進む。観音堂を経て、老人ホーム・清輝園の傍を通り、弥勒の集落に入ると、鉄工所と東北自動車道の間に長良神社《ながらじんじゃ》がある。祭神は、大国主命《おおくにぬしのみこと》、事代主命《ことしろぬしのみこと》である。社名は、長良親王《ながらしんのう》（藤原長良《ふじわらのながら》）を祀ったことに由来するという。

長良神社から県道羽生外野栗林線を潜り、東北自動車道で左折すると、円照寺《えんしょうじ》がある。円照寺は、薬王山東方院《やくおうさんとうほういん》と号する真言宗豊山派の寺で、本尊は薬師如来《やくしにょらい》である。

田舎教師のブロンズ像

円照寺には、お種さん資料館がある。館内には、『田舎教師』作中の人物の「お種さん」ゆかりの品々が展示されており、時の尺皿や重箱をはじめ、生活用具が展示され、明治の暮らしを偲ぶことができる。お種さんは、学校に弁当を届けていた小川屋の娘・小川ネンさんがモデルになったという。

境内には、昭和三七年（一九六二）、八六歳で亡くなったネンさんのお墓がある。

■田舎教師ブロンズ像

円照寺から少し東へ進むと、『田舎教師』の舞台となった弥勒高等小学校跡があり、この跡地に次のように刻まれた文学碑があり、清三の日記の次の一節が記され、その向かいに田舎教師ブロンズ像がある。

絶望と悲哀と寂寞《じくばく》とに
堪へ得られるやう　なまことなる生活を送れ
運命に従ふものを勇者といふ

羽生水郷公園

『田舎教師』は、明治四二年（一九〇九）、田山花袋《たやまかたい》が前年の『生』に続く力作として発表した長編小説である。田山花袋は、弥勒高等小学校に勤めていた青年教師・小林秀三の日記をもとに、当時の羽生の地理、風物、生活を克明に調査して、ほとんどありのままを綴ってこの小説を著した。この付近の田園地帯を歩くと、田圃が広がる素朴な風景が小説に出てくる光景と重なって、心温まる懐かしい気持ちがこみ上げてくる。

■羽生水郷公園

田舎教師ブロンズ像からジグザグ状に南へ進むと、田圃の中の広々とした羽生水郷公園《はにゅうすいごうこうえん》に出る。総面積約五三ヘクタールの敷地の中に、さいたま水族館、菖蒲田、水生植物園、芝生広場、休憩舎、特別展示棟などがある。公園の中心部には、宝蔵寺沼があり、食虫植物のムジナモの群生地がある。ムジナモは、モウセンゴケ科の根を持たない多年草の浮き草で、夏には、まれに米粒大の白い花を咲かせ、ミジンコなどの動物プランクトンを捕らえて、養分としている珍しい植物である。また、全国でも珍しい淡水魚専門のさいたま水族館がある。

文殊院

■天神社

羽生水郷公園からさらに南へ進み、県道羽生栗橋線で右折して、東北自動車道を潜ってしばらく進むと、北萩島《きたおぎしま》の集落の南外れに、天神《てんじん》社《しゃ》がある。祭神は、菅原道真《すがわらのみちざね》で、素盞嗚命《すさのおのみこと》、宇迦之御魂命《うかのみたまのみこと》を合祀する。天慶の乱で平将門《たいらのまさかど》を平定した藤原秀郷《ふじわらのひでさと》が、その功により、武蔵、下総の二国の押領師《おうりょうし》となり、天慶三年（九四〇）、この地に役所を置き、守護神として祀ったのに始まる。

■文殊院

天神社から中川に沿って西へ進むと、天満宮《てんまんぐう》がある。創建年代や由来は詳らかではない。天満神社の前の道を南へ進むと、文殊院《もんじゅいん》がある。文殊院は、五臺山清涼寺《ごだいさんせいりょうじ》と号する真言宗霊雲寺派の寺で、本尊は文殊《もんじゅ》菩薩《ぼさつ》である。承応三年（一六五四）、心鏡阿闍梨《しんきょうあじゃり》による創建である。その後、霊麟和尚《れいりんおしょう》により中興され、田安徳川家《たやすとくがわけ》の祈願寺となった。山門の紋は、丸に三葵で、徳川家との関連が窺える。

福生院

■八幡宮

文殊院からさらに南へ進むと、八幡宮《はちまんぐう》がある。祭神は、誉田別命《ほむたわけのみこと》、伊弉冉命《いざなみのみこと》、伊弉諾命《いざなぎのみこと》である。本殿の内陣には、騎乗八幡神像《きじょうはちまんしんぞう》を安置する。参道には、延宝七年（一六七九）銘の地蔵菩薩像を祀る地蔵堂、弘法大師を安置する大師堂があり、神仏習合の名残が窺える。

■清浄院

八幡宮からさらに南へ進み、葛西用水路で右折して、一つ目の筋を南へ入ると、清浄院《せいじょういん》がある。清浄院は、無量山と号する真言宗智山派の寺で、本尊は阿弥陀如来《あみだにょらい》である。慶安年間（一六四八〜一六五二）の開山と伝える。

■福生院

清浄院から用水路に沿って進むと、福生院《ふくしょういん》がある。福生院は、愛宕《あたご》山《さん》と号する真言宗智山派の寺で、本尊は阿弥陀如来である。創建年代

富徳寺

は詳らかではないが、正保年間（一六四四〜一六四八）、開山されたと伝える。

■富徳寺

福生院から県道加須羽生線を横切り、二つ目の筋で左折してしばらく進むと、富徳寺《ふとくじ》がある。富徳寺は、太田山伽楽院《おおたさんからくいん》と号する曹洞宗の寺で、本尊は釈迦牟尼仏《しゃかむにぶつ》である。

本堂の天井には、近代文学の名作で、埼玉県羽生市を舞台にした田山花袋の小説『田舎教師』と、古代の和歌集『万葉集』をコラボした天井画が描かれている。栄北高校の美術教師で画家の関根克彦氏が『田舎教師』と『万葉集』に登場する草花や木を丹念に調べ、描写した八〇枚からなる天井絵である。関根氏は、「田舎教師」を読み直し、一〇〇種を超える植物が登場することに気付き、『万葉集』に詠まれた草花と多く重なることを見い出し、「古代と近代に描かれた植物の姿を現代に取材して合体させる」との構想をもとに、この天井画を描いた。

千眼寺

■千眼寺

福富寺から少し南へ進むと、手子林局の裏に、音無神社《おとむじんじゃ》の小さな祠がある。この先の筋で左折して、住宅の間を南へ進み、東武伊勢崎線の線路際の道に沿って進むと、千眼寺《せんげんじ》がある。千眼寺は、那智山万蔵院と号する真言宗智山派の寺で、本尊は大日如来《だいにちにょらい》である。慶長二年（一五九七）、神戸三郎の妻が夫の追福のために開創したと伝える。

千眼寺の先の踏切を渡り、東武伊勢崎線の南羽生駅へ出て、今回の散策を終えた。今回の散策では、いまだに多くの田圃が残る『田舎教師』の舞台をめぐる心の和む散策となったが、『万葉集』の小埼の沼を訪れたという印象は薄いものとなった。

交通▼上野駅でJR常磐線取手行きの電車に乗車、北千住駅で東武伊勢崎線の電車に乗り換え、羽生駅で下車。

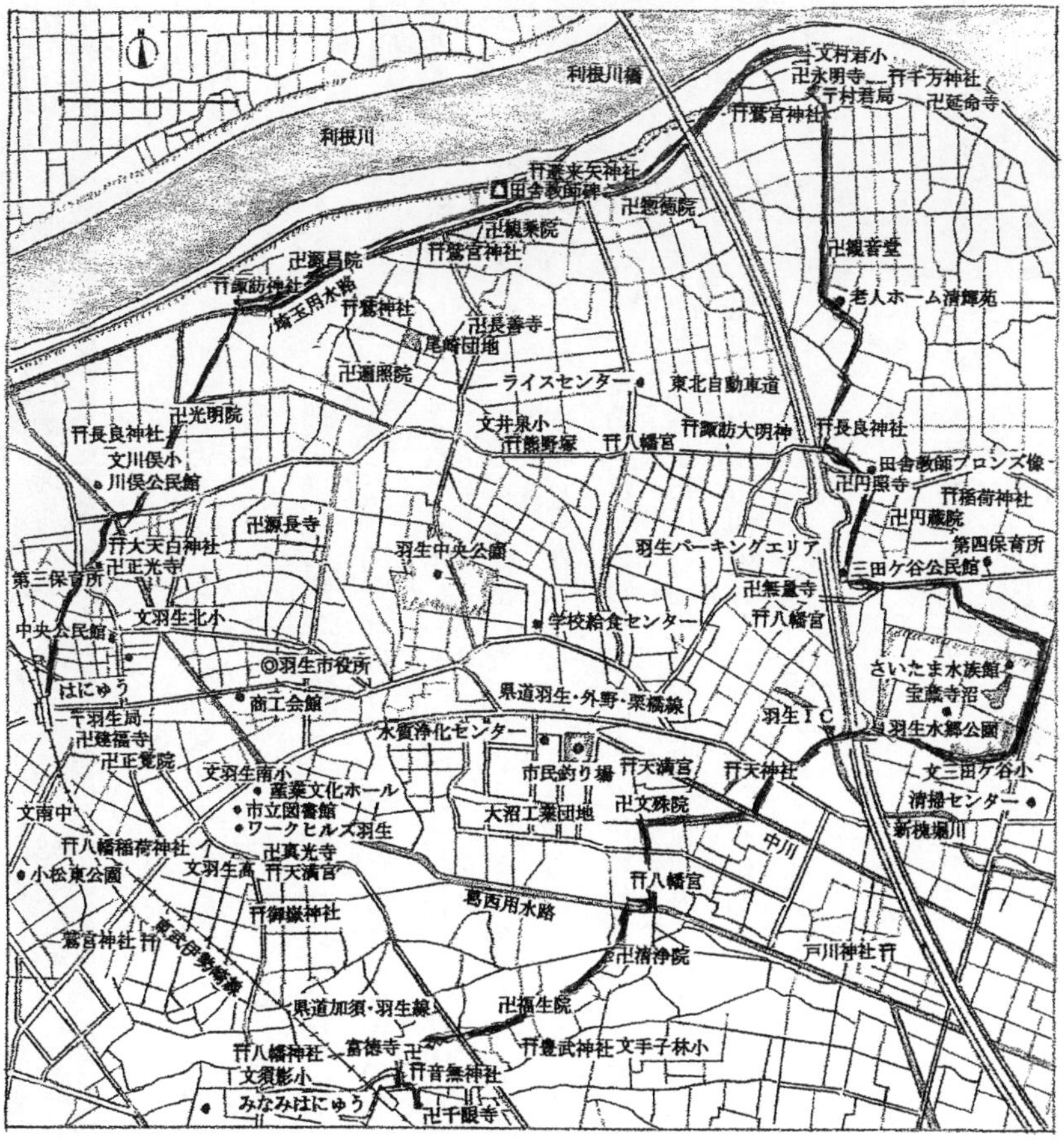
利根川橋
利根川
村君小
永明寺
千方神社
村君局
延命寺
鷲宮神社
田舎教師碑
惣徳院
鷲宮神社
観音堂
源昌院
諏訪神社
埼玉用水路
鷲神社
長善寺
尾崎団地
老人ホーム清輝苑
遍照院
ライスセンター
東北自動車道
光明院
長良神社
井泉小
熊野塚
八幡宮
諏訪大明神
長良神社
田舎教師ブロンズ像
川俣小
川俣公民館
円照寺
稲荷神社
源長寺
円蔵院
大天白神社
羽生中央公園
羽生パーキングエリア
第四保育所
正光寺
三田ケ谷公民館
第三保育所
無量寺
中央公民館
羽生北小
学校給食センター
八幡宮
羽生市役所
さいたま水族館
宝蔵寺沼
はにゅう
商工会館
県道羽生・外野・栗橋線
羽生IC
羽生局
建福寺
水質浄化センター
羽生水郷公園
正覚院
市民釣り場
天満宮
天神社
三田ケ谷小
羽生南小
産業文化ホール
清掃センター
南中
市立図書館
大沼工業団地
文殊院
新槐堀川
ワークヒルズ羽生
八幡稲荷神社
真光寺
中川
小松東公園
羽生高
天満宮
八幡宮
御嶽神社
葛西用水路
鷲宮神社
東武伊勢崎線
清浄院
戸川神社
県道加須・羽生線
福生院
八幡神社
富徳寺
豊武神社
手子林小
須影小
音無神社
みなみはにゅう
千眼寺

小埼の沼コース

橘守部翁遺跡碑コース（埼玉県幸手市）

『万葉集』巻九に高橋虫麻呂が詠んだ那珂《なか》の曝井《さらしい》の歌がある。橘守部《たちばなもりべ》は、那珂の曝井の所在地として、武蔵国那珂郡広木《むさしのくになかぐんひろき》（現埼玉県児玉郡美里町広木）であると比定し、この地については、すでに本書で紹介した。橘守部は、二九歳のとき、幸手宿の北の内国府間村《うちごうまそん》に移住し、文政一二年（一八二九）、江戸深川に転居するまでの二〇年間、当地で過ごし、静かな環境の中、多くの著作を残し、国学の中心であった本居宣長《もとおりのりなが》とは異なる学風をうちたてようと努めた。橘守部の旧居跡があったといわれる幸手桜高校の校庭に橘守部翁遺跡碑《たちばなもりべおういせきひ》が建っている。幸手市は、埼玉県東北部に位置し、千葉県、茨城県に隣接する宿場町で、古河の渡しに近いところにある。今回の散策では、橘守部翁遺跡碑を訪ね、その史跡をめぐり、橘守部の業績を偲ぶことにする。

天神神社

■天神神社

ＪＲ上野駅で常磐線の電車に乗り、北千住駅で東武日光線の電車に

満福寺

乗り換えると、約一時間三〇分で幸手駅《さってえき》に着く。幸手駅の正面の道に沿って進み、最初の筋で左折してしばらく進むと、天神神社《てんじんじんじゃ》に出る。祭神は、菅原道真《すがわらのみちざね》である。元は「裏天神《うらてんじん》」と呼ばれていた。鳥居には「繪林山《えりんざん》」と刻まれた扁額が懸かる。

『高野村志稿《たかのむらしこう》』には、「応永六年（一三九九）、一色直氏《いっしきなおうじ》が当地に城を構え、翌七年、鎌倉の荏柄天神社《えがらてんじんしゃ》の霊を勧請し、幸手付近に五天神を建立した」とある。この神社は、一色氏の館の鬼門に位置していたといわれ、館の守護神として祀られたとも伝える。『天神島菅神廟縁起《てんじんしますがみびょうえんぎ》』では、菅原道真の霊を鎮めるため、延長元年（九二三）、造営された墓所がその始まりとしている。

一色氏は、学問の神様である天神神社を裏町《うらまち》、天神島《てんじんしま》、平須賀《ひらすか》、神扇《かみおうぎ》、上高野《かみこうや》に建立し、これら五社は「一色五天神《いっしきごてんじん》」と呼ばれた。

神社の東側は、室町時代に、幸手一色氏が治めた幸手城の支城の天神島城があったといわれるが、目立った遺構は残されていない。

■満福寺

天神神社から少し北へ進むと、満福寺《まんぷくじ》がある。満福寺は、荏柄山《えがらさん》と号する真言宗智山派の寺で、本尊は如意輪観世音菩薩《にょいりんかんぜおんぼさつ》である。新坂東観音霊場三番札所である。通称「幸手観音《さってかんのん》」とも称され、江戸時代、天明、天保の大飢饉では、多くの人々を救ったことが伝えられている。

この寺は、一色氏の発願寺として、戦国時代の延徳年間（一四八九～一四九二）、秀栄和尚《しゅうえいおしょう》の開基により創建されたと伝え、その後、裏町天神や八幡香取神社の別当を務めた。本尊の如意輪観世音菩薩は、安産・子育てにご利益があると云われ、縁日には、早朝から参拝する人が多く、「朝観音《あさかんのん》」と称されている。

幸宮神社

幸宮神社

満福寺から少し東へ進むと、幸宮神社《さちのみやじんじゃ》がある。祭神は、誉田別命《ほむたわけのみこと》、経津主命《ふつぬしのみこと》、大物主命《おおものぬしのみこと》、倉稲魂命《うかのみたまのみこと》、菅原道真《すがわらのみちざね》である。貞享二年（一六八五）の創建で、寛保二年（一七四二）、利根川の水害により、社殿が流出し、明治一八年（一八八五）に修復された。

説明板には、「創建以来、四〇〇年以上の歴史を持ち、古くには、八幡香取社と称されていたが、明治四二年（一九〇九）、合祀が行われたのを機会に、幸宮神社と改称され、幸手町の総鎮守となる」とある。

聖福寺の勅使門

本殿は、文久三年（一八六三）、総欅造、流造での再建である。正面の扉や側壁には、昇り龍、下り龍、獅子（阿形と吽形）、鳳凰、天邪鬼、鷹、松などが彫刻され、稲作の様子を田起こしより収穫まで描いた四季農耕の彫刻がある。拝殿には、江戸時代の絵師である宗文の描いた一対の絵馬が奉納されている。

■聖福寺

幸宮神社からさらに北へ進むと、聖福寺《しょうふくじ》がある。聖福寺は、菩提山《ぼだいさん》東皐院《とうこういん》と号する浄土宗知恩院末の寺で、本尊は阿弥陀如来《あみだにょらい》である。本堂には、運慶の作と伝える観世音菩薩像も安置する。

この寺は、徳川家光をはじめ、歴代将軍が日光東照宮を参拝するとき、御殿所《ごてんしょ》（休憩所）として、また、天皇の例幣使《れいへいし》が休憩所としても使用された。このため、将軍の間、例幣使の間、菊の紋章の入った勅使門《ちょくしもん》（唐《から》門《もん》）が残され、将軍の間の欄間には、左甚五郎《ひだりじんごろう》作と伝える彫刻がある。

境内には、花づかの碑、書家・金子《きんす》竹香《ちくこう》顕彰碑《けんしょうひ》などがある。参道の右横には、次の句が刻まれた芭蕉の句碑がある。

日光街道幸手宿の名残の民家

幸手を　行けば　栗橋《くりはし》の関　　芭蕉
松杉を　はさみ揃《そろ》ゆる　寺の門　　曽良

句碑左下の解説によると、『奥の細道』の旅を終えた俳人・松尾芭蕉《まつおばしょう》は、元禄六年（一六九三）九月、江戸深川の芭蕉庵で十三夜連句を催した折、奥州の旅を思いおこし、弟子・曽良《そら》と並んでこの句を詠んだという。

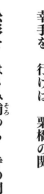

日光街道幸手宿

聖徳寺の面する通りは、かつての日光街道幸手宿《にっこうかいどうさってじゅく》である。日光街道は、江戸時代には、江戸の日本橋から、千住《せんじゅ》、草加《そうか》を経て、幸手を通り、日光へ通じていた。幸手宿は、日光街道と奥州街道の江戸から六番目、日光街道と日光御成道《にっこうおなりみち》が合流していることから、日光御成道の六番目の宿場町で、南北に約九〇〇メートル続いていた。

天保一四年（一八四三）の『宿村大概帳《しゅくそんだいがいちょう》』によると、本陣一軒、脇本陣なし、旅籠二七軒、人馬継問屋場一ヵ所、高札場一ヵ所あった。民家も九二六軒を数えたと記されているが、現在、重厚な鬼瓦を載せた民家が数軒の残るのみとなっている。

■正福寺

旧日光街道の曲がり角に、正福寺《しょうふくじ》がある。正福寺は、香水山揚池院《こうすいさんようちいん》と号する真言宗智山派の寺で、本尊は不動明王《ふどうみょうおう》である。永正年間（一五〇四～一五二一）の中興開山と伝える。江戸時代には、学問の研究や子弟を養成する常法談林所《じょうほうだんりんしょ》で、当時、四十九ヶ寺の末寺を持っていた。また、将軍徳川家光の代には、御朱印一三石を賜っている。

境内には、県指定史跡の「義賑窮餓《ぎしんきゅうが》の碑《ひ》」がある。天明三年（一七八三）、浅間山が大噴火したため、関東一円に灰が降り、冷害も重なって大飢饉となった。このとき、幸手町の有志二一名が金品を出し合って、難民の救援に当たった。この善行が時の関東郡代・伊《い》那《な》忠尊《ただたか》の知るところとなり、この顕彰碑を建てさせたという。

さらに、境内には、日光《にっこう》御《お》成街道《なりかいどう》道標《みちしるべ》がある。この道標は、文化一四年（一八一七）、日光御成街道と喜久方面へ行く分岐点に建てられたもので、正面に「馬頭観世音菩薩」、左面に「日光道中」と刻まれている。

義賑窮餓の碑

日光街道道標

■橘守部翁遺跡碑

正福寺の前の細い道から幸手中学校の東側を北へ進み、住宅の間を通り抜けると、幸手桜高校がある。この校庭の北西の隅に橘守《たちばなもり》部《べ》翁《おう》遺跡碑《いせきひ》がある。この遺跡碑は、昭和三年（一九二八）、昭和天皇即位の礼に際し、橘守部が正五位を追贈されたのを契機に、昭和四年（一九二九）、河野省三《こうのせいぞう》の撰文により、地元の建碑協賛会によって建立された。遺跡碑が建つところは、橘守部の旧居の跡であると伝える。

橘守部は、天明元年（一七八一）、伊勢国に生まれ、一七歳で江戸に出て国学を志した。日光参拝の折、内国府間村《うちごうまむら》の名主の食客となったのが縁で、内国府間村に移り住み、約二〇年間この地方の教育に携わりながら、その後の国文学の研究の基礎を培った。文政一二年（一八二九）、江戸に移り住み、『古事記《こじき》』『万葉集《まんようしゅう》』などの研究を中心に、多くの著書を著した。当時、国学の中心であった本居宣長《もとおりのりなが》を批判し、独自の学風をたて、伴信友《ばんのぶとも》、平田篤胤《ひらたあつたね》、香川景樹《かがわかげき》とともに「天保《てんぽう》の国学四大家《こくがくよんだいか》」と称された。『万葉集』の研究では、歌格、体調の優劣などを論じた『万葉集摘翠集《まんようしゅうてきすいしゅう》』、さらに、『訓詁注釈《くんこちゅうしゃく》』、古代地理に独自の考察を施した『万葉集墨縄《まんようしゅうすみなわ》』『万葉集檜嬬手《まんようしゅうひのつまで》』を著していたが、これらは未完に終わった。

橘守部翁遺跡碑

埼玉県児玉郡美里町広木にある万葉遺跡「那珂《なか》の曝井《さらしい》」は、橘守部によって比定されたもので、曝井の傍には、弘化二年（一八四五）に建立された、橘守部の撰文による次の歌が刻まれた万葉歌碑が建っている。

三栗《みつぐり》の　那珂《なか》に向かへる　曝井《さらしゐ》の
絶えず通はむ　そこに妻もが　　九・一七四五

この歌は、高橋虫麻呂《たかはしのむしまろ》の作で——那珂に向かって流れていく、布を曝す井戸の水が絶えることがないのと同じように、わたしは絶えず通ってこよう、そこに愛しい妻がいてくれたらいいのになあ——という意味である。

歌の題詞には、那賀郡《なかのこおり》の曝井《さらしい》とあり、常陸国、現在の水戸市愛宕町滝坂の泉という説と児玉郡美里町広木の曝井という説がある。三栗《みつぐり》は、クリの実がいがの中に通常三個ほど入っていることからくる枕詞で、栗の中（那賀）に、向かい合っている実のようなあの曝井の水が湧き出るように……とつながっている。「妻もが」の「もが」は、〇〇であって欲しいという願いを表す言葉で、そこにいとしい妻がいれば、絶えず通い続けたいとの意である。

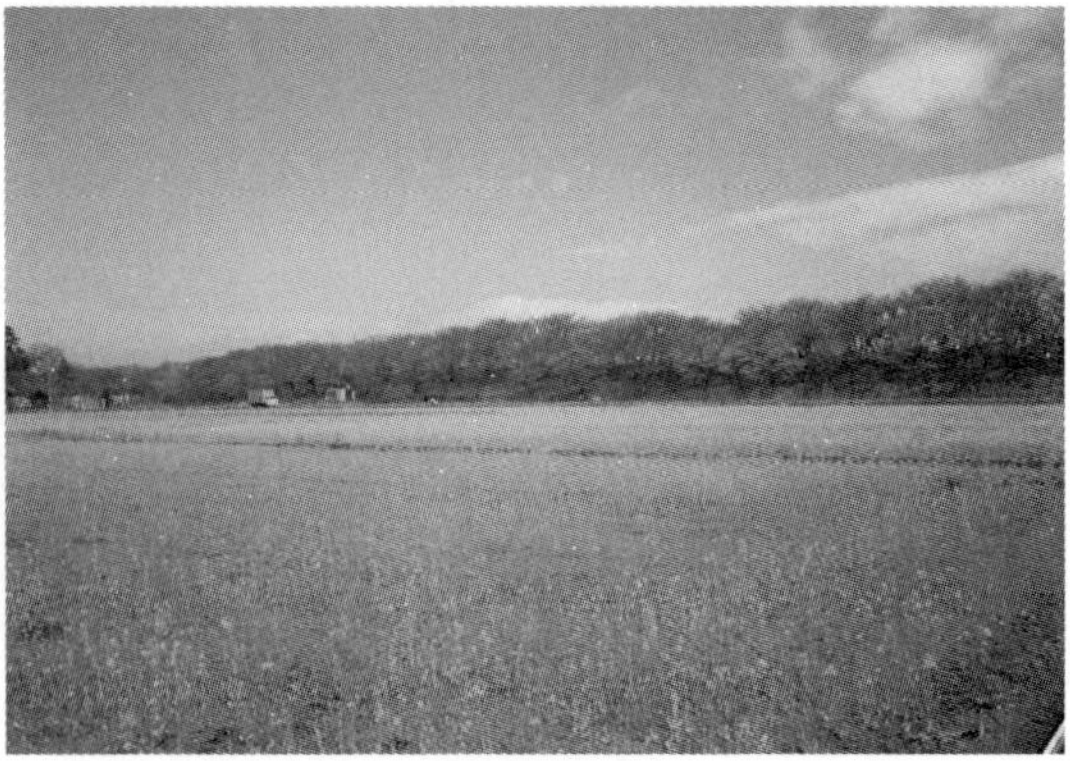

権現堂桜堤

■熊野権現社

幸手桜高校から幸手中学校まで戻り、国道四号線の交差点から権現《ごんげん》堂《どう》の方へ進む。潮来自動車の手前で、左手の集落へ入る道を進むと、熊野《くまの》権現社《ごんげんしゃ》がある。祭神は、家都御子神《けつみこのかみ》（阿弥陀如来）、速玉神《はやたまのかみ》（薬師如来）、夫須美神《ふすみのかみ》（千手観音）である。この神社は、紀州国の熊野権現社の霊を勧請したもので、権現堂村や権現堂川の名の起こりになっている。

この付近は、江戸時代から大正時代にかけて、権現堂河岸の船着き場として栄えたところで、神社には、船主、船頭、江戸の商人などから贈られた奉納品が数多く保存されている。明治二八年（一八九五）に奉納された「権現堂堤修復絵馬《ごんげんどうつつみしゅうふくえま》」は、幸手の絵馬師・鈴木国信《すずきくにのぶ》の作で、地形築《じぎょうつ》き、土端打《どはたう》ちなどの女人足《にょにんそく》が作業している様子を描いたものので、当時の土木作業技術を知る上での貴重な資料になっている。

■権現堂桜堤（四号公園）

熊野権現社から住宅の間を抜けて権現堂桜堤《ごんげんどうさくらつつみ》に上がる。この堤には桜が植栽されて、見事な桜並木になっている。この桜は、大正五年（一九一六）、長さ約六キロメートルにわたって、約三千本の桜が植栽され、関東地方の桜の名所になっていたが、昭和二二年（一九四七）、薪として伐採されて、一時的に消滅した。しかし、昭和二四年（一九四九）、約一キロメートルにわたって約一〇〇〇本の桜が植樹されて復活した。

■清保堂

権現堂桜堤に沿って北西へ進むと、清保堂《せいほどう》がある。清保堂は、清保《せいほ》善士《ぜんし》を祀る。清保善士は、大字権現堂の松山にあった熊野山正智院《くまのさんしょうちいん》を開山した人で、この堂もその境内にあった。慶安三年（一六五〇）、死去し、遺言によりこの地に葬られた。

耳の病気に悩む人々の信仰を集め、治った人々は耳の通りがよくなったとのことで、錐を奉納する風習が伝わっていた。現在でも、地元の人々は、子どもが生まれたとき、七五三のとき、結婚したときには、清保堂、熊野神社、水神社を参拝するという。

順礼供養塔

■順礼供養塔・順礼供養之碑

権現堂桜堤の中程に、順礼供養塔《じゅんれいくようとう》と順礼供養碑《じゅんれいくようひ》がある。享和二年（一八〇二）、長雨が続き、水位が高まって、利根川が決壊した。人々が土手の修復に当たったが、激しい激流のため、工事を進めることが出来なかった。そのとき、ここを通りかかった巡礼の親子がこれを見かねて、自ら人柱になることを申し出て、逆巻く濁流に身を投じた。すると、たちまち濁流は収まり、修復工事を完成させることが出来た。そこで、人柱になった親子を供養するために、昭和八年（一九三三）、この供養塔を建立した。

堤の上には、明治天皇行幸碑、権現堂川用水記念碑などもある。

■権現堂公園三号公園（万葉の公園）

権現堂桜堤の東側の権現堂公園（四号公園）を東に抜け、中川に架かる外野橋《そとのはし》を渡った先に三号公園（万葉の公園）がある。「歴史と文化の薫る万葉の公園」をテーマにした緑の多い公園で、約一〇〇本の白梅が植栽された梅林の一帯が「万葉の公園」と呼ばれている。この公園には、「権現堂の歴史と国学者・橘守部」の紹介案内板が建てられている。

■常福寺

権現堂桜堤の北端まで戻り、国道四号線を横切り、東武日光線の踏切を渡って左手にしばらく進むと、常福寺《じょうふくじ》がある。常福寺は、開現山《かいげんさん》と号する曹洞宗の寺で、本尊は薬師如来《やくしにょらい》である。この薬師如来は、「目くしゃれ薬師」と呼ばれ、目や歯の痛みにご利益があるという。境内には、延命地蔵像、延宝三年（一六七五）銘の庚申塔などがある。

■残光寺

常福寺から高須賀の集落を抜けて北西へ進む。周囲は田園地帯となり、のどかな光景が広がっている。やがて、高須賀池の傍に出る。高須賀池は、天明四年（一七八四）の大洪水のときに出来たと伝える。池の周囲には葦が繁り、自然堤防のような盛土が点在して見え、青々とした水面には、緑の樹木に覆われた小さな森の影を映し、周囲の田

常福寺

高須賀池

園風景と美しいコントラストをなして、心を和ませてくれるような光景が広がっている。

高須賀池から松石の集落に入ると、残光寺《ざんこうじ》がある。残光寺は、普輝《ふき》山《さん》と号する浄土宗の寺で、本尊は阿弥陀如来《あみだにょらい》である。天正二年（一五七四）の創建である。境内には、地蔵菩薩像を祀る。

■香取神社

残光寺から西へ進むと、車道の反対側に香取神社《かとりじんじゃ》がある。祭神は、経津主命《ふつぬしのみこと》、伊弉諾命《いざなぎのみこと》である。この地は、利根川を控えた水害地であったので、洪水後の悪疫除け、犠牲者の供養のために、下総国に属していた時期に、下総国の一の宮の霊を勧請したと伝える。

■高秀寺

香取神社から中川に架かる昭和橋を渡り、右折すると、高秀寺《こうしゅうじ》がある。高秀寺は、専称山阿弥陀院《せんしょうさんあみだいん》と号する浄土宗の寺で、本尊は阿弥陀《あみだ》如来《にょらい》である。創建は、文禄二年（一五九三）と伝え、江戸時代には、

香取神社

浄土宗関東十八壇林の一つであった。

本堂左側の薬師堂には、薬師如来を本尊として、日光・月光菩薩、十二神将などが祀られている。この薬師堂は、新義真言宗の月光山薬《げっこうさんやく》王院泉福寺《おういんせんふくじ》（廃寺）にあったが、昭和三七年（一九六二）、この地へ移された。高秀寺から中川の堤に沿って右に旋回するように進む。狐塚の集落を抜けると、広々とした田園地帯が開け、その先に東武日光線の南栗橋駅がある。

今回は、江戸時代の国学者で、『万葉集』の研究で著名な橘守部翁遺蹟を訪ね、日光街道幸手宿、権現堂桜堤の桜並木を通り、田園風景の中をのんびりめぐる、心がリフレッシュされるような散策となった。

交通▼ＪＲ上野駅で常磐線の電車に乗車、北千住駅で東武日光線の電車に乗り換え、幸手駅で下車。

文栗橋南小
みなみくりはし
香取神社
東武日光線
500m
猿田彦天神
香取神社
鹿島香取神社
内池
大須賀大杉神社
光秀寺
日光街道道しるべ
昭和橋
残光寺
権現堂調整池
香取神社
高須賀池
中川
香取八幡神社
常福寺
宝積寺
明治天皇行幸碑
文行幸小
3号公園
（万葉の公園）
法蔵寺
権現堂川
外野橋
順礼の碑
八幡神社
清保堂
第一浄水場
橘守部の遺跡碑
西公民館
熊野神社
文幸手商高
文長倉小
香取神社
宝持寺
安楽寺
文西中
文幸手中
正福寺
聖福寺
雷電神社
香取神社
香取神社
幸宮神社
幸手総合病院
幸手市役所
満福寺
文幸手小
天神神社
さって
祥安寺

橘守部翁遺跡碑コース

許我の渡しコース（茨城県古河市・埼玉県加須市）

渡良瀬貯水池

『万葉集』巻一四の東歌の相聞歌に「麻久良我《まくらが》の許我《こが》」と詠まれた歌が二首ある。これらの歌は、武蔵国向古河村《むさしのくにむかいこがむら》（埼玉県旧北川辺町、現加須市）と対岸の下総国古河郡《しもふさのくにこがのこおり》（現茨城県古河市）の間にあった許我《こが》（古河《こが》）の渡しを詠んだ歌であるといわれている。この辺りには、広々とした渡良瀬遊水地《わたらせゆうすいち》があり、渡良瀬川が東向きから南向きに大きく流路を変えて流れているが、往古、利根川の本流が旧北川辺町の北側を東流し、渡良瀬遊水地で渡良瀬川と合流し、渡良瀬川の流路に沿って南の栗橋の方へ流れていた。今回の散策では、雄大な渡良瀬遊水地と許我の渡し跡をめぐりながら、許我の渡しの万葉歌碑を訪ね、古河の城下町をめぐり、許我の渡しを偲ぶことにする。

■渡良瀬遊水地

ＪＲ上野駅で常磐線取手行きの電車に乗り、北千住駅で東武日光線栃木行きの電車に乗り換えると、約一時間三〇分で柳生駅に着く。

許我の渡し付近の渡良瀬川

柳生駅から線路沿いに少し戻り、踏切を渡ると、「谷中湖中央《やなかこちゅうおう》エントランス」という標識が目に入る。この標識に従って進むと、渡良瀬遊水地《わたらせゆうすいち》の堤防に出る。堤防の上に立つと、雄大な水郷の風景が眼前に広がっている。

渡良瀬遊水地は、栃木県の南端に位置し、栃木、群馬、埼玉、茨城の四県にまたがる面積約三三平方キロメートル、総貯水容量約二億立方メートルの我が国最大の遊水地である。

この遊水地へ流入する渡良瀬川は、群馬、栃木の県境の皇海山《すかいさん》（標高約二一四三メートル）に源を発し、いくつもの渓流を合わせながら、大間々町で山峡の地を離れ、以後、桐生市、足利市の中心から南東に流下し、栃木市を通り、茨城県古河市で利根川本流へと注ぐ流路延長約一〇七・六キロメートルの利根川水系最大の支川である。

堤防の上から、近くには広々とした渡良瀬貯水池（谷中湖）、遠く南西には奥多摩連山《おくたまれんざん》、丹沢連山《たんざわれんざん》、その奥に富士山、西方には、妙義山《みょうぎさん》、榛名山《はるなさん》、北方には、赤城山《あかぎさん》、男体山《なんたいさん》をはじめとした日光連山、東南には、筑波山《つくばさん》の大パノラマが見える。風に吹かれながら土手の上を歩くと、大平原を独り占めした気分になり、まさに心身ともにリフレッシュされる。

頼政神社

■頼政神社

渡良瀬川が右へ円弧を描くように流れを変えるに従って、対岸の古河の市街地が迫ってくる。ダンプカーが頻繁に行き交う三国橋を渡る。橋を渡りきって、土手を右手に下がると頼政神社《よりまさじんじゃ》がある。祭神は、源《みなもとの》頼政《よりまさ》である。別名「正一位頼政大明神」とも称される。

源頼政は、治承四年（一一八〇）、平家と宇治で戦ったが、利あらず自刃した。そのとき従者に遺言して「我が首を持ち諸国をまわれ、我れ止まらんと思う時、必ず異変が起きよう。その時その場所へ埋めよ」といった。従者は、諸国をめぐって下総国古河まできて休息した。再び立とうとしたが、その首が急に重くなって持ち上がらなかった。不思議に思ったが、遺言どおりその地に塚を築いた。塚は古河城南端の立崎曲輪にあったが、渡良瀬川の河川改修工事のため、大正元年（一九一二）、古河城北端の現在地に移された。

神社の起源には二つの説がある。その一つは、延宝五年（一六七七）、古河城主・土井利益《どいとします》が城内鎮護の神として祀ったという説である。他の一つは、元禄九年（一六九六）、城主・松平信輝《まつだいらのぶてる》が城内に大河内氏の遠祖頼政が祀られていることを知り、神社として整備したという説である。

渡良瀬川堤防上の万葉歌碑

許我の渡しの万葉歌碑

再び土手に登り、土手に沿って進む。左手には広々とした河川敷に造られた古川ゴルフリンクスがある。やがて周囲の景観にそぐわない鉄筋の古河リバーサイド倶楽部の傍に出る。その先に雀神社《すずめじんじゃ》の森があり、その傍の土手の上に、次の歌が刻まれた万葉歌碑がある。

麻久良我《まくらが》の　許我《こが》の渡《わた》りの　韓楫《からかじ》の
音高《おとたか》しもな　寝《ね》なへ児ゆえに　　一四・三五五五

この歌は、東国《とうごく》未勘国相聞往来歌《みかんこくそうもんおうらいか》百十二首の中の歌で——まくらがの、許我の渡しの、韓楫の音が高いように、あの娘と寝たわけでもないのに、噂がとどろき渡ることよ——という意味である。この歌碑は、書家・生井繁《いくいしげる》氏の揮毫により、昭和六〇年（一九八五）に建立された。この歌碑の所から、眼前に渡良瀬遊水地、遠くに赤城山、日光連山のパノラマが見渡せる。

許我の渡しの所在地については、『新編武蔵風土記稿《しんぺんむさしふどきこう》』の向古河村《むかいこがむら》の条に、「村の東渡良瀬川の端に其舊跡なりと云所あり、昔時当所街道に繋りし故、渡津ありしなり、（中略）此渡を越て下総国の古道に達っせしが、今の所に移りてより、此古道城に障られて廃せりと云」とある。この記述から推測すると、許我の渡しは、現在の三国橋の下流にあったと推測される。

雀神社

■雀神社

万葉歌碑のある土手の下に、雀神社《すずめじんじゃ》がある。祭神は、大己貴命《おおなむちのみこと》、少《すくな》彦名命《ひこなのみこと》、事代主命《ことしろぬしのみこと》である。社伝によると、崇神天皇の時代に、豊城入《とよきいり》彦命《ひこのみこと》が東国鎮護のために勧請した「鎮社《しずめのやしろ》」に始まると伝える。当初、「鎮社」と呼ばれていたが、後に、これが訛って「雀宮《すずめのみや》」になったという。一方、貞観年間（八五九～八七七）、出雲大社の分霊を祀ったのに始まるという説もある。室町時代には、初代古河公方《こがくぼう》・足利成氏《あしかがしげうじ》が、天下泰平、国土安穏、武運長久を祈って以来、歴代の古河城主が篤く信仰するようになった。江戸時代には、幕府から一五石の朱印地を与えられ、徳川将軍家からの朱印状九通が現存する。

境内には、三峰神社、第六天宮、香取神社、松尾神社、楯縫神社《たてぬいじんじゃ》を合祀する。さらに、縁結びの笹があり、この笹を男女で一緒に結び、神前に祈願すると、二人の仲が結ばれるという。

■徳星寺

雀神社から参道を進むと、徳星寺《とくしょうじ》がある。徳星寺は、龍見山舎那院《りょうけんさんしゃないん》極楽坊《ごくらくぼう》と号する真言宗豊山派の寺で、本尊は阿弥陀如来《あみだにょらい》である。創建は、建治元年（一二七五）で、開山は醍醐山良賢上人《だいごさんりょうけんしょうにん》である。宝徳元年（一四四九）、足利成氏《あしかがしげうじ》の祈願所になった。

『古河志《こがし》』によれば、源頼政の家臣・猪早太《いのはやた》の曾孫の徳星丸《とくしょうまる》が一六歳のとき願主となり、古河城がある龍崎（立崎）に創建された。徳星丸は、後に、剃髪して満海上人《まんかいしょうにん》と称し、徳星寺第六世の住職になった。山号は、徳星丸の祖母が高倉宮《たかくらのみや》（以仁王《もちひとおう》）に仕えて、龍見殿《りょうけんでん》と称したことに由来する。

正麟寺

■正麟寺

徳星寺の北に正麟寺《しょうりんじ》がある。正麟寺は、麒翁山長時院《きおうさんちょうじいん》と号する曹洞宗の寺で、本尊は釈迦如来《しゃかにょらい》である。創建年代は詳らかではないが、小笠《おがさ》

本成寺

原秀政《わらひでまさ》が古河城主であった天正一八年（一五九〇）から慶長六年（一六〇一）の間に、愕叟上人《がくそうしょうにん》が開山したという。寺名は、古河城主・小笠原秀政の祖父の小笠原長時《おがさわらながとき》の法号「長時院殿麒翁正麟大居士」による。

境内には、鷹見泉石《たかみせんせき》の墓がある。墓碑銘は、仙台藩の大槻磐渓《おおつきばんけい》の撰文で、古河市指定文化財に指定されている。鷹見泉石は、古河城主・土井利厚《どいとしあつ》・利位《としつら》に仕えた古河藩家老で、蘭学者として名高い。渡辺崋《わたなべか》山《ざん》の描いた「鷹見泉石像」は国宝に指定されている。

■本成寺

正麟寺からさらに北へ進むと、本成寺《ほんじょうじ》がある。本成寺は、長久山《ちょうきゅうさん》妙光院《みょうこういん》と号する日蓮宗の寺で、本尊は三宝尊である。

正和三年（一三一四）、日印上人《にちいんしょうにん》が鎌倉に開基した。天文年間（一五三二〜一五五五）、下総国猿島郡伏木村（現在の茨城県境町森戸）に移転し、さらに、延宝年間（一六七三〜一六八一）、古河城主・土井利益の母・法清院殿《ほうせいいんでん》の菩提を弔うために、法清院殿の兄弟であった日禎上人《にっしんしょうにん》により、伏木村からこの地へ移された。

境内には、古河市文化財の法清院殿の墓がある。法清院殿は、古河

日光街道古河宿の名残の民家

藩中興の名君として知られる土井家第五代・土井利益《どいとします》の母で、堤家の祖となる中川貞長《なかがわさだなが》の長女である。慶安元年（一六四八）、土井利隆との間に利益を生んだが、慶安五年（一六五二）、二二歳で死去した。

さらに、古河市文化財の河口信任《かわぐちしんにん》の墓がある。河口信任は、江戸時代の蘭医で、古河城主・土井家の藩医であり、日本で初めて自らの執刀で人体解剖を行い、明和九年（一七七二）、その成果を『解屍編《かいしへん》』として刊行した。鷹見泉石らに蘭学を指導し、古河藩における蘭学振興の基礎を築いた。

■日光街道古河宿

本成寺から東へ進むと、旧日光街道《きゅうにっこうかいどう》に出る。右折してこれに沿って進むと、所々に重厚な鬼瓦を載せた家が点在し、僅かに旧日光街道古河《こが》宿《じゅく》が偲ばれる。鍛冶町通りで右折すると、左手に日光道中道標がある。日光街道（日光道中）は、江戸時代に、将軍の日光参詣、諸大名の参勤交代に使用する目的で造られ、江戸の日本橋から宇都宮を経て、東照宮のある日光まで続き、東海道《とうかいどう》、中山道《なかせんどう》、奥羽道中《おううどうちゅう》、甲州道中《こうしゅうどうちゅう》とともに五街道の一つに指定されていた。江戸の日本橋から数えて九番

正定寺

目の宿場町で、本陣、脇陣が各一軒、旅籠三一軒、宿内の家数一一〇五軒で構成されていた。

日光道中道標《にっこうどうちゅうみちしるべ》は、文久元年（一八六一）、古河宿の有志の人たちによって建立された。常夜燈形式の珍しい形をした道標で、正面に「左日光道《にっこうどう》」、左面に「江戸街《えどまち》」、右面に「東筑波山《ひがしつくばさん》　諸川《もろかわ》　下妻結城《しもつまゆうき》」と刻まれている。

■正定寺

日光道中道標から西へ進むと、江戸時代の風格を残す旧武家屋敷がある。さらに西へ進み富久家で左折してしばらく進むと、正定寺《しょうじょうじ》がある。正定寺は、証誠山宝地院《しょうせいさんほうちいん》と号する浄土宗の寺で、本尊は阿弥陀如《あみだにょ》来《らい》である。寛永一〇年（一六三三）、古河城主・土井勝《どいまさる》によって開基され、当誉玄哲和尚《とうよげんてつおしょう》により開山された。

境内には、三河稲荷《みかわいなり》と唐津稲荷《からついなり》を合祀した稲荷堂《いなりどう》がある。また、弁《べん》天堂《てんどう》があり、堂内には、文化六年（一八〇九）造立の白蛇弁天像《はくじゃべんてんぞう》と徳《とく》川家光《がわいえみつ》が春日局に贈った開運弁女天像《かいうんべんにょてんぞう》が祀られている。

さらに、古河市文化財の旧土井家江戸屋敷表門（黒門）がある。江戸・本郷にあった旧古河藩主・土井家の下屋敷表門が、昭和八年（一

隆岩寺

九三三）、移築・寄進されたもので、上層武士の家の門として用いられることの多い薬医門《やくいもん》構造《こうぞう》である。

■福寿稲荷神社

正定寺に隣接して、福寿稲荷神社《ふくじゅいなりじんじゃ》がある。祭神は豊宇気毘売命《とようけびめのみこと》である。天正年間（一五七三〜一五九二）に創建されたと伝わる。小笠原《おがさわら》秀政《ひでまさ》に篤く信仰され、その祈願所となった。

古河七福神のひとつで、寿老人が祀られており、階段を上った右手に寿老人の石像が安置されている。市内稲荷神社の中で最大の規模を誇る豪華な造りの社殿であったが、近年全焼し、社殿が再建された。明治八年（一八七五）頃まで、隣接する隆岩寺《りゅうがんじ》の守護神とされていた。毎年一月の第二日曜には、この福寿稲荷神社を含む「古河七福神めぐり」が開催されている。

■隆岩寺

福寿稲荷神社に隣接して隆岩寺がある。隆岩寺は、大蓮山潮雲院《だいれんさんちょううんいん》と号する浄土宗の寺で、本尊は阿弥陀如来《あみだにょらい》である。文禄四年（一五九五）、古河城主・小笠原秀政が正室の父・松平信康《まつだいらのぶやす》を弔うために開基した。開山は岌道上人《きゅうどうしょうにん》である。

境内には、呑龍堂《どんりゅうどう》がある。呑龍堂は、大正一四年（一九二五）、群馬県太田市・大光院《だいこういん》の呑龍《どんりゅう》を勧請したものである。隆岩寺二一世・伊《い》藤霊誠上人《とうれいせいしょうにん》が大光院を開山した呑龍上人《どんりゅうしょうにん》を篤く崇敬したことによる。「子育呑龍《こそだてどんりゅう》」とも呼ばれ、子供の無事成長にご利益があるという。

さらに、古河市文化財の小笠原貞慶《おがさわらさだよし》の供養塔がある。小笠原貞慶は、古河城主・小笠原秀政の父である。寛政五年（一七九三）、町内の石町北裏四つ谷・正麟寺山の土中から、墓石が発見され、隆岩寺の住職と小倉藩主の小笠原氏の子孫により移され、石龕《せきがん》の中に納められたものである。

寺宝には、正徳四年（一七一四）作の古河市文化財の刺繍釈迦涅槃《ししゅうしゃかねはん》大曼荼羅《だいまんだら》がある。

■古河街角美術館・篆刻美術館

隆岩寺からさらに西へ進み、江戸町通りで右折してしばらく進むと、古河街角美術館《こがまちかどびじゅつかん》がある。この美術館は、古河ゆかりの作家の作品の鑑

JR古河駅前の万葉歌碑

賞と市民の美術の創作活動の発表の場として開設されたもので、一階に常設展示コーナー、二階に市民ギャラリーがある。

その隣に世界でも珍しい篆刻美術館《てんこくびじゅつかん》がある。篆刻は、書道芸術の一つで、四書、漢詩などから自分の心情に響く言葉、感銘を受けた言葉を選び、「篆書《てんしょ》」と呼ばれる書体で、一寸四方の石に文字を刻んだものである。古河市出身の生井子華《なまいしか》、石井雙石《いしいそうせき》、二世中村蘭臺《なかむららんだい》などの著名な篆刻家の作品をはじめ、篆刻に用いる封泥や石印材などが展示されている。

■ＪＲ古河駅前の万葉歌碑

篆刻美術館から県道野木古河線に出て左折し、すぐ先で右折して直進すると、ＪＲ古河駅がある。この駅前に、次の歌が刻まれた万葉歌碑がある。

逢《あ》はずして　行かば惜《を》しけむ　まくらがの
許我《こが》こぐ船に　君も逢《あ》はぬかも　　一四・三五五八

この歌は、東国未勘国相聞往来歌百十二首の中の一首で——逢わないで、行ったら惜しい、まくらがの、許我の渡しを漕ぐ船の中で、せめてあの愛しい人に逢えないものか——という意味である。この万葉歌碑は、大久保翠洞《おおくぼすいどう》氏の揮毫により、昭和六〇年（一九八五）に建立された。

『万葉集私注《まんようしゅうしちゅう》』には、「古河を漕ぐ船が賑わって、そこでは、思ひがけぬ人に会うほどに雑踏であったので、かうした民謡が成立したのであろう」とある。『万葉古河《まんようこが》の歌碑《かひ》』には、『万葉集』の概説的な紹介と巻一四の東歌の簡単な解説がなされ、古河の歌二首が挙げられた後に、建碑の由来が次のように記されている。

「この二つの歌とも、作者不明であるが、おそらく民謡のように語り歌いつがれていたものであろう。いずれにしても古河の先人が、このような歌を残していることを、私達は誇りにしてよいと思う」と。

■大聖院

古河駅前通りの西側に大聖院《だいしょういん》がある。大聖院は、玉龍山永昌寺《ぎょくりゅうさんえいしょうじ》と号する曹洞宗の寺で、本尊は釈迦如来《しゃかにょらい》、古河七福神の一つである。大永三年（一五二三）、足利政氏が坂間村（現古河市）に創建した永昌寺

古河七福神

・毘沙門天：秋葉神社
・弁財天：大聖院、正定寺、徳星寺
・大黒天：神明宮
・恵比寿：蛭子神社
・福禄寿：三神町稲荷神社
・寿老人：福寿稲荷神社
・布袋尊：諏訪八幡神社

に始まると伝える、開山は大朝宗賀禅師《だいちょうそうがぜんじ》である。元亀二年（一五七一）、足利義氏《あしかがよしうじ》は、正室・浄光院の希望により、坂間村に大聖院を建立した。しかし、北条義氏と重臣・簗田政信《やなだまさのぶ》が対立したとき、政信によって大聖院は破壊された。北条義氏が寺の再建を望んでいたところ、佐野昌綱《さのまさつな》が協力を申し出たので、天正元年（一五七三）、坂間村に永昌寺と旧大聖院をあわせた大伽藍の新「大聖院」を建立し、寺号を永昌寺とし、開山を改めて大朝宗賀とした。天和二年（一六八二）、古河城主・奥平美作守貞昌《おくだいらみまさかのかみさだまさ》により、坂間村より現在地に移され、寺号も玉龍山大聖院と改められた。万延元年（一八六〇）、火災により焼失したが、明治三八年（一九〇五）、再建された。

境内には、古河市指定文化財の古河藩家老・小杉元卿《こすぎげんけい》、小杉監物《こすぎけんもつ》、南画家・枚田水石《ひらたすいせき》の墓、大日如来種子板碑《だいにちにょらいしゅしいたび》などがある。

■福法寺

県道で左折し、次の信号で右折すると、石畳が敷かれた肴町通《さかなまちどお》りに入る。この通りは、古河城裏木戸を経て、米、茶、酒などの食料品を城内へ供給する道であった。通りの両側には、古風な商店が並んでい

古河文学館

る。その先の筋で左折すると、福法寺《ふくほうじ》がある。福法寺は、亀嶋山《きしまさん》無量院《むりょういん》と号する真宗大谷派の寺で、本尊は阿弥陀如来《あみだにょらい》である。

建治年間（一二七五〜一二七八）、正順坊《しょうじゅんぼう》（親鸞上人の法弟）が開基となり、武蔵国内に創建したのに始まる。その後、下総国佐倉へ移され、さらに、寛永八年（一六三一）、現在地に移された。

この寺の山門は、旧古河城内の二の丸御殿の入口にあった「平唐《ひらから》門《もん》」と呼ばれる型式の乾門《いぬいもん》で、鉄板葺、間口一間、両側袖塀、潜戸付きである。明治四年（一八七一）、古河城が廃城となり、明治六年（一八七三）、城が取り壊されたとき、福法寺の檀家が払い下げを受け、その後、この寺に移築された。

■了正寺

福法寺のすぐ先に了正寺《りょうしょうじ》がある。了正寺は、大蓮山廣地院《だいれんさんこうちいん》と号する浄土宗の寺で、本尊は阿弥陀如来《あみだにょらい》である。元和七年（一六二一）の創建と伝える。

和順大師《わじゅんたいし》法然《ほうねん》が唐の善導大師《ぜんどうたいし》の観経疏《かんぎょうしょ》によって、弥陀の本願を信じ、専修念佛の旗印を掲げて、安元元年（一一七五）、開創した浄土門の宗派

古河歴史博物館

で、わが国で浄土門が独立して一宗派となったのはこれが初めてである。

古河文学館

了正寺の南側から裏に廻と、古河文学館《こがぶんがくかん》がある。茨城県内初の文学館として、平成一〇年（一九九八）に開館した。古河ゆかりの文学者に関する展示室を中心とし、サロンや講座室が設けられている。大正ロマンの香りが漂う大正建築様式の洋館で、落ち着いた雰囲気を醸し出している。別館には、永井路子《ながいみちこ》の旧宅もある。

館内には、歴史小説の第一人者の永井路子、推理作家の小林久三《こばやしきゅうぞう》、時代小説から現代小説まで幅広く活躍中の佐江衆一《さえしゅういち》、詩人の粒来哲蔵《つぶらいてつぞう》、粕谷栄市《かすやえいいち》、山本十四尾《やまもとしお》、歌人の沖《おき》ななも、児童文学者の一色悦子《いっしきえつこ》、金《かね》田卓也《だたくや》らの古河に縁のある作家の作品や、児童文学史に大きな足跡を残した絵雑誌『コドモノクニ』の関連資料などを展示している。

古河歴史博物館

古河文学館の南に古河歴史博物館《こがれきしはくぶつかん》がある。平成二年（一九九〇）、

鷹見泉石記念館

古河城の諏訪曲輪《すわくるわ》（出城）跡地に、自然の景観を生かすように建てられた。吉田桂二《よしだけいじ》による設計で、平成四年（一九九二）日本建築学会賞、平成八年（一九九六）公共建築賞を受賞している。

館内は、三室の常設展示室で構成されている。第一室には、古河藩家老・鷹見泉石《たかみせんせき》が収集・記録・研究した貴重な蘭学関係資料、第二室には、原始古代から近代にいたる古河の歴史の概観、第三室には、幕末から明治期にかけて活躍した小山霞外《おやまかがい》、河鍋暁斎《かわなべきょうさい》、奥原晴湖《おくはらせいこ》など、古河ゆかりの文人たちの書画が展示されている。

■鷹見泉石記念館

古河歴史博物館に隣接して鷹見泉石記念館《たかみせんせききねんかん》がある。この記念館は、古河藩が藩士たちのために用意した武家屋敷の一つで、隠居後、もっぱら蘭学にいそしんだ鷹見泉石が最晩年を過ごした邸宅の展示である。寛永一〇年（一六三三）、古河城主・土井利勝《どいとしかつ》が古河城の御三階櫓を造ったときの残り材を使って建てたと伝える。

屋敷の庭には、古河市指定天然記念物の珍木の楓樹《ふうじゅ》がある。マンサク科の落葉喬木で、日本には自生していない。古代中国では、宮中に植えられ、それから天子のいるところを「楓宸《ふうしん》」と呼ぶようになったという。日本には、徳川吉宗《とくがわよしむね》が輸入し、享保一二年（一七二七）、日光東照宮奥院や吹上御所に植えさせたと伝える。

長谷観音

■長谷観音

鷹見泉石記念館から南へ進み、次の筋で右折すると、長谷観音《はせかんのん》がある。長谷観音は、明観山観音院長谷寺《めいかんざんかんのんいんはせでら》と号する真言宗豊山派の寺で、本尊は十一面観世音菩薩《じゅういちめんかんぜおんぼさつ》である。

明応二年（一四九三）、足利成氏が六〇歳のとき、青春時代を過した鎌倉への望郷の念と、長谷観音信仰により、古河城の鬼門の地に、鬼門除けとして、明観山長谷寺を建立し、鎌倉長谷寺《かまくらはせでら》より分霊を勧請して、総高約丈六尺八寸一分の木造長谷観世音菩薩像を安置した。政《まさ》氏《うじ》、高基《たかもと》、晴氏《はるうじ》、義氏《よしうじ》の各城主より崇敬され、とくに、義氏の女《むすめ》・氏《うじ》姫《ひめ》が長谷観世音菩薩を一心に信仰した。鎌倉の長谷寺、大和の長谷寺とともに「日本三大長谷観音《にほんさんだいはせかんのん》」と呼ばれている。

一向寺

■一向寺

鷹見泉石記念館まで戻り、右折して住宅の間を南へ進むと、一向寺《いっこうじ》がある。一向寺は、蓮地山無量院《れんちさんむりょういん》と号する時宗《じしゅう》の寺で、本尊は阿弥陀如来である。

建治二年（一二七六）、一向上人《いっこうしょうにん》・俊性《しゅんせい》による開山である。明治初めに末寺の向星寺《こうせいじ》、十念寺《じゅうねんじ》、光福寺《こうふくじ》が廃寺となり、この寺に合併された。第二次世界大戦のとき、時宗から浄土宗に改宗されたが、昭和三三年（一九五八）、時宗に戻された。

■香取神社

一向寺からさらに南へ進み、市役所を左に見て、国道三五線を横切って、さらに南へ進むと、香取神社《かとりじんじゃ》がある。祭神は経津主命《ふつぬしのみこと》で、大日留《おおひる》女命《めのみこと》が合祀されている。宝暦年間（一七五一～一七六四）、この地の名主が社殿を造営し、香取神宮の分霊を勧請したのが始まりと伝える。

古河公方公園

鳳桐寺

新三国は氏へ通じる大通りを横切って、さらに南へ進むと、鳳桐寺《ほうとうじ》がある。鳳桐寺は、心性山《しんせいさん》と号する日蓮宗の寺で、本尊は三宝尊《さんぽうそん》である。室町時代、初代古河公方・足利成氏《あしかがなりうじ》が鎌倉にいたとき、成氏の開基、日延の開山により、鎌倉波路川の内上川原村に創建され、康正元年（一四五五）、成氏が古河に移座したとき、あるいは、第五代・足利義氏のときに古河に移転したと伝える。創建時に、境内に桐の老木があり、鳳凰が止まったことから、「康正山鳳桐寺《こうしょうさんほうとうじ》」と呼ばれた。江戸時代の初期、住職の心性院日遠《しんせいいんにちえん》が徳川家康から迫害を受け、側室のおまんの方に救われたことがあり、このとき山号を「心性山」に改めたという。

古河公方公園

鳳桐寺からさらに南へ進むと、古河公方公園《こがくぼうこうえん》がある。面積約二五ヘクタールにも及ぶ広大な公園で、公園内には、古河公方・足利氏の御所跡（古河公方館跡《こがくぼうやかたあと》）、徳源院跡《とくげんいんあと》、御所沼《ごしょぬま》、民家園《みんかえん》、芝生の広場、遊具広場、

鷺神社

大賀ハスの蓮池、約一五〇〇本の花桃が植栽された桃林などがある。

桃林は、江戸時代に、藩主・土井《どい》利勝《としかつ》が家臣の子供たちに桃の種を拾い集めさせて、古河に送って、農民に桃の木を育てさせた「古河桃園」を再現したものである。現在、毎年三月下旬から四月上旬にかけて「古河桃まつり」が開催されて、多数の観光客が訪れる。この公園は、世界の主要な文化景観の保護と管理を目的とした顕著な活動に対して贈呈される「ユネスコ　メリナ・メルクーリ国際賞」を受賞している。

■鷺神社

古河公方公園から新三国橋に通じる道まで戻り、新三国橋を渡る。新三国橋の上流に許我の渡しがあったといわれる。新三国橋の長いアプローチを下って、東側の道に沿って堤防の方へ戻り、東小学校の前から堤防の下の道を北へ進むと、鷺神社《わしじんじゃ》がある。祭神は天穂日命《あめのほひのみこと》、天《あめの》夷鳥命《ひなとりのみこと》である。前者は農耕の神、後者は豊作の神である。『新編武蔵風土記稿』には「村の鎮守なり。萬治二年の頃の勧請と云、眞光寺持」とある。この神社が位置する所は、古河の対岸にあたるので、「むこうこが」「むかいこが」と呼ばれている。往古、ここから古河城下を結ぶ渡しがあった。
向古河には、磯、松橋、小堀、稲葉、池田、秋山、桜井、君塚、永島荒井の「十人士」と呼ばれる家があった。これらの人々は、古河公方・足利成氏の家臣で、鎌倉から成氏に従って古河にやって来て、古河の対岸に住んで、平時には農耕に従事し、非常時には戦闘に参加していた。

鷲神社境内の万葉歌碑

■鷲神社境内の万葉歌碑

鷲神社の境内に、次の歌が刻まれた万葉歌碑がある。

麻久良我《まくらが》の　許我《こが》の渡りの　から梶《かぢ》の
音高《おとだか》しもな　寝《ね》なへ児故《こゆゑ》に
一四・三五五五

この歌は――まくらがの、許我の渡し場に響く、韓梶の音のように、噂が高いなあ、一緒に寝もしない子なのに――という意味である。この歌碑は、教育家・杉山岩雄氏の揮毫により、昭和三三年（一九五八）に建立された。

「麻久良我」については、地名説と枕詞説がある。地名説では、『万《まん》葉集略解《ようしゅうりゃくげ》』に「まは発語、くらがは下総の倉賀をいふべし。海人をよめばなり」、『万葉集古義《まんようしゅうこぎ》』に「麻は、真熊野などいふ真にて、下総国葛飾郡久良我をいふべし」とあり、現在の古河付近一帯の地名であるとしている。一方、枕詞説では、地名の「許我」にかかる詞であるとしている。

「許我」については、未開地の意である空閑《くが》に由来するといわれ、その所在地には諸説がある。『冠辞考《かんじこう》』には、「上野国の倉賀野ではないか」とあり、『許我志《こがし》』には、「此歌は必ずしも今の栗橋の渡りに限りしことに非ず、何れ此辺ならん」とある。『仙覚抄《せんかくしょう》』『万葉集古義《まんようしゅうこぎ》』『万《まん》葉集童蒙抄《ようしゅうどうもうしょう》』などにも「下総国」「今の古河の渡しか」とあり、埼玉県下河辺町と茨城県古河市の間を流れる渡良瀬川付近としている。

万葉の時代には、古河から埼玉の西縁までは、海水に満たされた奥東京湾を形成し、この湾に思川《おもいがわ》、巴波川《うずまがわ》、渡良瀬川《わたらせがわ》、利根川《とねがわ》、荒川《あらかわ》が注いでいた。まくらがの東縁に古河の渡しがあり、これと対峙した西縁に埼玉《さきたま》の津《つ》があり、許我は、武蔵、下総、下野への渡航の要地であったとすれば、まくらがは許我の地名の枕詞ではなく、古河から埼玉の津に至る古河の津を指しているように思われる。

万葉集略解　橘千蔭が著した『万葉集』の注釈書。文化九年（一八一二）刊行。全三〇巻。千蔭の家で、村田春海、信夫道別、安田躬弦との『万葉集』の会読会が催され、その成果を基礎として著された。契沖、荷田春満、とりわけ師である賀茂真淵の『万葉考』によるところが大きい。稿が成るごとに、本居宣長の閲を請い、その説が採り入れられている。『万葉集』の簡単な全注として、その普及に貢献した。

鷲神社から渡良瀬川の土手に沿って北へ進み、東武日光線新古河駅へ出て、今回の散策を終えた。今回は、関東平野の中心部にある許我の渡しを訪ね、雄大な自然の中にある古河の津を訪ね、古河の城下をめぐる散策となった。

交通▼上野駅でＪＲ常磐線取手行きの電車に乗車、北千住駅で東武日光線の電車に乗り換え、柳生駅で下車。

万葉集古義　鹿持雅澄が著した『万葉集』の注釈書。総論四冊、本文注釈九五冊の計一四一冊。文政一一年（一八二八）頃成立、以後改訂を加え、天保一〇年（一八三九）年頃完成。明治天皇の命により、明治一三年（一八八〇）～明治二三年（一八九〇）、宮内省が刊行した。『万葉集』の歌の解釈を中心に、枕詞や人物伝など、従来の研究を集大成したもの。雅澄の万葉研究の目的は、上古のありかたを窺うことであり、雅澄が『万葉集』に見出したものは、皇神の道義と言霊の風雅であるといわれる。

許我の渡しコース

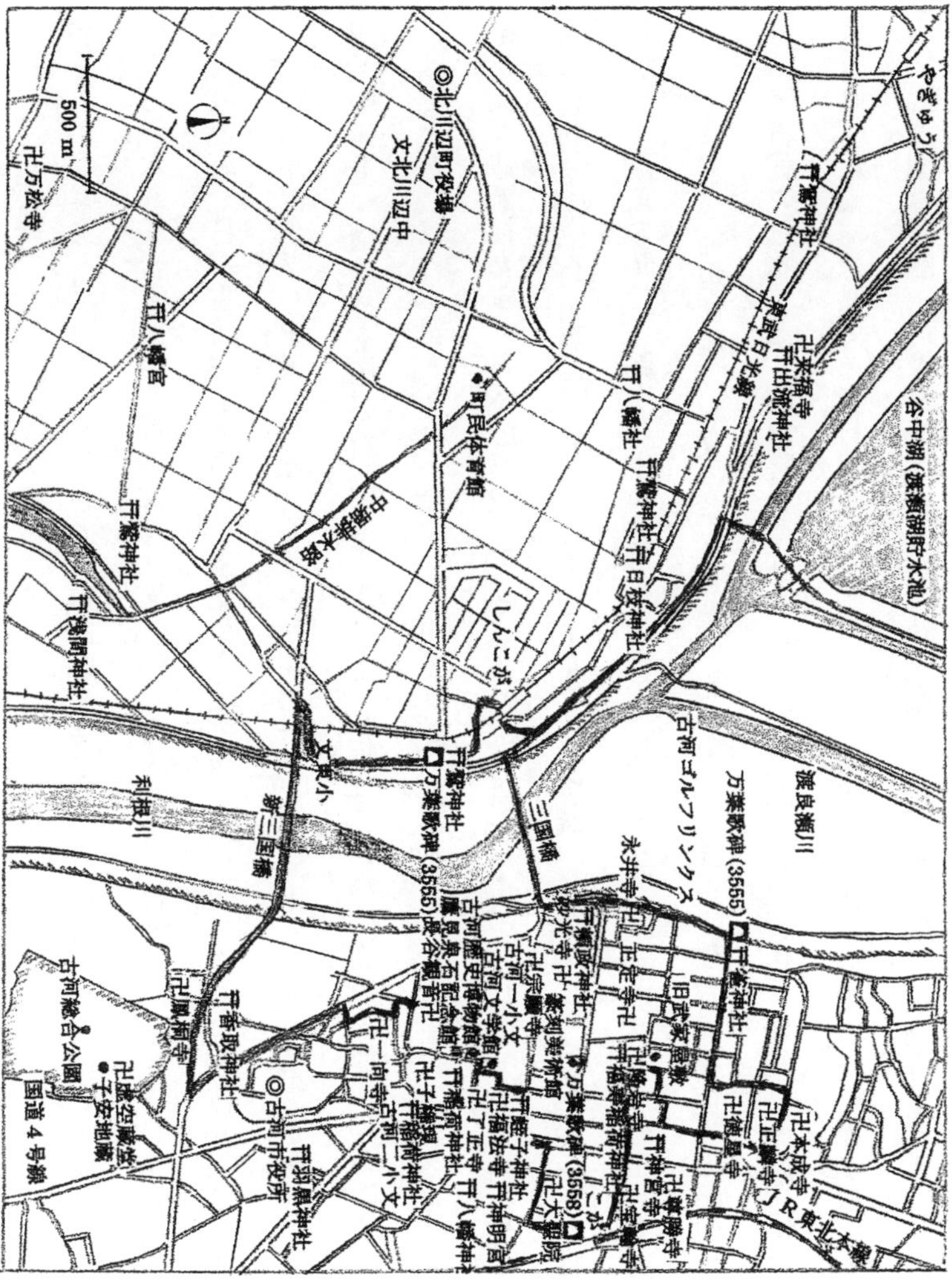
谷中湖（渡良瀬遊水池）
渡良瀬川
万葉歌碑(3555)
古河ゴルフリンクス
三国橋
利根川
新三国橋
古河総合公園
国道４号線
古河市役所
ＪＲ東北本線
東武日光線
北川辺町役場
北川辺中
町民体育館
しんこが
500 m
万松寺
八幡宮
鷲神社
浅間神社
雀神社
永井寺
正定寺
旧武家屋敷
古河文学館
古河歴史博物館
鷹見泉石記念館
古河一小
古河二小
本成寺
正麟寺
徳星寺
神宮寺
大聖院
香取神社
やぎゅう

参考文献・史料

日本古典文学体系　万葉集一～四　岩波書店／日本古典文学全集　万葉集一～四　小学館／日本古典文学体系　日本書紀六七・六八　岩波書店／日本古典文学全集　古事記・上代歌謡小学館／日本古典文学体系　古事記・祝詞　岩波書店／日本古典文学大系　風土記　岩波書店／古事記　新潮日本古典集成　新潮社／万葉集注釈　一～二〇　澤瀉久孝　中央公論社／万葉集私注　一～二〇　土屋文明　筑摩書房／万葉集全注釈原文付　一～四　中西進　講談社文庫／新訓万葉集　上下　佐佐木信綱　岩波文庫／口訳万葉集　折口信夫中央公論社／国史大系　続日本紀　前編・後編　吉川弘文館／国史大系　日本三代実録　吉川弘文館／倭名類聚称　中田祝夫　勉誠社文庫／日本の歴史　一・二　井上光貞　中央公論社／万葉人の世界　日本文学の歴史二　高木市之助ほか　角川書店／日本文学史・上代　久松潜一　至文堂／万葉集とその世紀　上中下北山茂夫　新潮社／万葉の時代と風土　中西進　角川書店／野田太郎文学散歩　七　野田宇太郎　文一総合出版／万葉のふるさと　稲垣富雄　右文書院／万葉の旅　中　犬養孝　社会思想社／萬葉の風土　正・続犬養孝　塙書房／古代の日本　七　関東　杉原荘介・竹内理三編　角川書店／新編埼玉県史　通史編一　原始・古代　埼玉県／新編埼玉県史　資料編二　原始・古代　埼玉県／古代の地方史　五　板東編　志田諄一編　朝倉書店／武蔵国郡村誌　一～一五　埼玉県／埼玉県の歴史散歩　埼玉県高等学校社会科教育研究会歴

史部会　山川出版／式内社の研究　六　関東編　志賀剛　雄山閣／東京都の歴史散歩　東京都歴史教育研究会　上中下　山川出版／神奈川県の歴史散歩　神奈川県高等学校教科研究会社会科部会歴史分科会　上　山川出版／万葉の歌・人と風土　中部・関東北部・東北　渡辺和雄　保育社／万葉の歌・人と風土　関東南部　桜井満　保育社／万葉紀行　土屋文明　筑摩書房／武蔵野の万葉を歩く　芳賀善次郎　さきたま双書／万葉のさいたま散策　藤倉明　埼玉新聞社／武蔵野風土記　朝日新聞社編　朝日新聞社／関東の万葉歌碑　万葉と歴史の接点　長島喜平編　新人物往来社／東歌疏　折口信夫　中央公論社／万葉集全注釈　武田祐吉　角川書店／万葉東国紀行　谷馨　桜楓社／万葉集　東歌・防人歌　水島義治住　笠間書房／東歌（日本詩人選）佐佐木幸綱　筑摩書房／万葉集東歌論巧　大久保田正　桜楓社／田辺幸雄　万葉集東歌　塙書房／桜井満　万葉集東歌研究　桜楓社／今井福治郎　房総万葉地理の研究　春秋社／講談社現代新書　万葉集の風土　桜井満　講談社／古代東国の風景　原島礼二　吉川弘文館／万葉集東歌地名考　嶋津聿史　桜楓社／武蔵野の古社　菱沼勇　有峰書店／埼玉文学探訪　朱桜芸文会編　紅天社／ウォーク万葉　ウォーク万葉編集委員会　クリエイト大阪／たまづさ　たまづさ編集委員会　ウォーク万葉たまづさ会／わたしの万葉歌碑　犬養孝　社会思想社／万葉の碑　本田義憲・田村康秀　創元社／角川日本地名大辞典　埼玉県・東京都・神奈川県　角川書店／日本古語大辞典　松岡静雄　刀江書店／国史大辞典　吉川弘文館／古墳辞典　東京堂出版／二万五千分の一地図　国土地理院

万葉歌碑・万葉関連碑の概要

- この書で紹介した万葉歌碑に刻まれた歌、所在地、作者、歌碑の寸法、揮毫者（肩書きは当時のもの）、建立年月を示す。
- 歌については、歌碑に刻まれた文字を示す。
- 白文で刻まれた歌は、読仮名を附す。
- 石碑のみならず、万葉歌が記された歌板、万葉関連の記念碑なども示す。

和《わ》加《が》ゆ起《き》乃《の》　息《いき》つくし可《か》婆《ば》　足《あし》柄《がら》能《の》
峰《みね》延《は》保《ほ》雲《くも》越《を》　見《み》登《と》ゝ《と》偲《しの》は祢《ね》

二〇・四四二一

わが背《せ》なを　筑紫《つくし》へ遣りて　愛《うつく》しみ
帯《おび》は解《と》かなな　あやにかも寝も

二〇・四四二二

所在地　横浜市緑区みたけ台　祥泉院
作者　服部於田・妻服部呰女
歌碑　自然石（高さ一〇五、幅一三〇cm）
揮毫者　郷土史家・戸倉英太郎
建立年月　昭和三三年八月

多《た》知《ち》婆《ば》奈《な》乃《の》　古《こ》婆《ば》乃《の》波《は》奈《な》里《り》我《が》　於《お》毛《も》布《ふ》奈《な》牟《む》
己《こ》許《こ》呂《ろ》宇《う》都《つ》久《く》思《し》　伊《い》弖《で》安《あ》礼《れ》波《は》伊《い》可《か》奈《な》

一四・三四九六

所在地　川崎市中原区等々力　等々力公園
作者　未詳
歌碑　自然石（高さ一四五、幅九六cm）
揮毫者　大学講師・吉村良司
建立年月　昭和五三年四月

山代《やましろの》　久世乃鷺坂《くぜのさぎさか》　自神代《かみよより》
春者張乍《はるははりつつ》　秋者散来《あきはちりけり》
（右側面）

山城《やましろ》の　久世《くせ》の鷺坂《さぎさか》　神代《かみよ》より
春《はる》は張《は》りつつ　秋《あき》は散《ち》りけ里
（左側面）

九・一七〇七

所在地　東京都文京区小日向町鷺坂
作者　未詳
歌碑　角柱石（高さ一〇五、幅二七㎝）
揮毫者　書家　中井薫堂
建立年月　昭和七年七月

秋野尓《あきののに》　咲有花乎《さきたるはなを》　指折《およびをり》
可伎数者《かきかぞふれば》　七種花《ななくさのはな》

八・一五三八

萩之花《はぎのはな》　乎花葛花《をばなくずばな》　瞿麦之花《なでしこのはな》
姫部志《をみなへし》　又藤袴《またふじばかま》　朝皃之花《あさがほのはな》

八・一五三九

所在地　東京都墨田区向島百花園
作者　山上憶良
歌碑　自然石（高さ一五〇、幅七〇㎝）
揮毫者　詩人・堀口久万一
建立年月　昭和七年七月

石《いは》ばしる　垂水《たるみ》の上の　さ蕨《わらび》の
萌《もえ》えいづる　春になりにけるかも

八・一四一八

所在地　蕨市塚越　蕨市民公園
作者　志貴皇子
歌碑　自然石（高さ一三〇、幅七五㎝）
樹脂板（高さ六〇、幅五〇㎝）嵌込み
揮毫者　中学校長・野田俊彦
建立年月　平成元年一一月

鳰鳥《にほどり》の　葛飾早稲《かづしかわせ》を　饗《にへ》すとも
その愛《かな》しきを　とに立てめやも

一四・三三八六

所在地　船橋市印内町 春日神社
作者　未詳
歌碑　かつしか田圃の記碑陰
扁平石（高さ一四〇、幅二二〇㎝）
揮毫者　未詳
建立年月　昭和五三年一二月

葛飾《かづしか》の　真間《まま》の浦廻《うらみ》を　漕ぐ船の
船人《ふねびと》騒《さわ》く　波立つらしも

一四・三三四九

所在地　市川市真間　真間川入江橋畔
作者　未詳
歌板　屋根付掲示板（高さ二〇〇、幅一一七㎝）、
中央白板（高さ四五、幅八五㎝）
揮毫者　未詳
建立年月　未詳

阿《あ》能《の》音《おと》世《せ》春《ず》　行《ゆ》可《か》むこまもが　葛飾乃《かづしかの》
真間《まま》の継橋《つぎはし》　や万《ま》すかよ者《は》無《む》

一四・三三八七

所在地　市川市真間　継橋畔
作者　未詳
歌碑　自然石（高さ九四、幅一七九㎝）
揮毫者　市長・富川進
建立年月　昭和四七年一〇月

「継橋」碑

所在地　市川市真間　継橋畔
撰文　鈴木長頼
顕彰碑　角柱石（高さ八二、幅二四、奥行二五cm）
揮毫者　僧・日貞
建立年月　元禄九年春

勝《かつ》し可《か》廼《の》　間《ま》ゝ《ま》の井《い》三《み》礼《れ》盤《ば》　立《たち》那《な》ら斯《し》
美《み》都《ず》久《く》まし希《け》無《む》　手《て》児《こ》名《な》し於《お》も本《ほ》由《ゆ》

九・一八〇八

所在地　市川市真間　手児名霊堂北
作者　高橋虫麻呂
歌碑　自然石（高さ一〇六、幅八八cm）
揮毫者　僧・日貞
建立年月　明治二年五月

「真間の娘子・真間井」碑

所在地　市川市真間　手児奈霊堂西門前
撰文　鈴木長領
顕彰碑　角柱石（高さ八二、幅二四、奥行二五㎝）
揮毫者　僧・日貞
建立年月　元禄九年春

勝之可能《かつしかの》　真間乃井越三礼盤《ままのいをみれば》　立那良私《たちならし》
美都具万志希無《みずくましけむ》　手児奈之於毛本由《てこなしおもほゆ》

九・一八〇八

所在地　市川市真間　亀井院
作者　高橋虫麻呂
歌碑　自然石（高さ六七、幅一二〇㎝）
揮毫者　住職・日恵
建立年月　昭和四九年一一月

「真間井」碑

所在地　市川市真間　亀井院
撰文　鈴木長頷
顕彰碑　角柱石（高さ八五、幅二九、奥行二六㎝）
揮毫者　僧・日貞
建立年月　元禄九年春

にほとりの　葛飾早稲《かづしかわせ》を　にへすとも
そのかなしきを　外《と》に立てめやも

一四・三三八六

所在地　流山市三輪野山町　茂侶神社参道
作者　未詳
歌碑　自然石（高さ一一五、幅一八五㎝）
揮毫者　書家・渡辺澄水
建立年月　昭和五七年三月

に本《ほ》とりの　かつし可《か》わせ越《を》　耳《に》へ須《す》と无《も》
所《そ》のかなし支《き》を　登《と》にたて免《め》やも

一四・三三八六

所在地　三郷市早稲田　丹後神社
作者　未詳
歌碑　方柱石（高さ一八〇、幅三〇㎝）、
表面「葛飾早稲発祥地」、碑陰に万葉歌
揮毫者　書家・沖作太郎
建立年月　昭和三七年三月

にほ鳥の　葛飾早稲《かづしかわせ》を　饗《にへ》すとも
その愛《かな》しきを　外《と》に立てめやも

一四・三三八六

所在地　三郷市早稲田　丹後神社
作者　未詳
歌碑　両側方角柱・中央黒御影扁平石の組合せ
（高さ一五〇、幅一三〇㎝）、
中央扁平石（高さ六〇、幅八七㎝）
揮毫者　未詳
建立年月　未詳

銀《しろがね》も　金《くがね》も玉《たま》も　何せむに
まされる宝《たから》　子にしかめやも

五・八〇三

所在地　流山市駒木　諏訪神社
作者　山上憶良
歌碑　自然石（高さ一七五、幅二七〇㎝）、
凹磨（高さ九一、幅一五三㎝）
揮毫者　彫刻家・北村西望
建立年月　昭和五九年七月

行《ゆ》こ先《さき》に　波《なみ》なとゑらひ　しるへには
子《こ》をと妻《つま》をと　置《お》きてとも来《き》ぬ

二〇・四三八五

にほ鳥の　葛飾早稲《かづしかわせ》を　饗《にへ》すとも
そのかなしきを　外《と》に立てめやも

一四・三三八六

所在地　流山市駒木　諏訪神社
作者　私部石島、未詳
歌碑　自然石（高さ一三〇、幅一三二㎝）
揮毫者　書家・白田坤
建立年月　昭和六二年秋

稲《いね》つけば　かかる我《わ》が手を　今宵《こよひ》もか
殿《との》の若子《わくご》が　取りて嘆かむ

一四・三四九五

所在地　流山市駒木　諏訪神社
作者　未詳
歌板　木板（高さ七五、幅三〇㎝）
揮毫者　未詳
建立年月　未詳

いざ子ども　たはわざなせそ　天地《あめつち》の
固《かた》めし国そ　大和島根《やまとしまね》は

二〇・四四八七

所在地　流山市駒木　諏訪神社
作者　藤原仲麻呂
歌碑　自然石（高さ一一〇、幅二一六㎝）、
枠取凹磨（高さ五五、幅八四㎝）
揮毫者　活字体
建立年月　平成九年

つぎねふ　山城道《やまじろぢ》を　他夫《ひとつま》の　馬より行くに
己夫《おのづま》の　徒歩《かち》より行けば　見るごとに
音《ね》のみし泣かゆ　そこ思《おも》ふに　心し痛し
たらちねの　母が形見《かたみ》と　我《わ》が持てる（後略）

一三・三三一四

馬買はば　妹徒歩《いもかち》ならむ　よしゑやし
石は踏《ふ》むとも　我《わ》は二人《ふたり》行《ゆ》かむ

一三・三三一七

所在地　流山市駒木　諏訪神社
作者　未詳
歌碑　自然石（高さ一一八、幅二二〇㎝）
揮毫者　書家・鈴木弘深
建立年月　平成八年秋

尓《に》ほとり能《の》　かつ志《し》か王《わ》せ越《を》　にへ春《す》とも
そのか那《な》しきを　とにたて免《め》や毛

一四・三三八六

所在地　野田市中根　弥生公園
作者　未詳
歌碑　扁平石（高さ一六五、幅八五㎝）、枠取凹磨（高さ八〇、幅六〇㎝）
揮毫者　歌人・尾上八郎
建立年月　昭和二七年一二月

前玉之《さきたまの》　小埼乃沼尓《をさきのぬまに》　鴨曽翼霧《かもそはねきる》
己尾尓《おのがをに》　零置流霜乎《ふりおけるしもを》　掃等尓有斯《はらふとにあらし》

九・一七四四

所在地　さいたま市岩槻区尾ヶ崎新田　稲蒼魂神社
作者　高橋虫麻呂
歌碑　扁平石（高さ一四九、幅八〇㎝）
揮毫者　俳人・真々田素泉
建立年月　嘉永二年年六月

佐吉多萬能《さきたまの》　津尓乎流布祢乃《つにおるふねの》　可是乎伊多美《かぜをいたみ》
都奈波多由登毛《つなはたゆとも》　許登奈多延曽祢《ことなたえそね》

一四・一七四四

前玉之《さきたまの》　小崎乃沼爾《をさきのぬまに》　鴨曽翼霧《かもそはねきる》
己尾爾《おのがおに》　零置流霜乎《ふりけるしもを》　掃等爾有斯《はらとにあらし》

九・一七四四

所在地　行田市埼玉　前玉神社
作者　未詳、高橋虫麻呂
歌碑　石灯籠　燈籠（高さ二〇〇㎝）、
竿石（高さ八四、周囲一三〇㎝）
揮毫者　未詳
建立年月　元禄一〇年一〇月

前玉乃《さきたまの》　小埼乃沼爾《をさきのぬまに》　鴨曽翼霧《かもそはねきる》
己尾爾《おのがおに》　零置流霜乎《ふりおけるしもを》　掃等爾有斯《はらふとにあらし》

九・一七四四

佐吉多萬能《さきたまの》　津爾乎流布祢乃《つにおるふねの》　可是乎伊多美《かぜをいたみ》
都奈波多由登毛《つなはたゆとも》　許登奈多延曽祢《ことなたえそね》

一四・三三八〇

所在地　行田市埼玉　小埼沼
作者　高橋虫麻呂、未詳
歌碑　角柱墓石（高さ一〇六、幅四一㎝）、正面に「武蔵小埼沼」、裏面に万葉歌
揮毫者　忍藩士・平岩知雄
建立年月　宝暦三年九月

足柄《あしがら》の　御坂《みさか》に立《た》して　袖振《そでふ》らば
家なる妹は　清《さや》に見もかも

二〇・四四一三

色深《いろふか》く　夫《せな》が衣は　染めましを
御坂た廻《ば》らば　ま清《さや》かに見む

二〇・四四二四

所在地　行田市藤原町　八幡山古墳前
作者　等母麻呂、妻刀自売
歌碑　扁平自然石（高さ一八二、幅一一〇㎝）
揮毫者　郷土史家・今津健之助
建立年月　昭和三六年六月

戀《こひ》しけば　袖も振らむを　武蔵野《むさしの》の
うけらが花の　色に出なゆめ

一四・三三七六

所在地　越谷市北後谷　県民健康福祉村
作者　未詳
歌碑　美濃石前面磨（高さ九一、幅六六㎝）
揮毫者　未詳
建立年月　平成四年六月

「橘守部翁遺跡」碑（碑文は漢文）

橘守部翁は幕末學界の偉人にして國學史上の異彩なり其の學業の豊富と研究の清新とは不断の努力と等身の著書と相俟って我が學術の進歩に貢献し後人の発憤に裨益する所極めて多し（中略）文化六年八月廿九歳の秋居を幸手町に定めこの土に親しむこと實に廿年の久しきにおよび該博の識を蓄え（後略）

所在地　幸手市北　幸手桜高校校庭
撰文・篆刻　国文学者・河野省三
遺蹟碑　扁平石（高さ三一二、幅一〇〇㎝）
揮毫者　国文学者・河野省三
建立年月　昭和四年

麻久良我《まくらが》の　許我《こが》の渡《わたり》の　韓楫《からかじ》の
音高《おとたか》しもな　寝《ね》なへ児《こ》ゆえに

一四・三五五五

所在地　古河市宮前町　雀神社西の渡良瀬川堤防上
作者　未詳
歌碑　白御影石（高さ二四五、幅一四三㎝）
揮毫者　書家・生井繁
建立年月　昭和六〇年三月

逢《あ》はずして　行かば惜しけむ　麻久良我《まくらが》の
許我《こが》漕ぐ船に　君も逢はぬかも

所在地　古河市本町　古河駅西口前
作者　未詳
歌碑　自然石（高さ一七六、幅一七六㎝）
揮毫者　書家・大久保翠洞
建立年月　昭和六〇年四月

麻《ま》久《く》良《ら》我《が》乃《の》　許《こ》我《が》能《の》和《わ》多《た》利《り》乃《の》　可《か》良《ら》加《か》治《じ》乃《の》
於《お》登《と》太《だ》可《か》思《し》母《も》奈《な》　宿《ね》莫《な》敝《へ》児《こ》由《ゆ》恵《ゑ》尓《に》

一四・三五五五

所在地　北埼玉郡北川辺町向古河　鷲明神社
作者　未詳
歌碑　扁平石（高さ一七八、幅八一㎝）、全面磨、題額「史跡万葉古河之渡」
揮毫者　教育家・杉山岩雄
建立年月　昭和三五年四月

おわりに

著者は、東京本社へ単身赴任していたときに、徒然なるがままに、休日を利用して関東地方の万葉故地をめぐり、データベースを構築していった。その中で、武蔵国の万葉故地のデータベースを基に、『ウォーク万葉』『たまづさ』に万葉故地めぐりの連載記事を寄稿してきた。しかし、これらの季刊誌はいずれも廃刊となり、万葉故地シリーズを完成させることが出来なかった。この書は、これまでに『ウオーク万葉』『たまづさ』に寄稿してきた連載記事をベースに、それらを増補、修正し、さらに、連載記事にすることが出来なかったコースについては、新しく追加・補充をすることにより、『武蔵国の万葉を歩く』として纏めたものである。

武蔵国は、今日の行政区では、東京都、埼玉県、神奈川県北東部、千葉県北西部に及ぶ広大に地域に及び、これらの地域で詠まれた歌を数えると、その所在地に異説があるので数え難いが、埼玉県が二〇首、東京都が一五首、神奈川県が五首、千葉県が五首の合計四五首になる。この書では、これらの万葉故地を全て網羅することとし、万葉故地のみならず、その周辺の寺社、史跡、古墳なども歩いて調査した。これらの万葉故地は、広大な地域に分布しているが、交通網が発達しているので、路線別にコースを設定して万葉故地をご紹介した。

この書の執筆にあたり、取材と構成を進めていくと、諸状況の異なる広大な地域を一冊の本に纏めることが、内容的にも物理的にも到底不可能であるとの結論に達したので、二巻に分けて構成することにした。分割に当たっては、位置的にはかなり偏りが見られるが、内容的なバランスを考えて、大雑把に武蔵国の西部を上巻、東部を下巻に分けることにした。そして、国土地理院の二万五千分の一の地図を参考に、点在する寺社、史跡、古墳などを表記し、この地図にしたがって、万葉故地めぐりをすることが出来るようにした。万葉故地めぐりといっても、万葉に関連する遺跡はほとんどなく、万葉歌碑や顕彰碑などがあるくらいで、万葉歌碑の所在地もはっきりしないものが多い。このため、万葉歌碑や顕彰碑については、巻き尺で実寸法を計測したり、所在地、歌碑の材質・寸法、揮毫者、建立年月などを調査・記録したりして、付録の万葉歌碑・万葉関連碑に纏めて詳述した。

また、万葉歌については、写本に記載された白文とは異なる表記で歌が歌碑に刻まれたものもあるので、付録の万葉歌碑・万葉関連碑には、碑面に刻字された文字をそのまま表記し、詠みやすいように読み仮名を付け、本文には、一般的に読み慣わされている読み下しで歌を表記した。このため、本文と付録で歌の表記が必ずしも一致していないで、本文の歌の表記は歌の観賞に、また、付録の歌の表記は万葉歌碑の揮毫者の意図の理解や万葉歌の白文での鑑賞に利用して戴ければ幸いである。

この本の出版では、埼玉新聞社クロスメディア局次長・高山展保氏には、編集から校閲までの作業で、懇切丁寧なるご指導、ご教示、ご協力を、また、『たまづさ』の主宰・竹中千賀子氏ならびに『ウォーク万葉』『たまづさ』の編集委員の皆さんには、連載記事の掲載に際して、熱心な討論、ご教示を賜りました。さらに、妻の芳子には、執筆への協力、激励、アドバイスを戴きました。最後に、これらの皆さん方に対しまして心から深甚なる感謝の意を表させて戴きます。

二川　暁美

【筆者略歴】

二川 曉美（ふたかわ・あけみ）

工学博士、日本機械学会フェロー。三菱電機（株）中央研究所・長崎製作所・本社、三菱電機プラントエンジニアリング（株）本社勤務。神戸大学・大阪大学工学部非常勤講師、日本機械学会・電気学会・日本材料学会会員。米国電気学会（IEEE）最優秀論文賞、英国冷凍学会（IR）The Hall-Thermotank Gold Medal、圧縮機国際会議（ICEC）功績賞、日本冷凍空調学会学術賞、エネルギー・資源学会技術賞、日本電機工業会功績賞などを受賞。学士会・万葉学会会員。万葉通信『たまづさ』編集委員、『ウォーク万葉』に38篇、万葉通信『たまづさ』に40篇、橿原図書館『万葉』に1篇の「万葉故地めぐり」を執筆。著書『山の辺の道を歩く』（雄山閣）、『奈良市の万葉を歩く 上下』（奈良新聞社）、『明日香の万葉を歩く 上下』（奈良新聞社）、『熊野古道 紀伊路の王子と万葉を歩く』（文藝春秋社）、『一度は訪ねたい万葉のふるさと 近畿編 上下』（奈良新聞社）など。

武蔵国の万葉を歩く（下）

— 万葉故地・歌碑と寺社・史跡めぐり —

2023年1月26日　初版第1刷発行

著　　者　二川 曉美

発 行 者　関根 正昌

発 行 所　株式会社 埼玉新聞社
〒331-8686 さいたま市北区吉野町2-282-3
電話 048-795-9936（出版担当）

印刷・製本　株式会社 エーヴィスシステムズ

ISBN978-4-87889-536-4 C0092
（定価はカバーに表示）